地狱之花

[日]永井荷风—著
张 达—译

ながいかふう

陕西师范大学出版总社

图书代号：WX17N1384

图书在版编目（CIP）数据

地狱之花 /（日）永井荷风著；张达译. —西安：陕西师范大学出版总社有限公司, 2018.2
ISBN 978-7-5613-9696-4

Ⅰ.①地… Ⅱ.①永… ②张… Ⅲ.①中篇小说—小说集—日本—现代②短篇小说—小说集—日本—现代 Ⅳ.① I313.45

中国版本图书馆 CIP 数据核字 (2017) 第 308431 号

地狱之花
DI YU ZHI HUA

［日］永井荷风 著　张达 译

责任编辑	焦　凌
责任校对	彭　燕
特约编辑	陈希颖
装帧设计	鲁明静
出版发行	陕西师范大学出版总社
	（西安市长安南路 199 号　邮编 710062）
网　　址	http://www.snupg.com
经　　销	新华书店
印　　刷	山东临沂新华印刷物流集团
开　　本	880mm×1230mm　1/32
印　　张	9.75
字　　数	259 千
插　　页	4
版　　次	2018 年 2 月第 1 版
印　　次	2018 年 2 月第 1 次印刷
书　　号	ISBN 978-7-5613-9696-4
定　　价	42.00 元

读者购书、书店添货或发现印装有问题，请与营销部联系、调换。
电　话：(029) 85307864　85303629　　传　真：(029) 85303879

译者序

说起日本近现代唯美主义文学的代表人物，当属永井荷风和谷崎润一郎。相对于谷崎润一郎热衷于通过女性美和官能美来反对封建伦理道德对性和爱的压抑，永井荷风则更擅长借助描写世态风俗对明治维新后日本的表面西化予以嘲讽和批判。

出生于1879年的永井荷风原名壮吉，号断肠亭主人。从小身体虚弱，特别孤独、敏感，并不是个好学生。1897年，因为没能考上第一高等学校（东京大学前身），便跟随父亲永井久一郎到中国上海生活了一段时间。回国后，进入东京外语学校读汉语，也没怎么好好学习，经常旷课，到各处的剧场、曲艺场和花街柳巷闲逛。1899年，由于缺课太多，被开除学籍。之后，永井荷风拜在当时日本"深刻小说"大师广津柳浪门下学习写作。写过《薄衣》《烟鬼》等几篇短篇习作后，1902年，受左拉自然主义理论影响，永井荷风发表了其成名作《地狱之花》。

《地狱之花》(《地獄の花》)围绕着个人欲望的实现和实现后所带来的悲惨境遇为中心写成。故事主人公之一长义在年轻时因为个人欲望和抱负而产生对财富的极度渴求，在跟着一位富有的英国传教士做翻译时与其外妾缟子发生了关系。传教士死后，长义与缟子结合，从而获得了传教士的巨额遗产。然而，正是因为占有了不义之财，他被整个社会的孤立排斥，乃至污蔑和诽谤，并波及女儿富子，致使富子形成了桀骜不驯的叛逆性格，最终将自己的家变成了外界称的"地狱"。而受恋人笹村之邀为黑渊家小儿子秀男做家庭教师的园子，随着与长义和富子的交往，逐渐了解到社会的虚伪与冷酷。在遭到恋人的背叛和校长侮辱后，她认识到，与其逃避不如勇敢面对。因此，当长义选择自杀后，园子毅然决然地担负起继续教育、扶助秀男成长的重任，成为盛开在"地狱"，具有智慧和人性的娇艳百合花。

永井荷风创作《地狱之花》的年代正是自然主义文学在日本文坛流行之时，但日本文坛对自然主义的理解仅仅停留在了所谓的"原原本本""如实"的自然，强调人的本性的"自然性"和人的"本能冲动"，特别强调性欲对人的生活的所谓"决定性"的作用。因此，永井荷风才会在《地狱之花·跋》中这样解释其创作动机，即："如果需要塑造那些完美的理想人生，首先就要对这些阴暗面进行充分且必要的专业研究。……因此，我才将写作的重点,毫不隐讳地主要放在描述由祖先的遗传和阴暗的境遇中所产生的众多情欲、强力、暴行上。"

在写作手法上,这篇小说继承了日本传统文学"寄情于景、情景交融"的技巧,通过描写自然景色或气候变迁来刻画和凸显人物的内心活动和矛盾冲突,使读者在阅读的过程中产生更加直观的感受。不管是开篇通过灿烂春光的描写来衬托园子享受闲暇生活带来的平静,还是以狂风暴雨、巨浪飞沙的场景来表现园子受到校长侮辱时的冲突等等,都给我们带来了电影画面般的体验和身临其境的感受。对于这样一些情节,译者在处理时力求在理解作者意图的基础上尽可能重现作者的表现手法,让读者充分体会到原文的语言魅力。当然,为了便于中国读者更好地体会作者的思想内涵,译者对原文的某些文字也做了些符合汉语表达习惯的调整。例如开篇园子在体会黑渊家的境遇时,用了"定まりなき毀誉の巷に立って傷つき易い名の為に苦しい戦いに疲らされるより……"的表达,虽然按原句可以译为"站在毁誉不定的巷子,为容易受伤的名誉而疲于残酷的争斗……",但考虑到这样的说法对中国读者来说不便理解,因此,译者采用了汉语中常用的表达,并结合作者的意图,译为:"站在光天化日的街头,被人指手画脚地评头论足,为了不值一文的名声头破血流"等等,不一而足。

1903年,因为没有考上官立大学,在父亲的安排下,永井荷风前往美国、法国等地留学，1908年才回到日本。在长达5年的留学生活中，永井荷风逐渐实现了自我的觉醒，形成了按照自己的信念和原则生活，拒绝他人干涉的人生准则，但同时也产生了厌恶结婚，更看重男女交情之愉悦的思想。因此，后期的荷风在生活中更多地接触了酒馆女招待、艺伎、娼妇等下层女性，在创作中也以这样的女性为主角，醉心于江户风情的庶民生活，让读者从中感受到"被丢弃的破布片上的一缕美丽针脚"，体现出了他对传统封建伦理道德的评判和美丑共存的艺术观点。本书另外三篇小说《隅田川》《梅雨时节》和《濹东绮谭》正是体现了永井荷风后期的这种创作特点。

《隅田川》（《すみだ川》）的主人公长吉是一个正值青春期的少年，他深爱并渴望追随青梅竹马的艺伎阿丝，然而，母亲却希望他好好读书，将来成为官吏出人头地。在这内与外的冲突下，长吉感受到了青春的迷茫，甚至想到了自杀，但终究没有勇气。最后，在淋了一场暴雨，患了伤寒住院后，他还对阿丝念念不忘。作为俳句家的舅舅萝月看到长吉喜欢传统艺能并深爱着阿丝，虽然内心认可妹妹的想法，但回想起自己年轻时的经历，却更能理解外甥心里的苦闷。最终，当得知长吉患病住院，萝月不由得在心中呼唤道："长吉啊，……不要放弃自己的生命！放心吧，我会永远地伴随在你左右！"

这篇在故事情节上平淡无奇的小说，因为故事背景设定在了隅田川这一洋溢着江户情趣的场所而充满了日本传统的风物和人情之美。细细读来，可从中品味到隅田川四季景物的变迁和两岸平民的生活习俗，充分体会到日本传统美意识中的"わび（空寂）"之情。

1931年由中央公论社出版的《梅雨时节》(《つゆのあとさき》)分别描写了鹤子与君江两人的故事。鹤子的前夫家本是世袭子爵的贵族，但鹤子因为受到作家清冈进的引诱陷入不伦之恋而离婚并被哥哥逐出家门。最后，鹤子幸运地遇到了招募助手的舒尔夫人，并同夫人离开了是非之地。君江是酒吧的女招待，在她结识清冈进并交往后，两人还不时与其他人保持着关系。清冈进得知君江与其他男人也有交往时妒火中烧，开始进行一系列报复。君江对周旋于多个男人之间的生活产生了怀疑和厌倦，并对曾经帮助过自己的川岛表达了回归传统的愿望。这篇作品中，鹤子代表了具有日本传统的上层女性，而君江则是下层女性的代表，在与清冈进这个所谓新派作家的交往中，两人都不同程度地卷入了是非旋涡，并被命运所捉弄。作者也正是通过这样的关系设定讽刺了当时日本的表面西化对传统社会的冲击和因此而带来的种种怪相。

被称为永井荷风一生最高杰作的《濹东绮谭》(《濹東綺譚》)以最具江户庶民生活风情的东京玉井地区为背景，描写了日本花柳世界的生活和世态炎凉。小说以"我"——作家大江匡准备写一篇题为《失踪》的小说而深入玉井地区收集材料为契机，在濹东与妓女阿雪邂逅并建立了深厚的交情。阿雪一直把"我"当成从事秘密出版事业的人，最终也没有搞清楚"我"的身份。但尽管这样，她依然非常认真地爱上了"我"并打算托付终身。然而，"我"根据自己的经验，觉得和阿雪真正结合便失去了恋爱的情趣。于是，在一个夏末初秋的时节，"我"依依不舍地离开了阿雪。这样的一篇小说虽然并没有曲折的故事情节，甚者没有一个确切的结尾，但日本传统文学中的"物哀"美却渗透在字里行间。抚卷细品，意犹未尽的余韵始终荡漾在读者心间，沦落风尘的阿雪也仿佛跃然纸上，让我们体味到了日本下层百姓的善良和温存的人情味。而联系到作品创作的时间正是军国主义在日本大行其道之时，读者自会对永井荷风消极的"艺术抵抗"有更深的认识。

以上三篇小说，描写的场所多为具有日本传统韵味的茶屋、院落、民居等，而其中出现的服饰、用具等也多是日本日常生活中的物件。这些场所和物品不仅具有其现实中的用途，很多还有文化上的情感意味，要在翻译过程中传达这样的感受是非常困难的。因此，译者大多采用了译注的手法，进行了解释、说明，还希望读者能够不厌其烦，予以阅读。当然，语言的表述毕竟是抽象的，也希望读者以阅读本书为契机，增进对日本传统文化的了解，从而获得更好的阅读体验。

永井荷风所生活的年代是19、20世纪最为动荡的岁月，两次世界大战的爆发，给人类带来了深重的苦难，也让东西方文化产生了前所未有的碰撞和交融。虽然距那样的时光已近百年，永井荷风文学中所体现的对西方文化的借鉴与吸收、体察与领悟以及对本国文化和传统的继承与发扬等始终值得我们学习和反思。

目 录

地狱之花　　　1

隅田川　　　85

梅雨时节　　　127

濹东绮谭　　　217

地狱之花

一

　　五月第二个星期天的下午，临近黄昏，明媚的阳光已淡去了许多。园子拉着年幼的秀男，拖着疲惫的身子，正从向岛白须堤上，一晃一摇地慢慢走来。

　　河面吹来阵阵暖风，夹杂着树枝嫩叶的清香，轻拂着园子的英式长卷发。园子眺望着一直延伸到远处的平坦堤岸，心中不知不觉涌起一股女性特有的柔情。在这悠长且又充满幸福的情绪中，她仿佛忘却了平日的劳苦（当然她自己并不这么认为），像是摆脱了某种束缚似的浮想联翩起来。

　　过了一会儿，园子回过神来，看了看走得已有气无力的秀男。秀男那瘦弱的身体，一只手被园子牵着，另一只手耷拉着，两只脚跌跌撞撞地向前迈动着。这时，两人正巧从一户有着气派大门的人家前走过，园子指了指一条躺在门口、毛色油黑发亮的西洋犬，像是为了让秀男打起精神似的，说道："瞧，秀男，快看啊，那是条猎犬吧！"

　　"哦，那是我姐姐养的狗。"秀男瞟了一眼，边嘟囔着边抬起头看着园子，稍稍提高了一下嗓门，"老师，我姐姐就住在这儿，这儿以前是我们家的别墅。"

"哦，是吗，好气派啊！"园子不禁赞叹道。她早就听说黑渊家在向岛上有个很大的别墅，今天总算看到了。

听园子这么说，秀男的精神也微微振作了起来，接着说："老师，您还没见过我姐姐吧，我们去找她玩吧。"

"嗯，是啊，我还没见过她呢，不过，今天有些晚了，下次再说吧。"园子边说着边静静地向堤岸下的宅邸望去。

高高的木制围墙环抱着深邃的院落，茂密的树木如同森林一样拱卫在前，树梢处或隐或显的一排排屋檐，透露出宅院的宽广和静寂。虽然园子平素对金钱财富常抱有鄙夷之心，但对这户人家，她却无端生出些敬意来，甚至有了一种想要了解这家人的冲动。

园子突然忍不住地问道："你姐姐还是一个人吧？"

"嗯，就她一个人。"

"她有多大啦？"

"她嘛，嗯……有二十六了吧。"

二十六岁了，还是一个人，在这样开阔甚至有些孤寂难耐的宅邸，只有一个女人住着……仅凭这点，也就印证了一些有关黑渊家被社会所排挤的传闻。园子的心中不由得浮出各种想象：激荡的社会是怎样把这个家庭甩到都市角落的啊！这个手握万贯家产、与自己有着相同性别的可怜人，究竟有着怎样的命运啊！想到这些，一种莫名的悲悯之情不禁在园子心中层层堆积起来。

正当园子暗自唏嘘之时，从茂密叠翠的树丛中隐隐传来一阵轻悠的琴声，这如诉如泣的琴声从摇曳的树叶缝隙间流出，引得树丛中的黄莺也跟着一同鸣叫起来。听着这曼妙的琴声，园子那颗在这动荡的世上拼命过活而感到有些疲惫的内心仿佛松弛了下来，一阵感慨油然而生。是啊，冷静地想一想，与其站在光天化日的街头，被人指手画脚地评头论足，为了不值一文的名声头破血流，还不如主动退到社会的边缘，在平淡的世外桃源独享人生,也许这样才是真正的无上幸福吧。想到这些,园子像是被心绪丢进了深深的思虑中,无法自拔。然而,她的脚步并没有随着思绪停歇下来,仍然带着秀男、机械地向前迈着步子,不知不觉中已离开那户人家五十多米远了。这时,园子又回过头来,看着秀男,接着问道:"秀男,你姐姐长什么样啊?"

"姐姐嘛,嗯……个子高高的,像爸爸一样……"

充满稚气的回答让园子不由得露出了微笑,她抬起头,看着快要落山的夕阳把红彤彤的余晖暖暖地洒在堤岸上,让同样散步归来的人们的影子都偏向了一个方向。

突然,园子听到自己身后传来一阵脚步声,她下意识地回过头,看到一位老绅士正走近自己。看到园子转过头来,老绅士像是打招呼似地带着温柔的语气说:"你好啊,出来活动活动啊?"

"是的。"

"真是好天气啊,这样的星期天最适合散步啦!"

可能是经常需要保持威严吧,老绅士板着硬朗的脸庞,满脸密密麻麻的胡须,让人感到有些畏惧,这和他刚才的语调给人截然相反的印象。老绅士看起来快五十岁了,身材有些肥硕,高高的圆顶帽从后面扣在头上,露出花白的前额,黑色礼服上的双排纽扣紧紧地扣着,使他的肩膀略显耸起,两手分垂左右,有节奏地前后摆动。老绅士保持着极其认真严肃且威严不屈的神态,这让他即使走在这长满柔软草丛的长堤上,也和在学校长廊下迈动步子一样,规规矩矩、一丝不苟。园子第一次从此人口中听到如此亲切的话语,显得有些狼狈,不知该怎样回答才好。过了一会儿,直到老绅士和她并排走在一起,她发现此人与以往那个喜爱装腔作势的水泽校长并无两样。心情才逐渐平静下来,并带着沉静的语调反问道:"您也来这里散步吗?"

"哦,不。我去找亲戚办事,正要回去。"

"是嘛。我们到上野那边随处散了一会儿步。这位就是前一段时间说过的黑渊家的小公子。"

园子回过头来,看着秀男,并向他介绍这位老绅士正是她工作的某女子学校的校长,还让秀男脱下帽来向老绅士致意。水泽校长微笑着问了问秀男的年龄,之后便转向园子与她攀谈起来。水泽先是听取了园子对儿童教育的有关意见,接着又谈到女老师比男老师更适合做家庭教师等等之类的话题。

园子认识水泽已有三年了,但和他的交往仅限于在学校教师办公室里,接受有关教务方面的安排,还从来没有近距离接触过。因此,在园子的心目中,水泽是一位严厉甚至有些苛刻的上司。今天,他能够这样亲切、主动地与自己攀谈,让园子觉得他平日的严厉反而带了某种体贴,甚至觉得作为一位女子教育家,就应该如此。

一开始,园子对水泽刚才打招呼时的温柔语调还有些不适应,但随着谈话的继续,这种反感之情已荡然无存。随着两人话题不断深入,园子也渐渐大胆起来,把平日对女子教育的一些感受,比如现在女子教育的方针过于消极,对纯洁的男女交往应该多多鼓励等等一些想法,都一五一十地说了出来。听到这些,水泽表现出了充分肯定的态度,并赞同地说:"你说得很对,我平时也是如此认识的。"接着,水泽还表示虽然自己平时对女子教育都是采取积极方针,但由于世间对此的认识还没有达到一定高度,如果过于积极推进反而会招致社会上的诸多批判。

听到校长对自己的肯定,园子感到无比喜悦,更有相识恨晚之感。是啊,有人能够耐心听取自己的意见,同时也表达了认可,遇到这种事情,无论谁都会欢欣雀跃的吧。园子渐渐觉得和水泽有很多共同话题,自然而然地心情舒畅,话也说得越来越深入,甚至忘却了她面对的是一校之长,也丧失了最基本的戒备心,面对水泽开始毫无防备地畅谈起来,"我说这种话也许不大合适,但我对女子教育真的有很多意见。不客气地说,现在的有些所谓女子教育家只把眼睛盯在女学生的外表上。无论是穿的衣服还是佩戴的首饰，只要稍微多一点亮色，也不管三七二十一，就一个劲批判说是奢侈、败坏，搞得女学生们现在只敢打扮得土里土气，也不注重修养了。真不明白那些人是怎么想的，好像是要女学生们不要再梳漂亮的岛田发髻①，整天蓬头垢面似的。他们把女性的天生之美都破坏掉，还以此为傲。像这样培养出来的女性只会专注于学术研究，缺少了女性本应具备的温柔美丽。我真的很担心今后她们结了婚，是否承担起女性应该承担的第一要务。作为女性，对社会应当承担的最重要责任，应该是给予丈夫良好的慰藉，做好贤内助的角色，营造一个圆满的家庭，我觉得没有什么比这个更加重要的了。看到现在的女子教育，我真的很是担心。"

就这样，园子把自己内心的想法都原原本本、毫不顾忌地向水泽校长倾诉着，也不管秀男很无聊地左顾右盼，呆呆地跟在旁边。不知不觉中，三人已经走到了天桥边。这时，秀男看到桥对面的马车，突然来了精神，叫道："老师，我们早点回去吧。"园子和水泽的话也正好告一段落，于是就拉起秀男的手过了桥，来到马车边。随后，园子转过身来，面带微笑地向水泽行礼告辞，拉着秀男的手钻进了马车。

二

这半天里，这辆一匹马拉的箱式马车载着园子和秀男一直从上野动物园转到浅草公园，又载着他们来到了这个向岛上。现在，随着赶车人扬起的皮鞭声，马车又拉着他们辞别了水泽校长，一溜烟地奔向了吾妻桥方向。

火红的夕阳把远处的天空和近处的河流染得绚丽多彩，连奔驰在桥上

---

① 岛田发髻：日本妇女发型之一。主要为未婚女子发式。相传由东海道岛田驿艺伎首创而得名。

的马车窗户都被照得熠熠生辉。当马车到达小石川的水道町[①]的宅邸时，深蓝色的天空也渐渐暗了下来。马车停在了一个有着大大铁门的西式玄关前，园子扶着秀男下了车。在门柱上闪耀的瓦斯灯和挂在玄关的电灯共同把玄关前宽广的庭院照得通明，也把夜晚树木的嫩叶照得分外碧绿。这些灯光在照亮了两层的西式小楼的同时，也把旁边长长的日式平房房顶照得通亮。园子打开玄关的门，进到了这个日式平房里，走进了其中一间。

这间是秀男的自习室，里面除了一张两脚的书桌和书橱外，就没有其他东西了。园子通过男性友人笹村道三的介绍，来黑渊家做家庭教师，才刚刚过了一个星期，今天是第一次带秀男到郊外去散步。当初来黑渊家做家庭教师，园子也是经过了一番思想斗争。因为一提到黑渊家，很多人都会皱起眉头，想起有关黑渊家的各种传言。总之都是说这家的主人很早之前和一个西洋人的侍妾通奸，并通过那个侍妾将西洋人的财产据为己有。虽说这些谣言很多都是杜撰并非亲眼所见的，但黑渊家拥有着巨额财产和如此豪宅却被社会所排挤，无法出头露面确是事实。正因为这样，挚友笹村反复恳请，让园子无法推辞，但她还是要先向学校校长以及自己的养母利根子汇报，获得他们的认可后才答应了下来。这样，园子每天在学校的工作完成后，才来到黑渊家给秀男上课。而园子从来到黑渊家的第一天开始，她就很是好奇，想弄明白这家的主人究竟是不是社会上所传言的那种卑鄙可耻之人，究竟为什么大家都这么排斥黑渊家。

吃完女仆端来的晚饭后，园子开始督促秀男继续读书。之后，正打算收拾收拾回家，门却被打开，这家的主人闪了进来，"今天真是给您添了很多麻烦。想必您一定很累了吧。"

"不，还好，您不必客气。"园子礼貌地还了礼，抬起眼，静静地看着主人的面庞。

[①] 町：在日本指市集、街市，也可指行政区划，相当于中国的镇。

主人还和第一次见到的时候一样,穿着日式夹衣,外面罩着短褂。年纪看起来将近六十岁,头发和胡子都已花白。体型高大而魁梧,看起来并不让人感到衰老。所表现出来的泰然之情显现出富有人家所特有的威严与稳重,在说话时也常常流露出一种曾与世间做过激烈斗争而残留下的气概和激情。但从他那紧皱的浓眉和深陷眼窝里那炯炯有神的双目中,又显现出一种长时间被社会所排挤的黯然不悦之情。

"您一定累坏了。听说今天去了向岛那边。秀男,很好玩吧。"主人脸上显出慈爱的微笑,转头看着秀男。

听到父亲的话,秀男兴高采烈地说:"父亲,我们从姐姐家门口过了。"

"有一条很大的狗吧。"园子突然想起了在堤岸上想到的有关秀男姐姐的各种传闻,一边不经意地看了一眼主人,一边说,"真是很大的一片宅邸啊!"

"是的,不过也只是院子大而已,那里的房间都已经陈旧得不行了。"

"有谁住在那里吗?"

"我的大女儿住在那里,她叫阿富。"

既然提到园子想要了解的人,她就抓住机会又问了两三个有关阿富的事情。主人一开始还有些犹豫不愿多说,但随着交谈的深入,反而像是要向人倾诉一样,讲起发生在这个女儿身上的事。

正如园子想象的那样,阿富之所以一个人寂寥地住在向岛的别墅里,也正是黑渊家遭到社会排挤的最终结果之一。阿富十八岁时从女子高中毕了业,但却没交到一个朋友。在她上学的那几年里,没有一个人愿意同她友好地交往。同学们都嫌弃她生在一个不德不义的家庭,就如同社会排挤她的父亲黑渊长义一样排挤她,都想早点把她赶出学校。有时她会一个人在操场的角落里哭泣,有时也会在教室受到大家的侮辱。但无论怎样,生来争强好胜的阿富一直到了毕业时也从来没有屈服过,即使她只有一个人,遇到不公正待遇时,也一定会给予最猛烈的反抗。

然而,也正因为这样,阿富的逆反情绪愈加强烈而顽固。在学校的时候还只是和其他女同学在服饰打扮上刻意区分,如果学生们都梳着相同的马尾辫,她一定会一个人梳岛田发髻;大家都穿着带有家纹图案的和服外褂时,她一定会故意穿着土气的平条花纹外褂。这些还只限于在学校内。当阿富毕业之后,同学们都已早早晚晚作为出入上流社会的贵夫人,开始参加一些很有名誉的妇人集会,阿富也常常被邀请。在这些场合,抑或是接受某些报社及杂志记者的采访时,阿富都大胆地谈论起自己的家庭观或者其他的一些观点和意见。通过这些机会,阿富对社会的反抗也越来越强烈,最终往往超出大家的一般观念,甚至开始呼吁一些突兀、危险的所谓主义。虽然阿富对此很是得意,但在别人看来已觉得有些病态了。后来,她虽然与一位法学士结了婚,但没过一年,便又主动提出离婚。其后便一个人住在了向岛的别墅里,如此这般已经过了两年。

"唉,总之都是些让人耻辱的事情。但想来也是没有办法的。受到那些不懂事的孩子们这样无情的对待,也难免会走到这一步啊。所以,为了秀男不走他姐姐的老路,我才决定不让他到学校去读书而在家里接受教育。因此,今后会需要拜托您很长时间,还请多多关照啊!"

接着,主人长义向园子介绍了以前为秀男请的家庭教师因为到别处旅行,所以聘请园子来做家庭教师,并询问园子关于秀男的教育方针。话语间他深锁的眉头越发皱起,严峻的面庞也显露出他忧郁的内心世界。随着一天天老去,过去曾澎湃于他胸中那争名夺利的心也淡薄了许多。现在所苦闷的并非自己拥有着巨大的财富却不被社会认可,而是悔恨于自己一个人的所作所为给子孙所带来的不幸,这是他以前未曾预料到的。与此同时,他目前最用心要做的就是通过努力让子孙们不受自己过往行为的影响,过上幸福的生活。

园子注视着长义的举止和表情,被他为儿女们忧虑的真情所打动,同时感受到了自己的责任,也更加体会到只有通过努力地教育才能完成自己的使命,才能慰藉老人的内心。不管社会上为了什么排挤这一家人,自己既然来此做了家庭教师,进入这个家庭,就应当为此付出自己全身心的诚恳和热情。这时,长义又客气地向她提出了一个新的要求,就是希望园子能够住在自己家中,这样就可以随时为秀男提供教育和指导。对于主人的这一要求,园子表示非常高兴,也愿意接受,但也向老人说道:"您的这一要求我还要询问家母,得到她的认可才能给您确切的答复。"

园子与老人分别后,坐着黑渊家的汽车,一路上只顾回想听到的黑渊家是如何被社会所排挤的种种传言,没发觉很快就回到了位于麹町下第二街区的养母家。从出租屋的便门钻进去后,园子便到了养母的房间,向她谈起了黑渊长义提出的要求。

养母利根子戴着大大的老花眼镜正照着字帖练习书法。剪短的半白头发垂在耳边,上身穿着黑色的披风,下身穿着黑色的和服裙裤,非常庄重地坐在桌前。听到园子进来的声响,利根子抬起眼,从眼镜上方瞟了一眼,非常仔细地把手中的毛笔放进了泥金砚台盒里,静静地摘下老花眼镜,这才表现出和人谈话的样态。因为她从事近卫流①习字指导师傅的工作,这种指南上登载的与门人的对话方式,正是常年习惯自然而然的流露。听了园子的话,她按照平时与人说话的方式,轻轻地咳了一声,然后问道:"那么你自己是怎么想的呢?"

园子跪坐在榻榻米上,向前凑了凑,说如果母亲不表示反对的话,她当然会按照黑渊家的要求住在那里,到某女校上班也就直接从黑渊家过去。

"既然你是这么考虑的那就随便你吧。"利根子平静地扫视了一下桌

---

① 近卫流:日本和样书道的一个流派。由安土桃山时期(1596—1615)的公卿近卫信尹开创,风格道劲豪迈,也作三藐院流。

子,问道,"另外,你平时的伙食怎么办呢?"

"这个还没有提到过,不过我想他们应该会负责的。"

"是吗,那就好。这种事最好事先说清楚,否则以后会很麻烦的。"

园子最初很担心母亲不会同意她住在黑渊家。利根子从很小就被誉为近卫流的书法名师,在藩主松平家孤独地生活了数十年,度过了一个女人最美好的时光,靠教授书法为生。园子作为利根子的侄女,为了继承常浜家的家业,在十三岁时过继给了利根子。因为养母几十年来从未说过任何男子的哪怕一点点好话,并且一直顽固地强调所谓极端的道德,也与园子产生过不止一次的冲突,因此,园子本没有想到利根子能同意让像她这样的未婚女子独自住在别人家里。但她没有想到养母会这么轻易地答应,虽然多少觉得有些不可思议,也没有时间过多考虑其缘由。平日利根子非常固执,而且随着到了更年期,对微乎其微的金钱也近乎疯狂地迷恋,这些都让园子感到异常不快,也希望早点离开她。因此,当得到养母认可后,园子第二天就迫不及待地收拾好行李,搬进了黑渊家。

三

已进入六月了。黑渊家宽敞的卧房依旧巍然耸立在层层绿叶后,就如同沉寂在茂密的森林里。园子对黑渊家已十分熟悉、亲近,也切实了解了一些有关世间对黑渊家反感和中伤的原因。

黑渊家的财产确实不是通过正当手段获得的。这家的主人长义以前是一个外国传教士的翻译。直到现在,应该还有一些熟识的人记得这位传教士的名姓。他是一位英国贵族,拥有巨额财产,生前来到日本,在各处游历,宣扬教义,并娶了一个日本女人为侍妾。过了几年,他在东京的家中病亡,然后就由这位侍妾继承了巨额财产。而侍妾很快就和做翻译的黑渊长义结了婚,接着就盖起了一座宽广的宅邸。正当黑渊家如旭日东升一般进入上流社会时,一家报纸突然登载了一篇揭露其家族秘密的轰动性报道,使得黑渊立刻成为社会指责的对象,甚至有传言说那个传教士就是被他们夫妻毒死的,以至法院都传唤了他们。这二十多年来,黑渊家的恶名一直在社会上流传,并且波及了他们的子孙。

对此,园子最初也并非没有产生厌恶,但不知怎的,她突然想到,社会对黑渊家所犯罪行给予的惩罚是否恰如其分呢?与别人的侍妾通奸显然是犯罪,但社会上是否总是公平地处罚罪行呢?那个横行在红灯区随意玩弄无知少女的一国首相,以及侮辱妇女却不以为耻的政治家,隐瞒收取贿赂之罪却若无其事的教育家,社会对此等人物不都宽大对待,也没有剥夺他们的地位和声誉嘛!黑渊家的财产不用说是用卑鄙的手段获得的,但这个宽容的社会对那些已经触犯法律的罪行都采取了宽大的态度,而为什么独独对黑渊家进行了严厉的惩罚呢?园子不得不认为社会舆论和道义的标准真是难以想象的不可思议且极不公平。想到黑渊家的遭遇,园子内心充满了同情,甚至有些难过。与此同时,园子也深深地感到在这种对名誉的评判没有标准的社会上,保持纯洁、优良的名声是多么困难的一件事啊!然而,即使能够保持好的名声,受到社会的欢迎,但在这种风气轻浮、人情淡薄的社会中所获得的好名声,也绝不是有内涵、有价值、足以自豪的东西。

随着与黑渊家不断地接触,园子越来越同情起这家人来,她的情绪不断地被这些思虑所动摇,一直以来稳健平和的社会观被不断破坏。不时地陷于这样那样的感慨中,园子在昏暗的庭院树丛中来回踱步,不知不觉走到了池塘边的凉亭处。

黄昏的空中还透着淡淡的光,四周的景色如同梦境一般恍惚不清。园子坐在亭子里,抬头望着即将黯淡下去的天空。一种莫名的忧伤不觉涌上她的心头,甚至感到自身也陷入了不可名状的悲凉之中。园子的思绪沉浸到了哲学般的空想之中,那些所谓的名誉、地位到底是什么啊?人生也许并不像诗人们歌颂的那么美好!忽然,从身后茂密的树丛中传来了脚步声,接着是两个人的对话声。园子吃了一惊,回头一看,原来是夫人缟子拉着秀男的手,在吃饭前来院子里散步。

"啊,星星真漂亮啊!"夫人看到对面低矮的杉树梢后夜空中闪烁的星星,不由得感叹着,走到了园子身边。

夫人个子很高,皮肤白皙、紧致,根本不像五十多岁的人。她发育良好,身体偏胖,红润的肤色显现出如同三十多岁人的旺盛精力和活力。乌黑的头发在脑后扎起,身上披一件横皱纹黑外褂,露出里面带有华丽纹饰的日式宽腰带。那直立的身姿,让人不难想象到她年轻时妖艳的风采和过往丰富的经历。除了有些缺乏内涵、放荡不羁的语调,不管是她口若悬河的话语还是活泼且喜爱华美的特性,包括和蔼可亲让人无法不注视的容颜,都让她成为难得的外交家,如果能再多一些修养,她将更完美。在她经常出入的教堂,大家虽然内心对夫人有些排斥,但都无一例外地被吸引到了夫人身边。

"到了傍晚,更想在这宽广的庭院中散步啊!"夫人声音略显忧郁,如同换了一个人似的。园子心中不由得又升起了疑团:"难道夫人心中就没有任何不满和愤慨吗?"这是她第一次把夫人和主人长义放在心中比较时就有的疑问。

"但是,你难道不觉得,到了傍晚心中自然就会觉得有些寂寥吗?"园子用略显沉寂的语调,淡淡地说。

"是啊,要说寂寥也确实有些寂寥啊。但是,怎么说呢,这也是常说的话由心生吧。"夫人弯下腰来,"对我来说,尽量不去考虑那些伤心的或者讨厌的事。这个世上各种各样悲伤或者无趣的事实在太多。要是不多想些开心的事,光去想那些令人厌恶的事情就更觉得无聊透顶。你说是吧。我也总是这样劝我丈夫。也许没有什么深奥的思想,但相应的也就没有那么多烦恼,快乐的时间也就多了,这也算是赚了吧。"

夫人看着园子，面露微笑。园子也不由得微笑了起来。

"我是打算一直按照自己的方式生活下去。前一段时间还因为这个和笹村先生好好争论了一番。那人可真是个钻牛角尖的宗教学究啊……"

两人的话题自然而然地转到了笹村身上。园子不觉显出热心的表情，盯着夫人的脸问道："您是很早之前就认识笹村先生了吗？"

"没有，我认识他只有一两年时间。一开始是在某某教会见过他，直到今年，因为他主办的妇女杂志需要赞助费，这才经常到我家里来。"夫人这样回答道。接着也热心地问了园子相同的问题。

笹村道三是某某教会的会员，有志于文学创作。园子也是因为杂志的关系才认识了笹村，之后才时常有机会和他交谈。通过和笹村的交往，特别是当得知他作为文学家怀才不遇的愤懑和不平，以及对教育和宗教抱有崭新的出类拔萃的主张，园子更加深信笹村的才能和胆识。园子之所以来黑渊家做家庭教师，也完全是出于对笹村的信任。

"笹村先生真是太不幸了！"园子小声自语道。一想到笹村至今孑然一身却专心于思想和精神的修炼则更加唏嘘不已。

四

四周已经彻底暗了下来。满天的星星和薄薄的月影将光亮洒满整个院落，也把两个人的身影淡淡地映在池塘边柔软的草甸上。夫人和园子站起身来，正要回房间，正好遇到了来叫她们去吃饭的女仆和跟在其身后的长女富子。"啊，你是几时来的？"夫人看到富子，略带吃惊地问道。

"刚来。之前在那边和父亲说着话。"富子边说边向家中迈步走去。

园子听到眼前的女子就是住在向岛的那个人，便借着月光打量了起来。富子是个与她父母有着相似体型、个子高高的美人。长着一张瓜子脸，面容清晰、秀丽，皮肤滑腻，也许是因为月光的原因，面色如同白雪一样。浓密的头发束在脑后,辫成了色情界女子常梳的银杏叶发髻,身穿一件浅色斜纹丝绸单衣,腰系棱纹博多带,平纹绸的和服外褂像个艺伎的打扮似的轻轻披在肩上。夫人转过头来,向园子介绍了富子。听到母亲介绍自己,富子停下脚步,面向园子寒暄道:"初次见面,今后还请多多指教。也希望能与您愉快交往。"富子这番话语,颇有其母的风范,清晰干脆、伶俐机敏。

一行人先来到了一间十个榻榻米大小的会客间准备就餐。因为富子已经很长时间没有回家来了,而且园子来后大家还没有一同吃顿像样的饭,于是主人长义便高兴地提议换到一间西式餐厅用餐。于是一行人又从会客间来到了西餐厅,围着长桌坐了下来。

西餐厅的窗户半开着,初夏温暖的夜风徐徐地吹拂着窗帘,让明亮的瓦斯灯不时轻轻晃动。这二十多年来,主人长义的内心也只有在这一家欢乐地围坐在餐桌旁时才有所放松,平日里紧皱的眉头舒展了不少。他手持餐叉,愉快地环顾着自己的家人,默默地听着他们交谈。这一桌人中话最多的要算富子了,她从最近出版的文学杂志的评论到上演的戏剧、音乐等等,不停地变换着话题。

"园子先生,您不太怎么去看戏剧吧?"富子把脸转向园子。

"是的,我……"园子低下声来,"十三岁之前还经常和父亲一起去看看戏剧什么的,后来就一次也没去过了。"

园子这么说着,突然回忆起小时候的事情。那时她还没有到养母家。园子的生父是松平的藩士,在政府某部门做下级官员。因为平时很喜爱音乐,每月一定会带园子去看一两次戏剧,园子自然对戏剧有了些爱好。但是到了养母家后,每天却只能埋头读书了。特别是从事教育工作以后,好像已经忘记了世上还有戏剧这回事。听着富子兴致勃勃地说这说那,园子不由得想起幼年时无拘无束的生活。同时也感到做教育工作真的很辛苦,还要时刻担心会不会因为一些小事而影响到了自己的名誉和地位。她于是说道:"像我这样在学校工作的人,经常会被一些无聊的事情束缚,什么都不敢去做。我已经很长时间连三味线的声响都没有听到过了。"

园子从自己的实际体验出发,谈到了现在的教育工作者的工作态度很是偏颇,每天都在作茧自缚,只想着不要犯错。听了园子的议论,富子很是赞同,更加激发了她的兴致,于是毫无顾忌地批评起社会上各种人物来:"不客气地说,现在那些所谓的教育家啦,宗教学者啦,都是些虚伪无聊之徒。整天就只会说什么道德啦,教义啦,把自己打扮得像个圣人似的。不是骂去看戏如何如何不好,就是骂去参加宴会如何如何无耻,搞得自己好像真的很纯洁似的。要我看啊,那些人不是眼馋别人可以去玩乐,自己只能忍着不去,就是像个平头百姓一样,真不了解其中的趣味。因为向别人灌输所谓纯洁的事就是他们的工作,要是获得了一般人的情趣就会被扣工资,所以没办法,只好说些漂亮话解解闷。"

园子微笑着,听着富子在喋喋不休地骂这个骂那个。因为已经有很长时间没人愿意听富子的唠叨了,对园子认真倾听的态度,富子非常高兴,觉得是遇到知音了,于是更加任着自己的性子说这说那,甚至开始讲起和自己一样的毕业生的一些往事。

等上了咖啡,富子终于从刚才不平的情绪中摆脱出来,换了一副可爱的表情,用温柔的语调说:"园子先生,您什么时候有空,可一定请来向岛做客啊!"

迄今为止,园子还没有交到一个能够倾心交谈的同性朋友。同一个学校里虽然也有和园子走得很近的女老师,但是彼此都在内心里对对方有着一种女性特有的嫉妒和反感。因此,虽然知道富子的观点有些偏激,但也算和自己有些共同价值观,于是园子很愉快地接受了邀请。

暖炉上方摆放的座钟敲了九下,一家人意犹未尽地从座位上站起来。主人长义带着满意的笑容,显得微醉,夫人缟子仍旧保持着平日的华美优雅,从园子和富子之间站了起来,拉上早已有些瞌睡的秀男。一家人静静地离开西餐厅，回到了各自的房间。

五

来到黑渊家，已经一个月了。这期间园子感到自己的思想有了很大转变，以前一直都是开朗无邪的内心，最近总像有一团阴云压在上面，虽然细想起来，也没有沉浸在什么阴郁的思想中，但总有一种说不出来的感觉，心情抑郁，做什么都提不起劲头来。自己怎么会变得这样呢？园子每天晚饭前都要到庭院的树林中边散步边尝试着找出原因，但每当这个时候，整个人就又变得烦闷起来，不愿意再去思考。结果每次都是数着婆娑树林间若隐若现的星星返回房间。

园子今年二十六岁了，个头不高，略显溜肩，小小的嘴唇、可爱的眼角以及有点婴儿肥的双颊都显现出诱人的秀美。特别是她纤细的脖颈顶着满头浓密秀发，就如同嫩嫩的草叶无法支撑大大的花朵，随时都会折断一般，让见到她的人内心不由升起一股怜惜之情。连夫人缟子也曾说过园子这样的容貌做教师真是可惜了。她那乌黑的头发要是束扎起来，梳个岛田发髻的话该有多么娇美啊。她有着这么迷人的外貌，为什么不去找个好人家，却以女子之身闯入竞争激烈的人间战场呢。说起女教师，缟子夫人觉得就像去做护士一样，只有那些得不到理想婚姻，或者由于什么不得已的理由才会去从事这一类的职业。对这么漂亮的园子去做女教师，缟子总是觉得不可思议。

当然，对于园子来说，为什么做教师，她也不能说清楚。当年从无拘无束的父亲身边来到严厉的养母家后，渐渐地养成了读书的习惯。那时的她想象自己穿着褐红色的和服裙裤，手上拿着一两本外文书，显得非常高雅。另外，还有一段时间，她相信女权主义，经常对朋友们宣讲。还记得在她二十岁从东京女子学校毕业时，充满了优越感甚至有些妄自尊大。虽说因为园子将来需要继承常浜家的家业,男方必须入赘做上门女婿,但被园子的美貌所倾倒,还是有人愿意拜倒在她的石榴裙下。其中一位是很有前途的工学士,另一位是长着像女人一样秀美脸庞的青年画家。但当这两三个追求者向她求婚时,园子想都没想就拒绝了。园子一方面觉得结婚以后,自己会被烦琐的家务所困扰,另一方面也有些许野心,觉得自己可以凭借美丽的外表和才学在社会上奋斗一番。

后来,园子又到了某某英国人开办的英语学校去学习。当她每天抱着斯温伯恩的英文小说和莎士比亚的戏剧走在去筑地上学的路上时,大脑里不断想象着自己成为才女作家、报社女记者或者女子大学讲师之类的知识女性。而实际上,这些也都仅仅停留在她的理想之中,她并没有一个明确的目标。三年以后,她如期拿到了毕业证书,但半年过去,她也只是在养母家看看书、发发呆,无所事事。后来,养母实在看不下去了,就发动了所有认识的人,终于在私立某女学校为她谋了份女教师的工作。园子那一时已经快要熄灭的功名之心又开始熊熊燃烧起来了。但园子的性情也如同她那柔弱的身躯一般,承受不了多久人世间激烈的斗争。就如同早上开放的喇叭花很快就枯萎下去一样,那一点点气力也早就消磨干净了。现在,如果问她以一女子之身闯荡社会,把自己暴露在追求功名的道路上是为了什么,或者说当她得到想得到的东西后又能怎样的话,她自己恐怕也想不出一个恰当的答案吧。只是觉得名誉、地位、权势、体面等一些朦朦胧胧的东西在心中骚动罢了。

园子那颗像火山一样随时可能喷发时不时在心中涌动的名誉心不知什么原因又在不断地喷涌,但在进入黑渊家以后所了解到的各种情况,触发的各种感慨,又很快把狂热的内心冷却下来。就像刚从英语学校毕业那时候一样,一种疲惫、不快活的心情又让园子的身体感到慵懒和倦怠了。有那么几天——又觉得好像过了很长时间——园子只是机械地把她的身体移到学校的办公室,回来以后也像是尽义务一样面对秀男,监督他读书,之后就如同野狗一样徘徊在黄昏的庭院,这样的生活就如同每天都重复地盖着相同的印章。这种状况持续一段时间后,无论哪个人都会因为这样的生活影响到身体,自然而然地陷入漫无目的的空想之中。园子也是这样,晚上经常会睡不好觉。在园子的心中,昨天的希望之光已变得模糊,只有过去阴郁的回忆占据着她大脑的全部。

在一个翻来覆去睡不着的苦闷夜晚,过去的情景又活生生地浮现在了她的脑中——不断想起的就是那个学士和画家向自己求婚时的景象,要是那个时候答应了他们的请求,现在自己会在做什么呢?和现在的状况相比哪个才算是幸福呢?虽说现在的自己也想不出有什么不满足的地方,但时常觉得缺少了一些希望,感到一种心境难平的情绪。当时,虽然园子拒绝了他们的求婚,但是当男人们急切地把爱情奉献给自己的时候,园子还是有一种胜利的喜悦感,或者可以说是一种得意的感觉。但那以后,也就再没有男子向她求婚了。一想到这些,园子觉得,如果今后再有人向她求婚,她恐怕就会做出和以前不一样的决定吧。另外,园子也忘不了这一段时间,她曾经去向岛找过富子两次,在路上和笹村遇到过一次。

今天早上,园子做了一个梦,然后一下子就醒了过来,回想刚才做的梦,可怎么努力都想不起一丝一毫来。正好今天是周六,因为主人长义要她带个话给富子,所以,一过中午,园子就一个人来到了向岛。

入梅已经三天了,雨还一滴都没有下。虽然很热,但天气还不错,时常有一阵阵凉风吹来,轻轻地拂动着单衣袖子,令人神清气爽。闪着光泽的绿叶、亮堂堂的水面就如同夏天最好的装扮,让堤坝显现出无尽活力。然而园子仿佛置身事外,对这一切视而不见,既不高兴也不悲伤,只是静静地走进了富子家别墅的大门。

迎候的女仆立刻把她带到了富子的房间。园子这是第三次来找富子了,因此富子也没有当回事,房间乱糟糟的,一点都没有收拾。对来家拜访的人,富子不愿意表现得太客套,因为她认为那是虚伪的,只有双方敞开心扉,无所不谈才是愉快的。所以,看到园子之时,富子半躺在那里看着小说,也不觉得有什么不好意思,直到园子进入房间,才默默地直起身来,随手把身边的坐垫推给了园子。

园子向富子传达了主人长义的话,就是四五天前经常折磨他的神经衰弱症又发作了,所以希望富子有空的时候回家看望看望他。

"年纪大了都这样,我只是不愿听他唠叨。"富子答道,说完后又像自言自语似的说,"看来爸爸还没有忘记以前的烦心事啊。"接着她抬起头,看着园子问道:"阿园,你说,那些男人们,当然也不光是男人,为什么那么想在社会上出人头地呢,想一想都觉得可笑啊。"

园子还在犹豫该怎么回答她,富子又继续说道:"像我爸爸,都这么一把年纪了,还在一个劲地想着怎么到社会上去闯荡,结果愁得都得了病。我呀,就算是再结一次婚,也不想到社会上去混。"

接着,富子又开始议论起自己平日的观念。那些社会上所谓的名誉和声望到底算什么呢?要想得到声望,就得表面举起那些道德、道义的大旗,然后做一些可笑的事,成为连自己都不相信的伪善者。比起那样,还不如从社会上急流勇退,找个能让自己放松、自由的地方,悠闲地生活更加幸福、愉悦,并且也不用为自己做过的蠢事而内疚。

园子听了富子的此番议论,一方面觉得因为黑渊家受到社会的排挤,富子的观念是对此的一种反抗,另一方面,也不得不承认她说的话也有值得认可的地方,"确实如此啊,那些表面上有着崇高地位的人,背后也都做过一些愚蠢的、见不得人的事啊!"

"事实就是这样。"富子好像突然想起了什么,深受触动,"我和前夫分手,就是因为这种事。"

"那是怎么回事呢……"园子突然变得很热心,以期盼的语调问道。

"那个人就是光做外表光鲜的事。"富子垂下眼帘,"现在想来,我也有些过分了。说起这事我也有些无颜以对,反正当时自己觉得厌恶了。

是我主动提出离婚的。"

富子的丈夫在知识分子中也是赫赫有名的法学士，在大学做副教授，另外还在几家私立大学兼职讲课。富子一开始对有如此声望的丈夫很是满意，把全部的热情和真诚都奉献给了他。身为新学士夫人，她也开始出席各种社交活动，受到大家的尊重和赞扬，这些都让富子那些因为绝望而生出的极端思想逐渐缓和，几乎恢复了女性应有的温柔和体贴。然而，好景不长，只过了半年，这种平和稳定的生活就被打破了。因为富子渐渐发现，那个法学士和自己结婚好像只是为了她的财产，因为丈夫从学校得到的工资一点不留地都花在了其他地方。而且，丈夫回家的时间越来越晚，有时甚至就直接住在外面。一开始富子还只能每天以泪洗面，后来才得知，丈夫在和自己结婚以前，就与一个艺伎发生了关系，还在本乡町附近和那个艺伎生活在一起，并且已经有了一个三岁的儿子。了解了这一切，富子内心的愤怒、嫉妒、悲哀等负面情绪交织在一起，结果陷入了比以前更加极端的状态。

"知道了这些实情后，我悔恨万分，总想着要痛痛快快地报复他，最后我对他已经完全没有了一个妻子对丈夫的温柔态度。有一天晚上我故意住在外面没有回家，其实也没有做什么，就是感到心灰意冷，不明白自己怎么变成了这样钻牛角尖的泼妇。两天以后回到家，丈夫对我发了一大通火，又是说我没有贞操，又是说我不守妇道，总之就是把大帽子往我头上扣。那时候我就想既然如此，那就撕破脸皮吧。于是把心中的怨气和不满全都抖了出来，总之都是些过激的话。不过，阿园，真的钻牛角尖去考虑的话不就是那么回事吗？自己明明在结婚前连孩子都有了，别人稍微做些任性的事，就说人家什么没有贞操、不守妇道，真是恬不知耻。本来贞操这东西就是夫妻两人必须都遵守才能保持纯洁的嘛！我那天当场就让他写了离婚状。"

富子边请园子喝着红茶、吃着点心边把自己离婚的经过说了一遍，然后又说到自己离婚后，精神有些错乱，以至于不得不去医院医治。后来自己一个人搬到这个向岛来以后，才慢慢想通了一些道理：在意别人口中的评价而感到生气、懊恼，或者过于认真地想要理解社会上发生的事，就会产生抗拒的想法。这个社会就是可笑、愚蠢的，不管外表多么光鲜，都是些骗人的把戏。自己已经彻底想明白了，自己是自己，社会是社会。自己绝不会在意社会的评判，想做什么就自由自在地去做，不需要讲什么客套。如果自己真做了什么卑劣、肮脏的事，即使要承担再多的责任，接受再大的惩罚，也绝不会去隐瞒、逃避，也不需要为了名声去苦恼、烦闷。自己就是一个脱离了社会的人，没有丈夫也没有孩子，无论何时何地都只是一个叫富子的女子，也就是一个不在所谓道德约束范围内的人。而所谓的道德就是因为有了社会、家庭这样的东西才会成为必要的。在外人看来，也许自己敢于做那些令人厌恶的事情，但她一点也不觉得有什么不好意思，反而觉得心安理得。

"我最近真实地感到内心非常平静、悠闲，没有任何需要牵挂、劳神的。我现在就想这样死掉，也可以算是去往极乐世界了。"

"确实如此啊。世上很少有人打心底里想去做什么慈善事业这种漂亮事。说到底，大家都是为了自己的名誉，而不得不去躲避那些有损声誉的事。这个世界上很少有那种从内心到外表都纯洁无垢的。"园子将目光转向宽广的庭院，"像我这样，也想过内心平静、无拘无束的生活，但就是无法做到像你一样，和这个社会完全断绝联系，有时候也不得不说些言不由衷、违心的话啊。"

说到这里，园子不再说什么了，只有眼睛还注视着庭院那边。这时，从遮蔽了洌洌清泉的树林间飞起四五只小鸟，啼叫着飞向菖蒲丛中。富子也把目光投向院落，"阿园，你第一次来的时候，紫藤花还没有完全谢吧。"

沉重的话题突然因为这句而宣告结束。接下来两个人从向岛的景色谈到喇叭花以及菖蒲，再也没有提及那令人不快的话题。最后，不知在谁的提议下，两人很快在檐廊处换好了拖鞋，一同来到了院落里。

六

向岛别墅的院落比小石川住处的庭院还要宽广一些，园子和富子并排走在茂密的树丛里。她们右边的池塘里开满了菖蒲，把整个水面都遮住了，而在左边，透过粗粗的树干，可以看到靠近围墙的空地被开垦成了花田，里面盛开的百合花鲜艳俏丽。脚下是柔软的青草地，头顶上细密交织的嫩叶遮蔽了蓝天，树叶随着微风轻轻晃动，从蔚蓝的天空中洒下夺目的光线，就如同闪亮的金线在摇曳。新长的绿叶清新而明亮，初夏的树林悠闲而静寂，这一切都是那么的自由而充满活力。

"真是太惬意啦！"园子情不自禁地叫了起来。想到在这么一个美丽别墅里，"没有任何劳苦"的富子自由而无虑，园子不由得羡慕起来。

如果说身处自由之乡是人最重要的幸福，那么园子不得不说自己正在远离幸福。虽说活到现在，自己也没有受到什么严格的约束，但仔细想来，平日经常会担心如果这样做了，会不会被别人指责呀，那样做了，会不会让自己的权利和地位受到挑战啊等等。所以说得极端些，平时我们所有的举动都是经过这样的心理判断才付诸实施的，没有任何行为是不劳心智、随性而做的。特别是每当那些女教师同事带着嫉妒的语调评论自己时，园子总会担心自己的衣服、发型，甚至是天生的体型都会被别人议论，也总希望自己生来柔弱的身姿和性格能够显得顽强而严肃些。这些事情，现在都成了园子挥之不去的烦心事。

"阿园，我们去花田那边看看吧。"

富子声音响亮而清脆，拉上园子无力低垂的手，从池塘边转向花田的方向走去。

"百合花，阿园，在小说里不都是被当作恋爱的使者吗？"富子微笑着，站在了百合花丛中。

"在所有的花里，百合花花型是最美丽的了。我最喜欢的也就是百合花。"

这是个比养母家整个庭院还要大的花田，百合花就占了一半，形成一片盛开的艳丽花海，芬芳的花香扑面而来，令人心醉。富子一直走在明媚的阳光下，精神显得特别愉快，不由得谈兴顿起，讲起了令人愉悦的话题。"阿园！"富子用洪亮的声音说道，"你那么喜欢百合花，走的时候就送你一些吧。像我这样的已经不会再有人搭理了，不过，一定会有很多人想要像小说里描写的那样和你交换百合花吧……是不是啊，阿园。"富子笑嘻嘻地逗着园子。

"哎呀，你怎么说这话啊！"园子没有生气却忽然有些害臊地说，"我不是要和什么人交换花才这么说的，只是觉得花型非常漂亮而已……"

"所以啊，哈哈哈哈。"富子赶紧抢过话头来，又接着说，"阿园，你不要这么严肃嘛，我们都这么熟悉了，哎，讲讲你的恋爱史吧。"

花田中间的小路上放着一张长椅，富子走过去坐了下来。园子也并排坐下，真不知道该怎么应答富子的话题，只是红着脸一言不发。

"你要讲了你的恋爱史，那我也……哈哈哈哈。"富子又笑了起来。

但是园子真的没有什么值得炫耀的恋爱故事。只是在二十岁的时候，有个学士和一个画家……特别是那个画家，曾激烈地追求她，即使拒绝了他的求婚，他后来还给她寄过一两封信。除此之外也就没有什么可讲的经历了。

"阿富，你可别这么说，我真的没有什么可讲的……"园子只好带着哀求的语气说。可富子就是不依不饶，一定要园子讲一讲不可。到最后，没有办法，园子只好不情不愿地讲起那个学士和那个青年画家。

富子听了，还觉得意犹未尽，带着打破砂锅问到底的劲头问园子为什么要拒绝这样的良缘，最后甚至问到园子是不是打算今后再也不结婚，一个人过一辈子。园子害羞的心绪稍微平息下来，依然低着头："就像我刚说过的，那时候虚荣心太强，一点都没把结婚放在心上，就那样把他们都拒绝了，这当然并不是我信奉什么独身论。但是，从学校毕业以后到现在，就再也没有遇到向我求婚的人，自然也就像是忘了结婚这种事。"

"阿园，现在你难道还不考虑结婚吗？"

"现在……"园子不知该如何回答，脸又红了起来。

她该怎么回答呢？一直以来，养母的家庭教育是把男人都看成恶魔，绝不允许园子接触，再加上后来又被自己熊熊燃烧的虚荣心所蒙蔽，从十七八岁到二十多岁，园子根本没有时间去思考男人到底是怎么一回事。和男人单独在一起闲聊最多也不会超过三次。那些早已被忘得一干二净的求婚者，也是在园子来到黑渊家之后，内心非常放松，极度无聊的时候才又慢慢浮现在她的记忆中的。

"阿富，我真的不知道该怎么回答你。我一方面没有养母那样顽固的思想，另外也觉得一般女人在某个时间总要结一次婚。如果有哪位不嫌弃我，想要娶我为妻，不管他家多穷困，我也会很高兴地嫁过去……"

这时，突然吹来一阵风，把浓烈的花香从头罩向两人，与此同时，一个男人的身影出现在了花影后面。

七

"呀，你好！"男子边高兴地打着招呼边取下礼帽，"啊，阿园也在这里啊！"

"笹村先生，好久不见了，是哪阵风把您给吹来了。"富子笑着说。

园子从长椅上站起身来，小声地让着坐："笹村先生，请坐吧……"

笹村客气地让园子先坐了回去，自己则挺着胸，将拐杖挂在身后，站在了园子面前,"那个,我今天去护城河边看了菖蒲,回来的时候,正好……觉得很长时间没有来拜访了,就顺便来过来看看。"

"真是很长时间都没有来了。最近连小石川那边也不大去了,笹村先生,看来你是在别处找到乐子了。"

"您可不能开这种玩笑啊!"笹村赶紧大声地强调,之后,又突地转成细细的嗓音,"富子小姐也说这么过分的话啊。像我这样的人怎么会……别说我是一个基督教徒了,就像我这样的穷作家,是吧,阿园,我怎么也不可能做那种事啊!"

笹村有二十七八岁,个头不高,但很健康。身穿略显老旧的西服,一本外国杂志塞在口袋里,若隐若现,胸口纽扣眼里插着一朵大大的菖蒲,显现出一个文艺青年特有的姿态,这也是园子能够信任其之处。他的面庞有些狭长缺乏品位,但温柔而又充满热情的语调很好地掩饰了这一缺憾——当然并不是巧舌如簧。他一开口就被富子抢白,于是干脆就装作争辩不过的样子,这让富子对自己的口才更加自得。终于,话题转到了笹村的身上,他开始大谈自己在护城河边看到的美景,说到身处百合花海中时更是赞叹不已。又是说济慈对此花是如何讴歌的,雪莱是这样赞美的,华兹华斯是那样赞美的,举出了各种文学上的例证,来证明没有什么花比百合花更美了,最后,还把自己以前写的赞颂百合花的一段诗轻吟了出来。

笹村嗓音略显沙哑,富子还像刚才一样,又开始打趣笹村,笑着让他干脆再唱首歌吧。但是园子却对笹村在诗中把百合花比作清纯的女子和他带有磁性的声音很是触动,不由得目不转睛地盯着笹村的脸庞。一阵接一阵的暖风带着浓烈的花香吹拂着园子,仿佛把她内心深处潜藏着的某种情感引诱了出来。突然,富子说:"笹村先生,你知道吗,园子和你一样,也是最喜欢百合花了。"听了这话,园子一下子觉得心跳得厉害起来,抬头看了看富子,富子也望着她,嘴里却满不在乎地继续说:"阿园啊,你们两个都喜欢百合花,这要是写到小说里,恐怕就该有故事发生了吧。"

"是恋爱故事吗?哈哈哈哈。"笹村毫不介意地笑着。园子的脸却一下子变得通红。

女仆走过来告知红茶已经煮好,于是富子赶紧催促两人离开花田,又随手从旁边摘下两朵百合,递给二人:"你们回去的时候,要是不嫌麻烦,我让花匠老爷爷剪一大把给你们带着。"

当园子和笹村一同离开富子宅院时,已是夜晚了。两人喝完红茶后,又闲聊了大半天,不知不觉中仿佛忘记了时间,直到富子留两人吃晚饭,他们才注意到已经这么晚了,赶紧再三推辞走了出来。

两人走到言问桥附近,路边樱叶茂密的树冠遮蔽了星光,前面的道路如同消融在黑暗之中,只有时不时从堤岸下射来的灯光,照着羞答答的园子和紧挨着她的笹村。当两人走到长命寺附近时,连堤岸下的灯光也不见了,被遮天嫩叶包裹着的向岛堤岸和映照着对岸灯火的昏暗河水,仿佛进入了寂静的无边睡梦中。

园子继续着夜晚的漫步,一种孤寂而愉悦的情绪从心底慢慢升腾起来,诗的韵律充满了她的胸膛,到了后来,仿佛连自己走在何处都已忘却。这时,一股轻柔的暖意靠近了她的脸颊,她不由得吃了一惊,转头看时,只见笹村插在胸口的百合花在黑暗中显得愈发洁白,一阵花香伴着笹村急促的呼吸扑面而来。

园子的内心不自觉地躁动起来,一时也想不起该说些什么,只听到自己的呼吸也急促起来。两人沉默着走了五六步,突然,笹村轻轻叫道:"阿园。"园子只弱弱地应了一声,胸中的战栗高亢起来。

"阿园。"园子又听到了一声呼叫,后面的话语却没有传到耳朵里。除了觉察到浓郁的花香在夜晚静寂的空气中不断飘荡,园子其他的器官仿佛都丧失了清晰的感受。当她再一次回过神来,吃惊地看到一只男子的手不知何时搭在了自己的肩上。

"啊，阿园。"笹村一把紧紧地抱住园子，"阿园，那首歌唱百合花的恋爱诗篇，我是带着很深很深的感情吟唱的。"

除了照射着嫩叶的星光，其他什么也看不到。轻柔的水鸟啼叫声从昏暗的水面上飘来；木桨偶尔一两下的划水声仿佛把远古生活藏进草棚的黑暗中；树叶沙沙作响，如同诉说着大自然的秘密；涟漪轻拍河岸像是河流在自言自语。这所有的声响汇聚在耳边，与百合的花香调和在一起，共同演奏出无与伦比的自然旋律。

女子颤动的声音仿佛从心底响起，"你所说的是真的……你敢向你所信仰的上帝发誓吗？"

"那还用说。"

走过竹屋渡口时，男子停下了脚步，急促的呼吸越来越灼热，仿佛心中的火焰已无法抑制，他一把将臂中的女子抱起，并把脸凑到了女子唇边。

"哎呀！"

"怎么了？我是上帝的信徒。我已经向上帝发誓诉说了我的真诚。但你原本并不是基督信徒，所以你要在行动上表现出你的诚心，做出让我安心的行为。请愉快地接受我亲吻吧。"

园子嗅到笹村胸口插着的百合花散发出的香气，柔软的花瓣轻轻地碰触自己的下巴，女子一下子仿佛失去了意识。

在此之前，园子从未有过这样害羞的体验。但过了吾妻桥，走到行人众多的大街上，因为两人都在意别人的眼光，只好分别坐上了车。刚才笹村极力邀请她今晚一定要到自己家来时，园子还有些恐惧，而现在内心已渐渐平息下来，除了心中充盈着的奇妙愉悦之外，胸中只留下了温暖甜蜜的心绪。

美丽的自然在六月的夜晚充分展现了它的爱意，这种爱意化为诗情深深地打动了园子，她终于收获了久违的爱恋。而爱恋总要带几分轻狂才能实现，对于这一点，园子也绝不会感到忧伤、后悔。

八

第二天是星期天,园子哪儿也没去,从上午就一直带着秀男在后花园的树林间走动,到池塘边无所事事地转转。到了傍晚,园子想起已经很长时间没有去看望养母,就出了黑渊家来到了养母家。

养母平日里总是板着脸,一副不开心的样子,而今天,利根子露出灿烂阳光般的笑脸,这是园子从来都没有见过的。而且欢快的情绪仿佛使养母成了三岁孩子,欢欣雀跃、无法平静。园子无法想象养母究竟遇到了什么高兴的事,但看到她如此兴高采烈,自己也不由得欢喜起来。

"母亲大人,您今天的脸色太好了,不知您遇到了什么心满意足之事。"

"啊,阿园。"养母仿佛正期待着她询问一般,"我多年的心愿恐怕很快就要实现了,虽然现在还不能完全确定……"

"这就是说您要到什么学校去做老师……"

"啊,是的。是一所贵族女子学校……"

养母接着叙述了事情的经过。据说最近有家贵族女子学校的书法教师要转到其他学校去了,因此推荐她来接替自己的岗位,不出意外的话,养母将获得她多年来渴望得到的名誉和地位。

"啊,是这么回事啊。母亲大人,我太为您高兴了。我从心眼里期待这件事能赶快确定下来啊。"

"估计很快就会有消息的。不过,那个学校从这个月十五号开始放暑假,弄不好要拖到九月份了。"

养母不再谈论这个话题,之后,让园子留下来一起吃个晚饭。很快,女仆端上饭菜,两人边吃边攀谈起来。"你那边的学校,上课上到什么时候?"

"应该到月底吧。"

"这么说,九月份之前可以放松玩玩了。"

"是的。我们九月十号才开学。但是,六月份可是一年里最忙的时候。后天是学校创立纪念会,要指导很多学生表演朗读和演讲,并且,作为教师,我也要为他们的成绩负责。真是太劳神了。等纪念会一结束,马上又要期末考试。所以,这个月最忙了。"

"是啊,是啊。去年纪念会不是你指导的学生朗读成绩最好嘛。"

"所以,今年怎么说也不能比去年差啊。"

两个人边吃边聊,很是尽兴。园子离开养母家时已近九点了。回到黑渊家不久就响起了十点的钟声。园子接着坐在桌前,开始批改学生的英语作文和默写,直到过了十一点,才安静地睡去。

第二天一过,接下来的星期二就到了学校创立纪念会的当天。私立某女子学校每年都会在这一天招待与学校创立有关的朝野内外名人、学生父母以及保证人等来校参加纪念活动,今年也不例外。在纪念会上,有学生的英语演说、演唱以及演奏,这些都结束后,还会邀请来宾前往体育场的树荫下,品尝由烹饪班学生制作的自助餐。今年的这一天也和往年一样举办了这一系列的活动,园子所指导的学生在英语演说中取得了第一名的成绩,园子也因此在第二天受到了水泽校长的极力赞扬。

就这样,这十几天来,园子好事连连,之前所感到的倦怠之情也消失殆尽,整个人的精神和情绪也为之一振。与此同时,想要收获名誉之心也随之而来。不过,现在的心境和过去有所不同,以前的欲望之心是一种没有明确目的、极端狭隘的欲望,而现在不是这样。她不再像过去那样想凭借一己之力立于世间,而是想着和自己心爱的人手拉手,作为一个女人、一个妻子在自己可以做到的范围内,平和地获得自己应得的名誉。

园子在对所有的事情上都体现出比以往更多的热心,而有时又会体现出从未有过的沉着与冷静。随着身体各方面功能都趋向健康,玫瑰色的脸颊浮现出粉色的气晕,显现出少女特有的魅力和温馨。只是因为不知道养母对自己将来结婚会做出何种表示,因而,偶尔在寂寥的雨夜,会从心底浮现出悲悯之情。但即使有着这样的担心，园子总觉得凭着自己无垢的纯洁之念、只要两人之间没有污浊和虚伪的事情发生，最终一定能走到一起。对此，园子自己一直保持着这种少女的理想与自信。

这期间，两人偶尔会在公园里碰到，也会在黄昏的树荫下牵手漫步，互诉衷肠。这样温情的恋爱，对于园子来说是多么欢欣的体验啊！时间就在欢欣中飞快流过，不知不觉中已过了二十多天，某女子学校的第一个学期就要结束，很快将进入两个多月的漫长暑假中。园子也在思考该怎么度过这个暑假呢，从每天一成不变的作息中摆脱出来，是不是可以幸福地去准备结婚事宜了呢？园子内心开始盘算接下来的计划：先要回到家中，和养母好好商量一下结婚之事，然后再去拜访校长以及其他一些对自己社会地位有影响的人，向他们表明自己的心境，尽量不要有什么疏忽。接下来就是在今年秋天到初冬时节，选一个好日子，正式举行婚礼了。就在这个时候，长义老人告诉她，他们黑渊家每年这个时候都会到小田原的别墅去避暑，今年也不例外，并且盛情邀请园子也一同过去。园子客气了几次，但老人一再坚持邀请，她也不好再继续推辞，只好答应下来。不过她也和老人说好，只在那里住到七月底。而自己对婚事的计划也只好先放一放了。虽然也有些许失望，但想到还有一个月时间可以完成自己的计划，也就不再表现出不满，和黑渊一家人一同高兴地前往小田原了。

伴着前往箱根温泉的旅客，一行人在国府津停车场换乘了电车。他们听着相模湾的阵阵波涛声，渡过美丽的酒香河，终于来到了松树茂盛的小田原城下。在这段长长的旅程中，园子在电车上回答了秀男的问题，又谈论了历史和地理的话题。在小田原城下，一行人换了人力车，穿过充满了古驿站萧索情调的小田原街道，很快就来到了黑渊家位于海边的别墅。

"景色真的太漂亮了！"园子和黑渊一家人一同坐在了大客厅外屋檐下的走廊上。

过去，园子曾在去箱根的路上，两次拐到这边的海滩上散步，但还从来没有独占过如此美丽的相模湾景色。

黑渊家的别墅占据着最好的位置。眼前渐渐低下去的小沙滩，从栽种着四五棵高大松树的石阶下，一直延伸到海边，有五十多米。在这片宽广的沙滩上，靠近石阶处长着各种各样开着小花的低矮杂草，而在靠近海面的沙地上则满是被海浪冲上岸的海草和贝壳。午后的太阳发出强烈的光芒，把沙滩晒得滚烫，大海对晴朗的夏日则充满喜悦，把那浓浓的深蓝无限地扩展开来。旁边的三浦半岛伸展在海上，空中飘着朵朵白云，海平面上，除了笼罩着远处岛屿的烟气和点点白帆，看不到其他任何东西。平静的海面卷着些许波涛，从远处推送过来，拍在眼前银色的沙滩上，发出震耳的声响。浪花破碎后飞沫四溅，反射着太阳的光芒，折射出无法形容的色彩。

园子凝视着眼前不断涌动的波浪，过了一会儿，把头转向横亘在旁边的伊豆半岛。苍翠的青山卧在半岛上，显得稳固而永恒，在给人以巨大慰藉的同时也像传达着深刻的含义。这些迷人的景致让园子忘却了自己，不禁浮想联翩起来。而当她回过神，感到自己像是离开东京有十年之久一般，顿时生出隔世之感。

园子从走廊回到客厅时，主人长义和夫人已经换好睡衣，正放松地坐在沙发上休息。看到园子回来，夫妻一同说道："阿园，你也快点换身衣服吧。"

"好的。这边可真凉爽，一点汗都没出。"

"阿园。你就住在对面的房间里吧。是三个榻榻米大小的那间。可能小了点，没关系吧。"长义像是为了得到夫人同意，把头转向了绮子。绮子夫人边点着头边拍了一下手，叫来了女仆。

园子居住的房间非常安静而紧凑。一米宽的窗外，松树细密的枝叶不时地迎着凉爽的风，沙沙作响。园子住在这里，每天上午从九点到十点的一个小时，一定是监督秀男读书。而在太阳光不很强烈的上午，以及海面被染成蔷薇色的黄昏，园子就和黑渊一家人一同，或在海边，或在街头，或在城墙边，随处散步游玩。在此悠闲而舒适的避暑生活，对园子来说显得有些漫长。在离开东京也就一周左右的时间，他们已把小田原城中的名胜古迹都游览完了。

在散步过程中，园子最高兴去做并乐此不疲的是在拂晓的海边，踩踏冰凉沙滩上的露水，或者在被黄昏紫色的天空包围着的海滩波浪边，仰望星星初升的夜空。

一天早上，黑渊一家人尚在睡梦中，园子一个人起来，像往常一样走在围墙外的沙滩上。她用尽力气，舒展着肺叶，贪婪地呼吸着早晨的空气。远眺海面，在雾蒙蒙的水蒸气中，大海仿佛刚开始苏醒，波涛渐渐从海底涌起，发出隆隆的轰鸣声。东面的天空中逐渐流动出红光，一秒一秒地扩展着它的领地。园子不由得忘却了自己，口中边吟咏着记忆中笹村写的一段新体诗，边缓步向前走了一两百米。突然，园子看见前面沙滩上停着的渔船背后有人影在晃动，赶紧闭紧了嘴巴。

渔船后面是一对年轻的男女。他俩看到园子，也吃了一惊，赶紧从坐着的沙地上站起身来，相互紧紧搀扶着，向沙山方向走去。园子立刻醒悟到这是一对新婚夫妇，不知怎的，她的目光一直追随着这对夫妻，直到两人的身影消失在远处松树树荫里。而在此时，从两人身影消失的地方传来两人欢快的歌唱声，和着大海波浪的轰鸣声一同传到园子耳中。

园子靠在渔船船舷处，不由得低下了头。园子第一次在清晨的海边满心欢喜地欣赏美景时就已经想象着和恋人在这片洁净的沙滩上散步。这种想法在她的大脑中已不知出现了多少遍。现在，她的大脑中又出现了这样的幻想。

当东边破晓的太阳射出它第一缕金黄色的光线时，园子回到了她那三个榻榻米大小的房间。她下定决心，不管怎样，一定要做好下个月就回东京的准备。另外，她觉得还应该在回去之前把笹村叫到这海边来，哪怕是一天也行。园子眼前又浮现出那对新婚者的身影。这天上午，园子写了一封长长的信寄给笹村。

第三天，笹村的回信送到了。信中说道他第二天要投宿到一家叫南阳馆的旅店，并希望那天晚上能请园子过去见面。这封信套了两个信封，两个信封上都使用了假的姓名，上面完全没有写笹村的姓名。并且，笹村在信中反复叮嘱，希望园子一定不要把自己来小田原告知黑渊家的任何一个人。

看到这样的信件，园子内心有些许疑惑，但又考虑到这毕竟是恋人之间的秘密，笹村不想让别人知道，也可以理解。因此在第二天，园子借口出去散步，来到了南阳馆的客房和笹村见面了。

与笹村重逢之时，园子也忘记询问对信件的疑虑，只和笹村约好第二天拂晓在海边的沙滩见面之后就回来了。

九

清晨，与恋人的海边漫步给园子带来了无比的喜悦。

与在城市街道或公园中散步不同，在如此宽广的沙滩上，没有其他人，两人可以大胆地手拉着手，也可以放松地接吻。园子完全沉醉在这无所拘束的甜蜜爱恋之中，并和笹村约定傍晚再到一处荒废的古城相聚。当太阳升起，阳光从海面洒向两人时，园子不禁幽怨相聚时光的短暂，依依不舍地与笹村分别。

这一天，园子整日都在不停地眺望太阳，盼望着它能走快一点。终于，好不容易熬到吃过晚饭，夕阳即将沉入远处的海滩，只剩一点金黄色的光线透过天边云彩的缝隙投射出来，准确地照在窗外粗壮的松树枝干上，也射进园子的眼中。在这辉煌的光线中，她仿佛看到了即将与笹村会面的那座古城遗迹。

城外有一片已干涸的护城河湿地，那边最方便避人耳目。在巨大的杉树荫下，有一段快要塌陷的石阶上长满爬山虎，在那儿见面也很有韵味。或者再到大久保神社里的天主台附近散散步。总之，黄昏，依偎在恋人的胳膊里，在叙说着不朽历史的古城边和恋人倾诉衷肠，就如同讴歌不朽的爱情，是多么美妙的诗篇啊。在无边的幻想中，园子仿佛变成了小说中的主人公。突然，耳边传来了一阵拉门开启声，园子吃了一惊，回过神来，只见缟子夫人满怀心事地走了进来，坐在她身边的座位上。

缟子夫人先说了两三句无关紧要的话，接着，向前挪了挪身子，凑近园子，说了句让园子颇感意外的话。

"阿园，笹村来小田原了，你也没有得到他的消息吗？"

园子吃了一惊，感觉整个人都无法呼吸。过了一会儿，她稍稍平静下来，想起笹村信上所说的话，便小声地回答道："是的。"

听了园子的回答，缟子脸色立刻沉了下来："哎呀，真不知道该说什么好，简直太过分了！"

接着，夫人便讲起她生气的缘由。原来，从东京一同跟来的女仆阿竹，昨天下午正巧看到笹村下了电车，便告诉了夫人。缟子觉得他应该很快就会过来拜访，但直到今天还没有见到笹村，也没有他任何的消息，因此，感到有些生气了。

算起来笹村已经有三个多月没怎么来过了——也就是园子来到黑渊家以后，便很少再过来。夫人为了消磨单调无聊的生活，经常会在周日去教堂。每次去教堂，夫人都会随意走走，看能不能碰上笹村，但大多时候都失望而归。园子刚到黑渊家时，笹村还会时不时寄封信来，说什么自己现在办杂志很忙，没有时间过来，非常抱歉之类的话。但这一个多月，连这样的信件也没再收到了。因为之前的关系，缟子对此非常不满，感到很不愉快。但是，作为一家主妇，她也不能去笹村家中找他，只好暂且作罢。因而，夫人正为此愤懑不平时，笹村明明来到了小田原，还不来拜望自己,她心中的怒火便愈发熊熊燃烧起来。

听了夫人的陈述,园子觉得很有道理,也对笹村为什么不来别墅这里拜访深感疑惑。但是,自己刚才已经说了没见过笹村,现在改口说明真相也就不合适了。因此,园子只好继续装出很茫然的样子,说道:"我这边也没有收到任何消息……那会不会是女仆看错了?"然后,抬起头,把脸转向夫人,眼睛平静地看着缟子的脸庞。

缟子立即提高嗓门予以否定,以至于语调都有些混乱:"不,没有看错。她绝不会认错人。笹村看到阿竹,慌得赶紧躲进一条小巷里。阿竹也装作没看到似的走了过去,回来后就告诉了我。笹村确实到小田原来了!"

"啊,原来如此。"园子嘴上回应着,内心却愁苦得无法形容。

夫人一动不动地盯着园子:"阿园,你说他是不是很差劲。简直太……太过分了。"

缟子越来越严厉的语调和表情显然不仅仅是气愤笹村的无礼,这其中一定有更深的隐情。然而,此时的园子已没有心情考虑这些非同一般的状况,她内心慌乱,只想赶快离开这令人不快的地方。随着内心不断急剧地变化,夫人终于再也压抑不住年长妇女所特有的嫉妒心。她带着令人畏惧的语调,咬着牙,一字一句地说道:"阿园,笹村最近是不是知道了什么……他是在厌恶我们吗?"

"不,没有这样的事情……"园子终于注意到夫人反常的表现。但是,在园子看来,笹村之所以这样,是和社会上一般人一样,对黑渊家的名声有所不齿,才不再愿意同他们交往的。而夫人之所以会有这么激烈的反应,都是因为一家人平时经常受人排挤,因而不能保持一颗平常心。所以,园子也就没再往其他方面去想,一再极尽细致且热心地向夫人解释,这样的推测是不正确的,笹村绝不会是那样的人。就在园子费尽心机地为笹村开脱,讲了有十多分钟时,突然,缟子脸色狰狞地向园子问道:"阿园,看来你对笹村的心思很了解嘛!"

这句话让园子内心受到了意想不到的打击，她的脸腾地红了起来，赶紧闭上了嘴。但是，这一切都已鲜明地映入了缟子的眼帘。看到红着脸的园子，她内心的一个猜想越来越明确。与此同时，嫉妒的火焰从缟子心中喷涌而出，她瞪大周围已满是细小皱纹的眼睛，用尖锐且充满猜疑的眼神狠狠地盯着园子，哆嗦着微微上翻的薄薄的黑色嘴唇说道："阿园，你也不用这么隐瞒吧。你很了解笹村的话就直说好了！"

"……"

"阿园，我知道的。你打算隐瞒的话，就隐瞒好了。我看你能瞒到什么时候。不管发生什么，我是不会忘记这件事情的。阿园，你才是真正的狂妄自大，无法无天！"

说完，缟子腾地站起身来向室外走去。天已经完全黑了下来，夫人走出昏暗的房间，身影消失在拉门处时，衣服摩擦发出的声响就如同蛇从草地上穿过时发出的声音，让园子不由得汗毛倒竖起来。园子还是太年轻了，她那双尚未能够辨识罪恶的眼睛，还总是以自己美好的内心和愿望来看待周围的一切。因此，直到此时，夫人愤怒的真正原因，她都没能准确地领悟到。哎，不管怎样，现在反正已经错过见面的时间了。笹村一个人在孤寂的古城边苦苦地等着自己，他是不是等得不耐烦一个人回旅馆了呢？想到这里，园子内心如刀绞一般悲痛。但夫人还在家中，她也没有办法出去。本想找个机会偷偷跑出去，但最终也没有找到这样的机会。不知不觉中已过了十点，一家人都一个接一个地睡下了。

园子换了睡衣，钻进蚊帐里，但内心还在剧烈波动，总也无法进入梦乡。今晚一定要去见笹村，一方面为自己的爽约道歉，另一方面也要告诉他为了平息夫人的愤怒，不管有什么理由，明天一早一定要到别墅来拜访。想到这里，园子立起身来，从枕头边抓起怀表看了一眼，像是下定决心似的，一骨碌从床上跳了下来，抓起刚脱下的衣服换上，然后屏住呼吸观察了四周的情形——特别轻轻走到隔壁夫人房间门口听了听动静。接着从窗口爬了出去，回头把窗户掩好，快步向面朝大海的石阶走了过去。

晴朗的夜空没有一丝云彩，月光沉静而清澈地照着大海和沙滩，如同画里的景致。园子穿着平时去海边散步常穿的草鞋，轻轻地推开了栅栏门，头也不回地跑下沙丘，一口气奔到了海边。眼前宽广无边的相模滩在洁白的月光照射下，如同一块银色的平板闪着白茫茫的光辉。不远处黑漆漆的伊豆半岛，披着薄绢似的夜雾沉睡在大海之中。园子跑了一两百米，眼前又出现了一个低矮的沙丘。翻过这个沙丘，对面有条小路一直延伸到小田原城的街道上。沙丘前摆放着四五条被拉上岸的渔船，园子正打算从旁边的捕鱼人小屋拐过去，却听到小屋的阴影里传出呼唤她的声音：
"啊，常浜。是阿园吧。"

园子吃了一惊，赶紧扭头看去，只见一个高个子男人的身影映在白色的沙地上。接着，小屋背后传出两个女人的声音，仔细一听，原来是在低声哼唱着黄色的流行小调。

"哎呀，是水泽先生啊。"

"你在散步吗？"水泽校长凑近园子，向她解释了自己到此的缘由。原来水泽也是为了避暑，打算到箱根住上一周，昨日才来到小田原。因为想游览这周围的名胜古迹，便在此停留两天。看到今晚的月夜如此迷人，自己一个人反正也无所事事，就请旅馆的女佣带路，来到海边探寻夜晚的海岸美景。"我也知道你们来到这边，总之，或者明天，或者从箱根回来，我打算去黑渊家拜访。"

园子已经有些不耐烦了，连应答的语气都有些凌乱。但水泽依然毫不在意地盯着园子的脸庞："陪我到那边去散散步吧。"

在月光照耀下的园子，显得比平时更加迷人。浓密的头发像是要把她细长的脖颈压弯，在夜晚月光和露水的滋润下，更增添了几分光泽。阵阵海风袭来，吹乱了蓬松的短发，不时撩拨着她那白净的面颊。随意穿在身上的浴衣领子垂到胸口，袖子和下摆也在海风的吹拂下上下起舞。看着眼前的园子,水泽不知何时沉浸在了某种幻想之中,眼神显得沉迷而无力。

"水泽先生,我……还有事,对不起,我急着要去鸟渡町那边……"

园子终于下定决心向校长告辞,急急忙忙地就要离开。听到园子这么说,水泽也不好继续挽留,再加上从小屋后面还不时传来女人吃吃的笑声,再让园子留下的话自己也会很尴尬,于是只好向园子道别,并告诉她自己住在南阳馆。园子听了也没多想,急匆匆地奔了出去。看着园子离开的背影,水泽站在原地,呆呆地目送着园子远去。

园子跑着跑着,内心的烦闷又逐渐堆积起来。南阳馆……那不是笹村下榻的旅馆吗!万一今晚被校长看到自己去笹村房间该怎么办啊!说不定还会在那个旅馆的走廊里碰到。看来只好凭自己的运气了,园子在月光下郁闷地跑着,很快就到了南阳馆门口。

十

旅馆的大门已经关闭,只有旁边的小门还敞开着,女佣的嬉笑打闹声不时地从里面传出来。

园子走了进去:"有一位叫笹村的先生应该住在这里,麻烦找一下他,就说我是常浜。"

"好的,我这就去。"一个女佣应答道。

园子心中七上八下,一面等着女佣回来,一面不时向后张望,还好旅馆里没有看到校长的身影。园子长长地出了口气,跟着带路的女佣来到了一间便宜的客房前,拉开了房门。笹村迎了出来,用满心欢喜的语调,叫道:"阿园,你真的来啦!"接着伸出手来拉住园子的手,把她带进房间坐了下来。

"太对不起了,让你在那儿等了那么长时间。"

"没关系,还好啦。我过了八点才到约好的地方,看到你没来,我想你一定是碰到什么麻烦事了,没到九点我就回来了。"

"哎呀,你还是等到了九点啊!"园子的声音有些颤抖。过了一会儿,等情绪稍稍平息下来,园子把今天的事情一五一十地详细告诉了笹村。

"那就是说,夫人已经知道我来这里了……"笹村脸上显出痛苦的表情,如同病痛在扭曲着他的脸。

园子平静地点点头:"笹村,我不知道你们之间到底发生过什么事,但你究竟为什么那么讨厌去黑渊家呢?"

"不,我也没有什么特别的缘故,只是……"笹村再一次痛苦地吸了一口气,"只是……我还不想公开咱们之间的秘密。你知道吗?那个夫人嫉妒心特别强,万一让她知道了我俩之间的事,一定会造成不好的结果。所以我才不愿意去她家。"

"是这样啊。但是,既然她已经知道你来了,没有办法,明天还是请你一定要去一趟吧!"

"哎,是呀……现在不去是不行了。没办法,那我明天就去一趟吧。"笹村终于松了口,但内心好像还在犹豫不决,园子只好又劝了他好几遍。

就在这一问一答的对话中,时间不知不觉地流逝过去。突然,一名女佣拉开房门,探进头来,"不好意思,请问,今晚客人要住在这里吗?"

"不,我回去。"园子吃了一惊,从腰带里抽出怀表,"哎呀,已经十二点了。"

此时,女佣却又拉上房门,不知跑到什么地方去了。笹村看着慌忙准备回去的园子,惊讶地问道:"阿园,你,真打算回去吗?"

"是的。我当然得回去,你……"园子内心也有些冲动,抬头看了一眼男子。

"你还说回去,都这么晚了,怎么回去啊。今晚就住在这里吧。好吗,阿园?你明早天不亮就回去,也没有人知道的。这样难道不行吗?今晚这机会多难得啊,我们俩好好说说心里话吧。你就住下吧。"

园子一时不知该怎么回答,只能点点头,刚刚站起来的膝盖又无力地弯了下去。

夜更深了。刚才还不时传来的三弦琴声和嘻嘻哈哈的笑声都如同被风吹散开了似的消失了,只有远处海面上涌动的波涛,独自发出阵阵汹涌的轰鸣声。街角边也时不时地传来狗长长的嚎叫声。

"阿园,你可不要回去啊!"男子静静地扯住园子的衣袖。

但是,园子却怎么也生不出住在这里的勇气。男子接着劝道:"你为什么不能住下呢?我们两人既然已经互相敞开心扉,坦诚相待,只要不被其他人知道,就不应该觉得在这里住是可耻又可怕的事。难道不是这样吗……阿园,你怎么就这么不听我劝呢!"

"你说为什么呢?这种事万一被人知道,那可才是无法挽回呢!再者说了,我们学校的校长也住在这家旅馆。所以,我无论如何都必须回去。"

"真可惜啊。难道真的不行吗!"

"是的。虽然我也觉得有些惋惜……"园子颤抖着声音将头转向窗外。蜡烛的火焰升腾起来,发出的白光照射着园子白皙的脖颈,她头上扎着英式发辫,拢不住的蓬松短发从耳边垂下,贴在脸上,恰到好处地凸显出楚楚动人的风韵。那件薄薄的浴衣披在身上,被腰带轻轻地系住,紧致地包裹着她发育良好的躯体,就如同给雕塑披了一件单衣。男子目不转睛地紧盯着眼前美丽的女人,无论如何也不愿意就这么放她回去,于是不死心地再一次开始劝说。

然而,园子像是下定了决心,她平静地站了起来,"想必你很生我的气吧。"

"不,我绝没有生什么气。只是,阿园,你对恋爱太冷静了,让人觉得你太有自信了。"

"你要是这样说的话,我真不知道该怎么办了。"园子有些要哭出来了,"我绝不是因为内心冷静才要回去的。我们现在还没有结婚,也就是在偷偷地谈着恋爱。我不能做那种大胆的事情,否则会受到良心的谴责。所以,还请你能原谅我。"

"什么,你说受良心的谴责?阿园,难道说这么回去你的良心就能够得到满足……你能够心安理得地回去嘛!"

"是的。"园子伸手扶着拉门,站住了。

男子有些失望了。值此良机,深夜和恋人独处一室却不一同住下,这到底有多大的价值呢。只是压抑住一时的性欲,难道就可以证明意志的坚强吗?或者说,能让自己得到多大的满足吗?好吧,就算在这种情况下压抑住自己的感情,完全是凭着良心做出的正确判断,难道就真的可以给内心带来安心和满足吗?——

"阿园,你真能很开心地回去吗?"

园子肯定地点了点头,男子已无话可说了。是的,园子知道一直以来所受到的教育告诉她,无论如何也不能原谅那种行为……虽然没有什么明确的理由,但是内心中的恐惧告诉她,今晚绝不能住在这家旅馆里。如果自己没有受到那么多的教育,心中的道德感也不是那么强烈,也许,就不用受到这么痛苦的折磨了。虽然也知道这绝不是什么罪过,但却不敢越雷池一步,这究竟是为什么呢?最终,园子的内心悲痛异常,不得不再次强调今晚自己是避开夫人偷偷跑出来的,况且校长也还住在这家旅馆,无论如何都要回去。除此之外,她已讲不出其他任何话来。

事已至此,笹村也不得不放弃坚持:"阿园,那就让我送你一程吧。"

"好的,谢谢!"园子眼眶里噙满喜悦的泪水,"只要送一段路就可以了。"

走到距别墅还有一百多米的地方,园子叫住了笹村。在悄悄地目送笹村回去之前,园子一再叮咛,明天一定要来拜访夫人,多安慰安慰夫人受伤的心,然后便走回别墅,像刚才一样从窗口爬了进去。幸好没有人注意到她回来，园子总算放下心来，一头倒在了床上。这时，她感到一阵极度的疲倦袭遍全身。

十一

第二天早上九点刚过，园子和往常一样，在主人长义面前为秀男读起了故事书。接着，就看到了笹村前来拜望夫人，两人在远处的一间客厅谈着话。十点一过，秀男的功课结束了，园子有些心神不宁地回到了自己的房间。很快，女佣前来，将园子带到了客厅。看到夫人和笹村谈得正欢，园子便静静地坐在了两人中间。

看到夫人的脸色比昨天好多了，园子悬着的心稍稍放下，便装作久违相逢似的和笹村打了声招呼。这时，夫人突然压低了声音吩咐道："阿园，请把茶和点心端过来。"

园子不由得一愣，看了一眼夫人。在此之前，夫人不仅从未吩咐她做过家务，有时毕恭毕敬的态度还让园子有些不自在。因此，今天夫人突然让她去做事，园子一时不知该怎么回应，只是呆在了那里。

"快点啊，就在饭厅里呀。"

园子明白，夫人这是为了一解昨日怒气，故意在笹村面前羞辱自己。但转念一想，现在不便和她争执，于是默不作声地站起身来。到了饭厅，看到女佣已将茶杯等放在托盘上，园子便拿起点心碟，回到了客厅。夫人正谈得起劲，不停地笑着，说道："真是不能只看人的外表啊。"接着就不再说下去了。然而，在园子听来，总觉得这句话不是一句简单的套话，夫人的话可能另有所指，不由得抬起头，偷偷看了一眼笹村。但笹村脸上没有表现出任何异常，还是显出平日的恭敬态度："的确是没有比伪善更令人憎恶的了。那些单纯的罪恶反而有很多值得同情。我如果遇到无法保全完美道德的情况，宁愿跪在上帝面前愉快地接受惩罚，也绝不会犯伪善这种罪过。"

说完这些，笹村转向园子，开始谈论起小田原美丽的景致，而脸上依然没有显露出任何内疚的表情。过了一会儿，夫人又向园子随意地吩咐道："阿园，去把那边的门打开，怎么一点风也没有……"园子什么也没说就照办了。

三人就这样随意地聊了一会儿。这时，有人提议去附近海边转转，于是三人一同来到了外面檐廊处，很不巧，脱鞋石上只有两双草鞋。

"对面檐廊有我的木屐，你快去给我拿过来。"

园子的脸一下子红了，不由得瞪大眼睛，用犀利的目光看着夫人，夫人也以同样的目光冷冷地看着园子。两人的视线撞在一起，时间一下子像是停滞了一般。笹村再也看不下去两人的样子，赶紧穿上草鞋，一个人走到了石阶旁边，望着远处。终于，园子的脸上显出一丝悲哀，又像是忽然想起什么，默不作声地走到对面檐廊下，一只手拎起木屐又回到夫人身边。园子将木屐整齐地摆放在脱鞋石后，正要抬头起身，却见夫人大大咧咧地伸出右脚直接踩在了木屐上。与此同时，夫人的裙摆正好扫过园子的脸庞和头发，把她插在头上的梳子也一同扫落了下来。

园子咬着牙，一言不发，拾起梳子插在头上，跟在两人身后来到海边。虽然两只脚不由自主地跟着两人，但园子内心却上下翻滚。今天所受的耻辱绝不能就这么不明不白，当然，自己也不是那种通过报复来慰藉自我的人，但今天如果不离开这里也太对不住自己了。当三人转悠了一个小时左右，回到别墅时，园子下定了决心，今天一定要离开这家人。

用过午饭，笹村向夫人辞行，回了旅馆。园子也一心想着离开这里，便时刻寻找向主人长义请假回去的机会，但整个下午都没有见到长义。天黑了下来，月亮还没有升起，园子一个人待在她那三个榻榻米的房间，胳膊肘抵着窗台，两只手托着脑袋，眼睛紧盯着屋外昏暗的夜色。快到立秋了，银河鲜明地横亘在广漠的夜空中。沙山上茂密的草丛被风吹拂着，发出沙沙的声响，连同草丛中昆虫的鸣叫一起传来，几乎遮盖了海浪翻滚的

45

声音。

园子回忆起清晨与笹村在海边散步的情景，也回忆起在旅馆房间里的对话，内心不由得涌起一股难以抑制的思恋之情。然而，今天是怎么了，夫人为什么会因为笹村的失礼，对自己进行如此的侮辱。夫人应该不会仅仅因为笹村不来拜访就发这么大的火。如果是这样的话，那就应该有其他原因了。突然，一个可怕的念头浮现在园子脑海中，但这个念头是如此荒唐，以至于园子很快就强迫自己放弃了这个念头。可是，除了这个原因以外，还有什么会影响到夫人和自己以及笹村三个人的关系呢，还有什么会让夫人对自己进行近似复仇般的侮辱呢？但，自己是如此信任笹村，这种事情不可能也不应该发生在深爱的笹村身上。如果说笹村和夫人之间有那种关系……这难道是能够发生的吗？即便他昨天时不时表现出内心深受煎熬。不，即使他和自己相信的那样完全相反，是个品格低下、堕落的人，但他不是个受过洗礼的信徒，而且进入教会已经很长时间，甚至是可以成为牧师的人吗？一想到这些，园子又觉得那种一想起来就让人汗毛倒竖的罪恶，应该和笹村没有任何关系。自己胡乱加罪别人，对待信任的恋人，莫须有地去想象才是最大的罪恶。自己绝不能再去想象那些事情。只要能够不再遭受如同今天所受的侮辱就可以了。这样的话就需要早一点离开这个家庭。园子再次像下定决心似的用坚定的目光抬眼望去。这时，从卧室中漏出的灯光，照出了庭院中怒放的月见草前和秀男手拉手的一个高大身影，这正是此间的主人长义。

十二

"老师！"秀男回过头，一下子就看到了园子的身影，赶紧叫了起来。

"有事吗？"园子温柔地答道。听到应答声，长义带着秀男来到园子面前,坐在了狭窄的窗台上。

满头白发的长义,拉着秀男的手,眼中满是慈爱之情,一看便知是一个溺爱幼子的善良老者。趁此机会,园子告知长义,自己还有些别的事情,希望明天一早就离开这里回去。听了园子的话,长义吃了一惊,脸色显出让人心痛的悲伤表情。他呆呆地盯着园子看了一会儿,接着用低沉的语调说道:"阿园,你是不是不能再教秀男了?你既然说有些别的事情,那我也知道一定发生了让你不得已的事情。但是作为我来说……你看,通过你这一段时间的教导,秀男已经可以读懂一些书,会写很多字了。现在你突然要走,那我又要去找其他老师了。当然,你也说会为我推荐其他几位熟识的老师,但是,在我看来,像你这样忠诚、热情的老师是再也无法找到了,我也不再想换别的老师。你也知道,他母亲不懂礼仪,没有什么学问,没有办法担当起教育秀男的重任,所以,我是想恳请你来教育秀男,一直到他长大成人。阿园,我完全……你也看得出来,我今后的乐趣,也可以说是一生的目的,就是将秀男培养成一个知书达理的人,把他培育成为一个优秀人才送上社会。虽然有些强人所难,但请你一定再考虑考虑,务必帮我完成这个毕生的心愿……"

听着老人如此至诚的哀求,园子那颗本来就充满深深同情感的内心,再也无法让她说出其他理由来。当她想要离开的决心出现动摇,心头便浮现出刚来黑渊家时,自己内心发下的誓言。那是在听到老人向她吐露肺腑之言时,园子带着对黑渊一家的同情,以及反抗社会不公的态度而发下的誓言:为了慰藉这个不幸的老人,自己将以最大的忠诚与热情肩负起培养老人爱子教育的大任。如今,就因为自己感情上的一些琐碎小事,就要放弃自己的誓言,借着无关紧要的理由,抛却这一家人。园子反省着自己的内心,渐渐感到,自己打算离开这里的决定,是多么轻率而可耻啊!而且,在自己所笃信的道德中,这个决定也缺乏正当合理性。

"阿园,你能留下来吗?我都这么恳求你了,你还不能为我考虑考虑吗？"老人用热切盼望的眼神直勾勾地盯着园子低垂下去的面庞。秀男在一旁听着，也渐渐明白了此番谈话的含义，伸过头去，看着园子："老师，不要嘛！我不要别的老师来教我！"

听到秀男如此稚嫩的话音，园子被深深打动了，感到自己刚才的决定是那么的轻率，于是再次坚定起自己的决心，像忘却所有的不快一般，猛地抬起头来："好吧，我想好了。自己不应该因为一点小事，向你们提出辞职。让你们受惊了，真对不起。如果你们觉得我还可以信任，那么今后我会全力以赴教育秀男。请忘记今天的不快，就当我什么也没有说过……"

听了园子的话，老人高兴得几乎跳了起来，他赶紧邀请园子到前面的客厅里去边喝茶边好好攀谈一番。园子听话地跟着老人来到了客厅。

月亮已早早地从松树梢间探出头来，皎洁的月光从松树针叶的缝隙间透出来，照在客厅边。几个人找了个能够吹到晚风的位置坐了下来，老人拍拍手，叫来女佣，让她去叫绢子夫人也来坐坐。园子心中一沉，这么快乐的时光，还要……但也不便再说什么，便不动声色地将视线转向了院落。

女佣很快就回来了："夫人说得了感冒，身体不大舒服，已经睡下了。"

"刚才明明还好好的……真奇怪。算了，你就说让她自己注意点。哦，还有，快点把红茶端过来。"

女仆转身走了。园子想到可以不用见到夫人，心中不由一阵窃喜，但又转念想到，夫人为什么这么执拗于那件事呢？说是感冒了，这明显是在说谎。夫人不愿和丈夫一同喝茶，或许是对自己还存有怨气，或许觉得一直在羞辱自己，实在无法忍受还要和自己一同饮茶攀谈……这真是越想越让人生疑。园子想着想着，不由得又陷入了自己的思绪中，等她回过神来，红茶的茶杯和点心碟都已在客厅里摆放停当了。

老人轻轻地端起茶杯："这种天气，她怎么得感冒了呢……是没盖好被子着凉了吗？"

"也许是吧。"看到老人有些担心的表情，园子也不得不搭了一句。

"她一直很健康的呀，连药都很少吃……"老人显得越发担心，脸色也难看起来，本打算畅谈一番的饮茶时间因此也少了许多话题。

看到老人的表现，园子不由得可怜起长义来，他丝毫没有认为妻子撒谎，是真心为妻子得病而担心啊！进而，园子对长义的同情之心也愈发强烈起来：如此正直而诚实的老人，为什么现在还被社会当作和以前一样的卑鄙之人呢？难道这个社会不认可悔悟也是美德吗？还是说真正的悔悟是很难得到的呢？想到这里，园子只好继续安慰老人，"请不用太担心了。夫人平日非常健康，明天一定会好起来……今晚早点休息，一定会没事的。"

老人点点头，抬头看着园子，脸色显得更加阴沉。显然，当初和妻子结婚以及之后的种种事端，都在一瞬间涌上了他的心头。老人嘴唇哆嗦了两下，开口说道："阿园，我这个老头子又要多嘴了，你可别见怪啊。小时候的教育马马虎虎，长大了就会出问题。内人便是如此。我这样说她对我来说也是一种耻辱。她对自己的孩子从来都是不管不顾，一门心思只想着和人交往等等自己的事情。内人对小孩的家庭教育以及一家团聚这样家庭内部的事务毫不关心，我也说过她很多次，可她心中完全不理解我的话。现在我已经知道再怎么说都没用，也就不再说她了。"

随着老人年龄的增长，年轻时渴求名望之念已淡薄了许多。如今唯一所盼望的，便是一家团圆，是只有自家人才能形成的欢乐家庭。然而，也许是夫人的性格使然吧，她从没想过需要满足丈夫的心愿，当然，她也没有做出什么让丈夫不愉快的举动。随着丈夫内心不断地衰老而缺乏活力，夫人也逐渐成了如今的样子。丈夫以及家庭在她眼里已没有什么好坏之别，她只关心自己健康的身体以及由此而来的精神愉悦，满足于追求社会上流行的衣服、发式和装扮。听着老人对夫人的讲述，园子很感兴趣地边听边应答着。这也激发了老人的谈兴，他不断地向园子埋怨起妻子来。此时，秀男已瞌睡地靠着老人膝盖睡着了，老人这才回过神来，赶紧拉起秀男离开了客厅。

月亮又升高了许多，让人仰头才能看见，白花花的光线洒在院子里。已经过了十点了吧。园子在老人离开后，一个人默默地回到了自己的房间，铺好被褥，躺在床上，打算好好睡上一觉。然而，内心堆积的越来越多的烦闷却让她难以进入甜美的梦乡。心中的烦闷，就如同一团乱麻分解不开。老人今晚对自己吐露的心声，显然是他的肺腑之言。然而，从老人的讲述中可以想象到的，就是夫人对丈夫日渐衰老已非常不满，这样，夫人会不会瞒着丈夫做出见不得人的事来？想到这里，园子心中不由得一阵不安，想要赶紧抛却这种怀疑，但这种疑问一旦出现在心头，就很难抹掉。并且这种疑问再进一步，就又会发展到与夫人相好的男子会是谁呢？一阵恐惧袭上园子的心头，她想赶紧压抑住这个疑问，想把对与她生命相关联的男人的疑问完全抛弃掉。然而，不管她怎样地苦恼、愤懑，不管她回想多少和恋人在一起的美好时光，也无法将这个疑问从内心抹去。她在床上辗转反侧，爬起来又躺下去，来回几次，都无法清除这个疑问。到了后来，为了摆脱这个疑问的纠缠，园子想到，去院中散散步也许会有效吧，便站起身来。正要悄悄打开窗户时，从满是秋虫鸣叫的院中，突然传来两下奇怪的脚步声，园子不由得心中一惊，赶紧竖起耳朵，带着难以名状的表情，偷偷地贴近窗框的窄缝，眯起眼睛，向外张望。

十三

　　清澈的月光仿佛透进内心深处，园子眼前的景象如同在梦中，被浓浓的水蒸气怀抱着横亘于眼前。

　　大海的呻吟与秋虫的鸣叫以及松树的摇曳声形成一种特有的调和之音，歌唱着难以搅动的和平之夜。然而满天沉甸甸的水气凝结成露珠滴落下来，发出一种怪异的声响，从充满神秘色彩的苍穹中传出，动荡着人的心扉。

园子努力睁大双眼，环视着四周。不远处静寂的黑夜中，一个人影摇晃其间，接着便消失在面向大海的低矮石阶边，一群群飞虫如同树叶飘落，从那里翩翩飞散开来。园子忽然意识到了什么，赶紧从窗户溜出，无声地滑落到庭院里，接着如同丧失了平日里沉着的反省能力，忘我地向那个影子跑开的方向追去。

园子越过刚才黑影走过的石阶，来到沙滩上，看到一两百米前的黑影正翻过低矮的沙山。借着没有云彩遮挡的月光，园子看清了那人穿着华丽的浴衣，系着细细的条纹腰带。那人也不顾扎在脑后的头发被风吹散开来，只是踉踉跄跄地不停向前奔跑着，就如同被可怕的妖魔附体了一般，毫无意识地向着黑暗的洞穴爬行过去。园子为了不被那人注意到，有时躲在松树后面，有时为了不失去目标而屏住呼吸，放轻脚步，一直紧跟着那人。跑着跑着，两人一前一后从捕鱼人小屋边穿过，来到了一条细小的道路，接着便进入了小田原城的街道。当园子看到南阳馆门口点亮的灯烛时，那个人影却在眨眼工夫消失得无影无踪。然而，园子对其去向已了然于胸，就如同刚开始时所预想的一切已被眼前的事实所证明。园子心中升腾起从未经历过的种种情感——有再次袭来的震惊，有难以忍受的愤怒，有从未体味过的嫉妒，还有无法形容的悲伤。此时的园子早已被狂乱的迷恋之情和难以抵挡的嫉妒之情共同鼓动起满腔的火焰，整个身体也已开始颤抖，两条腿已不听使唤地走到旅馆门前。她已意识不到自己为什么来到此地，是为了恐吓那对会面的罪恶男女？还是为了目睹他们无法隐藏的罪过？园子已没有时间考虑这些，一看到旅馆玄关旁边的小门（现在也还并没有多晚）还像昨天傍晚那样开放着，她便毫无顾忌地走了进去。就在此时，有个人正从里面出来，看到园子进来，马上喊了起来："啊，常浜，真是你啊！怎么来得这么晚啊。那你到这边来吧，不用客气，快点进来吧。"

听到这话，园子吃了一惊，如同有一桶凉水从头淋了下来。她抬头一看来人，更觉意外，此人正是水泽校长。园子一时不知该如何回答才好，只能一头雾水地站在那里。然而,水泽校长却不给她思考的时间,一个劲地邀请她到自己房间,就差走去拉她的手了。没有办法,园子只好战战兢兢地跟着校长来到了一间便宜的客房里坐下。房间里的烛光异常明亮,照得园子一阵阵迷糊⋯⋯大脑好像不听使唤似的东想西想,恨不得找个地洞钻进去。因为园子身上只凌乱地穿着一件睡衣,衣服上也只系了一条脏兮兮的腰带。

园子的脸红一阵白一阵,看着自己这么一身可以说是不检点的打扮,居然会出现在自己工作学校的校长面前,她心中一阵慌乱。要是水泽校长问起自己怎么会在这样的深夜,一个人,还是这么一身打扮,是来找谁的话,自己该怎么回答呢?但如果自己说是来找校长阁下的话,那么凭着这样一身穿戴,也一定会被认为是狂妄无礼的。反正不管怎样,今晚自己的表现已经丧失了在校长面前的好印象了。园子想着想着,不由得悲伤起来,两只手也下意识地抖个不停。然而,水泽好像根本没有在意园子的穿着打扮,却像是要消除园子紧张、羞愧情绪似的,一个劲地找些无关紧要的话题和园子攀谈着。听着听着,园子仿佛感受到了水泽校长光明磊落的性格,心情正有所放松时,水泽却忽然像是有什么急事似的,匆匆站起身来走了出去。

园子终于长长吐了一口气出来,但同时心里的不安也渐渐变得有些怪异起来。她无聊地坐在那里,委屈地看着自己的衣服,不由得苦笑起来。这时,一阵男子大笑的声音传进耳朵,园子不由得心中一阵狂跳,这不就是笹村的声音吗!园子赶忙站起身来,走到门口,从遮蔽了大厅的屏风间的缝隙望去,只看到方方正正的大厅中央有一眼喷泉,周围都用屏风挡着,从那边传来乘凉客人嘈杂的谈话声,其间是否有笹村的声音,却再也听不真切了。园子还是不甘心,便一动不动地屏住呼吸,努力地听着。突然,身后好像有人靠了过来,园子吃了一惊,赶紧转过头来,原来又是水泽校长。他不知什么时候坐到了自己身边的座位上,膝盖差点就要碰到自己了。园子吓得赶忙后退几步,只见水泽眼睛一眨不眨地盯着自己,语调严肃地说:"阿园,我有件事想和你谈谈。"

"您有什么事吗?"园子颤巍巍地应道。估计这就要进入正题,开始质问自己了。"阿园,你应该会考虑什么时候结婚吧。"水泽的话却让园子颇感意外。

"是的,但是……"

"你不用这么吃惊。我今晚就想和你谈谈这方面的事。"水泽露出卑贱而猥亵的笑容。这时,只听拉门哗啦一声被拉开,女佣端着热水盆和酒壶走了进来。

园子吃惊地看着这一切,今晚遇到的事怎么都这么离奇古怪。直到水泽把酒杯端到她面前,园子都一直手足无措地站在那里。看着推过来的酒杯,园子一时竟忘了拒绝,在水泽的一再劝说下,只得抓起来喝了两杯。园子只记得小时候在父亲膝下玩耍时,曾经尝过酒的味道,从那之后二十多年,自己再也没有喝过。今晚,这两杯温热且香醇的酒一下肚,园子立刻感到一阵燥热,全身的血如同沸腾起来一般,头脑也有些醉醺醺的了。看到园子脸色渐渐发红,校长向前凑了凑,两眼仍然一眨不眨地盯着园子。园子心中一阵发毛,赶紧垂下眼帘。

"阿园,我很早就想跟你说了。你今晚一定要好好听听我的话……哦,不,请务必让我倾诉衷肠。"

已经四十出头的校长,从他已经发黑的嘴唇中突然吐出了青年人一样温柔的腔调,向园子求起婚来。这可是园子万万没有想到的。园子只听说水泽第一任夫人死后不久,便娶了一位比他小二十岁的年轻妻子,去年春天,第二任也因病离开了人世。这两年,水泽过着孤单的日子。但是,现在校长居然会向自己求婚,这可不是开玩笑啊,他毕竟还是自己任职学校的校长,回复他可是需要全面而慎重的思考啊。

"像我这样的人能得到您的垂爱,真是万分荣幸。我一时也不知道该怎么回答您了。只是，您也知道……我是不能嫁到别人家去的……"园子重申了自己需要继承常浜家的家业，只能招女婿上门，不能嫁出去。

"啊……"这可是水泽万万没有想到的，他只得说容他再考虑考虑，看看还有什么其他处理办法没有。园子觉得在此间已停留太长时间，况且夜再深下去，自己就更不好回去了，便向水泽辞行，走出了旅馆。

出了旅馆的大门，夫人缟子和笹村的事又涌上园子心头——此时，这两人一定独处一室，四目相对。要不是校长突然向自己提出婚事，都差点忘了此行的真正目的。想到这里，园子的心中再次狂乱起来。她回转身，面向旅馆，正想再次走进去，但突然想到要是再被校长看见就不妥了，就只好回心转意，踏上了返回的路。然而，此时的园子全身已没有一丝力气，她如同一具行尸走肉般回到自己的房间，倒在了床上。

十四

第二天上午，缟子夫人过了十点还没有起床——也不知道昨晚她是几点回来的。老人长义来到夫人床前，小心地探望她的病情。而到了当天下午三点钟——凉爽的微风开始徐徐吹散炎热的暑气时，夫人突然嚷嚷着非要回东京不可。她说自己的头痛得厉害，绝不是一般的感冒，在小田原没有个像样的医生，趁自己的病还没变严重，赶紧回东京找个好点的医生给看看。然后就坐上车风驰电掣般地赶到了国府津的停车场。从夫人这一系列的表现来看，园子虽有些怀疑，但也觉得夫人可能真的病了，没太往心里去。然而，在这天傍晚，她悄悄来到南阳馆去找笹村时，却了解到了一件让她无比震惊的事情，那就是从旅馆的女佣那里得知笹村在今天下午已经离开了旅馆。园子立刻想到，他应该是赶着和夫人乘坐同一班火车去了。园子感到自己的心在不断地沉下去，恐惧和耻辱却不住地向上翻腾。她不知道自己是怎么走回家中，走进房间的。而在房间中，她看到桌上竟然放着笹村写给她的一张明信片，说是有急事已赶回东京了。园子眼前一阵天旋地转，差点大叫起来。她趴在桌上，忍着哭声，不住地抽泣起来。

园子已经丧失了谴责男人罪行的勇气，也丧失了因深受欺瞒而愤慨的勇气……就如同所有的气力都失去了一般。自己怎么会相信那样一个污浊的男人呢！园子的心中充满了悲哀，那个人怎么会犯下如此令人生厌的罪行呢？笹村究竟是从什么时候开始和夫人发生关系的呢？是在向自己求婚之前吗？还是之后呢？从观察到的情况来看，他们应该有些时候没有联系了。究竟是因为什么事情，那个人才做出如此可恶的行为呢？自己简直难以想象。然而，既然已经了解到他们幽会的事实，今后自己将怎样面对那个人呢？前一段时间，自己还想象着和那个人结婚，甚至想到如果顽固不化的养母不同意自己的婚事，自己将怎样为了自由的婚姻而与之抗争呢！现在看来，这一切简直如同上天给她开了一个大大的玩笑。那个人根本就不爱自己。从他嘴中三番五次说出所谓的对自己神圣的爱，不过是为了其一时的肉欲想玩弄自己罢了。还好，自己肉体的贞操还没有丧失……那么，自己真的应该放弃这段恋情吗？这样自己会幸福吗？直到如今，自己仍然不相信那个人是如此品性卑劣之人。自己是不是应该再看清楚一些那个人的本性呢……不，不，自己应该主动地规劝他赶紧悔过。这个秘密万一被老人知道了，那可就更糟糕了。老人为了家庭的和睦而心力交瘁，这样对他的打击简直太大了。

一方面，作为那个人的恋人，自己有义务规劝其幡然醒悟；另一方面，不让老人知道这个秘密也是为了报答老人平日对自己的关怀。想到这里，园子似乎恢复了些勇气。她掏出纸笔，将自己的想法一五一十地写了出来，给笹村寄去了。然而，园子受伤的心却并未因此而宽慰多少，她夜里独处时常常感到剧烈的痛苦与悲哀袭上心头，泪水止不住地流下，浸湿了她的衣袖。

就在这每日的痛心与泪水中，时间临近七月末了。夫人自从离开，就再也没回到小田原来。每每想到夫人在东京空荡荡的宅邸沉溺于为人所不齿的欢欣时，园子的内心便愈发忧伤起来。本打算八月份回到东京准备结婚事宜，现在也都不再需要了。终于，已无任何希望的八月带着火辣辣的热气翻滚而来。

一天清晨，园子忽然听到老人带着惊恐的语调，不断地呼喊着她的名字。难道是那件事被老人知道了？园子的呼吸如同停止一般，心脏也猛烈地收缩起来，赶忙拔腿跑进了老人的房间。

长义手拿报纸，悲哀地坐在房间里。见到园子进来，老人伤心地看着园子的脸庞，将手中的报纸递了过来。园子一边接过报纸，一边问道："您怎么啦？"

"阿园……这都是我的过错呀！"

"怎么回事？"园子翻开报纸，看到在杂闻栏目的最上面，赫然用二号大字印着《向岛的魔窟——正义之士不应忘记黑渊家的恶名》这种夺人眼球的标题。读了几行，才知道原来并不是和夫人有关的报道，园子略微松了口气，但心还是悬在那里。接着读下去，才看出这是一篇中伤富子的报道。说什么在向岛黑渊家绿木环抱的别墅中间，有一处单独被树木层层遮蔽的神秘房间，富子经常招揽一些艺人在此淫乱。并且说除此之外，别墅内部也有一些不为人知的暗室，提供给来别墅的女客做淫乐场所。园子也曾去过向岛别墅几次，并没有听说过里面有这样的暗室，特别是所谓被树木层层遮蔽的地方，也就一个凉亭而已。看来这只是一篇肆意捏造的不实报道，估计也就是为了赚取销售额才这么写的吧。不过，结合富子平日的言语和行为，时不时邀请些演员到家中做客倒是事实。看完这篇所谓的报道，园子平息了一下心情，若无其事地抬起眼来，看着老人，说："您放心，我相信绝对没有这种事情。"

然而，老人却放低声调，哀伤地说道："不，阿园，这也并不完全是捕风捉影啊！我的家人虽然没有做过如此恶劣的事情，但，其实，很多事情,也都令人羞愧不堪啊!"

听到老人这样的话语,园子一时也不知该说些什么来安慰老人了。长义稍稍低下头去,又立刻抬起来,带着真心悔恨的语调,悲哀地说道:"然而,我绝不是憎恨如此不检点的女儿才这么说的。我经常……其实这些最终都是我做的孽啊!如果我能够堂堂正正地在社会上立足,即使每天食不果腹,女儿也不会有如此偏激的行为吧。想到这里,我怎么能埋怨别人呢,我只有憎恨自己呀。这都是我犯的错,都是我造的孽啊!"

看到老人如此自责,园子不知该怎么安慰老人了,心中只是觉得像长义这样真正的悔悟其实是很难得的品德。能够幡然醒悟的人无论犯了什么过错都是应该被谅解的。社会上的那些舆论也未必都正确。人只要相信自己所坚信的道德就应该得到社会的认可。园子心中这样想着,但却无法再说些什么,只是默默地退出了房间。而诋毁富子的报道却在后面几天连续不断地登载出来,到了第五天,甚至演变成了猛烈诅咒般的文字,并且中间还夹杂着如同净琉璃[①]般的猥琐描述,对一般的读者来说,简直比读小说还要引人入胜。而这一切都使得老人更加苦闷。最终,长义决定一个人先回东京,当面向富子问清楚到底是怎么一回事。

十五

老人拜托园子照顾好秀男,便一个人在当天黄昏,开着汽车回了东京,并在晚上九点钟回到了位于小石川的府邸。看到主人忽然回来,女佣着实吃了一惊。长义脱下帽子,边递给女佣,边询问夫人病情如何。女佣略显尴尬地回道:"有客人到访,夫人正陪着在后面的房间里聊天呢。"

"是谁啊?"

[①] 净琉璃:日本传统音乐中的一种说唱故事形式,以描写男女恋情为主。

"是，是一位叫笹村的客人。"

"噢，知道了。"

因为之前笹村时不时过来做客，并且还把园子介绍给秀男做家庭教师，因此对黑渊家来说还算是比较熟识的客人，长义也没太放在心上。只是一心想着妻子的病情，便穿过西式房间长长的走廊，又沿着里面日式房间宽宽的檐廊，走向最里面夫人的卧室。但当他快到夫人卧室时，却看见本应关闭的拉门敞开着，探头一看，屋里只有蜡烛闪着明亮的光辉，照耀着夜晚的卧室。

看到这些，老人有些吃惊，正不知如何是好地呆站在原地，却若隐若现地听见庭院远处的树林里传来夫人肆无忌惮的打闹嬉笑声。

听到夫人的笑声，老人立刻穿上拖鞋，来到庭院中，向着树林里的凉亭走去。因为后院地面上长满了苔藓和嫩草，老人踩在上面没有发出任何响动，夫人也就没有听到老人走来的声音。随着逐渐靠近凉亭，夫人毫无顾忌的嬉笑声越来越响亮地传到了老人的耳中。当老人蹒跚地走到和凉亭只隔着一个小池塘的边上时，清晰地听到了夫人所说的话。这些话是如此露骨，又如此不堪，这已经不是面对一个普通客人该讲的话了。老人停下了脚步，偷偷地躲在树后，透过树干间的缝隙向凉亭望去。今晚的夜空与昨日不同，一团团云朵不时遮蔽住月亮，周围不时陷入无尽的黑暗。然而，很快，皎洁的月光从黑色云团的一角泄露出来。借着月光，老人瞪大他那已经模糊的双眼，看到了凉亭中所发生的令他震惊的一幕。老人不禁将眼睛转向他处，而就在这一瞬间，黑色的云团又遮蔽住了月亮，周围再次陷入了深渊般的黑暗之中。只有夫人那仿佛又回到二十多岁年轻姑娘般的嗓音，从凉亭里飘出，透过夏日澄净的空气，结实地刺痛着老人的耳膜。老人感到一阵阵的战栗，如同触电一般，那浑身已然衰弱的筋肉急剧抖动起来，一屁股摔倒在了地上。通过树枝，老人仰面朝天地望着漆黑的夜空一动也不动。不知过了多久，当如镜的明月再次从云层间露出，清澈地照射着老人面庞时,老人顿觉羞愧难当。他悄悄爬起身来,蹑着脚,慢慢地走回到了房里。

凉亭中的缟子夫人当然并不知道这一切,她依然尽情地享受着和男人的美好时光。终于,她从男人的膝盖上直起身来:"笹村,你答应我一定会和园子断绝往来的啰。"

男人轻轻点点头,依然紧握着夫人的手。看到男人如此态度,缟子之前憋闷在胸中的担心和不安已消失得无影无踪,她的内心充满欢欣,就连浑身的血液也如同返老还童一般清澈流畅起来。其实,在笹村第一次来拜访她之前,夫人的心就长期积聚着一种不满和失落。缟子本来就缺乏教养,又没有多少道德观念,因此,她便开始出现在剧场、集会以及教堂等热闹一些的地方,借此来打发时光,慰藉孤独。直到一天,一次偶然的机会,见到了笹村,她心中立刻浮现出不该有的幻想,内心开始充满了期待。缟子已不再把自己当作一位富豪的夫人,而回到了曾是外国人侍妾时轻佻的阿缟。就这样,心中时刻搜寻与笹村亲近时机的缟子,终于在一天黄昏,也是在这个凉亭里,获得了一时的满足。当然,要说缟子为什么会盯上笹村,那是因为她害怕这样的情事一旦被报社知道,自己将会受到异常严厉的攻击,就如同之前被媒体穷追猛打一样,声名狼藉。因此,在遇到笹村之前,缟子虽然也看上过几个面容清秀的男演员,但都怕对方嘴上不严,事情败露,所以不得不忍耐住自己的欲情。而当听说笹村一方面是个文学家,另一方面又是个宗教人士时,她不由得喜出望外。有着如此清纯名声的青年,断然不敢对外胡言乱语,只要自己不说,外人一定不会知道。夫人如此的心思,笹村自然是不明白的。他一方面在夫人温柔之手的强拉硬拽下,被西洋酒灌得酩酊大醉,另一方面从未经历过情事的内心,也无法抵御曾在花柳巷中玩弄过几十个男人感情的夫人的手腕。笹村终于无法再保持他那颗纯净的心灵,在神志不清,灵魂出窍之时,他与缟子共同担下了所犯的罪恶。

"笹村，我们曾发过毒誓的，你没有忘记吧。你今后要是再和别的女人发生什么关系，不好意思，笹村，我会用自己的生命来报答你的。"绢子咬着牙，狠狠地说道。她怎么可能对如此年轻可爱的男子放手呢！

在小田原，当夫人发觉自己的男人竟然被园子夺走时，内心顿时被熊熊妒火烧灼，失落和愤怒一下子支配了她的大脑。接着，一股莫名悲哀的情绪又向她袭来。一个声音如同丧钟一般从内心深处传出：你已经四十……哦，不，已经快到五十了。你的人生还有希望吗？你还能再获得男人的爱恋吗？想到这些，绢子不禁悲从心起。然而，今天，当她再次坐在那个男人的腿上，再一次获得男人的爱抚时，曾有过的一点点反省也顿时烟消云散，心中只剩下获得爱怜的欢欣。而笹村在南阳馆虽与园子如愿共处一室，却没能实现自己的心愿，就如同抓到手中的碧玉又脱手而去一般，精神顿觉失落而紊乱，再加上以前和夫人相处时的恐惧消散了许多，便大胆地任凭夫人摆布了。当一切恢复平静，两人便不约而同地走出了凉亭。

接近家中的房屋时，两人各自端正了态度，表现得也像是夫人与客人的关系了。当夫人和笹村装腔作势地迈着步子走进房间时，女佣迎上前来："夫人，主人已经回来了。"

"啊，为什么……"夫人的声音有些颤抖，笹村也吓得脸色发青。

"我也不知道发生了什么。主人在西式房间的卧室里。"

"好的，我知道了。"夫人故作镇静地看着女佣，"你去告诉他，我这就过去。"

夫人赶紧送走了笹村，然后平静地来到丈夫房前，打开了房门。

十六

昏暗的房间里摇曳着豆点般大小的烛光，照着老人半边花白的头发。

长义依然穿着西装，心绪低沉地躺在长椅上。他瞪大眼睛，痛苦地凝视着房间墙壁上挂着的一幅画像，那是他们夫妻刚结婚时请人画的。那时两人只有三十多岁，都还年轻。画像上两人手拉手，脸色露出无比幸福的微笑。看着老人陷入这深深的感慨，夫人心中感到了一阵苦痛，真想拔腿逃离房间。然而，突然之间，夫人又像是转换了心境似的，轻轻唤了一声："长义君！"

老人两手抱着脑袋，长长地叹息了一声。看来是没有听见。绸子只好又唤道："你这是怎么啦？"

听到夫人的声音，老人像是被什么东西打了一下，忽地从椅子上跳起，站在原地，两眼紧盯着夫人的脸庞。很快，他又像泄气的皮球，再一次瘫倒在椅子上。

绸子看到丈夫如此情形，也觉察到一定发生了什么大事，心中不由得紧张起来。她双手颤抖着紧握在一起，努力使自己的情绪平静下来，显得非常挂念地询问起丈夫为何突然回来。过了一会儿，老人心绪也缓和下来，开始说起自己是因为看到了报道，特意回来向富子核实情况。听了这些，夫人稍微放下心来，才说起自己的病也没什么大不了的，回来住了十天左右就痊愈了，本打算明天就去小田原和他们会合呢。

第二天，尽管八月的东京火一般地酷热，老人也顾不得许多，一大早就坐着马车赶往向岛富子的宅邸。刚要进大门，就听见在一旁玩耍的小孩们叽叽喳喳地叫着："快看啊，马车进了淫乱别墅啦！"老人听了这话，又感到了一阵心惊肉跳。然而，见到富子，她依然是一副毫不在意的样子，只是惊讶于父亲的忽然造访。从女儿口中，老人一方面听到了富子对社会上种种事端的痛骂，另一方面也了解了报道中所说事情的详细原委。

"父亲，您不用担心。前一段时间，有个报社的家伙来找我要赞助，被我巧妙地打发回去了。他们是为了报复我才那样写的。您要让我一一解释清楚可就太没必要了。报社的那帮家伙，说得过分点的话，要么就是破落户,要么就是有前科的。社会上要是都认为那帮人说的都是真的的话,那就真是好坏不分了。我最讨厌的就是这样的社会。他们爱说什么就让他们去说好了。要是拿我这样的人做材料,写出报道能卖出去的话,就让他们去发财好了。那帮人就喜欢鸡蛋里头挑骨头,到处找寻别人的过错。我看呐,他们都是在祸星高照时生下来的。"

过了两三天,可能是报社记者缺乏富子的材料,新闻报道中不再贬损富子,反而开始挖掘长义的身世,以及夫人的脾气秉性——把二十多年前某报社曾经做过的报道,像是新出炉的新闻一样大肆报道起来。老人每天早上读着这些报纸,一会儿想起自己的往事,一会儿又想到夫人现在的品行不端……他逐渐为自己颜面扫地而羞愧难当,情绪也一天天狂躁起来。

这些天来,老人每日除了阅读那些诋毁自己的报道,就是把自己关在卧室里,一个人呆呆地回忆过往的经历:二十多年前,自己就如同卧室中悬挂的那张画像一样,是个白净的青年。而那时阿绢是长崎的一个艺伎,没有一个亲属,如浮萍一般无依无靠。后来,传教士B氏将她赎出做了小妾,并给了她从未享受过的荣华富贵。也就是在这个时候,长义作为传教士的翻译与阿绢结识,并偷偷地发生了不正当的关系。在传教士死后,按照其遗嘱,阿绢得到了他巨额财产中的一半——另一半捐献给了英国的一个孤儿院。自己虽然也觉得和这样一个女子结婚会被人戳脊梁骨,但最终还是和阿绢走到了一起。这二十多年来悠长岁月的烦闷——虽说自己一下就获得了别人拼命劳作也未必能够得到的财富,但以此为代价,自己也不得不按捺住想要出人头地的欲望,悄悄蜷缩在社会的边缘,忍受着寂寞和孤独。并且,自己所犯的错误还波及了女儿,把她打造成为那样与社会格格不入的一个人,这让他无时无刻不陷入深深的自责中。现在,社会上居然又对他们家开始了新一轮的诽谤攻击,这让他最后得以安宁的所在、离开人世前唯一的希望都被扯得粉碎。这是怎样的惩罚啊!自己的妻子居然为和人通奸而欢喜。老人的眼里噙满了泪水。这个世界对他来说已没有丝毫希望了。一股冰冷的死亡气息从老人心中逐渐萌发出来。就在他反复思量之际,报纸上开始登载起隐含夫人不端行为的报道,并且越来越直白,老人再也坐不住了。

终于,某一天的早报再次对夫人的一些过往进行了报道,并做出预告:明天的报纸将揭露令人发指的恶行。看到这些,老人觉得必须要采取些什么行动,不能让这最后一点颜面也被人剥得荡然无存。他一边心里盘算着,该花多少钱才能让报社停止刊载夫人的消息,一边叫上马车向那家报社赶去。就在马车穿过江户川岸边时,旁边忽然响起了对他的咒骂声,接着一块石头飞了过来,打破了车窗。玻璃碎片飞溅起来,其中一片正好击中了老人的额头,鲜血沿着眉心流进了眼睛里。

事已至此,老人只好返回家中。到家后才知道夫人又不知到哪里去了。长义此时已没有勇气再去过问夫人,只是赶紧叫来医生给自己治疗。

医生赶来为其处理后才发现,玻璃碎片不仅扎中了老人的额头,还波及到他的左眼。最终,经过诊疗后,老人半边脸都被绷带包了个严实。

随着脉搏一阵阵地跳动,伤口处阵阵疼痛袭来,老人感到身体异常疲倦。他一边微微喘着气,一边倒在长椅上,宛如死去一般一动不动。忽然,他像是想到什么似的,忍着痛苦,慢慢爬起来。外面是盛夏下午一两点钟的似火骄阳,看来今天报社是去不成了。

这么大热的天,夫人能去哪儿呢?或许不再回来了?老人又一次倒在长椅上,用他那只没受伤的右眼望着两人年轻时的画像。过了一个多小时,老人的右眼也闭上了。无比愤懑且痛苦的表情再一次爬上他满是皱纹的脸颊,紧接着,手脚也开始微微抽搐抖动起来。

茂密高耸的树木环绕着宽广的宅院,外面的大街上因酷热的暑气显得如同荒废了一般,没有一丝声响。在宅邸里一间泥土结构、天花板很高的西式卧室中,从树枝间漏过的微风时不时吹进来,因而感受不到太多的暑气。正因如此,这间卧室显得更加阴森、再加上从四面的围墙还不时传来奇怪的反射音，愈发让人感到毛骨悚然。

从窗户望出去，只见庭院中灰色干裂的土地上，黑乎乎地映着树木、石材、建筑物等各种物体的影子。而其他地方，因为火辣辣的太阳照射，显出白花花的一片。酷热的暑气如同蒸笼盖一般，带着无尽的热度，稳稳地盖在大地上。这样一幅盛夏正午的图画，除了单调而烦闷的蝉声，再也看不到人活动的痕迹，一切都如同停止了活动一般。

老人在这明亮的寂寞中，继续着他的思绪。

真是个可怜的老人啊！在这个世界上他已经没有任何希望了，剩下的只有无尽的耻辱。苦恼、烦闷不断在心中堆积，疲惫的身体已经再也承受不了一点苛责，他仿佛看到死亡已然向他一步步走来。然而，老人似乎又想起了什么，忽地一骨碌爬起来，坐到桌边，从抽屉里取出纸张，奋笔疾书起来。

老人一直埋头不停地写着，大约过了一个小时，随着一声重重开门声，老人猛地一惊，迅速抬起头来，并将写好的东西塞进抽屉。同时转过头去，用犀利的眼神狠狠地盯着门口。随着"哎呀！"的一声惊叹，来人一屁股坐在了门边的椅子上。

进来的正是缟子夫人。看到老人恶狠狠的脸色以及包了半个脑袋的绷带，夫人脸色立即变得铁青，张着嘴，半天没有说出话来。

十七

随着报纸上不断登载黑渊家的报道，身在小田原的园子越来越担心，心里不住地盘算着是今天还是明天就回东京去。就在老人去拜访报社而负伤的那天傍晚，一个南阳馆服务员受人委托，给园子带来了一封信。

打开一看，原来是水泽校长的来信。信中说，他从箱根到沼津去避暑，遇到了一些事情，耽误了一些行程，今天下午才回到小田原。接着，水泽校长在信中说到，希望今晚园子有空的话，能够去南阳馆一趟，就之前的事情，进一步仔细商谈商谈，等等。看完来信，园子本不想前去，但考虑到对方毕竟是自己在职学校的校长，没有办法，只好在七点左右一个人来到了水泽的住处。因为上一次被水泽看到自己狼狈的样子，所以，这次，为了不让他再有误会，园子特意穿上了刚洗好晒干、熨烫平整的粗布衬衣，连头发都拢得整整齐齐，没有一根散落的，俨然一副严谨、正派的女教师形象，出现在了水泽面前。

看到园子如此打扮，水泽有些意外，也端正了语调："你来得正好，请坐……"然而，旅馆短小的浴衣还是包裹不住他的膝盖，只好悻悻地说道，"这儿可不比东京啊，阿园，请放松点。呵呵，我先放松啦。"

然而，园子依然保持着她端正的姿态，只用团扇轻轻地扇着风。

"我之前也向你提过，阿园，那件事我们好好商量商量吧……"

校长开口说话时，服务员端上了点好的酒菜。

"来，干一杯吧。"

"您请自便，我不会喝酒。"

"你就来一杯吧。说这种事，不喝点总觉得没有气氛……不好开口啊，哈哈哈哈。"

推脱不过，园子只好干了一杯。

"阿园，就像我之前说过的……从我自己的嘴里说出来总觉得怪怪的，我是说，你真的就像之前说过的，不能嫁到别人家去吗？"

"是的。确实如此。"

"那么，你是否向你养母说起过我那件事呢？"

"没有，我怎么能说……"

"那也就是说……也未必一定不行了。那我的愿望也不是说就完全不能实现吧。"水泽一边盯着园子，一边喝干了四五杯酒。他也知道这种事园子很难答应，但还是不愿放弃，就像用酒来给自己壮胆一样，又仰起脖子干了一杯,"如果不亲自问问你母亲,怎么就能肯定不可以呢。"

园子紧紧抓住酒杯:"不,按照养母原先的想法,是要让我……"正说着,手中的酒杯又被满上,只好轻轻吮了一口,放到桌上。校长像是想起什么似的,说道:

"阿园,你要喝啤酒吧,我这就叫来……"

"不,已经够了……我一点都喝不下了,您自己喝吧,不用管我。"

然而,园子手边的杯中又被倒满了啤酒。她从来没有被这样劝过酒,也不知道该怎么拒绝,所以每次倒上酒,总觉得不能薄了主人的面子,只好喝了下去。不一会儿,她的双颊已热得发烫。

"你说你母亲的想法是……"

"我因为要继承家里的古迹,所以才被收为养女,一般情况下是不能嫁出去的。"

"喔。是这样啊。我明白你母亲的意见了。那么,你觉得,像我这样……比方说我要是愿意改成你的姓氏,那你就能够接受我了,是吗?"

"哈哈哈哈,您改姓氏……您不要开玩笑了。哈哈哈哈。"

"不,我这可不是在开玩笑。也许你觉得我这样说有些轻率了,但这是我最后的决心。我都已经这样向你表白心声了,请一定好好考虑我的请求。阿园,请你先说说你自己的想法吧。"

听到校长如此恳切的话语,园子只能低下头,一言不发。校长的性格确实和自己想象的不太一样。首先,作为教育家来说,他太爱喝酒了。不仅如此,虽不能说是什么问题,但作为校长,居然向自己学校的教师提出求婚,这显然过于轻浮了。再者,他还说什么除了自己以外,其他人都像乡巴佬,没有能看上眼的,真是不知廉耻啊!况且,即便没有这些事情,自己现在是有恋人的——虽说是可恨的恋人,本身就不应该和他谈婚论嫁。想来,那时在向岛第一次遇到水泽时,他居然对自己如此热情,还一个劲地迎合自己的论调,看来从那时起他就有这个心思了……想到这里,园子一阵后悔、一阵懊恼，她平静地抬起头来："要说我的想法，我现在也没有……只是按照养母的吩咐去做罢了。"

"啊，看来关键还是你养母……"水泽显得有些困顿，日本酒和啤酒一同喝下去而带来的醉意让他浑身的血液都似乎有些发烫。他原本倚在膝盖上的胳膊肘不由得滑落到榻榻米上，身体也稍稍斜了过来，"阿园，你这么说的意思也就是不答应我了。我这么说是因为你也不是十九、二十岁的小姑娘了。你也已经出色地完成了一学期的教学，难道不应该有自己独立的想法了吗！你说……对结婚还没有考虑过，哈哈哈哈，这算什么话。我现在不问你答应不答应我的要求，你说你究竟喜欢怎样性格的男人？"

"什么样的，我真的从来都没考虑过这种问题……"说着，园子又低下了头。只觉得酒劲上来，脑袋一阵疼痛。

"哈哈哈哈，阿园，你不说实话就不应该了。今晚，这里可不是东京。来，再干一杯吧。你可以放松地敞开胸襟，说说心里话。"

一阵风突地吹进屋来，蜡烛的火被摇曳得快要熄灭，外面的客厅里传来一阵"今晚不会下雨吧"的话语。园子一下惊醒过来，意识到自己在此待了很长时间，夜已经很晚了，心里不由得一阵慌乱，透过拉窗抬头看了看外面的夜空，空中一片漆黑，没有一丝月光，连星星也不见了踪影。

"水泽先生，打搅您太长时间了。"

"说什么呢，不才刚过九点嘛。"

水泽直起身子，迷迷糊糊地看着眼前的园子，在烛光的辉映下显得更加迷人。

园子紧紧地系着腰带，头发盘得一丝不乱，上面扎着小小的丝带发髻。水泽看着看着，宛如看到自己两年前去世的年轻妻子，心中的爱意更加强烈起来，愈发觉得无论如何也要同这个女子结婚。与此同时，想到两年前自己和年轻妻子幸福美满的时光，以及失去妻子后一个人的落寞孤寂，他感到自己一天也不能忍受这种孤独了，想要尽早找到能够慰藉自己孤独的人。水泽努力瞪大因酒精而有些充血的眼睛，稍稍提高了些嗓门："阿园，我决心排除一切障碍，一定要娶你为妻。我很早以前就有了这种愿望，应该有一年多了吧，但我一直没有机会开口。当然我也知道，如果我一旦向你表白，自己的缺点也就暴露在你面前了。现在既然我已经向你表明了心意，你要是不答应，我怎么能够安心呢？我知道，向你求婚，也就意味着我要拜倒在你的裙下，成为恋爱的奴隶，所以，我请求你，无论如何都要和你母亲商量商量。如果万一，你确实不能改换姓氏，我也不在乎。你可以一直使用现在的姓氏，即便以后有了孩子，也可以让他使用常浜家的姓氏，然后再加到我家的户籍里，或者我也可以更换成你的姓氏……总之不管采用什么办法，我都要与你结婚。所以，请你务必在此表明你的态度。"

"我的态度……我对自己的婚姻是做不了主的。我毕竟是被寄养在别人家里，从情理上来说……不得到养母的首肯，我无法答应您的请求。"

听到园子如此谦逊而明晰的回答，水泽也无法再强求什么了。看着眼前美丽的园子，想到自己为了这难堪的话题，不顾一校之长的身份，喝了那么多酒，已经把脸面和尊严都丢得干干净净了。如果自己的愿望能够实现，能够娶到这么美丽的妻子，今晚的不体面也就无所谓了。最终，园子也没有明确的答复，这又让他不由得烦闷起来。并且，听了园子最后的回答，水泽一时也不知道该说些什么了。

园子静静地理了理衣服，"今晚多有打扰。我会尽早和养母商谈。多谢您今晚的款待。"

看到园子起身要走，水泽心中一阵不舍。这个梦寐以求的女人就要离开自己了，多想和她在多待一会儿啊！可又不能拉住她不让走，水泽实在不知该怎么挽留了："今晚失礼了。"忽然，他又像想到了什么，"我送你一下吧。天太黑，太危险了……正好，我也要去散散步，就让我送你一程吧。"

园子无法推辞，只得和水泽一同出了南阳馆。

十八

富含水气的云层在暗夜中将广漠的天空无情地葬去，狂风夹杂着湿重的空气呼啸而来，闪电不时亮起划过黑漆漆的天边。园子本打算从崎岖的城中街道穿过，虽然比走海边远了一些，但因为有街灯，相对要安全一些。然而，水泽却一步领先，拐到了朝向海边的小路。

"真黑啊！"水泽自己也被漆黑的夜路吓到了，因为有些醉意，脚步也跟跄了许多。

"阿园，危险，你再稍微，稍微走慢点！"正说着，水泽被一块小石头绊了一下，扑通一声摔倒在地上。

"危险！"园子赶忙拉着校长的手，扶他起来。

"啊，让你见笑了。"

水泽拉着园子温润细腻的手，站起身来。园子弯着腰，扶着校长，温柔的气息轻轻拂过水泽的面颊。水泽一面用一只手拂掸着和服下摆和袖口的灰尘，一面忘情地感受这芬芳的气息。他第一次和园子挨得如此之近，在黑暗中也仿佛能看到园子雪白晶莹的面容。水泽享受着这种温情，那只被园子拉着的手更不愿意松开，即使园子松开了手，水泽却握得更紧了。

园子只好牵着水泽，加快脚步从海边的沙山奔了下去。海面的狂风更加地肆虐着，发出可怕的声响，呼啸着扑了过来，仿佛要把一切都包裹起来一般，吹得人喘不过气来。

"太可怕了！"

水泽一个人嘀咕着。从沙山上飞奔下来，两人握在一起的手已满是汗水。水泽浑身上下的血液仿佛沸腾起来一般，心脏也剧烈地鼓动着。此时，他的脑海中浮现出自己极其渴望实现的幻想——自己如同牵着年轻妻

69

子的手,一同奔跑在幸福的道路上。他现在的心思已渐渐离开了应有的道德观念,只想着怎样才能将这美丽的园子永远留在自己的身边。

他今年已经过了四十五岁了,为何还如此眷恋年轻的妻子呢?其实,水泽年轻时,生活穷困潦倒,因此才进入由政府出资提供衣食的公立师范学校,毕业后曾历任初中以及普通师范学校的教师。五年前,朝野的一些绅士们创办了这所女子学校,水泽被推举为该校校长。但从他本身的性情来说,并不喜欢这样严肃呆板的工作。但因为水泽是公费高校生,毕业后的最初三年,作为义务必须从事教育工作。之后,水泽也想找个在品行上不需如此高要求的工作,但一直没有找到合适的单位,没有办法,这才一直留在教育岗位上。后来,随着地位的逐渐提升,他的责任也越来越重,与此同时,收入也随之提高起来,于是,水泽更加觉得难以忍受,如果自己在一个没有如此束缚的岗位上工作,也就不用承担如此多的职责,生活该会多么轻松愉快呀!然而,就在他刚过三十的时候,意外娶到了一位十八岁的美丽妻子,这让他长期以来愤懑难耐的情绪立即得到了缓和,精神也日趋平和起来。然而,好景不长,七年后,妻子不幸得急病身亡了。不久,他又娶了一位不到二十的姑娘续弦。同样,在后妻受到水泽万般宠爱,且享受了富足的幸福生活后,很快也得病去世了。这两任妻子没有给他留下一男半女,这让如今还精神矍铄的水泽,更加感到了凄凉悲伤之苦。

水泽知道自己的性情并不适合教育工作,因此他也时常告诫自己应当以一个教育家的身份来要求自己,但每当心绪紊乱时,还是无法控制。现如今,一手拉着自己心仪的美丽女孩,他的思绪又开始偏离正确的轨道,眼睛直勾勾地盯着园子。

汹涌的波浪翻动着白花花的水沫,疯狂地涌上岸来,越来越密集的闪电逐渐靠拢过来,不时划破四周漆黑的暗夜,狂风随着闪电呼啸而来,翻动着园子长长的衣袖,卷向走在后面的水泽。园子微微向前探着身体,一手拢着被狂风卷扬着的和服下摆,一手拉着水泽,奋力迈着步子。而水泽看着朦胧暗夜中园子伸过来的白皙手臂,思绪已游离了眼前的狂风黑夜,只沉醉于自己的幻想之中,不由得用力抓紧了园子的手。

突然,园子奋力甩开水泽的手,扭过头来看着水泽,平静地说:"感谢您送我过来……不必送到家里,我这就到了。"

"哎呀,你不用这么客气。"水泽装作毫不在意的样子,还要伸过手拉起园子。园子躲开水泽的手,厉声喝道:"您要做什么!"

这一声如同棒喝,水泽迟疑了一下,羞愧之情顿时涌上心头。他两眼紧盯着园子,一言不发。直到此时,他才终于醒悟过来,意识到自己犯下了致命的错误。一道闪电划过,他看到园子正严厉地望着他,眼中闪现的光辉如同利剑一般刺穿他的躯壳,扎向他内心深处的罪恶。为了能让园子答应婚事,水泽故意装出十分磊落的姿态,仿佛只要能和她在一起,自己愿意付出一切,甚至连缺点都毫不掩饰,在园子面前豪饮烂醉。随着后悔之情占据自己的脑海,酒精带来的醉意逐渐离开他的身体,水泽更为先前自以为是的态度感到难堪。自己的所作所为是多么仓促草率啊!现在想来,园子不同意与自己结婚,一定不仅仅是因为养母的缘故,回想到园子前一段时间,曾在夜晚从这里匆匆忙忙地经过,以及第二天在相同时间穿着睡衣跑到旅馆来,水泽更加坚信了自己的判断。看到现在园子对自己的态度,水泽明白了自己的失策:园子没有答应自己的求婚,自己的弱点却在园子面前暴露无遗。今晚的事如果传出去,他该怎么面对别人的流言蜚语呢!必须做些什么,不管采取什么手段……否则今后自己将无法在社会上立足!

黑暗中,水泽猛地扬起头来,紧盯着园子,他把眼前这个美丽的女人从头到脚仔仔细细地打量了一番。一阵狂风夹杂着闪电呼啸而来,在天地颠倒的晕眩中,水泽眼中放射出狰狞的目光,伴着汹涌而至的怒风,他大叫道:"阿园!"然而,狂风仿佛把他的喊声吹散开来,并没有送达园子的耳边。园子狼狈地蜷缩着身体，两手不停地抓拢着吹起的衣衫。

水泽的胡须在狂风中倒立起来，两眼的目光也愈发凶恶。

就在此时，就在这片苍茫的海滩上，划过的闪电将天边照亮，只看到海面翻滚起巨大的波浪，带着怒吼涌向海边，如同要将海滩完全吞没，甚至连远处横亘在大海里的伊豆半岛，也要被海浪的血盆大口吞噬。在远处，天边的团团乌云忽左忽右地翻滚着，海岸山坡上的一棵松树被狂风揉搓着，眼看就要被连根拔起。整个天地如同陷入无尽的混乱之中，只有苍白凄怆的闪电照耀着大地。而当闪电消失，黑暗再一次降临，周围的一切除了白沫冲天的海浪，仿佛都已被大海埋葬。曾几何时，当浅黄色的清晨和紫色的黄昏来临，波涛如同鼓手一般，有节奏地轻轻拍打着银色的沙滩，园子怀揣着喜悦的恋情，与爱恋之人在此散步、谈笑。这难道就是那时的海滩吗？

迅猛的狂风如同破坏整个世界的魔咒，吼叫着掠过大海，紧接着来到海滩上，卷起大把沙砾，重重地摔向海滩上的两人，仿佛要将他俩掀翻在地。

在无尽的黑暗中，在狂暴的天地间，整个世界仿佛只剩下一脸狰狞的水泽和温柔娇美的园子。如此境遇之下，一个身强力壮的男子占有一个柔弱可怜的女子该是件多么简单的事情啊！小田原的街镇已经睡去，不仅如此，没有任何动物敢于在这狂怒的黑夜靠近海边。即使有人过来，在这漆黑的暗夜和狂风肆虐的海滩，也很难看到人影，听到喊叫。这就如同逃离了社会的各种束缚，人立刻就变回野兽一般，不管受到多少教育和教养，人的内心始终多多少少地残存着动物野蛮、残忍的性情。此时，由粗大骨头和强韧肌肉组成的水泽的身体，已充盈起了动物的性情而猛地发动起来。

眼下的社会，就如同穿上了各式各样的外衣，被横七竖八的绳索紧紧缠绕着。正是在这样的社会，妇人才能拥有让男人降服在她们脚下的权利，才能让所谓的贞操散发出无限诱人的光辉。然而，在原本悠然自得、充满自然力量的天地之间，所谓的道德和宗教根本不起任何作用。就如同现在水泽凭借着他那禽兽般的蛮力，以狰狞的势头猛扑过来，园子能有什么办法阻止他呢？是靠以道德为基础的伦理说教，还是发挥宗教的巧舌如簧呢？这些恐怕都是可怜而无用的吧！此时的天地，驱动着暗夜、狂风、怒涛等大自然最原始的力量，带着狂躁，吼叫着冲向天空，仿佛把一切都永无止境地肆虐着、践踏着。

可怜的园子啊！她多年来一直基于道德而坚守的贞操，还未来得及奉献给心爱人的贞操啊，就如此被摧残、剥夺得一干二净了！

园子已记不清是怎样回到她那三个榻榻米的卧室，只感到已丧失意识的躯壳倒在床上，任凭伤心、愤慨、羞耻和悔恨的泪水，交织在一起，不住地流下。过往的经历就如同梦境一般，一幕又一幕地浮现于眼前。迄今为止，自己费尽心血、努力守护的一切就像水中的泡沫，一下子消失得无影无踪。这宛如一直珍藏的宝物遭到破坏固然可惜，而意识到为珍藏这宝物所花费的气力都是徒劳无功则更让人感到愤怒。此时的园子，已忘记所谓的贞操有着多大的价值。待她心绪略微平息下来，泪水已不再流淌，只有一种悲凉之情像寒冰一样包围着她的心脏。贞操啊！我该怎么来证明你的存在呢？用深邃的内心来证明吗？还是仅仅由显而易见的肉体来证明呢？而肉体的贞操是多么容易被破坏呀！丧失了这容易被破坏的贞操的妇人已没有资格在社会上抛头露面。这个社会究竟为什么会有如此奇怪而森严的习俗？仿佛妇人的生命仅存在于她的肉体，而不存在于她的内心。而妇人的肉体又是那么脆弱、那么容易被玷污。

绝望之极，园子心中燃起了复仇的熊熊烈火。然而，很快，这一烈火又被另一个念头扑灭。向那个罪恶的男人复仇，就必须把所受的耻辱公之于世，这样的话就会让自己蒙受更大的屈辱。算了吧，还是让这件丑事成为秘密，永远埋在自己的内心深处吧。园子这样想着，心中的委屈、羞愧又化作泪水流淌下来。今后，自己的身体会怎么样呢？自己又该怎么办呢？难道对以后陪伴自己一生的丈夫，也要装作若无其事的样子一直隐瞒下去吗？而这是她无论如何都无法忍受的。但如果今后的丈夫知道了这件事情，他能够欣然接受吗？……不，一定会为此又要上演一场悲剧吧。现如今，自己暗定终生的男人，那个笹村……想到这里，园子又想起了因为自己的遭遇而一时忘却的笹村，以及他的罪恶。这些罪恶应该很快就会被世间所觉察，而当他的罪恶被公之于众，他将无法在这个社会上立足……或者还有可能被判刑。这样的话，自己由于需要继承养家遗产的身份，将无法和他结婚，那么，一定又要把自己的爱情奉献给别人，又要把这隐藏着秘密的身体交于某人……园子正在思来想去，突然听到了一阵剧烈的声响。

园子吃了一惊，赶紧静下心，竖起耳朵一听，原来是有人在一个劲地拍打着大门。过了一会儿，又听见两声"电报、电报"的喊叫。园子赶忙叫醒女佣，让她取来电报，打开一看，脸色立刻变得铁青，呼吸也如同停止了一般。女佣吃惊地看着园子，待她稍微平静下来，赶忙问："到底怎么啦？"

"不是怎么啦，是出大事了……在东京的两个主人，都死了！"

"什么！"女佣一屁股坐在了地上，"为，这是为什么……"

园子没有回答，她等因恐惧而战栗的身体稍稍镇静下来，便挪步走向秀男的房间。突然，大滴的泪水从她那红肿的眼睛里夺眶而出。

十九

第二天一早，园子仿佛忘却了自己昨晚的遭遇，赶上最早一班火车，安抚着悲痛欲绝的秀男，回到了黑渊东京的家中。老夫妻的尸骨已并排横卧在里间十个榻榻米大小的卧室里。富子一脸哀伤的表情，静静地跪坐在老夫妻的枕边。

虽然也想象过见到老人尸骨时的情景，但当这对老夫妻静静地躺在自己面前时，园子还是感到一阵阵恐惧，并且有些茫然不知所措。富子从枕边拿出一个信封交到了园子手中。打开一看，原来是老人的遗书。看到这一封写给自己的厚厚的遗书，园子眼眶湿润了。当她忍住悲痛读完这封信后，也终于明白了老人上演这一出悲剧的心思。

最初，在老人目击妻子不贞的行为后，感到实在不能原谅犯了如此大罪过的妻子，但同时也想到自己是怎样和这样的妻子走到一起去的。联想到对有恩于自己的英国人所做的一切，又感到万分羞愧，也失去了惩戒妻子的勇气。之后，虽说老人只能期盼妻子幡然悔过，但当看到那份极端追求所谓正义的报纸将要揭露妻子秘密的时候，他既愤慨于妻子的罪过，但更觉得需要做些什么来隐瞒这个秘密。

老人之所以这么考虑，是认为自己家庭本身就已经受到了社会的排挤，如果这一事实再被曝光，自己这一家无论使用什么手段都将无法立足于世间了。自己年纪已经大了，并不在意这些事情，但尚且年幼的秀男也会因此而蒙受耻辱，遭到社会的苛责与唾弃。他有着自己这样一个被社会所抛弃的父亲，再加上一个犯有通奸罪的母亲，如此奇耻大辱会给这个无辜的少年带来怎样悲惨的命运啊！虽说凭借金钱的力量可以在一段时间内让报道不要刊载在报纸上，但这个喜爱揭露别人罪恶的社会呀，挖掘别人的罪行就如同从上天那里获得恩赐一般！一旦这样的事情流传到世间，将永远不可能被人们忘记。现在，对于老人来说，唯一希望的就是给秀男带来光明美好的一生。放弃自己这个无用的躯体，对于过去所犯下的罪行——由于缺乏深思熟虑、一时糊涂而犯下的罪行——用死亡来向社会表明自己的忏悔。与此同时，妻子犯下的罪行，也应当由身为丈夫的自己来裁决。当老人看到妻子趁自己外出的一会儿工夫，居然又跑了出去，也就明白妻子今后不会给秀男带来什么幸福。与其让耻辱陪伴秀男一生，还不如让他成为孤儿，至少这样就没人会给他带来不幸，也可以在绝望之中，让些许希望之光照耀到秀男身上。老人觉得，只要自己和妻子以死忏悔，这个社会无论怎样残酷，也不至于继续为难秀男了吧。遗书的最后，老人用悲怆的笔触，将秀男的一生托付给园子，希望她这个女教师能够成为深爱秀男的母亲。作为报答，老人愿意将自己遗产的三分之一赠给园子。

第二天，报纸毫不顾忌正悲痛欲绝的家庭之请求，全面登载了黑渊家种种事端。他们用整整一个版面的篇幅，幸灾乐祸般地将黑渊家里所有的秘密和故事，如同一部充满趣味的小说一般，全部都登载了出来。整个城市都沸腾起来，当天就有大批的人聚集在黑渊家门外，带着异样的眼光，注视着这个极端悲伤的家庭。就在富子和园子为两位老人送葬的当天，很多人聚集在出殡队伍周围，冷眼看着灵柩缓缓向前。人群中时不时传出的咒骂之声，让园子感到阵阵胆寒。然而，老人冰冷的遗体，已然感受不到任何痛苦，只是静静地与妻子的棺木一同埋葬在了青山墓地的深处。

对黑渊家的攻击取得决定性胜利的社会论评也同样波及园子。但园子对这些流言蜚语已没有理会的闲暇，她一心一意地处理着黑渊家的后事，即使身心疲惫也毫不退缩。几天以后，当一切都已处理妥当，宽敞的家中突然显得格外孤寂，园子心中不禁涌起一阵阵悲凉和痛惜之情。今后自己该怎么办呢？园子感到自己将无法平静地度过余生。那个曾经让自己寄托无限希望的笹村，他所犯下的卑鄙、下流的罪恶，与被报社揭露出的黑渊家的丑闻一同大白于天下。现如今，他曾寄以糊口的报社记者的工作已无法继续，更不要说再去教会了，甚至连在光天化日之下出现在街头都会被人咒骂。其实，自己又何尝不是如此呢？自己的秘密虽说会牢牢地包裹在自己的身体中，绝不会暴露于世间，但是自己已失去了闯荡社会、扬名立万的勇气。园子想到，自己现在必须和笹村见上一面，把一些事情说清楚。于是第二天，园子便到了笹村的住处，但可能是笹村羞于露面，两人最终也没有见到。园子黯然神伤，只能悄然离开。在回黑渊家的路上，园子想到已经很长时间没有见到养母了，便让车拐到养母家，一方面向养母问候致歉，一方面也把最近发生的事情予以汇报。

见到园子，养母利根子还和往常一样，端着一张苦瓜脸，没有一丝微笑，一看到园子进来，便睁大眼睛用可怖的眼神怒视着她，说道："阿园，你，可真是会给我找麻烦啊！"

园子心中一惊，赶忙问道，"什么事啊？"

"还说什么事……你给我惹了这么大的麻烦还装作不知道！"

养母阴沉着脸显得更加不快，并开始诉说种种怨言。先是抱怨园子不该和黑渊家走得如此之近，接着又说到，自己本来要去贵族女学校做教员的，因为园子，现在看来也危险了，等等等等。一开始，听了养母的话，园子感到一阵愤懑，眼泪差点没掉出来。当初明明是因为能够得到一笔不小的收入，养母才让自己住到黑渊家去做家庭教师的，现如今却这样对自己抱怨，真是无情无义啊。后来，园子想到养母一直以来都是这么一个人，经济拮据、生活困苦，这也是造成她在金钱上感情如此卑微的原因吧。于是，又可怜起养母，觉得她这些年来也真不容易。于是，园子便轻言细语地说自己得到了黑渊家三分之一的财产，而且按照老人生前的好意和遗言，无论发生任何事情，自己都将一直照顾黑渊家的孤儿，为秀男尽心尽力。听了园子的话，养母还是显现出一副厌烦的表情，但也再没有继续述说对黑渊家的怨言了。园子接着又向养母表明了自己对黑渊一家继续尽责的决心后，便告辞离开了。从养母家出来，园子再一次来到笹村住处，但依然没有见到他，只好一个人心事重重地回到了黑渊家。

当晚，园子感到了身体的极度疲劳，就像她内心因极度的痛苦和悲伤已疲惫不堪一般，不管再给她多大的迫害，让她产生多大的失望也都不能再左右她的心绪了。现在，所有的情感都和她的身体一样衰弱，就像梦境一样缓慢而迟钝。园子平日里容易产生剧烈变化的性情，当下已如同暴风雨来临之前的那一瞬间，整个空气都已停滞一般。这难道真是那令人惊惧的疯狂出现的前兆吗?

富子并不知道发生在园子身上的秘密。她只是从最近园子身上的极度变化中,感到园子的可怜和悲哀,觉得这一定是因为社会上对自己家的各种谩骂和排斥也波及了园子才导致的。另外,根据老人的遗言,富子也希望园子能成为秀男的养母。因此,富子一方面不急于回向岛,而是陪着园子,用她以往那种过激的语言,对社会上所有的现象进行谩骂;另一方面,富子也不断地恳请园子,希望她能够遵守老人的遗言,做秀男的养母。当然,每次谈话的最后,富子总会嚷嚷着说:在外人看来,自己的家庭——是地狱,是深渊,是魔窟。但实际上,她的家庭,才是真正自由美丽的乐园。这是那个喜欢处罚罪恶的浅薄残忍的社会,永远无法企盼到的。应该把这样的事实公之于众,让那些在世上犯过罪的,受到社会排挤的人都来到这个理想之家。

园子阴郁的内心,被富子的话语逐渐唤醒,开始感到自己的身体已经响应了一种痛苦的宣言。自己能够实现这种宣言吗?一想到这里,园子的心中立即出现了急剧的变动,就如同可怕的暴风雨开始肆虐一般。她有时想到,应该学习富子,通过无赖般的生活来向社会进行最激烈的反抗;有时又想到,应该用得到的这些财产来做些让整个社会都为之震惊的事业。这样类似的想法,园子在心里考虑了很多,但又觉得无论哪个都无法让自己内心感到满足。后来,园子又转换思路,觉得自己应该彻底堕落,堕落得让普通人无法想象;或者也可以发挥金钱的魔力,撕破人间道德,破坏社会风气,这样自己也许能获得快感。就这样,园子像是被一种狂热所控制,大脑中不断涌现出种种奇怪的想法。最终,这样的想法也影响到了她的现实生活,园子开始出现一些之前没有的反常举动,经常会眼露凶光,随意谩骂女佣。后来,园子从一个温顺谦和的女性转变成了一个性情暴躁、残酷无情的凶神。然而,到了九月,离开学还有两三天的时候,园子又摇身一变,成了一个令人发笑的柔弱女子,时常一个人抹着眼泪哭哭啼啼。显然,园子得了忧郁症。看到园子如此情形，富子大吃一惊，她开始一个劲儿地劝园子去看医生，但园子好像非常害怕看到医生一般，就是不答应。

二十

终于，挨到了开学典礼的前一天。园子在这一整天里都哭哭啼啼，泪流不断。这让富子好一阵担心。傍晚，水泽校长突然前来拜访了。

园子一时手足无措起来。该怎么面对这样一个无礼且令人恐惧的校长呢？虽说之前水泽也来过几封信，一个劲儿地向园子表示歉意。但仅仅这样，那可怕的一幕就可以一笔勾销，就可以泰然自若地四目相对了吗？园子心中升腾起的愤怒之情让她差点昏厥过去，突然浮现于胸中的羞愧之心又让她无颜以对。无论她怎样拼尽全力，还是无法克制身体的震颤，无法平息全身翻腾的血流。最终，园子意识到此次会面，对自己意义重大，无论如何也要保持镇静的情绪。于是，她从衣柜里取出镜子，望着其中的自己。镜中的园子脸色苍白，双颊已失去平日健康的红润，显得消瘦而黯淡。这和怀揣着各种希望前去避暑时的自己简直判若两人。低陷的眼窝里一双充血的眼睛透射着神经质般锐利的眼光，而厚实的眼眶也因为一直被眼泪所浸润而显得紫中带黑。不仅如此，连小巧而秀气的鼻翼和原本可爱的嘴角都浮现出丝丝阴郁的黑影。

园子绝望地看着镜中的自己，沉默不语。忽然，她像是想起什么似的，站起身来，走到衣橱前，从抽屉里取出一件白纱丧服，又坐回椅子上。园子盯着衣服，静静地坐了很长时间，终于让自己涌动的内心逐渐平息下来。她再次面向镜子，默默地将乱发拢齐扎好，又把白纱丧服穿在了身上。

过了五分钟，园子打开房间的拉门，走了出来。她的样子让人吃惊而心痛——已完全不像一个活在世上的人了。她那因极度悲痛而苍白发青的脸庞、消瘦的骨架和白纱丧服融为一体，显出令人胆寒的凄凉与神秘。园子一步一步无声无息地走到客厅前，伸手缓缓拉开门。看到水泽，她郑重地鞠了一躬，发出银铃般的嗓音："水泽先生，您一向安好啊！"

水泽本已被会客室贵重的家具，摆满的装饰品而带来的庄严弄得差点喘不过气来，突然看到园子进来，一时张口结舌，说不出一句话来。他露出祈求而可怜的眼神，偷偷看着园子令人震颤的侧脸，仿佛对这位拥有女性所有美德的女子，已不知该怎样悔过似的。过了一会儿，水泽的口中，终于发出阵阵祈祷般的忏悔声，希望园子能够原谅他那天的罪过。听了水泽的请求，园子用颤抖的嘴唇，发出一阵令人不寒而栗的悲凉语调："请不用担心。我已经不会再到社会上抛头露面了。不管对您有多少怨恨，我已没有力量做那些有损于您声誉的事情。我现在就可以向您保证，我已是无法结婚之人，今后您不管如何请求，我也无法遵从您的心意与您结合了。"

本想当面斥责水泽的决心和不由自主涌上来的眼泪，园子都咬紧牙关忍住了。听了园子的话，本想被园子痛骂一顿的水泽感到生不如死，万念俱灰。他的身体不由得从椅子上滑落，匍匐在这个女神的脚下，颤抖着嘴唇，一句话也说不出话来。

"水泽先生。"

一个神圣的声音再一次在他头上响起："我已经不能在社会上出人头地了。因为社会上有着各种评判，我也如同这令人厌恶的黑渊一家人了。只是，我不知学校方面会怎么来处置我呢？"

听了这话，水泽稍稍直起身来，眼中显出热烈的光芒看着园子，"阿园。有关这件事情，我决心即使自己的地位受到影响，也一定要付出一切努力让您恢复以前的名誉和地位。我发誓，无论遇到什么事情我都不会退缩。"

水泽的声音充满了虔诚。此时，园子仿佛感到某个神灵来到了她的身体里，口中自然发出清亮的声音，心中清澈如镜，就如同纯净的寒冰晶莹而透亮，她毫无意识般地庄严宣告着："我将不会走出这世间所说的可怕地狱。我也不再需要那虚伪的名誉和地位。因为在世人的评判下，那些都如此轻易地被剥夺，又如此轻易地被赋予。我将在我心中戴上自己亲手制作的名誉之冠，并将获得安心且自由的地位。"

听了园子如此大胆的宣言，水泽一句话也说不上来。他怀揣着失望、惭愧与后悔之情，旋即告辞转身而去。看着水泽狼狈逃窜的背影，园子感到前所未有的愉悦，心中多日的阴霾也顿时烟消云散了。

最初，园子是为了让自己动荡不已的内心平息下来，才忽然记起那件白纱丧服——那是在为老夫妻送葬时穿的衣服。她穿上以后，居然在心理上打败了水泽，让他拜倒在了自己的脚下。这是一件多么值得感谢的丧服啊！园子穿着这件带给自己力量，为自己消却耻辱的丧服，上了二楼。她想要走进老人的房间，向安放着的老人的照片祷告，感谢老人为自己带来力量。

园子走到老人卧室前，轻轻地打开了房门。房间里的几个窗户上都垂着窗帘，黄昏的阳光从缝隙中洒落进来，仅仅冰冷地照在地毯上。四边雪白的墙壁以及所有的家具都显得那么庄严而肃穆，如同欢喜地迎接着黑夜尽早来临。自从老人离世，这间卧室就没有打开过，残存的暑气和四五天前焚烧的熏香混合在一起，充满了整个卧室，让人的呼吸仿佛也窒息起来。这对有着悲惨命运的夫妻啊，随着两下短促的枪声，便双双倒在了曾陪伴他们一生的房间。突然，一阵恐惧向园子袭来，她不由得双膝跪倒，匍匐在照片之前，一个劲儿地祈祷起来。最后，就如同接受了那份遗书所传达的使命一般，园子一再表达自己的决心——将用自己的生命去照顾秀男，即使花费一生的时光也绝不辜负老人的重托。说完，园子便站起身来，平静地走出了房间，走下楼梯。现在，园子感到自己已经像是换了个人似的，因为在她的心中，已担负起了神圣的使命。

81

园子走到日式房间的廊檐下，看到满园墨绿色的树枝枝头还残留着夕阳的余晖，一阵晚风带着秋天清凉的气息从空中忽地吹来，翻动着比雪还要洁白的丧服。园子被这突如其来的凉风吹拂着，不由得深深吸了一口气。这时，一股极为充实的力量从她内心升腾而起，那个健康的园子仿佛苏醒了过来。

回到房间，园子立即将她的决心付诸实施，挥笔写下了一封极其简单的书信——断然辞去教师的职务，然后将这封信即刻寄给水泽校长。过了三天，园子找到富子，坦然地向她公开了所有的事情。并做了如下宣告：

就像富子所说，自己终于可以在世间所谓的污浊的地狱之中，心安理得地沿着自己确信的道路前进了。以前，自己仅仅是在意世间的评头论足，为迎合别人的看法而让自己看起来像是很遵守所谓的道德。现在想来，那时的自己真是可笑。今后，自己将摆脱那些无谓的束缚，为自己而生活，构建出属于自己的道德。在真正的乐园中，度过让自己心满意足的美好人生。之前，自己之所以不犯错误，完全依从世间道德的规范，并不是因为自己从内心真的喜好那些道德，而只是害怕别人的指指点点。现如今，自己和富子一样，肉体上的贞操已然被破坏，今后也不需要再靠着所谓的贞操和道德立于世间了。今后，即使自己的行为再污浊，也绝不自我欺骗。人只有完全处在如同动物般自由自在的境地，并且还能够遵守令人尊崇的道德，才有资格戴起那不朽的赞美之冠，这样的道德才是有价值的。如果做不到这一点的话，恐怕连人的资格都不应享有。

园子如此大义凛然地说出了自己的信念，同时感到了一股从未有过的勇气涌上心头。第二天，园子隆重地打扮了一番，显得神采飞扬，今天，她要把自己的决心告知养母利根子。同时，园子还要找到那个像狐狸一样躲藏起来的神的信徒，向他当面问个明白：不管以前他内心是何种想法，现在是否能够真心悔悟罪行，今后能不能做到不令人失望，把真正的爱情全部倾注于自己身上。园子走出家门，来到两匹马拉的车前，回转身来，用力地握住了前来送行的富子和秀男的双手。

此时，正值黄昏，九月的清风吹拂，清凉如水，引得肥壮的马儿高声嘶叫了一声。园子傲然挺胸，站在车门前，充满自信地抬头仰望着天空。那水晶般深邃而透彻的天空啊，开始闪现出美丽、可爱而又光明的希望之星！

跋

人类在某些方面的确无法摆脱动物性特质。这一方面是由其组织所形成肉体的特有生理性诱惑所造成的，另一方面也是从由动物进化的人类祖先遗传而来的。不管怎样，人类将自身的习惯和内在需求转化成了宗教及道德。而这样的宗教和道德，在长时间的演变过程中，又将现实生活中人类的动物性特质看作人的阴暗面，禁止公开谈论，并进而将其完全定义为罪恶。但我相信：如果需要塑造那些完美的理想人生，首先就要对这些阴暗面进行充分且必要的专业研究。这实际上就如同在追求正义之光的法庭上，必须对犯罪的证据及其过程进行事无巨细地调查。因此，我才将写作的重点，毫不隐讳地主要放在描述由祖先的遗传和阴暗的境遇中所产生的众多情欲、强力、暴行上。《地狱之花》这篇小说，便是基于此目的写就的。但不幸之处在于，我的艺术修养，还无法完全支撑我自由地完成此目的。加之，我所进行的此项研究极其片面、思想非常浅薄、描写极为幼稚，也导致了此研究还没有达到预期的一半效果。在此，恳请富有同情心的诸位读者，不要理会本人才思愚钝，对我这个愚昧轻狂的年轻作者，对这一狂妄大胆的新研究计划，给予持久而多方的批评指正。

逗子海边豆园

永井荷风

隅田川

一

俳谐师松风庵萝月每天都牵挂着在今户做常盘津师傅的亲妹妹，因为她今年在盂兰盆节竟然没有来看望他。本想去妹妹那儿问问情况，但中午太阳晒得人发慌，出不了门，只能等到傍晚再说。到了傍晚，在长满喇叭花的竹篱笆门边洗好澡，光着身子喝上几杯小酒优哉游哉地吃好晚饭，天已黑了下来。随着家家点起蚊香的烟气飘散，外面已是漆黑一片了。外面马路上木屐的声响、工匠哼唱的小曲以及人们纳凉时的说话声从摆满盆栽、挂着竹帘的窗口不时传进来。在老婆阿泷的提醒下，萝月想起还要去今户看妹妹，便立即出了门，但没走几步，又被在对面凉台的人叫住，一同坐下，边喝着酒边聊起天来。像这样，萝月每晚都要海阔天空地聊到很晚，终于没有去成妹妹那里。

随着早晚逐渐变凉，天气已没有那么炎热难熬，但白天也随之变短了，喇叭花开得越来越小。当夕阳如红彤彤的火焰照射进狭小的房间时，不绝于耳的蝉鸣声显得更加急促而匆忙。八月也已过了一半。晚上，当夜风吹过屋后的玉米地发出沙沙的响声，经常会被误以为是雨水滴落的声响。萝月年轻时拜肆意妄为、纵情玩乐所赐，现在一到季节转换，浑身的骨头关节便会隐隐作痛，因此也比一般人要早体会到秋天的到来。所以，一想到秋天就要到来，他总觉得内心有些焦躁。

萝月终于紧张起来，那天，初八洁白的月亮还挂在黄昏的天边时，他便慌慌张张地离开了小梅瓦町的住所，急匆匆地赶往今户去了。

沿着河沟边的拉纤路向左拐，萝月走到了一条只有当地人才认识的七拐八拐的小路上。小路从三围稻荷神社旁边穿过，一直延伸到堤坝上。在小路旁因填土而形成的空地上盖起了一排出租平房，但都还没有租出去，此外，小路边上还有宽广的苗木店，门口摆放着一排石头，一些农舍般的茅草房也不时点缀在小路两旁。从这些人家的竹篱笆望进去，偶尔可以看到几家的女子正借着月光在洗澡。萝月师傅虽说已上了些年纪，但年轻时的习惯还在作祟，不由得慢下脚步，偷偷看了几眼。但那些洗澡的都是上了年纪的妇女，萝月只好加快步子，悻悻离开。每当他走过那些竖着的卖地或出租房屋的牌子时，心中也不由得盘算盘算，看看自己能不能想个法子，赚上一笔。而当萝月沿着田地向前走，看到水田中盛开的莲花娇艳欲滴，听着青青稻叶在晚风中沙沙作响时，他还是回过神来，把怎样赚钱放在一边，想起散在记忆中的古人名句。

当萝月爬上河堤，看着樱树的斑驳倩影洒在昏暗的河面上时，对岸人家已掌起灯火。阵阵风吹过，带着河水的气息，将樱树已枯黄的树叶一片片吹落。萝月加快了步子，在热风吹拂下，显得有些气喘。身上的汗水冒了出来，他敞开衣领，手拿扇子一个劲地扇了起来。看到不远处有一家尚未打烊的歇脚酒馆，萝月紧走几步来到店门口，"老板娘，来杯冷酒。"说完，就一屁股坐在了门口的长凳上。透过眼前宽广的隅田川可以一直看到对面的待乳山。河面的帆船被晚风吹得不停向前滑去。飞舞在水面的海鸥在黄昏晚霞的映衬下，羽毛显得格外洁白。看到如此美景，一首俳句"无酒何必来赏樱"不由得浮现在萝月师傅的脑海中，心中猛地有了一醉方休的念头。

歇脚酒馆的老板娘端来一杯壁厚底高的冷酒，萝月一饮而尽，头也不回地坐上竹屋的渡船。当船行至河中央时，随着渡船的摇摆，冷酒的酒劲渐渐涌上头来。樱树上挂着的明月愈发显得明亮而清冷。柔顺的河水上吹拂着沁人心脾的凉风，耳边仿佛响起流行歌曲《你去何方》的曲调，萝月眯着眼睛，哼唱起来。

　　到了对岸，萝月突然想起什么似的，慌慌张张地在附近找了一家点心店，买了些点心，然后匆匆忙忙地过了今户桥向妹妹家走去。萝月沿着笔直的道路向前赶路，自然认为自己走得也很直，殊不知他的脚步早已打起转来。

　　道路两边有两三家出售今户烧的陶瓷器店还开着门，其他都是些在城市郊区经常可以看到的平房。三三两两的人群或站立在屋檐下，或聚在巷口边乘凉边交谈着什么，身上所穿的花白浴衣在昏暗的路灯照映下显得尤为醒目。周围一片寂静，只是偶尔听到不知何处传来的一两声狗叫和婴儿的啼哭声。清澈天空中银河低垂，萝月来到了树木枝繁叶茂的今户八幡神社前。再往前走，不远处便出现了妹妹家的屋檐，檐下的灯光照亮了用勘亭体[①]写着的"常盘津文字丰"[②]字样的灯笼。家门口的大街上也站着两三个人，都在静悄悄地听着从家里传出的净琉璃的练习之声。

　　一只老鼠在屋顶上乱窜，发出令人吃惊的吱吱声。从天花板上垂下一盏还剩六分灯芯的煤油灯。昏暗的灯光从被熏得已然模糊的玻璃罩中发出，隐约地照亮了破旧的拉门。拉门上贴满了宝丹[③]的广告以及《都新闻》新年副刊的美人画，这是为了遮盖拉门上随处可见的破洞。除此之外，屋里古褐色的橱柜、满是斑驳雨痕的墙壁以及八个榻榻米大小的客厅也都在

[①] 勘亭体：由江户时代的冈崎屋勘六（号勘亭）创作的字体。是一种经常用于日本歌舞伎的招牌、节目单的字体。
[②] 常盘津文字丰：常盘津是日本戏剧净琉璃的一个流派。文字丰即萝月妹妹阿丰的艺名。
[③] 宝丹：东京上野池边的守田治兵卫店里出售的一种黑红色口含芳香剂。

昏暗的灯光下若隐若现。老旧的苇帘挂在门口,外面已是漆黑一片,让人难以看清小小庭院中的光景,只有挂在屋檐下的风铃发出的一两下微弱敲击声,和着院中昆虫的哀鸣声时不时传入耳中。

阿丰师傅身后是一排功德日摆放的盆栽,背后的壁龛上挂着不动明王的画像。她盘腿坐在榻榻米上,一只手扶着支在膝盖上的三弦,另一只手拿着栎木拨片边不时拨弄着刘海边随着吆喝声拨响三弦。一个三十岁左右商人模样的男子坐在摆着乐谱的桐木小桌后,随着阿丰师傅的弦声,用男中音唱着《小稻半兵卫》中男女恋人私奔的台词:"现如今如何叙说,两人陷入苦恋中,已不再称兄唤妹……"

萝月走到廊檐处坐下,一边摇着蒲扇,一边等他们练习结束。因为刚才喝的冷酒还没完全醒来,萝月一边前后左右轻轻摇晃着身体,一边眯缝着眼,跟着练习的男子一同哼唱着。过了一会儿,他毫无顾忌地打了个饱嗝,微微睁开眼,漫不经心地看着阿丰的脸庞。阿丰已经四十多岁了,在昏暗的吊灯之下,她那瘦弱的身体愈发显得有些老态。看到这里,萝月忽然想到自己家原先还有颇具规模的当铺,阿丰过去也曾是藏在深阁的可爱小姐,不禁一阵悲伤一阵寂寥涌上心头。想着时势变迁,造化弄人,他深深感到了人世间种种的不可思议。那时的自己不也是年轻俊美,女友成群,左拥右抱嘛!后来,就因为只顾玩乐,自己被赶出家门,和父母断绝了八辈子关系。现在想来,那时的一场场、一幕幕都不像是现实,而像在梦境中一般。不管是用算盘敲打自己脑袋的阿爹,还是流着眼泪规劝自己的忠心掌柜,抑或是独自开分店的阿丰丈夫,他们或哭或笑或悲或喜的音容笑貌,满身汗水、不知疲倦、辛苦劳作的点点滴滴又浮现在萝月眼前。现如今,这些人都一个个地离开了人世,他们不管曾经出现在这个世界上抑或是没有出现,结局好像也没什么不同。当然,至少现在,他们还会残存在萝月和阿丰的脑海中,但当这两人也离开人世,恐怕就再没有什么留下的东西,一切都如过眼云烟般散去了吧……

阿丰突然开口说道："哥，我正打算这两天就到您府上去拜访呢。"

商人模样的男子演唱完几遍《小稻半兵卫》，又唱了两三遍《御妻八郎兵卫》开头部分，就收拾收拾回去了。萝月走进屋来，端正坐下，用扇子轻轻敲打着膝盖。

"其实啊，我找你是有件事想和你商量商量。"阿丰接着刚才的话题说，"驹込那边的寺庙因为市区规划要被拆除。所以，阿爹的坟墓就得移到谷中、染井或者其他什么地方。四五天前，庙里派人来告诉我了。你看怎么办？"

"嗯。"萝月点点头，"这件事还得好好考虑考虑呀。几年了？阿爹死了……"

正当萝月歪着头想的时候，阿丰却已继续说了下去，什么染井的墓地一坪①需要多少钱啦，给寺庙的小费需要多少钱啦等等，总之意思就是作为女人，她不方便抛头露面，希望萝月这个男人出面解决一切。

萝月本是小石川表町一家名叫相模屋的当铺继承人，被赶出家门后，年纪轻轻就隐退赋闲了。那个顽固不化的父亲去世后，店里的掌柜就娶了妹妹阿丰为妻，继续经营相模屋。后来随着明治维新的推进，以及时势的变迁，当铺的经营变得越来越困难了。后来，不巧又遇到了火灾，在雪上加霜般的打击下，当铺最终也破产了。最终，只沉浸于风雅韵事的萝月也只能靠作俳谐艰难度日。而阿丰后来也因丈夫去世，接连遭遇不幸，但幸好年轻时学习了一些传统演艺，便靠着做常盘津师傅来维持生计。阿丰有一个今年十八岁的儿子，名叫长吉。现如今，对这个家境已败落的母亲来说，活在世上的唯一乐趣便是将这个儿子培养得有出息。因为阿丰认为做生意不知何时就会破产，所以，现在即使每天只吃两顿饭，阿丰也要攒出钱来，让儿子上大学，以便将来能够挣大钱。

---

① 坪：日本的面积单位，一坪约为 3.306m²。

萝月师傅喝干了凉茶,问道:"长吉现在怎么样了?"

一说到长吉,阿丰脸上立刻流露出得意的神情:"现在学校正在放暑假,但我觉得不能让他光玩,就送他到本乡的夜校学习去了。"

"那他回来一定很晚吧。"

"是的。总是过了十点才能到家。虽说有电车,但路还是太远了。"

"和我们不同啊,现在的年轻人很上进呀。"萝月顿了一下,接着说,"他现在是中学生了吧。我没有孩子,对学校的情况一点儿也不懂。不过,送他去上大学要花很多钱吧?"

"明年毕业后还要考试。在上大学之前,还有一个……很大的学校。"阿丰想一口气把所有的事情都说出来,结果心里一急,嘴上就说不清了。看来毕竟是对时势不太明了的女人,说着说着自己就糊涂了。

"需要花一大笔钱吧?"

"对,对。就是。可真是一大笔钱呢。总之,学费每月就要一元,还有书费,每次考试没有两三元过不去。并且冬夏都要穿西服,连鞋子每年都要两双才够。"

阿丰为了显示自己的不易,故意提高嗓门,加强了语气。但在萝月听来,反而觉得,既然那么辛苦,何必一定要上大学呢,另外再找一条更符合长吉身份的路也并没有这么难吧。但这个想法又不能说出口,于是就想着换个别的话题。他一下子就想到了一个叫阿丝的小姑娘。这个阿丝家开煎饼店,她小时候经常和长吉在一起玩。那时,萝月来阿丰家,一定会带着外甥长吉和阿丝去奥山或佐竹原看杂耍。

"长吉今年十八岁了,那个女孩也长成漂亮的大姑娘了吧。现在还来学三弦吗?"

"她不上我家来了,现在每天去前面那家杵屋。听说马上要去葭町[①]

[①] 葭町:位于东京日本桥,是当时艺伎馆聚集地。

了……"阿丰若有所思地不再说下去了。

"要去葭町啊。那可太大胆了。小时候她可是听话的乖孩子呀。今晚要是来玩就好了。你说是吧,阿丰。"说到这里,萝月忽然来了精神,但阿丰却"嘭"地敲了敲长烟管,淡淡地说:"现在和以前不同了,长吉现如今正忙着学习呢……"

"哈哈哈哈哈。不用你说我也知道,这是最要紧的。想走这条道可不能掉以轻心呀。"

"当然了。"阿丰伸长了脖子,"也许是太多心了,最近我总觉得长吉有些不太对劲。"

"所以呀,这也不是不可说的事。"萝月轻轻攥紧拳头,敲了敲膝盖。听了这话,阿丰像是再也憋不住似的,一口气把自己对长吉和阿丝之间关系的担心都说了出来:阿丝每天练习完长歌一定要到家里来转转,就算是没事也要来;而长吉在那个时间也一定会一步不离地站在窗口等着阿丝;除此之外,有一次阿丝得了病,在家躺了十天左右,没有来这里,而这么些天,长吉就斜着眼在那里傻傻地发呆。

这时,里间的钟敲了九下。随着钟声,格子门突地被拉开了。听到门被拉开的声响,阿丰立即知道是长吉回来了,赶紧打断刚才的话题,向拉门处扭过头去:"今晚回来得挺早嘛!"

"老师生病了,早放了一个小时的学。"

"你住在小梅那边的舅舅来了。"阿丰叫道。

没有听见长吉的回音,只听到里间扔书包的声音。接着面色白皙,显得有些羸弱的长吉带着温顺的表情出现在里间拉门处。

二

刚入秋的夕阳炙热地烘烤着大地,显出比盛夏还要猛烈的气焰,宽广

93

的河面如同燃烧起来一般，映得大学游艇库房刷了白漆的墙壁更加刺眼。不一会儿，太阳落下，四周立刻如同灯光远去而变成了淡灰色，只有在傍晚涨潮河水中悄然划行的货船的白帆依然引人注目。很快，初秋的黄昏也落下帷幕，周围一片漆黑，只有流淌的河水还时不时闪烁着光芒，把乘坐渡船人的身影染得如同水墨画一样漆黑。从这边望去，对面堤岸上成排的樱树黑乎乎地一团接着一团，让人心生惊惧。刚才还在河面上划动的一艘货船不知何时都已驶到上游去了，几条垂钓而归的小船像树叶一样漂浮着。隅田川再一次显现出它宽广的水面，更让人觉得有些安静而孤寂了。远处上游的天空一角还残存着一些夏天才有的云峰，细微的闪电时不时闪一下，很快又消失了。

　　长吉从刚才就一个人在这里发呆。他有时候靠着今户桥的栏杆，有时候又沿着岸边的石阶下到渡口的栈桥上张望着河面的景色，等待着黄昏的夕阳从耀眼到昏暗，再到完全落下山去。今晚，他和阿丝约好，天黑以后，当周围看不清人脸时，在今户桥上见面。因为正好是周日，没法拿到夜校上课做借口，于是他一吃完饭，太阳还没落山就赶紧出门了。一时间匆匆来往于渡口的行人也已不见了踪影，夜晚停泊在桥下货船的灯火将庆养寺里高大的树影倒映在山谷渠缓缓流淌的水面上。新建住户的门口栽种着柳树，二楼传来三弦的声音。临水而建的一个小屋的格子门外，男主人光着身子在乘凉。阿丝该来了吧，长吉心里想着，眼睛更是一眨不眨地盯着桥对面。

　　最初走过桥来的人是一个穿着黑麻僧衣的和尚。接着过来的是一个穿着橡胶鞋的承包商，只见他穿着细腿裤，将和服后襟撩起掖在腰带里，一摇一摆地从桥上走过。过了一会儿，一个穷酸的中年女人拎着黑色油布伞和小包裹上了桥来，她穿着晴日木屐，跨着大步匆匆下了桥。等了这么长时间，已经很少有行人了，长吉没有办法，只好将已干涩的眼睛转到河面上。比起刚才，水面整体显得还要亮堂一些，远处的云峰也消失得无影无踪。这时,长吉从长命寺边河堤上的树林中看到有些发红的大大的月亮正在升起,这应该是阴历七月的满月吧。月亮将天空照得如同明镜一般,下面的堤岸和树林愈发显得黝黑。空中只有一颗星星还闪着光亮,其他的星星都被空中的光芒遮蔽住了。飘浮在空中的细长云霞边缘显得通透而光亮。看着看着,满月已升上了高空,河岸上沾满夜露的瓦屋顶、被水浸湿的木桩、随着涨潮而漂浮到石阶上的水草、船的侧舷还有竹竿都在月光的照射下闪着蓝色的光辉。突然,长吉看到自己的影子浓重地印在桥面上。这时,一对唱"法界节①"的男女艺人走了过来,"快看,好漂亮的月亮!"两人抬头望着天空站立了一会儿,就拐到山谷渠的岸边去了,接着就传来了带着讽刺腔调的唱白:"学生独自依桥栏,痴痴等待为哪般……"接着,他们又走到岸边,一家家门口不停地唱着,看到没有一家扔出钱来,他们又哼着歌快步走向了吉原土坡的方向。

长吉继续焦急地等待着,他每次与恋人幽会时除了担心,还时常感受到一种无以言表的悲哀。自己和阿丝将来会怎样……别说将来了,今晚见面后都不知道明天会怎样。今晚阿丝要去早前说好的葭町艺伎馆商谈一些事项,两人约好一同前去。阿丝终于要去做艺伎了,这不仅意味着两人没法再像以前那样天天见面,也可能两人就再也没有未来了。

想到这里,长吉更觉得坐立不安。他甚至觉得,阿丝这次是去了另外一个遥远国度,再也不会回来了。就像今晚的月亮,今生也许再也见不到同样美丽的月亮了。瞬间,过去所有的记忆如同一簇簇闪电一般浮现在脑海中:最初是两人每天打闹着一同去郊镇的小学;后来,附近的小孩子们在庭院栅栏和仓库外墙上画了他俩撑着一把伞的图画来取笑他们;住在小梅的舅舅还经常带他俩到奥山看杂耍或者去池塘喂鲤鱼;有一年三社祭②

---

① 法界节:日本明治时代盛行的一种乐曲,由中国《九连环》乐曲演变而来。
② 三社祭:每年5月在浅草神社举行的祭社活动,因浅草神社旧称"三社明神社"而得名。

时阿丝到舞馆跳了道成寺舞；每年镇上出海晒盐时，阿丝和镇上的姑娘们也一同在船上跳舞；在每天放学回家的路上两人一定要在待乳山的寺庙里碰头，然后一同在人迹罕至的山谷后街和吉原稻田那里去散步……哎，阿丝为什么要去做艺伎呢？真想劝她不要去做艺伎。长吉下定决心无论如何也要挽留阿丝，但很快他又感到了无尽的绝望和无奈。是呀，自己对阿丝又有多少影响力呢？阿丝今年十六了，虽比自己小两岁，但最近，长吉愈发感到阿丝像姐姐一般，远远比自己年长。不，最初阿丝就强得多，自己太懦弱了。那时小孩子们画了他俩同撑一把伞的图画取笑他们时，阿丝一点都不为所动，还毫不介意地怒斥那些孩子说："阿长就是我老公，怎么啦！"去年初，在放学回家的路上到待乳山那边去碰头的主意也是阿丝先提出来的。阿丝还提议一同到宫户座去看戏。回家晚了阿丝也毫不在意。迷了路，阿丝就打气说："先往前走，路上碰到巡警问一问不就行啦。"然后就兴致勃勃地向前走去……

桥上突然响起了吾妻木屐"嘭嘭"的声响，阿丝毫不在意周围人的眼光，小跑着过来了。

"我来晚了。妈妈梳的发髻，总叫我不满意。"因为急匆匆跑过来，发髻更加乱了。阿丝一边理着头发，一边说："难看吗？"

长吉只是瞪着眼睛，直勾勾地盯着阿丝的脸。她那总是神采奕奕、心直口快的样子现在反而让长吉觉得有些愤恨。长吉心中气鼓鼓地想着："你到那么偏远的城郊去做艺伎难道一点都不觉得悲伤吗？"话到嘴边，却说不出口来。阿丝没有注意到长吉的表情，连照射着河水如玉般明媚的月光也好像完全没有看到一般，"快走啊，我有钱了。今晚。我要去浅草商店街买礼物去。"说完就快步走了起来。

"明天，你肯定回来吗？"长吉吞吞吐吐地问道。

"明天不回来，后天一早我一定会回来。还有些便装什么的一定要带过去的。"

两人穿过小路，经过待乳山脚下走向圣天町方向。

"怎么啦，你怎么不说话？"

"就算你后天回来后，不还是要去那边嘛。唉，阿丝你已经成那边的人了，再也不会见我了吧。"

"我偶尔还会回来的呀。不过，我也要拼命学习那些技艺才行啊。"

阿丝的声音有些迟疑，但却并没有长吉期待的那种哀愁的腔调。过了一会儿，长吉突然开口问道："你干吗非要做艺伎不可呢？"

"你怎么又说这种话，太可笑了，阿长。"

虽然这样说，但阿丝还是又重复起长吉已听了多次的缘由。其实，长吉在两三年前，不，应该还要早，就知道阿丝要去做艺伎。那时，阿丝做木匠的父亲还健在，而母亲则做些针线活贴补家用。其中有个老客户，在桥场那边有一户外宅，那家夫人看到阿丝十分喜爱，一定要认她做干女儿。因为那家夫人的娘家在葭町是颇有名的艺伎馆，于是，就又说要把阿丝培养成出色的艺伎。但那时阿丝家在经济上还并不拮据，另一方面也舍不得阿丝这么可爱的女儿离开身边，便就在自己家里学习一些传统技艺。后来，阿丝的父亲去世，阿丝家陷入困顿，就在阿丝母亲六神无主之际，在桥场的那家夫人帮忙下，才开了现在这间煎饼店。阿丝家不仅在金钱上得到很大的帮助，并且也碍于那家夫人的好意，所以，最终虽没有人强迫，但阿丝也只有去葭町了。对于这番情形，不用特意再问阿丝，长吉也早就知晓了。但既然不得不去葭町，长吉总希望阿丝表现得恋恋不舍一些，这样才能让自己这颗受伤的心灵得到些许宽慰。并且，想到自己与阿丝之间将会产生无法沟通的情感隔阂，长吉感到更加悲伤了。

阿丝为买礼物穿过仁王门，来到了浅草商店街上。长吉一言不发地走在阿丝身边，心中的悲伤愈发强烈。在傍晚乘凉的热闹人群中，阿丝突然停下脚步，拉住长吉的袖子，"阿长，我很快也要打扮成那样了。穿上绉纱的和服外褂……"

听到阿丝的话，长吉转过身来看，原来是一个梳着岛田发髻的艺伎，旁边还站着一个穿印有家纹的黑色绉纱衣服的气派绅士。唉，自己要奋斗多少年才能成那样气派的绅士啊！想到自己现在还只是一个系白色兵儿带[①]的穷学生，长吉心中一阵酸楚。同时，他也想到，不用说将来会怎样，恐怕自己现在就已经没有资格和阿丝做个普通朋友了。

很快，两人来到了点着一排御神灯的葭町路口，长吉已被心中无限的悲哀弄得没了精神，只是站在路口，带着不可思议的眼神，向昏暗狭长且弯弯曲曲的深邃小巷中望去。"那个，一、二、三……点着第四个瓦斯灯的地方，写着'松叶屋'的，啊，就是那一家。"阿丝指着屋檐下的灯说。因为之前经常被桥场的夫人带到这边来，有时也会有其他事情来跑跑腿，所以，阿丝对这里已经很熟悉了。"那，我，这就回去了。有些晚了……"长吉说着，停下了脚步。看到长吉停了下来，阿丝轻轻抓起他的袖子，像讨好一般凑上来，"明天或者后天，我回家以后，一定再见面。好吗，一定要见面的，说好了。你到我家来吧。好吧？"

"噢。"

听到长吉答应了，阿丝放下心来，头也不回地快步走进巷子。吾妻木屐踩踏着河沟盖板的声响回荡在幽暗的巷中，在长吉耳中就像快步跑开一般。不一会儿，随着格子门上铃铛的"丁零零"声传来，长吉忽然有了想要跟着闯进巷子的冲动。就在此时，一阵说话声响起，离他最近的格子门被拉开了，一个拿着细长弓形提把灯笼的男子走了出来。长吉不由得胆怯了，像是怕被人看见似的，一撒腿跑回了大路上。后街的仓库屋檐静静地耸立着，深邃的天空中满是星星，圆圆的月亮像是小了许多，已高高地升到了天空正中央，发出清澈的蓝色光芒。

---

① 兵儿带：男性和服使用的一种腰带。

三

　　随着每晚月亮出来得越来越迟,月光也愈发清冷起来。河面上吹过潮湿的凉风,穿一件和服单衣已渐渐觉得有些寒冷。在进入被窝之前,月亮终于不再上升了。不管在早晨还是中午或者傍晚,空中的云彩都变多了,它们相互重叠,不住地流动着,有时虽然会微微露出色彩浓郁的晴空,但大多数时候都铺满了天空。白天变得闷热异常,自然渗出的油脂和汗水混合着,黏着皮肤让人很不舒服。但也总是在这个时候,时强时弱的风东奔西窜,惹得天空中雨下下停停,停停下下。而这风雨又似乎带着一种特殊的魔力,在吹过寺院的树木、河岸的芦苇以及城郊一排排平民屋的屋顶时,发出在春天、夏天绝对听不到的声响。白天越来越短,黄昏很快到来,黑夜让周围的一切都变得寂静无声。夏夜里八九点的钟声经常被出来乘凉的木屐声所遮蔽而听不清楚,但此时,这钟声却浑厚清亮,在黑暗中远远传播开去,让周围变得如同午夜十二点一般沉寂。蟋蟀的鸣叫愈发匆忙,路灯的光芒也愈发透彻,秋天,啊,秋天到了!长吉第一次感受到了寂寥难耐,他觉得自己开始讨厌秋天了。

　　昨天就已开学。一大早妈妈把准备好的便当和课本包在一起,让长吉抱着去上学。虽然之前每年暑假将要结束时,长吉总盼望着新学期开始,希望赶紧去上课,但今年,不知怎的,才过了两三天,他就觉得去神田那边太远太无聊,浑身上下像是没了气力。以前兴冲冲地去学校的劲头已荡然无存,学校很无聊啊!憧憬学问又怎样!这些都给不了自己所期望的幸福……长吉第一次感到自己以前所向往的都和他的幸福无关。

　　第四天的早上,长吉七点前就出了家门。当他走到浅草观音寺院中,已感到疲惫不堪,于是便像疲惫的游客一般,坐到了正殿旁边的长椅上。院中的碎石子路被露水打湿,但上面清扫得很干净,连一片纸屑也没有。平日里嘈杂的寺庙庭院在早上异常安静,这使得周围显露出一种神秘感。

正殿的屋檐下几个男人懒散地坐在那里，身上穿着肮脏的单衣，脸上显出整夜未眠的倦意，其中还有人解开腰带，旁若无人地整理着兜裆布。这时，天空中浅灰色的云层逐渐加厚，低低地压在头顶。从四周树木不断地飘下被虫子啃食过的树叶，乌鸦的叫声和鸡鸣声以及鸽子拍打翅膀的声音不时传来，仿佛响在耳边。进门处的洗手钵下石阶被溢出的水浸湿，在被风翻动着的奉纳手巾后面，显得寒气袭人。尽管如此，清晨前来拜祭的男男女女在进入正堂前都来到洗手钵处，清洗双手。忽然，长吉在人群中看到了一个年轻的艺伎，只见她口中咬着一张桃红色手巾，穿着一件和服外褂。为了不被水弄湿，她尽量向前伸出手，雪白的手臂也露了出来。这时，长吉听到坐在旁边长椅上的两个书生一个劲地嘀咕着："快看，快看。是艺伎。长得真不赖。"

那个艺伎有十六七岁模样，梳着岛田发髻，柔弱的溜肩，瘦小的身躯，圆圆的脸蛋，小小的樱唇。看到这些，长吉差点从椅子上跳了起来，她太像阿丝了！在风清月明的那晚，两人分别后的第二天，阿丝果然和约好的一样，回来取些简单的行李。但让长吉吃惊的是，当时阿丝的装扮像是完全换了个人似的，已变成了地地道道的葭町人。本来只是系了条红色软布腰带的姑娘，隔了一日就变成了如同现在这个站在洗手钵前的年轻艺伎一样的打扮。无名指上甚至戴了戒指，还不时地从腰带间取出镜子和纸袋，或者扑扑白粉，或者理理发髻。并且让雇的车子等在外面，仿佛身兼重任一般，没坐一个小时就回去了。在临出门前对长吉说的最后一句话就是麻烦他给"大婶师傅"问个好。虽说阿丝说了现在还没露面接客，过两天再回来玩，但这话在长吉耳中，已和之前的约定不同了，不再是内心流露的真情相约，而只不过是社会上常见的客套话罢了。那个小姑娘阿丝，自己青梅竹马的恋人阿丝已经从这个世界上消失了。载着阿丝的车子远去，惊得躺在路边的一条狗一骨碌起来了，只有阿丝留下的浓郁脂粉香气，苦闷而又无情地渗入长吉身体的每一个角落……

年轻的艺伎消失在正殿后，又出现在阶梯下。她穿着吾妻木屐，赤裸的脚尖轻轻踩着木屐内侧向前挪动着脚步，向仁王门方向走去。看到艺伎离去的背影，长吉脑海中又忽然闪现出目送阿丝离开的场景，他再也无法自持，腾地从长椅上站起来，追了过去。不一会儿，长吉就追到了浅草商店街尽头，但年轻的艺伎不知转到哪个巷子，不见了踪影。商店街两侧的商店正在打扫门面，摆放商品，做着迎客的准备。这一切长吉都没有看在眼里，他一心向着雷门方向奔去。此时的他并不是为了寻求年轻艺伎的身影，而是追寻脑海中阿丝的踪迹。长吉已顾不得上学了，他从驹形走到藏前，从藏前走到浅草桥……最后朝葭町的方向快步走去。来到电车通行的马食町大街，虽说大体的方向长吉心中也明白，但具体该拐到哪条小路上，他有些犹豫了。想向别人打听打听，但身为在东京出生、东京长大，地地道道的东京人，长吉一方面不齿于向别人询问道路，另一方面，告知路人自己恋人的住所，更像心中的秘密被人探知一般让长吉恐惧。没有办法，长吉只好向左再向左转，凭着感觉折来折去，转了大半天，甚至两次来到相同的满是批发商仓库的河沟岸边。最终，长吉远远地看着对面明治剧场的屋顶来到一条稍微宽敞的马路上。此时，从远处路边的河面上传来的一阵蒸汽船的汽笛声终于让长吉明确了自己的方位和街镇的方向，同时也让他感到异常疲倦。油腻的汗水不仅浸湿了戴着学生帽的额头，还从和服裤裙的腰带处渗了出来。但长吉一刻也不想休息，在经历了一番苦心、一阵不安和极度的疲劳之后，凭着记忆，他终于找寻到了那晚阿丝带他来过的那个巷口。

早晨的太阳照射着小巷的一侧，让整个巷子都明亮起来。和那晚看到的不同，巷子里除了格子门的住户以外，还有几间屋顶高耸的仓库，有些围墙上还竖着防止小偷翻墙而入的尖利竹片。松树枝高高地伸出在围墙，公共厕所门口打扫得很干净，还撒上了石灰，垃圾箱摆着路边，小猫在旁边徘徊着。行人比那晚的多多了，从狭窄的沟桥上穿行时，都要斜着身子才能勉强通过。练习三弦的琴声和着人说话的声音一同传来，还时不时伴着洗衣服的水声。系着红色腰带的小女孩一手提着裙摆，一手拿着草扫帚清扫着铺在自家门口水沟上的木板。还有的人正在使劲地擦拭着格子门上一根根木条。看到巷子里那么多人，长吉有些胆怯了，他这才意识到即使自己走进巷子，其实也做不了什么。想要装作若无其事地从松叶屋前走过，透过篱笆缝偷偷看看阿丝，但周围太过明亮。他又想就这么站在巷子口，看能不能等到阿丝出来办什么事，但又觉得站五分钟以上就会被附近商店门口的人盯上。正在犹豫之时，正巧从远处胡同里走来一个卖栗子饼的老爷爷，嘎啦嘎啦地敲着棒杵，几个小孩叽叽喳喳地围在旁边。长吉赶紧转身离开，从旁边的胡同走了出去。

　　长吉在浜町的小巷里钻来钻去，最后向大河边走去。这时，他终于意识到不管能等到什么机会，白天都太不方便。同时他也意识到，现在去学校也已经晚了。这半天是去不成学校了，下午三点之前必须到什么地方去打发打发时间。母亲阿丰非常了解学校的时间安排，长吉不管是早一个小时回家，还是晚回家，她都会担心地问这问那。虽然长吉也可以随便撒个谎搪塞过去，但他不愿忍受撒谎后良心的谴责。这时，长吉走到河边，看到游泳场的小木屋已被清除，柳树下有人正在钓鱼，旁边有四五个路人正呆呆地看着。长吉心中一喜，也走上前去，装作观看钓鱼的样子。可不一会儿，他已觉得没有力气再站着，便走到柳树根旁，找了一根支撑着柳树的木棍，靠着它蹲了下来。

　　之前遮蔽天空的云层已退到了远处，头顶上露出蔚蓝的天空。虽然风不停吹过，但秋天的阳光带着湿气，火辣辣的照射着肌肤，眼前宽广的河面也被照得耀眼刺人。道路一侧的树木伸展的枝条如同伞盖一般，将阴影长长地投射在堤坝上，显得凉爽宜人。一个卖甜酒的老头放下红色的挑子，坐在树荫下乘凉。河岸对面一排排平房的屋顶，在强烈阳光的照射下，显得异常脏乱。被风聚拢到远处的云层看起来比工厂里喷吐着浓烟的烟囱还要低，一动不动地浮在空中。这时，从渔具店后面的小屋里传来十一下钟鸣声。长吉边听边数着，这才吃惊于自己已经走了这么长时间，同时也想到照这样走下去，挨到下午三点也就不那么困难，于是稍稍放下心来。长吉看到一个钓鱼人拿出饭团吃了起来，便也掏出便当盒。正想打开饭盒，却总觉得旁边有人看着他，长吉不由得四下看了看。幸好，临近中午，放眼望去，河岸上几乎没有了行人。长吉赶紧打开便当盒，把里面的饭菜一股脑塞进了嘴里。岸边的钓鱼人都像木雕一般一动也不动，卖甜酒的老头打着瞌睡。已过正午的河岸越来越安静，连狗都不出来散步了。长吉终于放下心来，这才感到自己今天不知怎么会这么胆怯，连自己都觉得好笑。

长吉在两国桥和新大桥之间转了一圈以后，终于决定回浅草，但在这之前，他怀着"或许能见到阿丝"的心愿又到葭町巷口去了一趟。此时巷子里的人已比上午少了很多。长吉放下心来，战战兢兢地从松叶屋前走了一趟。从外面看来，屋中非常昏暗，什么也看不清，连说话声或三弦琴声也没听见。尽管如此，长吉却感到十分满意，连之前走了那么一大圈给身体带来疲劳和痛苦都不觉得后悔。之所以这样，是因为对长吉来说，从恋人居住的房子前通过而没有受到任何责罚，已是破天荒的事了。

四

这周最后几日，长吉都尽可能地去了学校。但过了周日，第二天一早坐上电车时，长吉在上野站就下了车。今天本应提交的代数作业他一题也没做，英语和汉文的预先阅读更是没做。不仅如此，今天还有在这个世上长吉最讨厌的器械体操课。不管是在横杠上倒立，还是从比人还高的箱子上跳下来，长吉都做不到。无论从军队转业的老师怎么强迫，全年级同学怎么一同嘲笑他，他都始终无法完成。在体育这一方面，无论什么项目，长吉都不能和其他学生一样完成，所以，他自然受到大家排挤，被孤立起来，最终也成了同学们恶作剧的对象。仅凭这些，对长吉来讲，学校就是个令人极端厌恶、痛苦又心酸的地方。因此，不管母亲怎样满怀期望，他一点都不想进入高中。因为，长吉听说，如果进入高中，根据校规，第一年必须要度过狂暴残忍的住宿生活。而传闻中高中宿舍发生的各种故事早就吓破了他的胆子。长吉擅长诸如绘画、书法之类的功课，在这一方面，全年级没有人能比上他。但对于拳法、柔道以及不惜性命、勇猛果敢的日本魂，他却完全没有办法掌握。长吉从小喜欢听母亲弹奏三弦，不用学就能自然地记住曲调，连城镇里流行的歌曲也只听一遍就能记住。住在小梅的舅舅萝月师傅很早就看出他具有成为传统技艺宗师的素质，因此也曾劝过母亲阿丰把长吉送到桧物町或者盆景店等处的一流大师那里去做学徒，但都被阿丰拒绝了。而且，之后，母亲还禁止长吉拨弄三弦。

按萝月舅舅的说法，那时如果让长吉学习三弦，现如今应该能成为独立演出的艺人了。要是那样，就不至于在阿丝做了艺伎之后，落得如此悲惨的下场。哎！现在说什么都晚了，人生的方向全都错了！长吉突然有些怨恨起母亲来，随着这种怨恨的积聚，他渐渐开始怀念起舅舅萝月来了。之前，母亲以及舅舅也时常提起年轻时舅舅的放荡生活以及经历诸多恋情的苦闷，那时，长吉对萝月的经历还没有什么感触，而现在，这些过往在他心中却得到了许多新的注解。这时，长吉又想起了小梅的舅妈。据说，她当年曾是妓院"金瓶楼"响当当的头牌，在明治初年吉原解放[①]时投靠了舅舅。长吉小的时候，舅妈非常疼爱他，但母亲阿丰对舅妈却没有好脸色，有时甚至在盂兰盆节和年末等应尽礼节的时候，也装作若无其事而不去探望。想到这里，长吉心中对母亲更觉不满。母亲阿丰慈爱的表现就是昼夜不分地盯着他的一举一动，而这种慈爱让长吉感到窒息，如果自己的

---

① 吉原解放：指1872年日本政府出台娼妓解放令。

母亲能像小梅的舅妈那样该多好啊！——记得小梅的舅妈曾用充满柔情的声音对自己和阿丝两个人说，你们要永远好好相处呀！——她一定是体会到了自己的痛苦才这样同情自己的吧，长吉想到，她是那种不会把自己不需要的幸福强加在自己头上的人。想到这里，长吉不由得把像自己母亲一样的所谓正直女性和像舅妈那样的有着某种不可告人经历的女性在心中进行了比较，也把像学校教师那样的人和像萝月舅舅那样的人比较了一番。

直到中午，长吉都躺在东照宫后面树林里的一块石头上思考着这样的问题。然后，又从书包里拿出一本藏着的小说读了起来。随后，又开始考虑起怎样偷出母亲的印章伪造请假条来。

五

在经历了几天不分昼夜的降雨后，接着出现了几日晴空万里的天气。当空中浮现出阴云时，忽然刮起一阵阵风，把道路上干燥的沙砾吹散开来。随着风，寒气也一天比一天加剧起来。家中紧闭的房门和屋里的隔门也被风吹得哆哆嗦嗦地颤动起来。因为长吉的学校每天早晨七点钟上课，所以，他必须每天六点起床。而随着一天天冷起来，六点钟的天空也一天天更暗了。最终，六点钟起床时，家里还如同黑夜一样，必须点上灯火才行。每年初冬，当长吉看到这昏黄发暗的煤油灯光，心中都会升起无法言明的悲伤厌倦之情。而母亲为了激励自己的孩子，每天早晨都比长吉起得还要早，穿着单薄的睡衣，为他认真准备热气腾腾的早饭。长吉对母亲的好意心中虽感激不尽，但他更想好好睡一会儿。吃完早饭，长吉还想在暖桌前再温暖一会儿，但母亲却时刻在意着时间。经不住她催促唠叨，长吉只好出门，迎着从河面吹来的冷风，来到大街上。有时长吉也会对母亲的过分关照感到气愤，故意解开母亲亲自系紧的围脖，让自己得场感冒。几年之前，萝月舅舅还常带着自己和阿丝一起去逛十一月酉日的庙会……当每年回忆起那些一去不复返的时光之际，一年便已进入了寒冷的十二月。

这年冬天所经历的一切，也是去年、前年以及几年前冬天所经历的。长吉从每年的体验中，体会到了随着人一天天长大，幸福也在一点点失去。当还在不需要去上学的孩提时代，寒冷的冬天清晨，自己不仅可以想睡多久就睡多久，身体也感受不到如此难耐的寒冷。寒风冰雨的日子，反而可以到处奔跑、充满乐趣。然而，如今自己每天早晨踩着洁白的霜花走过今户桥时，所体会到的只是无比的艰辛。每过正午，待乳山的老树被肆虐的寒风蹂躏，垂暮的夕阳显出苍白的颜色则更让人感受到凄凉与悲哀。今后，自己的身心每年还要经历多少新的苦痛啊！想到这里，长吉更觉得今年十二月的每天都过得飞快。观音寺的院落中已经开始张罗过年的集市。母亲的学徒们送来的新年礼物——成袋的砂糖和鲣鱼干堆放在壁龛里。期末考试昨天已经结束，因为成绩非常不理想，老师写的警告信也已寄到母亲手中。

因为从一开始就有了心理准备，所以当母亲一边抹着泪一边反反复复地教训他"我一个人拉扯你成人容易吗"时，长吉只是耷拉着脑袋，一句话也不说。上午前来学习三弦的小姑娘们回去以后，下午三点之后才会有放学回家的女孩子们前来学习，所以中午是母亲最空闲的时候。这天没有风，只有冬日的太阳照射在面朝大街的窗户上。忽然，院落里传来大门被拉开的声响，接着是一个女子华美的声音传了进来："有人在家吗？"母亲吃了一惊，站起身来，就听见客厅门外又响起女子的问候声："大婶，是我呀！好久不见了，我是来请罪的。"

长吉一哆嗦，是阿丝来了。只见阿丝一边解开身上华丽的斜纹哔叽大衣纽扣，一边进到屋里。

"呀，阿长你也在啊。学校放假了……哦，应该是的。"阿丝一面说着一面"呵呵呵呵"地笑着，跪坐下来，两手指尖着地，客气地鞠了一躬，"大婶，您一向还好吧。我一直没法回来，因此也一直没有机会来看望您……"

阿丝从绉绸包袱里取出点心盒，递了过来。长吉完全被阿丝的气势所折服，一句话也说不上来，只是眼睛一眨也不眨地盯着阿丝。母亲阿丰却大大咧咧地客气了一番后，说道："你变漂亮了，我都差点认不出来了。"

"您别笑话我了。他们都说我变老了。"阿丝优雅地微笑着，一面将松下来的紫色绉绸外褂的纽扣重新系好，一面从腰带里取出朱红色天鹅绒烟袋，"大婶，我学会抽烟了，有些没大没小了吧。"说完就高声笑了起来。

"你坐过来一些吧。那边有点冷。"母亲阿丰说着，从四方形火盆上拎起水壶，倒上茶，"你什么时候亮相演出啊？"

"还早呢，说是要到快过年的时候。"

"是嘛。阿丝你一定会走红。你长得又漂亮，而且底子特别好……"

"这还多亏了您啊！"阿丝顿了一下，接着说道，"那边的大姐也很高兴。因为她那边还有比我年纪大，却什么都没练成的。"

"你要说这事啊……"阿丰像是突然想起什么似的，从橱子里拿出点心碟来，"不好意思，没什么好的了……这是最乘寺道了萨埵[①]的特产，你尝尝吧。"

这时，随着一阵"师傅，下午好！"的高声问候，两个小姑娘叽叽喳喳地跑来学三弦了。

"大婶，您别张罗了……"

"这怎么行呢。"阿丰虽然嘴上这么说，可还是站起来进了隔壁里间。

听着两人的交谈，长吉有些不知所措，只能把头垂得更低了。阿丝却满不在乎，看到阿丰离开了，便小声地对长吉说："你那封信，我收到了。"

[①] 道了萨埵：日本神奈川县南足柄市最乘寺的守护神。

听着隔壁房间里的两个小姑娘一同唱着"嵯峨、阿室的樱花都已盛开",长吉依然默不作声,只是点了点头。收到阿丝的信,已是十天前的事情了。信中除了诉说不方便出门之类的话,也没有其他内容。看到阿丝的信,长吉立刻回了封信,里面详细诉说了与阿丝分别后的点点滴滴。但左等右等,却一直没再收到阿丝的回信。

"我们今晚一起去观音寺的集市吧。我今晚可以回自己家住。"

长吉在意着隔壁房间的母亲,没有回答。阿丝却毫不在意。"你吃过饭就来找我吧。"说完想了一下,又接着说道,"让大婶也一起来吧。"

"嗯。"长吉无力地应了一声。

"那个……"阿丝忽然想起什么,"听说你小梅的舅舅,喝醉了酒,和羽子板店的老爷爷打了一架。是什么时候的事?可吓死我了。他今晚能来吗?"

阿丝趁着隔壁房间练习的空隙,进去向阿丰告辞,"我这就回去了。晚上再见吧。打搅您了。"说完便匆匆回去了。

六

长吉感冒了。过了正月初七,学校开始上课。长吉只勉强去了一天,就得了流行感冒,结果睡了整整一个正月。

今天一大早,就从八幡神社的庭院中传来了二月初二的鼓声。过了中午,温暖和煦的阳光照射着临街的窗户,不时把从屋檐下掠过的小鸟的身影投射在窗户上。客厅角落里昏暗的佛坛也被照得亮堂堂,壁龛里插的梅花已开始掉落。即使在这闭塞的屋里,也能感受到春天的来临。

长吉在两三天前就已能够下地了。在这暖和的阳光下,他蹒跚着外出散步。经历了二十多天卧床不起的大病,现在他能够痊愈,确是万幸之事。虽说下个月就要进行的考试无论如何也无法及格,但因为生病而落下功课，即使不及格也不能算是对不起母亲了。

　　长吉散着步，不知不觉又来到经常前往的浅草公园背面。小路的一侧是深深的沟渠，沟渠的另一边竖着铁栅栏，对面则是几棵耸立着的干枯大树，树下便是第五区射箭场脏兮兮的后院。而小路另一侧的一排低矮平房像是正被人推向深深的沟渠似的簇拥在路边，这让并不拥挤的小路显得有些局促。面容凶恶的车夫四处游荡，一看到穿着整洁的路人就立即跟在后面，一个劲地揽客。长吉从总有巡警站岗的石桥向淡岛神社方向走去。当他来到一个视野敞亮的十字路口，看到路人纷纷在驻足观看，便也跟着停了下来，仰头观看竖在拐角，贴着宫户剧团演出海报的巨大木板。只见竖在中间的一块用粗粗的字体写着演出节目名称，两边的木板则画着各式各样姿态夸张的人物像，都是些长着瘦小脸庞，浓眉大眼，手指粗壮的人物，身上穿着宽大的和服，如同披着被褥一般。在这些木板上面还有屋顶状的房檐，房檐上挂着装饰用的漂亮花束。

　　虽然沐浴着温暖的阳光，但刚立春的微风还是有些寒意，长吉刚才便开始寻找可以避寒之所，现在看到演戏的海报，自然就跟着人流进到了剧场入口。当然，这样的路边小剧场中没有座位，观众只能站在用木板和梯子搭成的简易看台上观看。长吉一进小剧场，就感到里面异常狭窄拥挤，周围一片昏暗，阵阵暖烘烘的人呼出的臭气从看台上扑将下来，令人窒息。耳边不时响起呼喊演员姓名的吆喝声。因为长吉从小便在都市中长大，有着丰富的观剧经验，听到这声声吆喝，他的心底不由得升起了一种特殊的快感与热情。长吉顿时精神一振，立刻跳上两三级的台阶，钻进了拥挤的观众中。脚下是用木板搭成的斜向下的看台，就如同到了大船底部，让人有些站立不稳。身后墙壁角落里点着的煤气灯光被黑压压的看客头部遮挡，显得整个看台更加昏暗、拥挤。长吉学着其他看客，像猴子似的抓住横在头顶的铁棒，向前张望过去。只见整个剧场只有天花板异常宽敞，舞台上笼罩着浑浊的空气，显得遥远而狭小。此时，一阵梆子敲击声响起，然后随着"砰"的一声醒木声戛然而止了。长吉看到舞台是用笔直的石阶砌成的，上面铺着一条淡蓝色的有些脏兮兮的台布，后面的背景上画着大名家豪宅围墙的远景，上面的天空都涂成了黑漆漆的夜色。长吉以他观剧的经验，看到"夜晚"和"河边"这些场景，立即想到这应该是一出有杀人场面的武戏，便赶紧挺直腰板，伸长脖子目不转睛地观看起来。此时，随着低沉的连续不断的敲鼓声，梆子声又一次响起，接着，从舞台左边的岗亭背面转出一个低级武士模样打扮的男人和一个怀抱草席的女子。两人大声地争吵着什么，引得观众一阵哈哈大笑。这时，舞台上的人像是拾起了什么东西，态度一下子严肃起来，用十分清晰的声音报出了净琉璃的剧名"梅柳中宵月"，接着又报出了演员的名号。早已等得有些不耐烦的观众立刻欢呼起来。然后又是"砰"的一声醒木声，穿黑衣的男子将右边背景的一部分挪开，便出现了三个说唱净琉璃剧的演员和两个弹三弦的乐师。只见他们穿着整齐的日式礼服，局促地坐在狭窄的舞台角落里。此时，乐师开始拨弄起三弦，净琉璃的演员也用尖锐的声音和着三弦说唱起来。长吉对这样的音乐早已熟知，即使剧场中杂音不断，甚至还有婴儿的哭闹声和大人的斥责声，都没有妨碍他听清说唱的每一句台词和三弦的每一声曲调。

"似漆黑夜，星光两点三点，又见四点五点，晚钟阵阵，难道将我追赶……"

此时，急促的梆子声又轻声响起，不只眼睛一眨不眨地盯着舞台连连叫好的看客，整个剧场忽然骚动了起来。原来是身着红色衬衣，外罩紫色缎子外套，扮演娼妓的女演员，头上戴着手巾，遮住脸庞，向前弯着身子从观众席左侧的舞台通道跑了出来。顷刻间，阵阵呵斥声在观众席间响起："看不见啊，前面的个子太高了！""把帽子摘了！""混蛋，你挡着我了！"

"寻情郎快快逃离魔窟，愿厮守一生共赴黄泉，即使被白渔舟网缠绕，也不愿被人指指点点……"

扮演女子的演员奔到舞台通道尽头，回过脸来边向身后望去，边吟诵了几句台词。接着，说唱演员又开口唱道：

"暂且驻足，听得上游船歌；赏梅归来，他人如此逍遥。我只忍耐，期盼黑夜来临；云不遮月，心烦焦急等待；十六夜啊，不时隔窗望月。听信占卜，趁夜黑雨潇潇；逃离魔窟，哪料夜雨停歇；劲风呼啸，吹散遮天云雨；月光显现，照得无处隐遁……"

观众一阵骚动。背景幕布上被涂成漆黑的天空中央出现一个圆洞，一盏灯探了出来，空中的云层都用丝线拉着，从观众席上也能看得一清二楚。因为明月又大又亮，显得背景上大名家豪宅围墙更加遥远，而月亮反而很近。但这并没有让长吉和其他看客们的美丽梦幻破灭，反而使长吉想起了去年夏末，自己陪同阿丝去葭町，在今户桥上等待阿丝时看到的月亮也像今天舞台上一样又大又圆。长吉已然分不清眼前的舞台和脑海中的记忆了。

此时，一个满头乱发的男子出现在舞台右边。只见他神情憔悴，脚步蹒跚，跌跌撞撞地走了上来，和舞台上的女子四目相对。

"是十六夜吗？"

"是清心吗？"

女子无限温情地靠向男子，"真想您啊！"

听到这几句对白，观众中顿时发出一阵阵欢叫，"这对狗男女！""好热乎啊！"接着就有戏迷喝道"安静，都住嘴！"

接下来，舞台上的剧情发展到这对苦恋的男女殉情投河，女的被白渔舟下的渔网缠住救起，又回到了舞台上，男的也没有淹死而爬上了石阶。远处纷乱的歌唱声，对富贵的渴望，生存的快乐，对现实境遇的绝望，机会和命运，诱惑，杀人……随着剧情的发展，人物的命运也波澜起伏，终于，一幕剧结束了。这时，耳边响起一个浑浊的声音，"演完啰……"看客们便像泄洪一样一下子涌向出口。

长吉出了剧场赶紧加快了脚步。四下虽然还很亮堂，但太阳已经下山。千束町上小店的门帘和彩旗在风中啪啦啪啦作响。为了看看时间，长吉弯下腰来向路边人家张望过去，但这些屋檐低矮的房屋里却是一片漆黑。因为害怕被寒凉的晚风吹到，大病初愈的长吉更是加快了脚步。但当他走近隅田川，看到从山谷渠向今户桥方向流去的大河开阔的河面，还是不由得停下脚步，张望起来。河面上泛着悲凉的灰色光芒，宣告冬日即将结束的水蒸气弥漫在河岸上，使得对面的堤岸朦胧不清。几只海鸥在货船耸立的风帆间穿行。看到穿梭不息的河水，一阵悲哀在长吉心中涌起。借着对岸堤坝上一两盏灯闪烁着的光，依稀可以看到枯萎的树干、干燥的石阶、肮脏的瓦片屋顶……长吉感到眼中的景物都如同披着灰暗的寒气，刚才舞台上清心和十六夜华美的身姿一直徘徊在他的脑海中，而此时便像羽子板贴画①一样，清晰地浮现在他的眼前。长吉心中对刚才戏里的两个人物充满了羡慕，同时联想到自己，心中更是无限悲哀。自己也觉得还是死了更加痛快，但可悲的是哪会有人和自己共赴黄泉呢。

在即将走过今户桥时，河面上吹来的寒风如同一个巴掌，啪地打在他的脸上，长吉不由得一阵颤抖。这时，一直停留在他脑海深处的一句净琉璃唱白，忽然从他喉咙底处，无意识地涌了上来，令他更加战栗。

  事已至此，念念不忘，皆因孽缘造化……

这是清元派模仿其他流派的曲调写成的一句。长吉当然不能像太夫②一样伸着脖子和身体吟唱，更不能很好地大声唱出来。他只是凭着记忆浅

---

① 羽子板贴画：日本传统工艺品，将花鸟、人物等的形状用厚纸板制成，用绢布包裹，中间的棉花垫出高低，再贴在木板上。
② 太夫：日本游廊最高等级的艺伎。

浅低吟，让唱词从口中自然流出，这也让他内心的煎熬和痛苦缓解了不少。"事已至此，念念不忘，皆因孽缘造化……仔细想来……不过隔岸观柳……"长吉凭着记忆，反复地吟唱着这几句，一直走到自家门口，又唱了几遍，这才拉开家门，钻了进去。

七

第二天下午，长吉又出了家门，前往宫户剧场观看演出。昨天，看到舞台上两人坠入爱河，手牵着手的华美身姿，他第一次体会到了一种悲哀的美感，甚至有些陶醉。此外，剧场中黑乎乎的天花板，阴暗潮湿、散发着臭气的二楼房间，处处闪亮的灯火，人声鼎沸的嘈杂剧场，这些都刺激着长吉的感官，令他向往。此时的长吉，虽然悲哀于失去了阿丝，但内心深处所体会到的无限寂寥、无限伤感却是连他自己也说不清楚的。为了抚平这寂寞与悲伤，他无时无刻不在追寻可以抓住的任何东西。他想把内心深处潜伏的痛苦告诉愿意用温柔语调和他攀谈的美丽女子，就像在他睡梦中浮现出的阿丝或随便哪个路边擦肩而过的女人，或是梳着岛田发髻的小女孩，或是梳着银杏叶样式发型的艺伎，甚至头上顶着圆发髻的已婚女子。

长吉饶有兴趣地看着舞台上和昨天相同的场景。与此同时，他也没忘记观察左右熙熙攘攘的看台。世上居然有这么多女人，而这么多女人中竟然连一个能安慰自己的人都找不到。要是有那么一个人，哪怕只轻声细语地和自己搭一下话，自己也许就不会像现在这样为阿丝而痛苦了。越是想念阿丝，长吉就越痛苦，也越想寻求能减缓这种痛苦的东西。如果能寻找到这种东西，他也就不用再对上学以及自己渺茫的前途而绝望了……

长吉正聚精会神地看着舞台上的表演，忽然，感到肩膀被什么东西戳了一下，吃了一惊，赶忙回头一看，原来是一个戴着墨镜，将鸭舌帽压得低低的年轻人，正从后面高一级的看台上伸着脖子盯着自己。"是阿吉呀！"

长吉虽然认出了阿吉，但也为他和以往迥然不同的装扮而吃了一惊，不知再说些什么好了。这个阿吉，是长吉在乡下读小学时的朋友，在山谷大街父亲的理发馆里做理发师，长吉一直以来都是找他理发的。只见他脖子上绕了一条丝绸手绢，和服外套里露出大岛绵绸的短褂，浑身上下散发着浓郁的香水气味。看到长吉认出他来，阿吉凑到长吉耳边，轻声说道："阿长，我是演员。"

长吉吃了一惊，但在混杂的看客中，他不知说什么才好。此时，和昨天的剧情一样，只见舞台上变换成了伸手不见五指的夜晚河边的场景，剧中的主人公将偷来的钱塞进怀中，一边跑向舞台通道，一边向远处扔着石子。与此同时，一声醒木"砰"地响起，幕布开始合拢。只听得看台上有人喊了一嗓子："演完啰……"看客们便又像泄洪一样涌向狭小的出口。不一会儿，幕布完全合拢，谢幕锣鼓从舞台后面奏响。阿吉扯住长吉的袖子，"阿长，等会儿再回去，好吗？再看一场吧。"

一个穿着演员服装，长相腥䘼的男子，手拿一只垫了油纸的小竹篓收下一场的戏票钱，长吉虽然担心时间，但还是留了下来。

"好了，阿长，人都走光了，咱们去那边坐坐吧。"说着，阿吉先走到已经空无一人的后面看台，在采光用的小窗边坐下，等到长吉在他身边坐下，便又说道："我是演员，和以前不一样了吧。"接着，拽出友禅丝绸的衬衫袖子，装模作样地摘下金丝墨镜擦拭起来。

"不一样了，我都差点认不出了。"

"你吓了一跳吧。哈哈哈哈。"阿吉愉快地笑了起来，"拜托，阿长。你别看我这样低调，我可是演员呀，是伊井一剧场的新演员。后天我又要去新富町演出。你叫上伙伴一块儿来看吧。不用买票，你到后台，说找玉水就可以了。"

"玉水……"

"是呀，玉水三郎……"说着，阿吉赶紧又从怀里取出一个女式钱包，拿出一张小小的名片，递给长吉，"你看，玉水三郎。不是以前的阿吉了。演员表里有我的名字。"

"真有意思，你居然做了演员。"

"有意思，但也很辛苦……就是不愁没有女人。"说到这里，阿吉盯着长吉的脸，"阿长，你玩过女人吗？"

长吉随口答了一声："还没有。"但立刻意识到这是作为男人的耻辱，赶紧住了嘴。

"你知道江户最出名的梶田楼吗？今晚一块儿去吧。不用担心。你又没结婚，还怕回家老婆骂你吗，没有这回事吧。哈哈哈哈。"阿吉放肆地笑了起来。长吉突然问道："还是艺伎贵一些吧？"

"阿长，原来你喜欢艺伎啊，很上档次嘛！"阿吉这个新演员颇感意外地扭头看着长吉，"算了，反正都是花钱，我就好人做到底。公园那边有两三家艺伎酒馆我还算熟悉，我带你去吧。万事尽在掌握中。"

从刚才就不断有三三两两的看客进来，不一会儿看台上就人头攒动了。还有几个看完上一场一直没走的看客等得不耐烦地拍着巴掌。停歇了好一阵子的梆子声又从舞台后面渐渐传了出来。长吉无聊地站起，走到采光的小窗边。阿吉像是一个人嘀嘀咕咕地说："阿长，还早呢。那叫作回转梆子，是通知在房间休息的演员，道具都准备好了。现在离开幕演出，还早呢。"然后点起一根烟，悠闲地抽了起来。

听了阿吉的话，长吉用佩服的语调应道："是吗？"但还是站在那里，从看台向舞台望去。在舞台正面的前排座位上，很多并不知道回转梆子为何物的看客，以为演出马上开始，都左突右撞地纷纷从外面回到自己的座位。舞台侧面包厢边上入口的垂幕被斜着拉起，阳光从外面投射进来，照得通道上灰尘和香烟烟气分外醒目。看着这落日的余晖，长吉又感受到了一阵悲凉。他不由得把目光转移到被外面吹进的风翻动的拉幕上。拉幕上写着

"敬献市川某某大师"，下面则是一串献礼的浅草公园艺伎的姓名。看了一会儿，长吉忽然开口问道："阿吉，那些艺伎有你认识的吗？"

"拜托，公园那边都是靠大爷我罩着的。"阿吉像是感到了一种屈辱，开始叙说起幕布上每一个艺伎的经历、容貌、脾气和性格等，也不知是真是假。

此时，"砰，砰"两声醒木响起。随着开幕歌唱和三弦琴声响起，幕布随着细碎的梆子声被拉到了舞台一侧。舞台深处传来呼叫演员姓名的喊声。纷纷攘攘的看客们一下子安静下来，整个剧场仿佛黎明即将到来一样，平添了一种明亮和活跃的气氛。

八

当阿丰走到今户桥上时，她才意识到现在正是春天鲜花烂漫的四月。看到清新而明亮的天空、耀眼的阳光照射在窗户上、斜对面挂着"宫户川"招牌的烤鳗鱼店门口一棵柳树吐露出碧绿的嫩芽，这个靠一双手支撑整个家庭的女人终于感受到了季节的变迁。身为一位母亲，阿丰整年待在市郊一个狭小住宅区里，每年只有两三次外出的机会，放眼望去，所能看到的只是邻家低矮、肮脏的屋顶。而今天，当她走上今户桥，看到四月的隅田川，带给她的自然只有惊讶了。在晴朗、蔚蓝的天空下，流淌的河水闪耀着太阳的光辉，堤岸上青青的草地衬托着成片盛开的樱花，各色彩旗飘扬在大学的游艇库房上，闪着光辉，在那里，熙熙攘攘的人群发出阵阵欢笑声，还有练习射击所发出的枪弹声。河边渡口的船上，赏樱的人群上上下下，络绎不绝。这周围的一切都带着强烈的色彩，刺激着这位母亲疲惫的眼睛。她不由得想要走下渡口，但忽然又像有些惧怕一般赶紧转身离开，急匆匆地向金龙山下照不到阳光的一片瓦房走去。她边走边打量着路过的人力车，看到脏兮兮的车子、不太有精神的人力车夫，便上前搭话：

"拉车的,我要去小梅,能便宜点吗?"

现在的阿丰,完全没有赏樱的心思,甚至已经不知如何是好了。那个寄托了满腔希望的独子长吉不仅考试没及格,甚至说出不想去学校读书,对学问已经厌倦的话来。这让阿丰一筹莫展,只好来找哥哥萝月商量。

一连问了三个路过的老车夫,阿丰终于以自己满意的价钱坐上了前往小梅的人力车。午后的阳光照射下,飞扬着灰尘的吾妻桥上满是外出的人群。盛装前来赏樱的青年男女坐在快速奔跑的人力车上。这和载着阿丰,晃晃悠悠、慢慢吞吞爬上桥来的老车夫形成鲜明的对比。人力车一下吾妻桥便拐进中乡,向业平桥方向走去。和刚才熙攘热闹的景象不同,这条小路上一片寂静,只有春天的阳光照耀在路边肮脏的茅草屋顶上。小路另一侧是一条水渠,静止的渠水倒映出蔚蓝的晴空,不远处还有一条停泊着的拖船。再往前走不远,就看见一群小孩在路边玩着纸牌和陀螺,还有一个人就是"金瓶楼"曾经的头牌,萝月所钟爱的妻子了。只见她身穿棉布衣,一条手巾搭在脖子上,那张年轻时因扑白粉而被烧灼得满是皱纹的脸在午后阳光的照射下,显得是那么慈祥。她正在自己门口,往晾晒板上铺晒着浆洗过的衣服。看到停在眼前的人力车,从车上下来的阿丰,她拉开自家的格子门,向里喊道:"稀客到了。今户的大宗师来啦!"而此时,廊檐下,此间的主人俳谐师傅萝月正坐在摆着万年青盆栽的小桌前,忙着选定俳谐的优劣。

听到喊声,萝月摘下眼镜,离开小桌,坐回了屋子中央。妻子阿泷边解开系着衣袖的带子,边陪同阿丰进来,也坐到屋里。这两个上了年纪的女人依照礼节,来来回回地寒暄了半天,其中自然提到了长吉。

"阿长还好吧!"

"唉,我就是因为他才来的。真愁死我了。"

话题转到长吉,阿丰趁机向萝月表明了此行的目的。萝月平静地掸了掸烟灰,谈了自己的看法:每个人在年轻的时候都有过迷茫。他自己就有过体验,在迷茫的时候,父母的意见听起来就像仇人对自己说的话一样。所以,其他人最好不要过于干涉,让他一个人平静一段时间也许更好。

然而,此时的阿丰已经为无望的前途感到万分恐惧,她狭隘的思想中怎么可能认同萝月的放任主义呢?为了引起萝月的重视,阿丰开始诉说起长吉很早之前就偷窃自己的印章,伪造向学校请假的假条之类的事,好像是为了体现出今后黯淡的命运,她连说话都显得那么低沉而冗长……

"我问他不上学打算干什么,他居然说要去演戏。演戏,你听听,哥哥啊,我怎么也没想到长吉竟会如此不堪。听他说要去演戏,我就气不打一处来。"

"哎——想去演戏啊。"萝月有些惊讶,但很快想到长吉七八岁的时候,就经常拨弄三弦玩,"既然他自己想要做,别人也没有办法啊……确实挺麻烦的。"

接着,阿丰又回忆起家庭的不幸,以至于现在零落到做了传统艺能师傅,还连累自己的孩子也要从事这样低贱的职业,等等。最后甚至说出对不起先祖的灵位之类的话来。听阿丰诉说,萝月也不由得回忆起正是因为自己放纵游玩,才使得家室败落,最终落得被驱逐出家门的境地。他一时也不知该说些什么,只能难为情地挠着自己的光头。但听到阿丰对传统艺能的鄙视,萝月感到自己最热爱的兴趣被人诽谤,有些沉不住气,想要对阿丰狭隘的思想进行驳斥。然而,又怕阿丰再拿出"祖先的灵位"之类的话来反击自己,那可是吃不消的。于是,宗师只得先说些安慰的话,先让阿丰平静下来,

"总之,我的意见是,年轻的时候有了迷茫,最后才会有好结果。你回去告诉长吉,让他今晚或明天来我这里坐坐吧。我一定劝他改过自新,你就不用担心了。世上的事情大多都是想着难办,做起来容易的。"

听了萝月的话,阿丰说了句"那就拜托了",便不顾阿泷的再三挽留,起身告辞了。春天的夕阳红彤彤地斜照在吾妻桥上,显得桥上赏樱归

来的人群更加混杂。而看到人群中精神抖擞快步行走的戴着金纽扣的学生，阿丰虽不知道他们是不是大学生，但却更加坚定了她想把自己的孩子也培养成像眼前这些学生的决心。这么多年来，身为一个女人，她坚强地与命运作着抗争，现如今，和自己生命同样宝贵的希望之光就要熄灭，这让她怎能不感恐惧和忧伤？虽说请求哥哥萝月帮自己劝说长吉，但还是不能放下心来。当然，这倒不是说因为哥哥过去就是个放荡不羁之人。只是，能够让长吉树立起高尚的理想，毕竟不是人力所及之事。对了，应该向神佛寻求帮助。想到这里，阿丰赶紧从雷门下了车，接着穿过浅草商店街，径直来到观音堂。做完祈祷后，抽了一签，打开来一看，只见木版印刷的旧纸片上写着：

第六十二大吉		
灾坎时时退	灾消病退	也无凶险
名显四方扬	红日当头	四方名显
改故重乘禄	改就从新	福禄俱至
升高福自昌	平平稳稳	高升多福

看到大吉字样，阿丰放下心来。忽然，又想起听人说过大吉很可能转化成凶，或许还有其他不幸发生，心中不免又升起诸多恐惧来。回到家时，精神已是疲惫不堪。

九

因为下午在龟井户的龙眼寺书院有俳句的集会，萝月和上午到访的长吉一起吃了些茶泡饭便离开了小梅的住处。两人边说着话边沿着押上[①]的河渠向柳岛方向走去。正值退潮，透过渠中浅浅的水面，可以看到渠底污秽的泥土。在四月正午温暖的阳光照射下，四周弥漫着渠底泥土散发的臭气。随着一阵风吹来，不知从哪里飘来一阵煤烟，远远地还能听到工厂机器的轰鸣声。因为路边人家的地基比路面还要低一些，在春天阳光的照射下，可以清楚地看到在昏暗的家中，女人们正忙着家务。在这些狭小住宅的拐角处，不时可以看到贴在满是污迹木板上卖药和占卜的广告，除此之外便是招募女工的贴纸了。当沿着这阴郁的小路继续向前，转过一个弯，变成上坡时，就看见小路一侧是涂得红彤彤的妙见寺围墙，而另一侧则是洗刷得非常干净的桥本料理店的木板围墙。随着小路的景象再为之一变，也就到了贫瘠的本所一区的边界了。再往前走，穿过架在河上的木桥，越过野草茂密的土堤，出现在眼前的则是龟井户村的旱田和茂密的树林。看着宽广、美丽的田园春色，萝月停下脚步，"我要去的寺庙就在对面的河边。你看到那边松树旁的屋顶了吧？"

"舅舅，那我就告辞了。"长吉赶紧摘下帽子，向萝月告别。

"不要那么着急嘛。你渴了吧，长吉。一起去休息休息吧。"

沿着涂成红色的木板围墙，萝月先走到妙见寺门口撑着苇帘的小茶馆前，坐了下来。笔直的河渠一直延伸到这里，因为退潮，这里的渠底也显露出污浊的淤泥，但从远处田野上吹来的风却令人神清气爽。对面的堤岸上立着天神神社的门柱，旁边柳树上的嫩叶在阳光下一闪一闪，分外耀眼。身后寺院大门的屋顶上不时传来麻雀和燕子的鸣叫声。虽然远处也能

[①] 押上：地名，即东京都墨田区押上。

看到几处工厂竖起的烟囱,但这并不影响萝月悠闲地品味广阔田野上的明媚春光。过了一会儿,萝月从远处的美景中收回眼光,若无其事地扭头看着身边的长吉:"刚才我说的话你都明白了吧?"

长吉正喝着茶,只点了点头,没有出声。

"总之,先忍耐一年吧。只要从现在的学校毕业……你妈妈渐渐上了年纪,也不会再那么顽固了。"

长吉点着头,呆呆地眺望着远处。已经退潮的河渠中停着一只运沙船,两三个苦力正从船上向堤岸对面的工厂里不停地搬运着沙土。此时,沿着本无一人的堤岸,从天神桥方向突然奔来两辆人力车,停在了两人休息的寺院门前。从车上下来一个梳着圆发髻的贵妇人模样的女人。只见她牵着一个七八岁小姑娘的手,闪进了寺庙门里。她们应该是来扫墓的吧。

萝月把长吉送到桥上,两人便分手了。临别之际,萝月还是有些放心不下,"那么……"然后沉默了片刻,"我知道你不情愿,但还是要忍耐啊。就当行孝了,总会有好报的。"

长吉摘下帽子,轻轻地鞠了一躬,便沿着来的路快步跑回了押上方向。与此同时,萝月的身影也在被杂草嫩叶覆盖的土堤上消失了。年近六十,萝月感到,自己从未经历过今日这般令人痛苦、使人烦闷之事。妹妹阿丰的想法没有错,但长吉想做演员,想演戏的理想也并不出格。就像所谓匹夫不可夺其志那样,再弱小的人也有自己的秉性。无论如何,强扭的瓜一定是不甜的。萝月感到自己如同被夹在两块木板中间,对哪一方都没法完全赞同。特别是回想起自己的青春岁月,对此时长吉内心深处的感觉,萝月是再清楚不过了。自己年轻的时候,看着父母、祖父母以及再上一代人,每天坐在阴郁的当铺店头,没日没夜地工作,丝毫也不愿抬起头看看外面温暖、和煦的春光。这样的生活,是多么辛苦,多么无趣啊!比起在昏暗的油灯下,往账本上记录每天的收入,萝月觉得,在河边明亮的二楼家中,看看流行小说要有趣十倍百倍。长吉不愿留着长长的胡须,每天死板地做着无聊的工作,而愿从事自己喜欢的演艺来度过一生。其实,无论哪种生活,不都是一辈子吗。然而,今天,萝月受妹妹之托来劝说长吉,他就不能明白地表示自己的想法,只能和长吉母亲一样,说些一时宽慰的话。

长吉在本所贫瘠的街道上走着。他并不想抄近路直接回家。当然也不想到什么地方玩玩再回家。长吉已经完全绝望了。他本来想着,要想实现自己当演员的理想,只有拜托有着深深同情心的舅舅了。而现在,和自己预想的相反,舅舅并没有像自己所希望的那样义无反顾地帮助自己,所以,希望已经完全破灭了。虽然没有和母亲一样激烈反对自己,但舅舅一张嘴便说什么"耳闻似天堂,眼见如地狱",接下来又说到在演艺界出头是多么多么困难,舞台生活是多么多么痛苦,艺人社会的人际关系是多么多么复杂,等等等等。听到这样的话,就像能体会母亲想法一样,长吉立刻了解舅舅忠告的真实含义。他再次清晰地认识到,人一旦变老就和年轻人有了隔阂,不能够同样认识事物了。就像舅舅萝月一样,尽管他自己过去也经历过年轻人所特有的烦闷和不安,但上了年纪后就把这些丢到脑后,对下一代的年轻人没头没脑地批评训诫。人真是以自我为中心的动物啊!

长吉漫无目的地走着。无论走到哪里,狭窄的小路上都是黝黑湿滑的泥土。有些地方还会像胡同一样忽然弯转过去。路边那些生着斑斑点点苔藓的屋顶、破败的土台、歪斜的立柱、肮脏的木板、晾晒着的破履烂衫和尿布,以及出售糖糕的小店和杂货铺、阴郁的小屋不规则且连绵不绝地竖立在小路两边。有时也会看到宽大的铁栅栏门,这些就是各式工厂了。走着走着,一间瓦屋顶高耸着的古旧寺院出现在了眼前。寺院已完全荒废,透过坍塌的院墙可以看到后院残破的碑塔群和一个小池塘。池塘也已变得像看不出岸界的积水潭一般,几个拢在一起的塔形木牌和同样被斑驳青苔覆盖的墓石陷落进了池塘。墓碑前当然也看不到新敬献的花束。虽是正午,已可以听见池塘里的青蛙的呱呱叫声,去年就掉落在水中的枯草已开始腐烂。

忽然,长吉看到附近人家的门口挂着中乡竹町的铭牌,立刻联想到最近自己常读的为永春水①的《梅历》②。啊,那位不幸的恋人难道就住在这种潮湿阴暗的地方吗?仔细看去,此处的竹篱笆人家居然和书上的插画颇有些相似。篱笆的竹子都已完全枯萎,根部被虫子啃食得倒了下去。门边是一棵细长、干瘪的柳树,将只吐露着几片嫩芽的枝条搭在入口上方的木板顶上。在那个冬天的午后,米八③偷偷前来探望生病的丹次郎④时,来到的难道就是这简陋人家的门前吗?在那个黑暗的雨夜,半次郎⑤第一次牵住阿丝⑥的手,也是在眼前人家的一间陋室中吗?长吉感到说不出的恍惚和悲哀。命运之手是如此甜美而温暖,但忽地又会变得那么冷淡而漠然。长吉难以抑制住空想,他是多么希望自己也被命运之手翻弄啊!

空想的翅膀一旦张开,连眼中春日的晴空也显得那么深邃而广阔。远处传来卖糖小贩吹响的朝鲜笛声。笛声婉约而低沉,带着令人意想不到的节奏,催动着无以言表的忧愁。听着笛声,长吉暂时忘却了胸中翻腾着的对舅舅的不满,也暂时忘却了现实的苦闷……

十

和夏末初秋的天气一样,春末夏初,也会时常下起大雨。因此,和

---

① 为永春水(1790—1844):日本江户后期通俗小说家,本名佐佐木贞高。擅长描写男女恋爱等风俗小说。
② 《梅历》:即《春色梅儿誉美》。描写了美男子丹次郎与三个女人之间的多角恋情。是为永春水代表作之一。
③ 米八:《梅历》中的人物。是深川有名艺伎,丹次郎的恋人之一。为丹次郎倾其所有。
④ 丹次郎:《梅历》主人公。名义上是妓院"唐情屋"的养子,实为某个武士的私生子。
⑤ 半次郎:《梅历》中的人物。
⑥ 阿丝:《梅历》中的人物。名此丝。后与半次郎成亲。

往年一样，今年从千束町到吉原田野一带也都被淹了。听说本所那边也有发大水的地方，萝月便担心起阿丰住的今户附近是不是也有河水泛滥。于是，两三天后的一个下午，萝月在办完事回家的路上，顺便来到妹妹家中探望。而探望后萝月才得知，妹妹家里虽然没有被水淹，但却发生了另外一件让人更加震惊的灾难。那就是外甥长吉正被用担架抬着，送往本所的传染病医院。问起缘由，阿丰把医生的诊断转述了一遍：因为长吉穿着单薄的夏衣，前往千束町发大水的地方去看热闹，在混乱的人群中趟着河水从傍晚一直走到深夜，回家当晚便得了感冒，很快就转成了伤寒病。说完，阿丰就边抹着眼泪边跟着担架前往医院。一时之间，萝月也不知如何是好，只得待在妹妹家中等待消息。

家中已被区政府派来的人用硫黄烟和苯酚消过毒，屋里就像刚大扫除过或刚搬过家一样，一片狼藉，加之整个房间只有萝月一个人，此时，他的心情就如同刚参加完葬礼出殡一样，凄凉寂寞。天还没有完全黑下来，家中的门窗都已关得严严实实，像是忌惮有人窥视一般。忽然，门外吹过一阵强风，引得门窗咔嗒作响。气温降了下来，让人有了些寒意。从后面拉门的破洞时不时吹进屋里的风摇曳着快要熄灭的微弱烛火，把胡乱放置在屋里的家具的影子投在污浊的榻榻米和墙纸已经剥落的墙壁上。随着昏暗的煤油灯晃动，家具的影子也随之一摇一晃。附近人家传出的百万遍念佛声带着凄凉的气氛传入耳中，更让萝月感到寂寞空虚、无所事事。他突然觉得，这时应该找些酒喝，便起身来到厨房转了一圈，但因为女人持家的缘故吧，连一个酒盅也没找到。没有办法，萝月来到屋子外间，打开一扇窗户，探头向外望去，也没看到对面有挂着卖酒招牌的商店。城郊大街上的人家到了傍晚都关上了门窗，这让阴森森的百万遍念佛声反而更加清晰地传了过来。河面上吹起了阵阵强风，刮得屋顶上的电线咻咻作响。星光显得格外明亮，让起风的夜晚如同冬天来临一般令人胆寒。

萝月关上窗子，重新在煤油灯下坐定，继续抽着烟盯着立钟的指针发呆。屋顶上不时发出老鼠窜来窜去的惊人声响。为了消解烦闷，萝月想到找本书来看看，便到橱柜和壁橱里翻翻找找，但找到的也只有常盘津的唱词练习本和线装的皇历。最后，萝月只好提着煤油灯，爬到二楼，来到了长吉的房间。

桌上摞着几本书。还放着杉木板的书箱。萝月从怀中取出夹在钱包里的老花镜，首先稀奇地翻看起西式的教科书来。忽然，一样东西从书中滑落到榻榻米上，捡起一看，原来是一张阿丝穿着艺伎春装的照片。萝月小心地把照片夹回原处，接着又去默默翻看长吉一本本的书。翻着翻着，一封信出现在了眼前。这是一封没有写完的信，虽然信纸有些地方被撕裂，信中的话语也没有说完，但从能够读到的文字，萝月还是了解整封信的意思：长吉和阿丝分手后，每天都感到彼此境遇的不同让两个人的内心渐渐远离。难道说从小的玩伴最终只能成为陌路之人吗？虽然和阿丝通了几封信，但还是感受到相互的感情渐渐无法再产生共鸣，长吉的心中充满了悔恨。因此，他才会想到去做演员或艺人，但这个理想最终也无法实现。现在，长吉只有羡慕理发店的阿吉，自己每天过得浑浑噩噩，没有希望。如今，连自杀的勇气都没有，只希望自己能得场病，早早地死去。

看完这封信，萝月终于明白长吉在水中行走是故意想得病，而且也不希望能够治愈。萝月万分悲伤。他不禁后悔起那个时候为什么说了连自己也不认同的意见来妨害长吉实现理想呢。自己年轻时也因深爱的女子而被父母赶出家门，就更应该支持长吉。只有让长吉做了演员，和阿丝在一起，自己抛弃代代相传的家业，辛苦过活的经历才有了意义，才不会辱没自诩为万事通的松风庵萝月师傅的大名。

老鼠忽然又在屋顶上窜来窜去，风还呼呼地吹着，煤油灯罩里的火焰不停地摇摇晃晃。萝月心中浮现出脸色白皙、眼光炯炯、面庞狭长的长吉和脸庞圆圆、嘴角可爱、眼角朝上的阿丝。他像写爱情小说的作者一样，不断将两人美丽的身姿在脑海中描画着。最后，一个呼喊从萝月心中迸发出来：长吉啊，不管你得了什么病，都不要放弃自己的生命！放心吧，我会永远地伴随在你左右！

明治四十二年①八月十一日

---

① 明治四十二年：即1909年。

梅雨时节

一

女招待君江在位于银座的酒吧工作。今天，她上晚班，本来只要下午三点到酒吧即可，不过，刚过中午，她就出了门。先是不慌不忙地从市谷本村町的出租屋沿着护城河慢慢地走到了城外岗哨边，从那里坐上公交车，在日比谷站下了车。随后，她走到火车铁路闸道前，拐进了满是挂着小饭馆招牌的一条城郊村小巷里。这条小巷里除了有很多小吃店外，还有一间出租写字屋，在玻璃窗上写着金黄色的文字"周易占卜金龟堂"。君江走到跟前，向四下张望一番，发现没有人注意她，便一头钻了进去。

从去年年底开始，君江就再三碰到晦气的事。先是和在同一家酒吧上班的姐妹们去歌舞伎座玩，在回来的路上，身上的衣服让人给划破了。从外面罩着的海豹皮大衣和大岛产的丝绸外褂，一直到里面穿的窄袖便服、和服长衬衣的袖子无一幸免。接着，过了两天，头上插着的镶珍珠玳瑁梳子也不知在哪儿给弄丢了。本以为可能是被小偷偷去了，就没放在心上。可不久以后，一只刚生下来的小猫又不知被谁给弄死扔到了出租屋的壁橱里。这些怪异之事接二连三地发生，让她感到可能是某个不怀好意者的恶作剧。君江这些年确实过着很混乱的日子，但她也并不觉得自己干了什么值得别人仇恨的坏事。所以，虽然觉得有些不可思议，却也没有特别放在心上。然而，前两天，一家名叫《街巷新闻》的小报上登载了一篇有关她的报道，其中提到了一些外人不可能知道的事，这让她感到有些担心，才在别人的劝说下，来到了这家占卜店。

那家《街巷新闻》本来就不是什么正经小报，只会专门写一些银座周边饭店、酒吧的女店员、女招待的花边新闻。但是，那篇有关君江的报道却既没有诽谤也没有中伤，反而像是在夸赞她容貌秀丽端庄。不过，其中竟然提到她大腿内侧从小就长了颗黑痣，并且说她觉得这黑痣是长大后从事色情业的标志，结果正如自己所愿。做了女招待后，她腿上的黑痣由一个变成了三个，为此，她觉得自己恐怕会被三个人包养，因而变得时喜时忧。读到这些，君江觉得既气愤又恶心。她从小左边大腿内侧确实有一颗黑痣，不知什么时候变成了三个，这是事实。去年春天，君江在上野池塘边上的酒吧第一次做女招待，不久后又转到银座这边来做。觉察到大腿上黑痣的变化大概也就在这个时候。而知道自己这个秘密的只有两个人。一个是做女招待之前就认识，到现在还联系着的叫松崎的好色老头，还有一个就是在上野的酒吧时认识，经常被人谈论各种绯闻的叫清冈进的作家。长黑痣的地方非常隐蔽，连父母兄弟都不可能知道，就算澡堂里的人也不会注意到。本来，有没有黑痣并不是什么大不了的事。但是，就是这么一件连澡堂里的人都不会注意到的事，报社记者是怎么知道的呢？想到这些，君江心中掠过一丝不安。联想到去年发生的那些怪事，今后说不定还会发生什么事情呢。她内心一阵恐惧。虽然君江根本就不相信什么神仙上帝，就连抽签算命也从来没有尝试过，现在却突然想要给自己算一卦了。

占卜馆位于一间公寓房内，占卜者是一个四十岁左右，下巴刮得干干净净，穿着西服，戴着劳埃德圆形宽边玳瑁眼镜的中年人。他靠在桌子边和顾客一问一答的样子看起来和一般的医生或律师没什么区别。透过他背后的玻璃窗，可以看到国营电车来来往往。玻璃窗上方挂着一副匾额，上面写着"天佑平八郎书"。墙上贴着日本和世界地图，桌子旁边的书箱上摞着一排书柜，书柜里排满了西洋书和日本的布皮书。

君江取下薄披肩拿在手上，坐到了指定的椅子上。穿着西服的占卜者合上正读着的书放在桌上，然后坐在转椅上一下子转了过来，堆起笑脸："您想算什么？是婚姻，还是吉凶？"

君江垂着眼帘，说："我不算婚姻。"

"那么，你能告诉我一些大致情况吗？"占卜者如同妇科医生询问患者病情一样，尽量做出不让对方有什么顾虑的姿态，搜肠刮肚、绞尽脑汁，用一些听起来贴心的词语说道，"占卜算命也会遇到很多有趣的事，会有各种各样的客人来找我。还有的客人每天上班时都会拐到我这里，询问当天的吉凶。当然，就如同过去说的那样，'占卜问卦，也灵也不灵'，如果碰巧算到凶卦也不用当真。请问，您今年多大了？"

"今年正好是我的本命年。"

"啊，那您是属鼠的啦，那您的生日是？"

"五月三号。"

"噢，是鼠年的五月三号呀。"

说着，占卜者立刻取出筮签，嘴里边念叨着边在桌子上摆来摆去。摆弄了一会儿，他抬起眼来，说道："您流年中的该是离中断之卦。但是按照周易的解释，就如同字面上所说，会出现好事多磨、不得要领之事。我就来简单说一下能算到的事吧。大体上来说，卜到离中断之卦的人，不管男女，都和父母兄弟缺少联系，甚至连朋友也很少，一个人度日的情况比较多。并且从您的生日来看，是游魂巽风之卦。这就是说您身上发生了一些与众不同之事，但经过一段时间后又会回到原先的状态。如果用天气打比方的话，就如同暴风雨刚过，雨点还会不时飘落，远远地还能听到雷声，但是过了一段时间以后，就会雨过天晴。您现在就处在这之前的时节。"

听到这些，君江一边呆呆地盯着占卜者的脸一边下意识地摆弄着放在膝盖上的披肩。占卜者所说的事情有些还真符合她的情况。感到被人说中了一些身世，君江有些尴尬地再一次低下了眼帘。占卜者所说的与众不同之事，恐怕就是指自己不听父母的规劝而离家出走，独自来到东京，最终做了女招待这件事吧。

君江离家出走是因为想躲开父母以及所有亲戚想方设法给自己张罗的婚事。君江出生在琦玉县下面一个叫丸圆町的地方，从那里到上野停车场开车需要两个小时。她家开了一家制作当地特色点心的铺面。君江有一个从小学就保持联系、叫京子的朋友。京子曾在牛込那里做过艺伎，还不到一年就被人看中，做了那人的小妾。看到京子这样吃香喝辣，君江也不想在乡下随便找个人结婚，便从家里跑了出来，住到了京子家。家里人来找过两三次，但把她带回去后不久她就又跑了出来。父母也拿她没有办法，最终答应她可以留在东京，但要找个银行或公司做个办事员。

不久，在京子丈夫川岛的斡旋下，君江进了一家保险公司上班，但这不过是为了应付家里人，所以不出半年就辞职不干了。之后，君江隔三岔五地跑到京子家去玩。突然有一天，京子的丈夫因为贪污公司的钱被送进了检事局。京子就把在做艺伎时认识的一个客人领进了家门以维持开销，缺钱花时就去老相好的酒馆，或者结婚介绍所之类的地方去找个男的弄点钱，日子居然过得还很悠闲。看到京子如此潇洒地过活，君江羡慕不已，也就跟着京子一同混吃混喝。后来由于被很多人告发了，京子重新去做艺伎。君江也想跟着京子一起去做艺伎，但听说按规定申请职业许可证时警察局会向家里询问情况，只好作罢，最终去做了女招待。

京子每月还需要给家里寄生活费，而君江只需要管自己花销。因为从小在乡下长大，君江不是特别讲究穿着打扮。另外，像看戏、看电影之类的一些活动，别人不邀请，君江也不会主动去。平时，除了偶尔在电车上看看小说之外，她也没什么特别的爱好。所以，对君江来说，经常的开销也就是住房的租金和盘发的费用，其他没有什么特别需要向男人伸手要钱的地方。因此，君江一直觉得自己又不会主动向男人要钱，而男人们对她有要求的话，她也都尽量满足，即使生活有些荒淫，也不会遭人怨恨吧。所以，听占卜者说完，君江就回答道："现在我应该也没有什么特别需要担心的事吧。"

"那么，您现在身体怎么样呢？当然，您现在看起来很健康，今后一段时间也不会生大病。不过，就像刚才说的那样，您现在处于波澜之后已经安定下来、但多少还有些停滞的状态。因此，虽然没有觉察出来，但总觉得有些不安，总带有一丝无法平静的心绪吧。就像刚才易卦中算到的那样，变化波动总会渐渐趋于平缓，今后恐怕也不会发生什么大事，但您总觉得有些许担心，不知如何处理。对这样的事情，您可以再认真考虑考虑，基本上也就可以想通了。"占卜者说完，从桌上拿起了筮签。

"嗯，是有些事放不下心来。"君江还是觉得不能说出黑痣的事，就字斟句酌地说，"有一件事情，我呢，并不觉得有什么大不了的，也没有得罪谁，但是恐怕有人是对我有所误会呢。"

"啊，啊，是这么回事啊。"占卜者像是很认真仔细地思考的样子，眯缝着眼，又拿出几根筮签摆了摆，然后说，"是这样啊。这是个雁过留声、人过留影之卦。看来您还是有些大意了，这样的话，一些捕风捉影的事情就会发生。这就是所谓实体与虚体的关系，大雁飞过自然会有鸣叫声，有人也就自然有影子。不过呢，有的时候啊，人听到叫声就会觉得大雁来了，看到影子就认为有人来了。所以啊，如果您不去听鸣叫声，不去看影子，也就不会想到大雁和人了。您要是能这样去考虑的话，也就没有什么可以值得担心的了。"

听了占卜者的话，君江茅塞顿开。自己真是太傻了，怎么会把这么无聊的小事挂在心上呢。想到这里，君江顿时感到轻松了许多。接下来，君江还想再问一些情况，不过一想到要是问得太细，结果把自己现在的工作，甚至把两三年前和京子一起去酒馆、婚姻介绍所骗钱的事都说出来的话就不好了。所以，虽然也想再问问小猫尸体以及梳子被盗的事，但想到快要到去酒吧上班的时间，也就作罢了。"今天太谢谢您了。占卜费是……"说着手伸向了腰带。

"我一般是收一元钱，或者您看合适就随便给点吧。"

这时，呼啦一声，门被拉开了。两个穿着西服的男人大摇大摆地走了进来，一屁股坐在了君江旁边的椅子上。其中一个人还东瞧西看地到处打量着。君江觉得这两个人像是便衣警察，立即感到不自在起来。她赶紧转过脸从椅子上站起来，连招呼也不打，拉开门就走了出去。

走出公寓，外面是万里无云的晴空。五月初的太阳暖洋洋地照着从日比谷公园到护城河一带的绿地，鲜绿的嫩叶在太阳照射下闪着更加明媚的色彩。等待电车的人群中时时闪现的时髦装束更是让人目不暇接。君江边看着手表上的时间边从闸道下穿过，走到了数寄屋桥边。远远望去，朝日报社大楼等高高的建筑物上飘满了挂着广告的氢气球。看到这些，君江不由得放慢脚步。这时，后面响起了呼喊君江名字的叫声，转头一看，随着一阵草鞋声奔到面前的是一个叫松子的二十一二的女孩。去年她们俩在池塘边的沙龙"莱菇"一同工作过。和一年前相比，松子不管是穿着打扮还是举手投足都显得成熟了许多。因为有着相同的经历，君江立刻问道："松子，你也来银座干了？"

"是的，哦，不。"松子含含糊糊地回答道，"那个，去年年底，我不是在'阿尔卑斯'酒吧干过一段时间嘛，然后就辞职去玩了。现在又想找个地方再做做。我今天是去五号街的一个叫'列宁'的酒馆看看。君江你也知道吧，那时'莱菇'有个叫丰子的现在就在那里做，是她叫我去试试的。"

"是吗，你还在'阿尔卑斯'干过呀，我可一点也没听说。我从'莱菇'辞了以后就一直在'唐璜'做。"

"我知道的。今年春天我在'阿尔卑斯'时，听有个客人说起过你。我也想来找你，可就是没有时间。哦，听说先生也挺好的。"

她所说的先生是谁呢？君江觉得她应该是说小说家清冈进吧。不过，在众多的客人里，能被尊称为"先生"的另外还有律师或者医生。这可得问清楚了。不过也只能有意无意地试探："唉，是啊。最近他好像挺忙的，又是上报纸，又是拍电影什么的。"

听到君江这样说，松子露出奇怪的神情，深深吸了一口气，像是很受打击似的说道："哦，是吗。男人啊，一出什么事就变得薄情寡义。我也是有经验的。所以我也想好了，今后还是要靠自己的。"

听松子这么说，君江感到有些好笑。据她所知，松子认识的男人最多也就有五个十个的，就处过这么几个男人还好意思说是有经验的，真是可笑。于是她带着半开玩笑的心态故意压低嗓门说："哎，那位先生可是有个美貌的夫人，还有个叫玲子的明星一直和他勾勾搭搭，所以呀，我们这些女招待对他来说只不过是一时偷腥罢了。"

边聊边走，两人不觉走到了尾张町附近，人行道上也变得拥挤起来。松子全然不顾周围的人群，突然直截了当地大声说道："玲子之所以结婚，听说不就是因为先生深爱着君江你吗？是不是啊？"

听到松子如此肆无忌惮地嚷嚷，君江有些尴尬，赶紧说道："松子，别说了。以后有时间我再慢慢告诉你。那个，你也到我们店来看看吧，'唐璜'也在招人呢，我可以给你引荐引荐。"

"那儿现在有多少人？"

"有六十人，分成两组，每三十个人一组。打扫卫生、收拾桌椅什么的由男服务员做，比其他地方要舒服多了。"

"那每天轮几班？"

"嗯，最近差不多轮三班就可以了吧。"

"啊，那可不行。这样上班我哪有时间穿着漂亮衣服出去玩啊。还有，要坐那么长时间的车子，回家也太晚了……"

君江是最不愿意听唠叨的了。即使是别人向她诉苦，君江也听不下去。并且她觉得，钱这种东西就算是自己不主动要，男人们也会硬塞到她手里的。所以，她看也不看人群中的松子，扭过头一言不发地快步穿过十字路口走到了街对面。此时，太阳光照射着三越百货大楼，让人觉得有些晃眼，君江眯起了眼睛，停下脚步。突然，她又觉得有些对不起松子，便转过脸来。看到松子还站在原地，就微微弯了弯腰算是道别。接着，她长出了一口气，转眼便消失在了人群中。

二

从松屋和服店向京桥方向过去两三家店，有一家四间宽的门面，这就是君江干活的酒吧。门面的中央设计成圆弧形的入口，门旁边有两个裸体的泥塑女人偎在一起，手上捧着用英文字母写成的"DONJUAN"。这些文字一到晚上就会通电，变得红彤彤的。这附近的酒吧外观上大多就是这样，稍不留神就会走错或错过。君江已经在这里干了一年，可还是搞不清楚，所以，直到现在，她都是先找到酒吧所在弄堂最外面的一家眼镜店和一家五金商店，然后从这之间的弄堂钻进去。这条弄堂狭窄得只能一个人通过，旁边还摆着很大的垃圾箱，即使在寒冬也是苍蝇乱飞。而在白天，那些老鼠啦、黄鼠狼等等也会在弄堂里四处觅食。一旦有人路过，它们就窜来窜去，把长尾巴上的脏水甩得人身上到处都是。君江抓住裙子下摆踮着脚向里走了十多步，到了一处能看清后面小路上行人脸庞、不断散发出阵阵恶臭的门前，掀开门帘钻了进去。里面是一间爬满了灶马虫的厨房。这间厨房像是后来才搭建的，和面向银座的大门不同，就像地震时临时搭建的防震棚，只用一张涂了灰浆的瓦楞铁板围着。穿着鞋爬上这间厨房后面陡峭的梯子，就进入到一间有着十个榻榻米大小的房间。房间的四面墙壁前摆了十四五张梳妆台。君江进去时正好离三点还差五六分钟。上午十一点开始当班的女招待就要下班了，马上要上班的一拨人来接班。大家熙熙攘攘地都挤在这间十个榻榻米大小的房间里，连个落脚的地方都没有了。每一个梳妆台前面，都有那么两三个女招待你挤我，我挤你地挨在那里，有的探着头往脸上涂着粉梳着头，有的站在那里换着衣服，还有的大大咧咧地坐在榻榻米上换着袜子。

君江脱下了竖纹和服单外褂和披肩叠在一起裹在包袱里，然后走到走廊门口的衣帽柜，把包袱放到了贴有自己姓名的地方。接着拿起自己的小化妆盒边轻轻敲着自己的鼻尖，边沿着走廊穿过食材库房。正巧，一名叫春代的女招待正从酒吧二楼走过来。因为两人回家都要去四谷方向，经常一同下班，因此在这六十多个女招待中，她俩最处得来。

"阿春，你昨晚是不是先走了，没等我，等会儿可要请我吃点啥啊！"

"算了吧，是你没等我吧，我可是等了你半天。今晚回去可一定要一起走，这样就可以拼车啦。"

君江正要直接走到酒吧二楼去，就听到楼梯下面脱鞋处传来了男服务生的一阵叫声："阿君，电话、电话。"君江于是就大声答应着，从桌子和花盆之间一路小跑了过去，嘴里还嘀咕着："谁啊，人家一上班就来电话，好讨厌啊！"

楼下是一间一百多平方米的宽敞大厅，彩色玻璃的大门直接面向银座大街。大厅左右两边用屏风隔成两排小间，每个小间都放着桌子和椅子，从屋顶垂下华丽的吊灯，周围还吊坠着一些假花。大厅里除了桌子、椅子和盆栽外，中央还有一块可以用作舞台的大草坪，整个大厅的装饰布置让人觉得有些拥挤局促了。大厅后面的一个拐角处摆着洋酒柜，正面墙上挂着大大的摆钟，摆钟的下面是收银处，收银处另一面就是一个带玻璃门的电话间。君江堆着笑脸和见到的每个人打着招呼,一阵小跑地到了电话间,拿起电话:"喂,喂,是哪位啊?"对方一搭话,君江才知道是男招待听错了,电话不是找她而是找一个叫清子的女招待。

君江用指尖推开电话间的玻璃门,探出身子叫着:"阿清,电话。"然后扭过头环视了一下大厅。大厅里只有两三拨客人,每拨客人周围都挤了七八个女招待。君江透过盆栽的树叶缝隙找了一遍也没有看到那个叫清子的女招待。这时有人道:"清子今天上早班,已经回去了。"君江也就冲着电话这么喊了一声,便放下电话走出了电话间。

看到君江出来,一个倚在收银处桌子边、穿着西服的消瘦中年男人叫住了她,问道:"占卜先生那儿去了吗?情况怎么样?"

"我刚从那里过来。"

"怎么说的,还是因为男人吧。"

"那种事不用去占卜先生那里也料想得到。现在已经不是这么简单的事了,小松先生,我惹上大麻烦了。"

"哎,阿君你惹上了大麻烦……"那个叫小松的圆脸男人笑了起来,细细的眼角堆起了皱纹。小松有四十岁左右的年龄,在神田一个不知叫什么的舞厅做会计。他每天准时傍晚六点上班,上班之前最喜欢做的事就是到各个酒吧转悠。不是给某个女招待介绍出租屋,就是帮人去当铺当东西,或者帮人买张戏票什么的,整天围着这些女招待转来转去,搞得这附近的女招待们整天小松先生长小松先生短地叫来叫去,而小松也乐此不疲。不过他虽然很热心地帮忙,却不舍得花钱,来到酒吧从来都不吃不喝。听说他以前在其他地方提着三味线匣子为艺伎服务过,也听说他曾在戏班里为名演员服务过。君江正是经这个男人介绍才去找了日比谷那边的占卜先生。

"阿君,怎么样,有什么线索了吗?"

"哎,怎么说呢,那个占卜先生倒是说这说那地讲了一大通,但到头来我还是啥也不明白。不过我也没有和他深入地谈谈。"

"那可不行啊，阿君啊，你可不能再这么不上心啦。"

"亏了一块钱。"君江想到。本来还觉得那个占卜先生说得很在理，但直到别人问起，自己仔细想想才觉得其实那个占卜先生说的和自己想要知道的完全不是一回事。自己也真是太不上心了。"不过，小松先生，现在也没有什么特别糟的事，我记得的也就那几件事。那个占卜先生倒是说这说那地讲了一大堆。还真是，现在想来我还真是一团糨糊，啥都没问清楚。哎，没办法，这可是我生来第一次去占卜呀。只是随便去问问看还是不行啊，不是说占卜也有占卜的问法嘛。"

"我只听说过有占卜的方法，还没听过什么占卜的问法。"

"怎么没有，比方说第一次去看医生不也要详细介绍自己的病情吗，那占卜不也是这样的吗？"

这时，一个三十岁多岁胖乎乎的叫蝶子的女招待从大厅梯子上下来，手里拿着一张十元纸币，走到收银处说："拜托，算一下账。"接着，她对着墙上的镜子照了照，把领子收拾了一下，又转向君江说："阿君，二楼有个叫矢田的客人，可烦了，你去招待招待吧。"

"我刚才看到了。还没轮到我上班我才下来的。那个人，听说不是包养了之前在这儿做过的阿辰吗？"

"可不是嘛，不过又被日本电影公司的一个叫小吉的抢走了。"两人正说着话，女收银员递出了账单和零钱。这时镜子上映出了这家店主池田的身影，后面跟着一个叫竹下的办事员。他俩正从连接厨房和收银处之间的侧门走出来。蝶子和君江不愿去打招呼，就装作没看见，赶紧走向去二楼的梯子。池田有五十多岁，满嘴的龅牙让他显得更像个穷鬼。据说当年在关东大地震后，他从南美的殖民地回来，用多年积蓄的资本在东京、大阪和神户这三座繁华城市开了酒吧，现在已经挣得钵满盆满了。

从大厅的梯子走上二楼，蝶子给坐在墙边包厢的两个客人去送零钱。

君江走到靠窗的桌子，那个叫矢田的客人正坐在那里。

"您好啊，您可好久没来玩啦。"

"说这种话，你可真够狡猾的！前两天我可是被你甩得不要不要的，我还从来没有受过那种窝囊气呢！"

"矢田先生，真对不起了，但偶尔也没办法呀！"君江边赔着笑脸边拉过一张椅子，紧贴着矢田坐了下来，然后像是很熟识似地从桌子上放着的敷岛牌烟盒里取出一支香烟叼在嘴上。

这个叫矢田的男人有四十左右，经常吹嘘自己是赤坂溜池一个汽车进口商社的经理。有一段时间几乎每天中午过后趁着女招待们休息的时候来店里玩，还时常邀请四五个店里的女招待出去吃吃晚饭什么的，有时也像是故意显摆似的带着艺伎来店里。他在店里经常做的事就是把手上戴的两个钻石戒指摘下来，一遍又一遍地向女招待们传授钻石的品质鉴别方法和市场行情。除此之外就是说些肉麻的话，满口胡言。只是因为舍得花钱，女招待们都喜欢凑到他这里，顺便蹭点东西、要点钱什么的。他也曾经给君江买过那么两三次戏票、还在不上班时带着君江去松屋和服店买过和服外褂和衬领，也许今后还会请她出去吃饭。所以，不管矢田怎么说她，君江也不能拉下脸。说起前两天的事，不管矢田怎么嘲讽她，与其多嘴去解释，还不如直截了当地道个歉，这样也省去了许多麻烦。听她这么说，矢田也不好再发火，只好忍着气对聚集到桌子周围的阿民、春江和定子等三四个女招待开玩笑地说："你们没看到，我可是看到他们俩靠在一起。在大街上还拉着手，很羡慕他俩啊！真是罪过，他俩说的话，我从后面可都听到了。"

"啊，是真的吗？要是知道你这么吃醋，我俩还不如不去看戏，就看你吃醋呢。"

"你这家伙，说这种话，太过分了。"矢田抬起手装作要打人一样，却把桌边一瓶苏打水给碰翻了。四五个女招待"啊"地大叫一声，一下子就跳了起来，有的赶紧抓起长袖子，有的小心地怕被从桌子上滴到地上的泡沫弄脏似的提起裙子下摆。因为是自己说话惹的祸，君江赶紧跑去拿来抹布，一边用嘴叼着长袖子，一边擦着桌子。这时，从梯子口又上来了两三位新到的客人。蝶子赶紧迎了过去，也不问客人的需要，说了声"欢迎光临，"就扯开嗓门叫着，"是谁值班啊？""是阿君吧。"不知谁应了一声，君江连忙把抹布丢在旁边的花盆里，边答应着边一阵小跑向新来的客人奔了过去。

进来的客人是两个五十多岁满脸络腮胡子的绅士，像是刚从松屋和服店或者三越百货公司买完东西，拿着购物的纸袋，看到有女招待过来就点了两杯红茶，然后坐下认真地商量着什么事。看到这样，君江也不去打搅，独自走到墙边一群闲聊的女招待那里坐了下来。前面的桌子上摆满了花生、咸煎饼和碎羊羹，还堆放着杂志和报纸。女招待们一会儿聊聊最近看的电影，一会儿聊聊各自的花边新闻，手还不时地伸出去抓起桌上的零食向嘴里塞去。也有的呆呆地坐着，像是在打瞌睡似的，但又不能真的睡着。总之这些人好像都只是为了打发时间似的，无所事事地待在那里。这时，一个坐在角落翻看着杂志照片的女招待突然叫了起来："哎呀，真是个美人啊，清冈先生的夫人！"

听到叫声，在包间里休息的女招待们一下子都探过头来，君江也鼓着塞满碎羊羹的腮帮，探过身来："是什么样，让我看看，我还没见过呢。"

"给，好好看看吧。"刚才的女招待递过杂志。只见上面登了一幅坐在走廊边的一位女士的照片，边上还注着"名人的家属""文学家清冈进先生夫人鹤子女士之像"。

"阿君啊，你看了这种东西，怎么一点反应也没有啊。要是我啊，早就把这种东西抓过来撕掉了。"一个叫阿铁的女招待一边说着一边把手里的花生砸在了照片上。阿铁本来是一名牙科医生的妻子，因为生活艰难，入不敷出才跑出来做了女招待。

君江回过脸来，故作惊讶地看着阿铁，说道："你是吃哪门子醋呀，这不是很好吗，她做她的夫人，我做我的……反正我不放在心上。"

"阿君分得很清楚。"附和着君江的是从舞场那里转业来到酒吧的百合子。另一个曾在美容院做过梳头女的琉璃子也凑了过来，"我看啊，还是清冈先生最幸福了。大老婆长得那么漂亮，情人又是银座这里有名的女招待……"

"胡说八道，谁有名啦！"君江像是愤愤然地从椅子上站了起来，向刚才那个汽车商社经理所在的包厢走去。女招待们也知道君江不会真的生气，但还都有些担心地目送着君江的背影。琉璃子原先在做梳头女时就和君江一同在地下妓院做过，那时两人就曾经见过面打过招呼，后来两人先后来到这家酒吧做女招待，彼此也都为对方隐瞒了以前的秘密。因为有着这层关系，两人之间无论开什么玩笑，对方也不会真的生气。这时琉璃子听到后面传来了敲击桌子的声响，以为是自己的客人来了，便转过头去，却正好从对面墙上的镜子里看到了一位穿着西装，从楼梯上新上来的客人。一看到那人，琉璃子立刻小声地提醒大家说："清冈先生来了！"

"先生，您没打喷嚏吗？"边说着这话边迎上前去的是一个叫春代的女招待。在这个酒吧，春代和君江的关系最为要好。因为那个汽车商社的矢田还在缠着君江，春代怕生出什么多余的事来，就上前拉着清冈的西服袖子，把他带到了一个不太引人注意的墙角隔间里。

"我走着来的，太热了。来杯黑啤什么的吧。"清冈进抱着新出版的杂志和报纸放到隔间的桌子盖板下，摘下那顶新买的灰色绅士帽挂在假花枝条上。这位清冈进先生有三十五六岁，穿着双排扣的藏青色西服，系着领结，鼻头和下巴显得特别尖，苍白的面容加上大大的眼睛，脸庞消瘦而憔悴，越发显得神经质了。有意留起的长发胡乱梳到后面，这就更加像一位新派的艺术家，也宛如电影中走出来的人物。据说他的父亲是一位汉学家，而清冈在仙台那里的大学上学时学习成绩就很不好，毕业以后虽然也成了文学家，但直到三四年前还没有写过受人关注的作品。然而，不知从哪里来的灵感，他以曲亭马琴①的小说《梦想兵卫蝴蝶物语》为蓝本，把原作中的风筝改为飞机，把原作的内容直接换成当代的社会情形，写了一篇叫《他可以飞到任何地方》的通俗小说，在一家报纸上连载。之后就像中了大运一样，这篇小说被改编成新派戏剧和电影，清冈进的名声也越来越响，此后写的每一篇都给他带来了巨大的成功，以至于如今的大部分杂志、报纸等媒体上经常会出现清冈进的名字。"这也是先生写的书？"春代不客气地从桌上拿起一本书，翻看着扉页的插图，"这篇还没拍成电影吧。"

清冈装作不耐烦的样子："阿春，你去代我打个电话，是京桥某某号，那个《丸园新闻》的编辑部里有个叫村冈的，你让他立刻到这里来一下。"

"是那个常来的村冈吗？"

"对！"

"是京桥某某号，对吧。"说着春代就走了出去。值班的定子接着走了进来，手里拿着黑啤和花生小碟，给清冈斟上酒，"我对先生的那篇小说印象可深了，改编成的电影在拍的时候，我虽然没有什么角色，但是还是第一次去蒲田。"

"你去过蒲田呀。"清冈一只手拿着杯子，斜着眼向上看着定子的脸庞，"怎么又不去了？"

"怎么去啊，又没有可能做演员。"

"我可不是奉承你，你的长相最适合演电影了。是你不听导演的话吧。女孩子没有人在后面捧你是不行的，那些稍有些名气的女作家，都是有背景的。"

这时，君江叼着烟卷走了过来，一声不吭地坐在了清冈旁边。春代也

---

① 曲亭马琴：即泷泽马琴（1767—1848），号曲亭。日本江户后期通俗小说家。

回来了,说完打电话的事就一屁股坐在旁边的椅子上,"先生,你请我们吃点什么吧,阿君,你要吃什么?"

"我喝这个就可以。"说着,君江拿起清冈喝剩的黑啤。

"你俩可真是亲密无间啊。阿春,我们就吃个鸡肉炒饭吧。"定子从腰带间取出点单纸写上要点的料理,走了出去。

刚才还明晃晃地照进采光窗户的太阳不知什么时候斜了下去,楼梯下面突然响起了留声机的声响,这是到了五点半的信号。从三点就开始休息的女招待们赶紧到里间重新化了妆出来,楼上楼下的电灯全都亮了起来。外面的太阳还没有完全落下,夏日的傍晚依然亮堂堂的,而酒吧里则已是一片绚烂的夜景了。

三

因为回家都是朝着四谷一个方向,君江和春代基本上每天都一同走到数寄屋桥附近再打一元出租车。如果在银座乘车的话不仅容易让人看到,而且满是从酒吧出来徘徊的醉鬼。为了避开这些人,她俩边走边叫住路过的出租车,一番讨价还价之后,有的还不到三十钱就能坐。那晚两人已钻过数寄屋桥闸道口,都快走到日比谷的十字路口了,还没有打到一辆三十钱的出租车。春代有些丧气地嘟囔道:"什么混蛋啊,一辆也不停,刚才那辆明明停下了,不知怎的又跑掉了。"

"不要急,我们就当是散步了,今天又喝多了,正好可以这样溜达溜达。"

"好啊。现在已完全入夏了,你看护城河那边,真漂亮啊,就像演戏的幕布画一样。"

在日比谷十字路口,一大群人都在那里等着电车。

"今晚省点钱,坐电车吧。"

两人穿过十字路口宽宽的人行横道线正要去坐电车时，旁边忽然窜出一个穿着西服的男人来挡住了去路。两人吓了一跳，定睛一看，原来是下午来酒吧的那个钻石男矢田。

"哎呀，您可真悠闲呐，又到哪里去喝啦？"

"我送你们吧。"说着，矢田就要叫出租车。

"我还是坐电车吧。和客人一起打车，被人看到会说的。"春代委婉地拒绝道。

矢田知道她不是真心拒绝，就接着劝说道："这儿又不是银座大街。在这儿怕什么呢，有什么责任我来负好了。"

这时，正好有辆电车开了过来，"矢田先生，你也少花点钱，坐电车吧。"君江说着，快步走过去上了车。矢田没有办法再说什么，只好跟着二人一同坐上了前往新宿的电车。

坐进电车才发现里面很空，只有三个她俩不认识的其他酒店的女招待，然后就是五六个男人，都在打着瞌睡。在车上，矢田还是很懂规矩地一言不发，好像不认识她俩似的。只是电车过了半藏门快到四谷岗哨边时，看到君江一个人下了车，他才慌忙地跟了过来："阿君，别换车了，我们坐出租车吧。"

"不用了，马上就到了。"说着，君江就沿着已经不大见人影的护城河向本村町走去。从两人身旁经过的一元出租车司机有的从窗户伸出手来比画着可以打折，也有的探出脏兮兮的脑袋取笑他俩。矢田紧贴着君江，边走边说："阿君啊，你是怎么都得回家吗？你不能赏我一晚上吗？哎，阿君，要是你非要回家，那就陪我一会儿，一个小时也行，半个小时也行，我就光和你说说话，不干别的，说完话我就送你回家，你就陪我一会儿吧，我绝对不会强求你的，肯定会送你回家。"

"太晚了，要是再陪你，我真的回不了家了，况且明天我还要上早班。"

"什么早班,你那酒吧不是上午十一点才开门吗!你这么推脱不更浪费时间吗!我们就在这附近找个地方,去荒木町也行,去牛込町也行。"矢田拉着君江的手,就是不松开。

走在有些下坡的土路上,每走一步都感到夜空逐渐变得开阔起来,从市谷向牛込方向伸展过去的护城河也显得异常开阔,河堤和沿河的树木像是笼罩在蓝色的薄雾中,微微吹拂的夜风夹杂着栗子花和野草的青涩气味,河对岸耸立的松树高高地指向夜空,远处天边传来了类似苍鸽的叫声。

"哎呀,怎么像到了农村啊。"君江抬头望着夜空。

矢田不失时机地说:"我们就找个清静的地方去吧,怎么样?为了我,就算牺牲一晚上吧。"

"矢田先生,你是想把我从那个人那里抢过来吗?要是搞不好,会惹大麻烦的。我呢,其实也早就不想在酒吧干了。"君江像是测试矢田内心似的,边走边故意将身体靠向矢田。但实际上君江只不过是想看看,矢田带自己去什么地方,他能够多么慷慨大方,能够拿出多少小费来。

"那个人,你说的是哪个?是前几天一起和你去邦乐座看戏的人吗?"

"不。"君江下意识地应道,但是转念一想又觉得不能这么说,赶紧狼狈地改口道,"哦,是的,就是那个人。"其实,那天和她一起去邦乐座看戏的那个人,既不是君江的男人,也不是她的恋人,甚至什么也算不上,只不过和矢田一样,是偶尔遇到的客人罢了。

"是吗,那个人就是阿君的男人啊。"矢田信以为真,"不过呢,那人一直都这么周济你,你一下子就跟我的话,恐怕不好吧,我可不愿被人怨恨。"

听矢田这么一说,君江差点没笑出声来:"我是说万一,万一他不要我的话你可不能辜负我啊。不过,今晚的事要是被他知道的话就麻烦了,你可不要跟任何人说呀。"

"这种事你大可不必担心,有我呢。要是真的有那么一天,他不要你了,你只管来找我好了。"矢田觉得今天终于要把君江弄到手了,高兴地拍着胸脯信誓旦旦。趁着走到护城河边,四周没有行人,矢田突然一下子抱过君江,重重地在她脸上亲了一口。

两人不知不觉已经走过了本村町电车停车场,沿着下坡路来到了坡底。周围的劲松伸展着枝条,不远处已经可以看到市谷站的停车场和八幡前的派出所岗亭的灯光了。"那边岗亭的警察很多事,这么晚走过去的话会被盘问来盘问去的,还是打辆车吧。"

矢田不愿放弃这个机会,环视了一下四周,很不凑巧,周围没有一辆一元出租车经过。两人停了下来。"我家就在那边的小巷里。巷子边上有个药店,就是那个屋顶有人丹广告的那个,看到了没?我去放下挎包就回来,你在这儿稍等我一下。"

"什么,阿君,你可别这样啊,你不会让我在这儿空等吧。"

"我怎么会耍你呢!你要是担心的话就一起过去在巷子边上等我吧。我要是不回去,房东老太太就一直不能锁门。"

从劲松向前走过五六户人家,钻进了一条小巷,和外面宽敞护城河边的景象相比,这里很是狭窄,旁边的墙几乎要碰到人的鼻子。小巷两侧的房屋高高低低、参差不平,临巷的有便门、矮树篱笆,还有建仁寺的围墙。所有这一切使得整个巷子显得寒酸、破败。君江走到一户挂着鱼店招牌的人家门前,对矢田说道:"你就在这里等一下我吧。"然后走进了鱼店屋檐下的胡同。

矢田本想跟她一道进去,又怕惹得君江不高兴,只好忍住了,只是伸着头向昏暗的胡同里张望着。直到听见里面发出了咯吱咯吱的便门开关声,才稍稍放下心来。但他又很想进去看看,就抬起脚向巷内走了几步,突然踩到了下雨的积水,吓得赶紧又跳了出来。借着鱼店屋檐下的灯光,矢田把沾在鞋上的泥水蹭到砂石和沟沿上。正在这当儿,君江出来了,看到矢田的样子,说:"哎呀,您是怎么了?"

"这条路，怎么这样啊，都是猫屎狗粪的，臭死了。"

"所以我叫你在外面等着嘛。你这踩的，可真臭啊。"君江赶紧推开靠过来的矢田，"我穿的可是草鞋啊，你别过来，要是蹭到我的厚袜子上就糟了。"

矢田边走着边用沙砾不停地蹭着鞋底。两人走到护城河边，正好看到在拐角的一家屋檐下堆放着柴火和木炭，矢田赶紧使劲地在上面蹭了蹭，总算弄干净了。这时，一辆出租车恰到好处地停在了两人身边。"去神乐坂，五十钱。"说着，矢田就拉上君江的手，上了车。接着，矢田对君江说："下了坡我们就下车吧，再稍微散散步吧。"

"好啊！"

"我今晚有点想和你这么一直走到天亮啊！"矢田弯过手臂，轻轻地搂住君江的腰，君江也任由他搂着，把头靠在矢田肩上。虽然心里也知道矢田的心思，但还是故意说："矢田先生，我们这是去哪儿啊？"

听到君江这么说，矢田心想："真是个装腔作势的女人啊！"

其实，矢田对君江的过往经历一概不知，只觉得她虽然表面看起来很是油滑，但实际上也许并不是那样。不管怎样，就按照她的表现把她当作一个很正经的女招待来对待也总不会有错。于是，矢田把嘴凑到君江的耳边，低声地说："我们去艺伎酒馆，没关系吧？今天有些晚了，去我熟悉的地方比较好吧，或者，阿君你有什么好地方吗，我们去那儿也可以。"

君江没想到矢田会这么说，一时也不知该怎么回答，只好说："没关系的，去哪儿都可以。"

"那我们就在坡下下车吧，我知道在尾泽酒吧后面，有个很安静的地方。"

君江点点头，不再说话，只是把头转向了车外。不一会儿，车子就开到神乐坂下停住了。坡底的商店都已关门，傍晚热闹的地摊也已不见了踪影，只是在地上留下了垃圾和纸屑，空旷的坡道上还剩下几处星星点点的小吃摊。醉酒的人摇摇晃晃地走在坡上,汽车也在其间穿梭而过。他俩不断看到艺伎模样的人穿过大街,从一个小巷走向另一个小巷。君江他们到了比沙门的祠堂前,矢田站住脚,向着对面的路口望了望,说:"应该就在这后面了,阿君,你是不是穿着草鞋啊,那边可是有积水的。"

石头铺成的小路,狭窄得容不下两人并排行走。矢田到现在好像还在担心如果自己走在前面,君江会偷偷跑掉一般,即使胳膊肘和肩头蹭到了墙板,自己不得不斜着身子才能通过,也要和君江并排走。到了路尽头,出现了一个供奉着宇迦之御魂神的小神社,小路在低低的石头围墙前分成了十字路,其中一条是一段向下的石头台阶。两人正要沿阶而下,随着一阵轻微的木屐声,一个艺伎用手指提着长长的衣襟下摆走来。两人正要侧过身来让道,忽然发现那个梳着发髻的艺伎脑后的头发有些蓬乱,连走路都显得那么有气无力。看到这些,不管是矢田还是君江都感到这小巷的景致一下子就分外妖艳起来,给这深夜的烟花巷平添了许多俏丽和风骚。两人不约而同地定下身来,目送着艺伎的背影在夜色里穿行。那个艺伎却一点儿也没有注意到有人在凝视着她,只管从宇迦之御魂神的神社前向左转,推开了艺伎酒馆的后门,然后突然精神起来,刚才疲惫不堪的身影顿时消失得无影无踪,扯着嗓子叫道:"妈妈桑,说是来不及了。"

君江边听着那边的动静,边说:"矢田先生,我以前也曾想要当艺伎,真的,不骗你。""真的吗,阿君想当艺伎。"矢田显出很吃惊的样子,正想接下去问个究竟,却早已来到定好的艺伎酒馆门前。虽然关着门,但可以感到里面有人的声响气息。

矢田拍打着门板叫道:"有人吗?快开门。"

里面立刻传出了玻璃拉门和穿木屐的声音,接着是一个女人的声音,"是哪一位啊!"。

"是我,矢田!"

"哎呀,您可真会磨叽,都几点啦。"随着一阵拉门声,出现了一个女佣人。一看到君江,她清了清嗓子,用稍微庄重的语调说:"请吧,请进吧。"

女佣人带着他俩穿过走廊,从带有杉板门的厕所前经过,然后拉开一扇楄门,到了后面一间有着四个半榻榻米大小的里间。房间里好像刚才还有客人,充满了浓烈的烟酒气味,紫檀桌的缝隙里还夹杂着一两粒炒黄豆。女佣人搬出堆在墙角的厚坐垫,说:"我马上打扫干净。这边刚刚才忙完。"

"你这儿生意不错嘛。"

"没有,还是老样子啊。"女佣边说着边出去拿来预备好的茶水点心。

"稍微开一下窗子吧。"

"真觉得有些闷热啊。"君江跪行了几步伸过手去拉开了窗子,飞檐外面的小庭院掌着昏暗的灯笼,"哇,真不错,像在看戏一样。"

"这儿是和酒吧不同,就是传说中的江户情趣啊。"说着,矢田把脚伸到放鞋的石板上,叼了一根烟抽上了。

隔着庭院的花木丛,可以看到旁边二楼的房间。在落下竹帘的窗子上映出了一个梳着岛田髻的女人,她站在那里,正在默默地脱下衣服。君江悄悄地拉了拉矢田的袖子,与此同时,那个妖艳的身影像云朵一般散开淡去,只剩下微微的说话声了。矢田像是想起什么似的,脚仍然伸在石头上脱下了西服上衣,解开了领带,只等着女佣人端来茶,拿来浴衣。君江也没有说话,一个人呆呆地盯着旁边房间模模糊糊的烛火闪烁。不知怎的,君江突然想起第一次被人带到艺伎酒馆的情景。那不是在牛込而是在大森,她和一个男人并排坐在檐廊上隔着庭院望着对面树丛中的一个二层小楼的灯影。女佣人端来的茶点和今夜这家店没有任何不同,只是自己的心情是不同的。最初抑或恐惧抑或兴奋的心情,随着经历次数的增加,也已觉得理所当然,没有任何激动了。

"阿君,要吃点什么吗?不过现在只有中华荞麦面了。"

听到矢田的声音,君江扭过头来,看到矢田已换上浴衣站在那里系腰带。

"我什么也不想吃。"说着，君江也解开了外面和服单褂的系扣。

女佣把矢田的西服装进浅箱子里放到墙角，然后从壁龛旁边的壁橱里取出被褥铺好，对两人说："今晚其他房间都有客人了，只好请你们在这个小间委屈一夜。真对不住了，请休息吧。"

君江和矢田走到外廊面对庭院坐下了。君江的眼里仿佛又浮现出第一夜到艺伎酒店的场景。"澡堂随时都有热水。"女佣说完就走了出去。

"阿君，你在想什么呢，快点换衣服吧。"矢田很是担心地侧着脸盯着君江，并抓住了她的手说。

君江转坐过身来，并没有去脱衣服，只是微笑着看着矢田，左手抓住腰带背衬和腰带扣，右手把怀中的物品一件一件地放在榻榻米上。三年前，当君江离家出走，来到东京投靠已成为别人情妇的同学京子，又通过京子男人的介绍进了一家保险公司当了女办事员。也就在那家保险公司干了一两个月的时候，她就被科长带到大森的一家艺伎酒店。从这以后，君江就开始了和男人们的交往。但这之前，君江也曾多次目睹京子瞒着自己的男人偷偷地把各种男人带进家里来，有的时候君江还和京子以及她的男人睡在一个房间。这样，君江也就如同艺伎酒店或艺伎家的女孩一样，从很早就知晓了男女之间各种各样的情事。有时，在好奇心的驱使下，君江还会主动去了解这方面的事情，正因为如此她才会认为那个科长带她到艺伎酒店不是什么坏事。科长是个五十多岁的老头，也不像个浪荡哥，那天晚上君江又是频频举杯又是喋喋不休，毫无羞涩之态，这反而让科长兴味索然，两人当晚便草草了事了。一想到这些事情，君江不由得嘴角浮现出了微笑。见到君江脸上显出微笑，矢田并不了解君江的心思，只是觉得她露出笑脸是因为和他在一起，就高兴地用力抱紧君江："阿君啊，你能跟我来这里真是太好了。我本来还觉得你不会答应，想要放弃呢。"

"才没这么回事呢，我也是个女孩子呀。你们男人啊，总是见一个爱一个的，我哪敢凑近啊。"说着，君江任凭矢田把自己抱在胸前，一只手伸到和服外褂下面，拉开腰带抽了出来，薄薄的金纱和服里衬扭曲着从君江的肩头滑到地上，抹胸的横条纹贴身单衣更显出一片娇艳。男人越发兴奋起来，脸也因激动而通红起来，"别看这样，我也是很讲信用的，我不会跟任何人说的。"

君江附和着说："其实，酒吧真的很讨厌，人家做什么都要管，太会操闲心啊。"说着，解下系着的腰带。然后让矢田把自己抱在大腿上，一骨碌转过身子，仰面朝上倒在榻榻米上，"都给我脱了吧，把厚袜子也脱了吧。"

君江最喜欢像这样挑逗和她第一次发生关系的男人。她觉得这比挑逗和她有过很多次关系的男人要有趣好几倍。不把这样的男人挑逗得神魂颠倒就不过瘾，不知不觉中这也成了她的习惯。有时男人们在引诱她时她自己也觉得不能这么下去，应该抽身了，但其实很多时候却无法抽身。特别是对一些丑陋的老年男性以及一些初次见面就觉得讨厌的男性，等自己的心思上来，这种习惯会变得愈发强烈，有的时候，一切都结束了，她甚至会为自己的这种习惯而感到下流、可耻。

这天晚上，君江被平素讨厌的矢田纠缠不放，不知什么时候突然就顺从了这个男人，也正是出于这种习惯。

四

第二天上午，两人从昨晚的酒店出来，一同坐上了一辆出租车。到了士官学校门前的土路边，君江丢下矢田，一个人下了车，回到了小巷的出租屋里。坐在梳妆台前，君江突然觉得有些困倦，连擦拭妆容的气力都没有了，抬手看了一下腕表，指针刚指到九点半。她心里想着到十点还可以睡上半个小时，于是就脱下和服外褂，只穿了一件内衣小褂就倒在榻榻米上要睡去。突然，格子拉门上的铃铛响起，随着铃铛声还传来了一个男人的声音。仔细一听，原来是清冈的声音，君江很是意外，赶紧直起身来。

清冈一般总是在君江上五点钟晚班的前一天晚上才会来到她的出租屋，也总会在前一天在酒吧就告诉她。像今天这样，在上早班的上午突然来访则颇有些不寻常。君江心中一阵不安，觉得是不是昨晚的事被他知道了。可就是被他知道，也不会这么早吧。君江心里有些七上八下，但还是装出若无其事的样子，高兴地打着招呼："今天怎么这么早啊，我还没来得及打扫呢。"这样说着，便走下楼梯。而清冈正要脱鞋子上楼，正在打扫门厅的房东大婶像个狡猾的老狐狸一样不失时机地说："阿君，别嫌麻烦，你还是喝一碗我煎的药再出门吧。昨晚可真把我吓坏了。"

君江一听，赶紧借坡下驴地应道："劳您挂念，现在没事了。一定是我吃的不合适闹的。"

"怎么了，是不是拉肚子了？"清冈说着就上了二楼，坐在了窗台上。

二楼是分别铺着六个榻榻米和三个榻榻米的两个房间。除了用毛泡桐做成的便宜衣橱和梳妆台，其他就只有托盘上放着的茶器了。衣橱上空荡荡的没有任何东西，这就显得二楼空旷得好像只有老旧榻榻米和灰色的墙壁。除此之外，梳妆台前有一个褪了色的薄毛呢子的坐垫，脱下的两件木棉麻的老旧夏季单衣被丢在墙角。君江将梳妆台前的坐垫翻转过来，和平时一样递给了清冈。清冈抓过坐垫，把它垫在了窗台的横木上，一边小心着裤子上的熨痕，一边靠着坐垫坐了下去。

窗外是已经掉了漆的镀锌薄铁皮平屋顶，上面的斑斑点点都是从二楼丢下去的化妆粉以及刷牙时吐水的痕迹。另外就是每天打扫卫生时丢出去的丝线和纸屑，等等。在这个肮脏的屋顶对面，是沿着士官学校门前大街搭建起的一栋二楼人家的后窗。悬挂着脏衣服、旧毛毯和婴儿尿布的窗口里不时传来缝纫机和印刷机的声响。同时传过来的还有士官学校院内学生们上操的号令声、军歌声、喇叭声。混着这些声音，大白天从马场町扬起的沙尘也一同涌来，掉落在了榻榻米上以及关着拉门的壁橱里，弄得整间屋子都满是尘土。

清冈是去年的这个时候才第一次跟着君江来到了这间出租屋，看到这么糟糕的环境时也曾劝她租个更加干净、舒适的地方。而君江只是嘴上答应着，却一直也没有什么实际行动，现在就更不会搬家了。很早之前，清冈就觉得君江和一般女孩不同，有些怪怪的。比如：屋里的家具也和一年前一样，除了新买了一个茶杯外，没有任何变化。君江应该并不缺钱，但她却连一张桌子、一个衣橱都不愿意买，甚至连电灯上的罩子也是纸糊的。这些都给人一种刚刚才搬进来的感觉。君江完全没有其他年轻女孩的兴趣爱好，既不会在窗户边摆一些花花草草，也不会买些布娃娃或玩具放在衣柜上，更不会在墙上贴一些画片什么的。

"不用倒茶了，你差不多该去上班了吧。"清冈屁股靠着坐垫一同滑落到榻榻米上，他盘着腿，说道，"我要去新宿车站办点事，只是顺路到你这儿来看一看。"

"啊，是吗，不过还是喝杯茶吧。"说着，君江下了楼梯叫道，"大婶，水烧好了没？给我倒点吧。"很快她又拎着搪瓷水壶爬了上来。

"听说你昨天去找占卜先生了，《街巷新闻》登的你那个黑痣的报道，算到是谁搞的恶作剧了吗？"

"哪能啊，什么都没算到。"君江边提着茶壶倒茶边说，"本来我是想要请占卜先生好好给我算算的，但不知道怎的又觉得不是很好，就没说出来。不过，真是不可思议啊，这本不是件别人能知道的事情呀。"

"要是占卜算不出来的话，你再找女巫或者狐仙看看吧。"

"女巫是什么？"

"你不知道吗，不是经常有艺伎找女巫算命的嘛。"

"我以前从来不去占卜什么的，昨天是第一次去。总觉得像是骗人的，我可不相信那些东西。"

"所以我不是一开始就让你不要在意嘛。"

"但真是搞不懂，明明是不可能让别人知道的事情怎么会传出去呢，太不可思议了。"

"那只是你自己觉得别人不会知道。但这个世界上就是有那么意外的事呀。有时候秘密反而容易被泄露。"说到这里，清冈突然觉得自己有些多嘴，赶紧叼上香烟瞟了君江一眼。君江像是要张口说什么似的，又没有说出来，只是默默地端着茶杯放到嘴边，眼睛向清冈瞟了一眼。两人的目光碰在一起，清冈赶紧装作被烟呛到似的把头转向窗外，"还是什么都不放在心上的好啊。"

"是呀。"君江好像为了让对方感到自己真的这么想似的，故意提高嗓门说。可后面却再也说不出什么，只是默默地喝干了杯子里的茶水，静静地把茶杯放在榻榻米上。君江想，昨晚和矢田到神乐坂住了一夜的事，清冈应该还不知道。但是，毕竟两人在一起有两年光景了，自己的一些过往经历清冈多少也知道一些，可他到底知道多少，君江心里也没数。不过，君江也想在最近找一个比较好的时机和清冈分手，然后再找个对自己过去一点也不知道的男人重新来过。按照君江的脾气，她是不愿意让别人了解她的过去的。如果有人问起她的经历，即使没什么值得隐瞒，她也会嘻嘻哈哈地搪塞过去或者胡说八道一通。就算对自己的父母或兄弟姐妹，她也不会敞开心胸说实话，对喜欢的男子自然更是如此。如果那个男子想要深入了解她，君江就会闭上嘴什么也不说。以至于在同一个酒吧里一起工作的女招待们也都觉得虽然没有人比君江更温柔更稳重，但另一方面，也没有人比她更让人捉摸不透了。

清冈第一次见到君江是她在下谷池畔的沙龙"莱菇"做女招待时，而且是她第一次上班的那天晚上。清冈一看到君江就觉得她以前即使没做过女招待也一定做过艺伎。君江的长相很普通，没有什么特别出挑的地方。圆鼓鼓的额头加上细细的眼睛淡淡的眉毛，从侧面看脸部中央还略有些内凹。梳成富士山形头发的发际线清晰可见，如同戴上的假发一样泾渭分明。下嘴唇稍稍有些突出，显出几分俏皮，张嘴说话时露出如同葫芦籽一样洁白规整的牙齿，粉红的舌头在齿间跳动，令人怜爱。其他招人喜欢的就是她皮肤白皙。而最让人着迷的则是因为有些溜肩，从后面看去，君江显得身材高挑、修长。

当天晚上，清冈对君江说话时的安静态度以及举止轻柔产生了极大的好感，一咬牙给了她十元小费。然后在酒吧门外悄悄地等到君江下班回家，开着汽车偷偷地跟在后面。看到君江走到广小路的十字路口，然后乘上去往早稻田的电车，到江户川畔换了车，到饭田桥又要换乘其他线路的电车时已经错过了末班车时间。君江正在为难时，清冈在她身边停下车来，像是偶然碰到一样上前搭话。问起君江的住处，她也说不清楚，只是说就在市谷附近。于是两人只好沿着外城护城河走向逢阪下坡处，走着走着君江就显露出了男人要她做什么都行的态度。

那时，一直和君江同住并一起做私娼的京子要离开在小石川诹访町住到富士见町的艺伎家里，两人不得不挥泪告别。而君江只能一个人在市谷本村町找了间出租屋住下，暂时不愿再去做私娼的勾当。这样，有一个月的时间，她晚上没有去和男人鬼混，甚至很少在夜里外出。这天晚上因为很久没有外出了，并且正好是五月初的夜晚，暖暖的晚风悄悄地触动着君江和服夹衫的袖口和下摆，看到夜晚异常安静的护城河，她不由得心潮澎湃。而对身边这位青壮年大学教授，君江内心从一开始就抱有好感。虽然内心十分欢喜却还要不露声色，受到邀请也要装作半推半就。那晚，她最终还是跟着清冈来到了四谷荒木町的艺伎酒馆。君江生来就是水性杨花的女人，碰到喜欢的男人立刻就会劲头十足地缠着不放，不过，她的热情也会迅速冷却。和清冈在一起也是这样，从那天晚上遇到他，两人一直到第二天傍晚都缠在一起。为了不和清冈分开，君江索性向酒吧请了假，两人去了井头公园的旅馆，第三天又去丸子园过了一夜，之后君江就带着清冈来到了市谷的出租屋,之后两人才分开了。

那时,给清冈做情妇的电影女演员玲子被别人抢去,他正在寻找其他可以替代的女人。君江这种全身心付出和奉献的态度深深地打动了清冈。于是他保证为她提供足够奢侈的生活,希望她不要再做女招待了。但君江说自己今后想开自己的酒吧,还想再做一阵。于是,他就建议她应该到银座的一流酒吧去学习体验一下。因此,只干了一个月,君江就从池畔的沙龙辞职。然后跟着他在京都、大阪等地游玩了半个月。随后,清冈托人给君江介绍了现在的"唐璜",这个酒吧在银座也是首屈一指的。

出梅之后不久便进入了夏天。从暑伏到秋风渐起时节,清冈从内心深处一直认为君江是全身心地爱着他的。然而,有一天晚上,他和两三个文艺青年看完戏,顺便拐到银座去找君江时,却听其他的女招待说起她声称突然觉得恶心,傍晚的时候就请假离开了酒吧。和朋友分别后,清冈打算去看望一下君江,便一个人去了本村町的出租屋。但在拐进护城河边的小巷时,突然看到了一个女人的身影。虽然还不到十二点,但小巷两侧的人家都已经关上了门,行人和电车也很少经过,只有一元出租车呼啸着开过。虽然离着十来米,但看到白色的绉纱和服以及青竹花纹的腰带,清冈还是立刻认出了君江。他感到有些不可思议,便悄悄地穿过车道,沿着土路的人行道一直跟踪了下去。

只见君江从派出所门前抬头挺胸地快步走过。本以为她会去市谷的电车车站等电车,但没有想到她头也不回地从八幡神社门柱一下子钻了进去,然后沿着一条缓坡道向上走去。清冈愈发觉得奇怪了。还好他对这一带比较熟悉,于是快步从街镇外围跑到神社后面,然后沿着陡坡进到了神社里。随后,他走到神社大殿正面的石头台阶出口处,眼前出现了一处能够眺望到市谷哨兵岗亭附近护城河的山崖。只见山崖上摆放着三四只长椅,每只长椅上都坐着一对幽会的男女,每对男女也都肩靠肩地相互依偎在那里。清冈觉得这可是个好机会,可以听听君江都讲些什么、也可以知道对方是怎样的一位男子。便借着樱花树做掩护，一棵一棵地向前挪动，逐渐向君江靠了过去。

清冈这天成功窥探到的事实，恐怕是任何侦探小说中的侦探都窥探不到的。然而，看到这一事实让他产生的惊愕却已超越了因嫉妒而引起的愤怒。和君江坐在一起的那个男子戴着巴拿马草帽，没有穿夏季单和服，而是穿了一件藏青色浴衣，一只手从腰带下面搂着君江的腰，另一只手拿着一根手杖。虽然年纪看起来并不像是很老，但唇边的胡须在微弱灯光下显出花白的颜色，分外明显。

"还是这里凉爽啊。多亏了你，我也算是体验了各种事情。谁能想到，我这六十多岁的人了，还能坐在这里的长椅上和女孩子约会。这个神社的对面原来有个大射箭场，我年轻的时候经常去那里射箭。不过已经几十年没有爬过这里的坡了。接下来我们还要去哪里吗？当然一直坐在这里也不错啊。哈哈哈……"老人边说边笑着在君江的脸上亲了一口。

君江没有说话，只是默默地坐在那里任凭老人摆弄。过了一会儿，她静静地站起来，整理了一下和服衣领，捋了捋头发，说道："我们去散散步吧。"便沿着石阶走了下去。清冈赶紧绕到刚才君江上来的缓坡，躲在后面跟踪着他们。

"京子去了富士见町后还好吧，她还是那么忙？"

"据说还是每天从中午到晚上都有宴会。前一阵子我去找她，她忙得话也没说上两句。要不，我们现在去找她吧，不在的话也没关系，去看看吧。"

"好啊，三个人已经很长时间没有在一起了，今晚和你俩一起熬个通宵也不错嘛。真怀念你俩在诹访町二楼住的时候，你和京子不愧是好搭档啊。直到现在，我白天就算认真工作的时候，也会偶尔突地想到和你们俩经历过的一些有意思的事情，首先就会想到你，然后就想到京子，真是跟做梦一样啊。"

"您可别这么说，和京子相比，我可要正常得多了。"

"你俩半斤八两吧。你看起来像是很纯真，没有什么经验，但却更过分。现在去了酒吧没交到什么奇怪的朋友吧，有西洋人吗？"

"我在银座太出名了，很难找到人了。所以还是艺伎好啊，没有那么多麻烦。还是在诹访町的时候有意思啊。"

"那之后你就没再找到过男人？现在没有人养着你吗？"

"是啊。那之后也没有什么联系，已经没关系了，并且那是因为京子要还人家的钱，我去帮帮忙，本来也就没想要怎么样。"

"现在她叫什么，还是叫京子吗？"

"不，现在她的艺名叫京叶。"

两个人吹着深夜的凉风，悠闲地走在寂静的护城河边。接着，两人从新见岗亭转个弯，沿着一口坂的电车大道一直走，接着拐进了三番町的一条小胡同，最后停了一户门口挂着"桐花家"灯笼的艺伎酒馆门口。因为是夏天的夜晚，这条胡同附近的艺伎酒馆都敞着门，艺伎们坐在门口的凉台上说着话。那个老年男子凑过去，带着很熟识的口吻问道："京叶在吗？"

不一会儿，从里屋走出来一个小巧圆脸，头发蓬乱，系着长发绳，身上只穿着一件和服内裙，光着上半个身子的艺伎。她从房门横木上探出身来，"啊，你们俩一起来啦。太好了，真巧，我刚回来。"

"这附近有没有什么好去处呀，咱们好好说会儿话吧。"

"有啊，让我想想……"说着，那个光着上半身的艺伎凑到老年男子耳边嘀咕了几句。男人便和君江两个人走到前面拐角，然后拐进了一家艺伎酒馆。

所有这一切，清冈躲在路边暗处都瞧了个一清二楚。一种窥视而获得的快感袭遍了他全身，也促使他不愿就这回去。于是清冈估摸着君江他们已经在艺伎酒馆里安顿下来，便装作不速之客，也进到了刚才君江走进的艺伎酒馆。接着，他嘱咐酒馆的人去找个非常老实的年轻艺伎，付了钱，就找个隔间装作去睡了。等到四周没了动静，清冈悄悄地爬起来，溜到君江他们的隔间门口，透过门缝，把君江、京叶以及那个不认识的老者之间的勾当看了个清清楚楚、明明白白。第二天早上，趁着天还没亮，清冈悄悄地溜出了那家艺伎酒馆。因为离回赤坂的家的时间还有些早，他便来到了四番町的一个小公园里，坐在长椅上，呆呆地眺望着护城河对面的高坡。

清冈感到自己昨晚所目击到的情景是他这三十六年以来从来都不敢想象的，完全改变了他对女性的认识。他心中已不再感到嫉妒、愤怒，而是集聚着一种说不出的郁闷，让他喘不过气来。之前，清冈如果听说一个像君江这样年轻的女孩子与五六十岁的老男人交往的话，就会很肯定地认为那女孩只是为了获得安定的生活才会甘愿委身于老人，但也要忍受恋爱和性欲得不到满足的情况。然而，昨天都看到了什么啊，事实并非如此！那个这么爱着自己的君江居然和一个卑贱、淫乱的艺伎，一个丑陋、肮脏的老头混在一起。回想着昨晚看到的情景，清冈感到一阵阵愤懑与羞愧。一方面认识到自己的社会体验和认识是那么浅薄，另一方面也感到君江是那么肮脏无耻、卑鄙下流，今后简直不想再见到她。

但是，当清冈回到家中睡了一觉，愤慨的心情平静下来之后，又觉得如果就像什么事情都没有发生、没有看到一样和君江分手，如果不当面斥责她，让她当面向自己道歉、认错，自己的心里怎么也过不去。但随后转念一想，觉得如果自己真的这么去做，也未必能得到自己想要的结果。君江可不是看起来那么纯洁、会害臊的女孩子，自己愤恨地去责难她，她反而可能不当回事、觉得理所当然，说不定还会在心里嘲笑他，觉得他太小题大做、没有见识了。如果真是这样，就比背叛他更加令人屈辱、无法忍受了。清冈这样想来想去，既觉得沉默下去心有不甘，又觉得去兴师问罪会被嘲笑。思前想后，最后还是决定暂时先装作什么都没有发生，先不动声色，还和之前一样与君江保持联系，等找到机会再好好报复她一下，以解心头怨气。

清冈多年来一直执笔写作，因此雇了两个男子做帮手。其中一个叫村冈，是个刚从早稻田毕业的文科生，每个月从清冈这里拿一百日元左右的工资，主要的工作就是把清冈口述的小说记下来，整理成纸稿。另外一个叫驹田，是个五十多岁的男子，主要工作就是把清冈的小说推荐到报社或出版社去。因为驹田之前常年在一家报社的财务部门工作，对稿费的行情非常熟悉，而且有很多记者朋友，因此清冈给他开出的条件非常丰厚，就是以自己二成的稿费作为工资。之前君江从歌舞伎町游玩回家途中，衣服被人割破就是清冈吩咐村冈用刮胡刀干的。当然，那些衣服也都是他给她买的。后来清冈又趁和君江一起乘车时，把自己给君江买的带珍珠的梳子偷偷拔了下来。本来觉得这样来惩戒君江，她一定会哭着闹起来，但没想到她一点反应也没有，不仅没有和清冈提起，甚至都没有和房东大婶说过。

君江是一个非常邋遢、疏懒的女孩子，从来不喜欢整理东西，既随便丢弃、遗失身边的物品，也不会很讲究穿戴。虽然清冈很早就注意到了她这些性格，但也没想到她居然会这样迟钝。后来，清冈趁君江不在家时又偷偷地在壁橱里放进了一只小死猫，但看起来她还是不为所动，一点儿都没有害怕。最终，无可奈何之下，虽然有些担心会被觉察出来，但清冈还是让村冈把君江大腿内侧长了黑痣的事写成了一篇报道投给了《街巷新闻》。

果然，君江坐不住了，去找了占卜先生。看到这些，清冈果然感到了一些满足。可是，一旦看清了君江的为人，君江的各种行为就愈发让清冈感到愤恨，觉得自己的所谓报复行动只不过是小孩的恶作剧罢了。为了能找到绝佳机会，给君江的身体和精神以最强烈的打击，清冈认识到还需要让对方更加大意，不能让她看透自己的真实意图，应该表现得像是比以前更爱她，仿佛真的心甘情愿地拜倒在她的石榴裙下一样。为了让自己内心中对君江的愤懑之情不至于在不经意之时流露出来，他必须非常努力地按捺心里的情绪。

刚才，对占卜先生的一番评论就十分不恰当。清冈感到自己有些说多了，为了打消君江可能的疑虑，便赶紧狼狈地进行了解释。现在，清冈感到两个人再这么待下去自己还不一定会说出什么话来，于是赶紧看了看手表，像是回过神来似的说道："已经十点半了，我们一起出门吧。"

君江昨晚在外面过夜，回来后还没有洗过澡，如果在房间里待长了可能会被清冈觉察出来，还不如早点出去，于是就趁机抓起丢在墙边的百褶纹单衣披在身上，拉上窗门，说："好的，还是出去走走吧。这么好的天气真不想到店里去，一天都见不到太阳。"

"你今天十一点上班，明天就是五点的班吧。"

"是的。要不你今晚来店里吧。咱俩一起去什么地方转转，好不好啊？"

"行啊。"清冈拿过帽子含糊地应着。

"哎，出去玩吧。不管怎样今晚都好好玩玩吧。"君江走到楼梯口，将身体紧挨着清冈，脸也紧紧地贴了过去，好像要和清冈接吻似的，眯缝上了眼睑。

看着君江的表演，清冈觉得更加厌恶了。然而，面对这样一个为色情业而生的女人，感受着她那妖艳的柔情，清冈平时的愤怒已不知所踪。对她进行道德上的责难没有任何意义，只要把她当作一种挑逗男人劣性的机器，那不管她在自己背后做什么就都不需要谴责了吧。反正在自己需要时好好玩弄一番，然后再毫不留情地丢弃也就可以了。想到这里，清冈想把君江作为自己的专属、独自占有的欲望也就愈发强烈。为了不让君江觉察到自己的想法，清冈装作毫不在意地转过脸去："晚上我去银座找你，到时候再说吧。"

"好的，那就这么说定了。"君江突然显得兴奋开朗起来，抢先下了楼梯，从房东大婶手上抓起抹布，拿过清冈的鞋子擦了起来。

去市谷那边护城河的胡同人太多，太过显眼，两人就从院落之间的甬道走到了士官学校的门前，上了比丘尼坡，再沿着本村町那边的护城河向四谷哨岗走去。因为是在上午，护城河边的道路上有不少行人，两个人虽然并排走着但相互之间还是拉开些距离。君江打着遮阳伞，突地想到昨晚十二点下了电车以后和矢田拉着手走过的也是这条道路。也许是时间不同吧，君江对自己昨晚听从矢田那个不正经的家伙的话感到很不可思议，甚至有些厌恶自己昨晚的行为。如果清冈知道了自己昨晚的行为会多么生气啊。君江想到这里，不由得隔着遮阳伞偷偷地看了看清冈的侧脸，觉得很对不起清冈，内心充满了歉意。于是她暗下决心，今晚从酒吧回来一定要小心些，不能再被哪个男的勾引去。想到这里，君江突然又感到自己还是很依恋清冈，不由得向清冈靠了过去，也不再理会路上的行人，一只手紧紧抓住了清冈的手。

　　清冈像是吓了一跳，脸上露出君江是不是被石头绊了一下，才突然抓住自己的手的表情。他一边像是害怕行人的眼光似的向护城河边躲开，一边问道："你怎么啦？"

　　"我今天不想去上班了，我打电话请个假，可以吧？"

　　"不去上班，你要做什么？"

　　"不知怎的，我今天就是不想去上班了，你放心，我不会妨碍你的。"

　　清冈本来也没有什么事情，只是想要看看君江在干什么才来找她。忽然，他心头又有了一种不祥的预感：要是现在和君江分手，这个水性杨花的女人说不定又会趁自己不在去找什么男人吧。

　　这些年来，君江通过和各种各样的男人交往的经验，知道这种情况下，越让男人感到不知如何是好他们越会听从女人的任性。并且，刚才清冈对占卜先生的话所做出的反应，总让君江感到有些事情放心不下，所以，她也不愿等到晚上而想早点摸透清冈的想法。对付男人，对君江来说是家常便饭了，她十分相信自己的魅力，知道男人们无论怎么生气，到时候一定会让他们神魂颠倒，乖乖地听从自己的摆布。说到君江的魅力，她的皮肤有一种生来就有的温度和体香，即使不用什么特别的技巧，只要男人们接触一次就会体会到终生难忘的快感。君江也曾不止一次听到一个又一个的男人称呼自己是妖妇。通过这样一次又一次的经验，君江愈发对自己的魅力有了深刻的认识，也更加相信自己的魅力可以征服任何男人。

快要走到四谷车站入口处，君江突然露出闷闷不乐的悲伤表情："对不起，我不应该这么任性，我还是坐出租车上班去吧。"听到君江的话，清冈下意识地答应了一声，但当他抬起头看到君江闷闷不乐的样子，内心忽然又升起了一种无名的惜别之情，就如同要和刚刚认识的恋人分别一样，内心充满了依依不舍和无限惆怅。君江站在那里，故意显出迷茫的神色，呆呆地看着清冈的面庞，手里的遮阳伞无力地拄在沙地上，久久不愿离去。

清冈像是忘却了之前的不快，不顾一切地走上前，急促地说道："好的，你别去上班了，你愿意到哪里都行，我陪你一块儿去！"

"真的太好了，谢谢你！"君江长长的睫毛及时地眨了眨，眼中像是噙着泪水，头慢慢地低了下去。

五

府下世田谷町松隐神社立柱牌坊前是一条丁字路。再向前走一两百米就到了一片茶园，茶园入口处门上用红漆写着"胜园寺"三个大字。从这里起，道路开始向上延伸，形成了一个上坡，走到坡顶隔着眼前的稻田和旱田可以远远地望见豪德寺后面的竹林和杉树林，如同市郊一样保留着过去风貌的幽静处所，让人很难相信这里竟然还是在世田谷町。寺院门前隔着茶园有一排欧式建筑的水泥外墙，下了坡则是四五家茅草屋顶的农户，都用篱笆围墙隔开着，看起来应该都是些种植花木的商户。在这些人家中间有一家有双槽推拉门的人家，门前栗树的门柱边放着研钵，围墙边茂密的树枝把里面房间的屋顶都遮了个严严实实。此处门前的立柱上写着的"清冈寓"也因雨水冲刷而模糊不清，这里就是小说家清冈进父亲清冈熙的隐居院落。

这是个初夏的上午，太阳直直地照射着院里栗树和苦楝树的树梢，围墙外道路上斑驳的树影也短了不少，只有蝉声还在各处响亮地鸣叫着。一位打着深棕色太阳伞、年龄约莫在三十岁、姿态优雅像是有钱人家夫人模样的妇人开门走了进来。她的头发随意地盘在脑后脖颈处，井字纹的金线和服夹衣外披着黑色一字纹的和服外褂，白色的披肩搭在瘦长的身躯上，长长的脖颈加上清晰的面容以及有些发白的瓜子脸，让人看起来总觉得有无尽寂寥的风情。进门后，她把拿着的包裹换了一个手，关上了门。

与门外路上火辣辣的太阳不同，院里绿树成荫，一阵阵微风从树荫处吹来，妇人一边抚平被吹乱的散发，一边站在原处环视了一下院内。

院内的小径两边种着麦冬，小径的一侧种着的梅树、栗树、柿子树、枣树等果树，枝杈繁茂、生机勃勃，另一侧种着成片的孟宗竹，竹笋在其间傲然直立，都长了碧绿的嫩竹，苍老的竹枝上不时飘落些细碎的竹叶。栗子树开着浓郁的花朵，柿子树的嫩叶碧绿柔软，胜过了枫树的嫩叶。从树林枝叶间漏出的日光摇曳地照在长着厚厚苔藓的地上，微风从林中穿过，如同泉水在树间流响，其间偶尔响起几声不知名鸟儿的啼叫，脆生生的不亚于秋日伯劳的鸣叫。

听着小鸟的鸣叫，妇人不由得放轻了踩在细小沙砾上的脚步，走过斜斜的铺在竹林间的小径，站在了一间遮蔽在茂密竹林后的平房门前。虽然平房的玄关装着磨砂玻璃的格子门，但这像是后来装上去的，房屋依然如同古老寺院的僧人住所一般敦实牢靠。另外，家中支柱与基座间有着换接的痕迹，屋顶的瓦片上结着碧绿的苔藓。玄关旁的窗户完全拉开，但房间里一片寂静，没有任何声响传出来。窗下栽种的黄杨和杜鹃这类杂间灌木,一直延伸着,挡住了后面的庭院,杂乱开放的芍药花或红或白地在阳光照射下显得光彩夺目。整个院落都十分寂静,也听不到花剪或扫帚的声响。只有连接后门走道的葡萄架下,一群小虫纷纷扰扰地聚集在花朵下嗡嗡乱飞,像是在告诉人们夏日的漫长。

"打搅了!"妇人取下披肩,静静地拉开格子门。

"是哪位啊?"随着应答声,寂静的里间传出拉门声,随后一位眼镜架在花白眉毛上的老人走了出来,这正是此屋的主人清冈熙。"是阿鹤啊,快点进来吧。今天老婆婆去扫墓了,传助也去东京市里办事去了,谁也不在。"

"是吗,那太巧了。您有什么事尽管吩咐我吧。"妇人提着包袱,跟着老人沿着檐廊到了里间,坐在了门槛边,"您在晾晒旧书吗?"

"也不是什么时候一定要做的,我有空又有心情的时候就这么随时拿出来晾一晾。对我这样的老年人来说正好可以活动活动。"

从檐廊边上一直到八个榻榻米大小的里屋铺满了书帖和画册。窗子和拉门都大开着,一只凤蝶扇着翅膀飞进里屋,又穿过房间,翩翩飞到院落中。鹤子解开搭在膝盖上的包袱,"这是前几日从您这里拿去的衣服,都已重新缝好了。我给您拿到那边去吧。顺便给您倒杯茶来吧。"

"好啊。那就谢了。你顺便到茶水间去看看,应该还有别人送来的羊羹,也一起拿过来吧。"老人看着鹤子站起身来,也开始一本本地收拾起晒在檐廊上的画册。剃得只有半寸的头发和粗粗的眉毛、浓密的胡须一样雪白,这也显得他面色更加红润,精神愈发矍铄。过了一会儿,看着鹤子端着粗茶和点心过来,老人转身坐在了檐廊边上,"你好长时间都没来了,我还想是不是得了感冒了呢。听说现在市里还在流行感冒呀。"

"父亲您从去年就没得过一次感冒吧。"

"我和现在的年轻人体质不同啊。哈哈哈哈,不过现在看起来很健康,或许不知什么时候就会一下子过去的。靠不住啊。"

"哎呀,您可不能这么说啊!"

"诶,过去不是常说靠不住的东西就是'君王宠爱靠不住'嘛,要我说啊,是老年健康靠不住啊。哈哈哈哈。阿进最近还好吧?"

"哎,托您的福了。"

"过两天啊,我想去见见他。其实,前一段时间我偶然在电车上碰到你哥哥了……"老人说着轻咳了一声,隔着眼镜盯着鹤子。

鹤子装作若无其事的样子:"是吗,提到我了吗?"

"是的。不是坏消息。我跟他提到你的户籍今后该放到哪儿的问题。已经发生的事就不需再纠缠不清了。不是常说'莫谈过往事,勿做马后炮,既往不咎'嘛。无论你哥哥怎么安排,我总之没有任何意见。我们两家同意了,阿进也就没什么说的了。怎么样,快点把手续办了吧。到区公所找个代写文书的,很快就能办好,你只要按个印就可以了。"

"好的,我回去后马上就这么给他说。"

"虽说户籍放在哪里都没关系,但是最重要的是不能乱了纲常。这么多年如同夫妻一样生活,户籍也应该放在一起。你俩是什么时候走到一起的我也不太清楚,不过听你哥哥说已经有五年了,是吗?"

"是的。确实如此。"鹤子低下眼帘,故意轻声地说。不用细想,鹤子也记得,那是在五年前。当时鹤子二十三岁,前夫从陆军大学毕业去西洋留学了,自己在轻井泽的旅馆里和清冈进陷入了不伦之恋。前夫家是世袭子爵的贵族,虽说已没有了巨额财产,却非常在意世人的眼光。那家人也不等鹤子丈夫回来,就以体弱多病之名休了她。此时鹤子父母已不在人世,长兄在实业界也是有头有脸的人,因此也不能容忍鹤子回到娘家,就送给她一笔财产,一方面使她不至于穷困潦倒,但另一方面也禁止鹤子和自家人有任何瓜葛。清冈进那时还住在驹込千驮木町老父亲清冈熙的家中,与喜好文学的一干青年出版些同人杂志。后来鹤子被赶出家门,他也很快搬离了父亲家,和鹤子到镰仓组成了新家庭。半年以后,清冈熙的老伴突然得了流行感冒离开了人世,接着由于颁布了文官年限法令,清冈熙被免去了帝国大学教授一职。于是,就将千驮木的家租借给别人,自己搬到世田谷町的别墅老宅中去了。

世田谷町的别墅十多年前一直隐居着清冈熙的父亲玄齐。玄齐在明治维新前曾在德川幕府的药草园工作过,是在医药界颇有名气的一位药草专家。明治维新后,相关部门也屡次邀请他出来为新政府效力,但玄齐恪守着节义,直到八十岁去世时都一直在这个村庄中度过。现在园子中繁茂的药草就是玄齐活着时栽种的。

清冈熙小时候先是进入中村敬宇的同人社学习,后来又师从佐藤牧山和信夫恕轩,从帝国大学毕业后立即就被聘为副教授,直到退休,一直担任了三十多年的汉文讲座教授。因为对时势的洞悉,他平时经常对学生说,当今世上,没有比学习汉文学这种死文字更愚蠢的事了,并说现在汉文学就像古董,喜欢的话随意把玩把玩就可以了。别人向他提一些问题他也笑不作答,和其他同事的教授们很少往来,只是依照自己的喜好钻研些老庄学说。虽然也出版过一些著作,但没有一本为世间所知。

起初,当清冈熙得知儿子和别人的妻子私通,甚至不顾社会上的风言风语住到一起,颇为光火。但转念一想,现在的青年男女也不会在意他一个老人的劝诫,就睁一只眼闭一只眼了。虽然他表面上装作毫不知情,但实际上和儿子断绝了来往,隐居在世田谷,三年来甚至没有和儿子通过一次音信。清冈进也了解他的脾气,觉察到了父亲的愤怒,也故意不和他联系,自己逍遥快活地过着日子。

然而,有一天,当清冈熙在亡妻的忌日前往驹込吉祥寺祭扫时,却看见一个年轻的女子在妻子墓前祭拜,觉得很是奇怪,便走上前去。因为墓前的小路很狭窄,女子躲闪不及,只得低头羞愧地向清冈熙鞠躬致意。老人问了她的名字,得知这正是儿子清冈进的妻子鹤子。老人感到万分震惊,和清冈进这样违背人伦的男人走到一起的女人居然能够知道所谓婆婆的忌日，而且还能够来坟前祭扫，这怎么可能呢，真是不可思议。老人甚至觉得是不是耳背听错了，和鹤子并肩走在墓前小路上时还问了好几遍她的名字。接着，两人从寺院出来上电车一直到分别，不知不觉中谈了一路，老人对鹤子愈发觉得好奇。清冈熙一直觉得在现在青年男女的观念中已没有丝毫的仁义廉耻了，男的都是些违背道德、懒惰散漫之徒，女的也大多如同禽兽一般。因而他更觉得鹤子得体的言谈、优雅的举止难能可贵。这样知书达理的大家闺秀怎么会和自己的儿子通奸呢？老人想了一路，更觉得不可思议，回到家中也苦思冥想，不得其解。后来，老人终于想到，一定是自己那个放荡不羁的儿子用了什么欺骗的手段，才让鹤子丧失了节操。要真是这样，鹤子就太可怜了。作为当事者的父亲，清冈熙总觉得对不住鹤子，因此每当老人在新宿停车场遇到她，总会主动上前攀谈。之后，老人也时常邀请鹤子来到世田谷的家中，但有关清冈进的事情，两个人都相互避讳，不愿提起。后来，由于清冈进获得了巨额收入，鹤子在生计方面也没有什么后顾之忧，老人退休时获得了很多退休金且生活简朴，因此彼此之间无须商量家务事。

　　清冈熙在世田谷的家中还雇了打扫庭院的男仆和做家务的老婆婆，但鹤子仍然看到老人在饭食以及衣物等方面有很多不便，就不时地悄悄帮助老人处理一些日常生活中的琐事。如果直接说要给予照顾的话，老人恐怕会拒绝，并且清冈进还有一个嫁给医学博士的姐姐，鹤子也需要顾忌她的面子，因此，对清冈家的事都只能不引人注意地低调去做。随着接触时间多了，老人也看出了鹤子的态度和心思，愈发可怜起她来，内心也越来越觉得自己的儿子清冈进能娶到鹤子做妻子真是上辈子修得的福分。

　　老人喝干了茶，手握茶碗放在膝盖上："过一段时间我想到你哥哥府上拜访，去听听他的意见。唉，人老了，就怕麻烦，出门也不愿换和服裙裤了。不过第一次去也不能穿得太随便啊，我一直是考虑找个好机会去的。你后来也没再去过哥哥家吧。"

"是的。已经很长时间没有去了。如果只是哥哥的话也许不用那么在意，但毕竟还要考虑嫂子的面子。"

"是啊，你想得很周到啊。"

"总之都是我不好，我也从来没有埋怨过别人。"

"你能这么想就很了不起啦！"老人说着，看到晾晒的古帖上飞来一只大头马蝇，就站起来去赶苍蝇，"认错不需忌惮。年轻的时候犯点错也没有关系。能否保持晚节才能看出人的好坏。"

鹤子还想说些什么，但又害怕自己说话时会哭出来，只是低着头不说话。她突然觉得内心一股悲情涌上来，眼眶不由得湿润了，正好这时后门处传来说话声，于是就赶紧站起身来。老人望着马蝇飞走的方向，自言自语地说："可能是酒店或邮局的人吧，不用管他。"然后慢慢地收拾起古帖拓本来。

鹤子害怕老人看到她流泪，就独自去了厨房。果然如同老人说的一样，酒店的男学徒放下酱油瓶就走了。后门那边搭着葡萄架，太阳并不刺眼，竹林中穿出的风凉爽而清新。做家务的老婆婆在出门前像是打扫过女仆房间，火盆里的灰都被整齐地摊平在那里。鹤子看到酒店的男学徒走后再没有别人，眼泪一下子忍不住大滴大滴地滴落下来，赶紧用手绢捂住了眼睛。看来这家的父亲什么都不知道，自己和他儿子清冈进只是名义上的夫妻，现在已不是户籍放不放到一起的问题。作为丈夫，清冈进从前天离开家门就一直没有回来，估计今天也不会回来了。这两三年来，他总是三天两头以写稿子的名义随便住在外面，虽说过个两三天就会回来，但依照目前的状况来看，即使自己作为正妻把户籍放进来他虽不会拒绝，但恐怕也不会感到很高兴，搞不好恐怕还会觉得麻烦，整天不给自己好脸看。鹤子觉得虽然很感谢老人的好意，但以自己现在的身份也许无法领受这番好意了。想到这里，鹤子不由得又流下泪来。

清冈进和鹤子的恋爱生活从一起在镰仓租房算起也不过只有一年时

间。清冈进成了文坛的流行作家，突然就变得可以通过写作获得收入了，然后很快就和一个叫杉原玲子的电影女演员住到了一起，并且经常去找艺伎。之后，玲子甩了清冈进和一同拍电影的男演员结了婚，清冈进也立刻找了一个酒吧的女招待做了小妾。对于丈夫这一系列的行为，鹤子已经厌恶得无语了。与其说是嫉妒，还不如说她对丈夫的人格感到无尽地绝望。鹤子在上女子学校的时候，曾经跟从一位法国老妇人学习过外语和西式礼节，也师从某位国学家学习过书法和古典文学，但学习过的这些修养和学问反而成了她的灾祸，让她在缺乏情趣的军人家庭无法待下去。与此同时，也让她对自己选择的文学家丈夫清冈进无法永远抱有敬爱之情。

最初，在轻井泽的教堂里经人介绍认识的清冈进和现在被称为通俗小说家的清冈进简直就不像同一个人。五年前的清冈进可以说是一名有志于文学的率真的无名文学青年，而现如今的清冈进算什么呢？虽说思想上再也没有什么烦恼和愤懑了，但现在更多的是用敏锐的神经时刻注视着社会的流行热点，他那孜孜不倦的逐利之心完全就像还兼做投机商或经纪人似的。看看报纸上连载的他的小说又都算什么东西呢，只不过是把以前众人皆知的一些故事和传说换用现代口语表达一下罢了。不客气地说，即使稍微喜欢读书的女子也不愿阅读这种小说。鹤子在看到清冈进去年年底登载在某妇女杂志上的连载小说时，一下子就想到了六树园的《飞弹匠物语》。回想起少女时代听到讲授《源氏物语》的国学家先生经常像说口头禅一样地说起与现在的文人相比，江户时代的作家们是多么优秀，鹤子觉得简直就像做梦一样。看看平时出入家中的清冈进的那些所谓朋友，不管是说话的样子还是神态表情，都跟清冈进像亲兄弟一样，两三个人聚在一起就开始喝洋酒，喝完酒就盘腿坐着打瞌睡，说起话来就像吵架一样大嗓门。他们这些人说的话除了赌马就是打麻将赌博，或者骂骂朋友、说说出版社的好坏和稿费的多少，还有就是有关其他女人的黄段子，等等。

鹤子已经下了好几次决心，一有机会就离开清冈进家。当然也不能再回哥哥家了。不过幸好之前哥哥和自己断绝关系时给的那笔钱还有一半存在银行里，可以先靠这些租个房间，再找个公司当个办事员。鹤子已经给自己找好退路，只等着和清冈进最后的分手时刻。而清冈进好像害怕自己会向他要分手费似的，始终什么也不说，平时对外还经常表现出对夫人敬而远之的尊重。日子久了，鹤子作为女方也不好突然提出分手，到如今已失去好几次提出分手的机会。鹤子口中咬着手帕靠在厨房的柱子上，回想着过去的种种不幸。葡萄架处又响起了昆虫聚集的扇翅声。

突然，一阵脚步声传来，鹤子吃了一惊，赶紧装作向外张望的样子，但却无法掩饰眼边残留的泪痕和阴沉的脸色。

老人看到鹤子去了好久都没有回来，怕她遇到那些色胆包天的小贩，就赶紧过来看看情况。"鹤子，你不舒服吗？稍微休息一下吧。"

"不，没什么。"鹤子虽然这么说，但身子还是无力地瘫坐在了地板上。

"你脸色不好啊！"老人像是已经觉察到了什么似的，"你有什么话就尽管告诉我吧，不用担心，我对外人绝不会多嘴。就像过去有个叫细井平洲的先生，看了别人的来信后就会立刻烧掉。"

这时，鹤子有一种想把自己的心事完完全全向老人倾诉的心情，便向前挪了两步，靠在老人的脚边："我有话想跟您说。除了您，我现在已经没有可以敞开心扉说话的人了。"

"好的，你说吧。我刚才就觉得你有些奇怪。"老人注意到刚才酒店的男学徒离开时，后门的玻璃门还没有关，就伸手关上了。

"父亲，您刚才提到的事，多谢您还一直记挂在心上，但现在，其实已经没有什么意义了。"鹤子含着眼泪说。

"是吗，看来你家那边还是出了问题。真头疼啊。你是怎么想的，已经没有希望了吗？"

"现在虽然阿进也没有什么明确的表示，但我的户籍放进来也只是名分而已，没有什么实际意义了，并且不知道什么时候就会离开那个家，现在这种状态也许更好。对不起，我现在只能这么想了……"

"好的，我大致明白怎么回事了。在你面前说阿进的坏话也不是好事。这不光是阿进的问题，现在那些玩弄所谓文学的青年根本不懂人情世故。我多年来一直做教师，很了解那些人的情况。如果你们还有希望和好的话我也可以和他再谈谈，但现在看这么做是多余的了……"

"我这边也不好再说什么了……"

"我还是那个意见，对你们的事我也不多嘴。但就这么下去的话最终还是你吃亏，我始终还是过意不去啊。"

"不。您不用担心。不管怎么说，我现在也经历了一些事情，对将来也不太担心。再说，以后时间长了，出什么事的话，我哥哥也不会真不管我的……"

"嗯，嗯。"老人站在那里，抱起胳膊，连连叹息。这时，从后门处传来栅栏的响动，"传助回来了，我们到那边去说话吧。"

鹤子像是害怕被老人拉起来似的，猛然起身，快步离开了。

六

已经七点了，小雨还在滴滴答答地下着，没有一丝风，天空中乌云渐渐淡去，露出灰白的天空。富士见町的酒馆野田家门口开来一辆汽车，三个男人从车上下来了。一个秃着前额，咧着大嘴巴，有五十多岁，他正是为清冈进推销小说的驹田弘吉，另外两个人一个四十多岁、一个三十岁左右，都戴着眼镜穿着西装，一看就知道他们俩是报社的记者。驹田走在前面拉开了格子门，到门口脱了鞋，边和女佣开着玩笑，边和另外两人一起上了二楼的客房。他们来之前就打电话预约过，所以烟灰缸和坐垫都按人数放好了，空气中还飘着熏香的气味。"洗澡水已经烧好了。"女佣向客人致意后,一个大姐模样接近三十岁的艺伎带着一个二十岁左右的艺伎走了进来,把女佣端来的菜摆在了桌上。

驹田估摸着现在《丸圆新闻》上刊登的清冈进的小说还有半个月左右就刊载完了,于是赶紧开始找别的报社,推荐清冈进的下一篇小说。之前先是偷偷地给主编塞了红包,又带着底下的记者来到酒馆,请来艺伎陪他们吃吃菜,喝喝酒,玩乐乐。

"先生应该快到了,没关系,咱们先喝起来吧。"驹田将酒杯推给年长的记者,自己打开了高汤碗盖子。

"我不大能喝酒。"年长的记者边让艺伎倒着酒边说,"先来个不带三弦的吧。"

"我真服你了,行家就是不一样啊。"

"我在哪儿有见过你吧,哎呀,想不起来了,你是不是在酒吧干过?"

"不,或许吧。最近常常是艺伎做了女招待,女招待又去做艺伎,真是分不出来啦。"

"很多艺伎去做女招待,但没大听说女招待去做艺伎的。"

"有不少啊,很多的,是吧。大姐?"

"是吗,有很多吗?我可不清楚啊。"

"嗯,我知道的就有五六个……不,还要多。"

"有没有在银座做过的?"

"前几天辰巳家不是来了一个吗,叫什么来着……"年长的艺伎停下举到嘴边的酒杯,皱着眉头,"那人确实在银座干过。"

"是从新桥会馆来的。"年轻的艺伎立刻叫道。

"是在新桥会馆,是的。什么时候来的?"那个一直沉默不语的年轻记者突然推开桌子站了起来。驹田回过头看了看女佣:"就叫那个艺伎来吧,喂,她叫什么名字?"

"是辰巳家的辰千代。"年轻的艺伎说出了名字,女佣立刻站起身来。这时，楼下传来了呼叫声，"阿花，客人来了。"

"是先生到了吧。"驹田回头看了看拉门那边，向旁边靠了靠，很快，就听见从梯子口传来了一阵脚步声。手上拿着巴拿马帽，身上穿着灰色斜纹呢的男士和服外套走上来的正是清冈进。

"对不起，来晚了。"清冈进将和服外套和巴拿马帽递给艺伎，边将套在衬衣外面的铁青色和服单外褂的纽扣重新系好，边坐在了放着小碟和筷子的空座前。年长的记者和清冈进像是老相识了，就向年轻记者介绍着，年轻记者立刻掏出名片和清冈交换起来。女佣一边应答着艺伎的吩咐，一边端着酒壶走来："那个叫辰千代的，马上就来。"

"你们这是怎么啦，没怎么喝嘛。"年长的艺伎接过女佣递过来的新酒壶，"来，给您斟上。"

"怎么就叫了这两个，太冷清了吧。"清冈进边把酒杯递给艺伎斟酒，边回过头来看着驹田，"叫的还没来吗？"

"刚叫了一个，其他的我也不清楚。有女招待来做艺伎的，还有跳舞的，也有电影演员，再叫的话还是叫个与众不同的吧。"

"您可真是行家啊！"

"我们这里不是有一个与众不同的吗，叫什么来着？"

"大姐，您忘了。就是那个桐花家的，挺受欢迎的那个。"

"嗯，对了，是叫京叶吧。"年长的拍了一下自己的膝盖，"那个人可比跳舞的强多了，说不定还会拿大顶呢。"

"恐怕长得不够标致吧。"

"怎么会呢！又漂亮又性感。听说是这一带最忙的了。"

"真会替她拉客啊，她给了你们多少钱啊。好了，叫来吧，叫来吧。"驹田有些醉了，精神头也起来了。清冈进听到桐花家京叶的名字就想到了去年盛夏那一件令人不快的往事。但因为有其他人在场，也不便阻止，只能装作若无其事的样子。

那个年长的艺伎似乎很愿意攀谈，又接着说："要是我啊，再年轻个三四岁，就辞了艺伎去银座。做女招待也不需要什么技术呀。不管做什么都可以糊弄过去。我可是经常这么想。我家邻居就是一个女招待，她经常带各种各样的客人回家。我们两家挨得很近，探出头去就隔着一扇拉门，她们说的话都听得到。那个人身材苗条，打扮得比我们这些艺伎可要有品位，估计是在银座一流酒吧里做的。每天回来都到凌晨了，有时候快到九点才回来，然后还没到中午就又出去了。像我的话每天要到九、十点才睁开眼呢。再者说了，现在也没人包养我，家里又没有别人，总是很安静，我就老想着偷听他们都说些什么。"

清冈进默默地让年轻的艺伎给斟着酒。两个记者像是很感兴趣，不断地催促着，"嗯，嗯，然后呢，然后呢？"

年长艺伎继续讲了下去："那人带回家的客人好像经常换。不过呢，人家总是叫她阿君，阿君的，恐怕她的名字叫君子或者君代吧。真是不容易啊，我是越来越佩服她了。"

清冈抬起眼直瞪着记者的脸。驹田因为上了年纪，立刻也注意到了。艺伎的说的该不会是"唐璜"的君江吧，他有些担心地瞟了记者一眼，那两个记者好像对银座的酒吧不太熟悉，并没有什么特别的反应，"你佩服她是怎么一回事，是不是佩服她比艺伎还要会演戏？"

"当然是的啦。你们愿意听吗，不过这听起来可都像故事里的一样……"

驹田觉得不能再让她讲下去了，就赶紧换个话题说，"哎，刚才叫的艺伎怎么还没来，快催催她去。"

"好的。"年轻的艺伎站起身来跑了出去，驹田又叫道："我要吃饭啦！"

"给我也来一碗。"那个不能喝酒的记者附和着，年长的艺伎只好又盛饭，又倒茶，刚才的话题就不再继续下去了。正在这时，那个叫辰千代的艺伎在外面拉开隔门，向一干人鞠躬致意。

辰千代约莫二十岁，梳着凹字形岛田发髻，系发的头绳长长地耷拉下来，身上穿的印着不规则图案的紫色裙摆长长地拖着，宽大的身板加上多肉的躯干，说是艺伎但看起来更像个娼妓。

"是你在银座那边做过吗？"

"嗯，是的。"辰千代有些得意地说，"您光顾过我原来的店吗？我眼神不大好，要是有失礼的地方还请多多包涵。"

年长的艺伎看到辰千代连看都不看自己一眼，只管一个人叽叽咕咕地说个不停，气得直瞥眼。但辰千代一点也不在意，喝干了两杯递过来的酒，又转向年轻的记者，"我来这里以后就没再去过银座那边，一定又变了模样吧。现在不知道哪里最热闹。"

"你之前在哪里？是'哥伦比亚'吗？"

"哎呀，不好意思，我是在'新桥会馆'。"

"你怎么做艺伎了。是不是在那边做得太好了，得罪什么人啦！"

"也有您说的那回事。不过，酒吧那里也太严格了。从中午到晚上十二点都得待在店里。"

"我是说十二点以后呢？"

"十二点以后不都要睡觉嘛。谁能整晚都不睡觉呢。你说，是吧。"

这时，两个艺伎走进来坐在了末席。前面一个梳着凹字形岛田发髻，个头矮小，年龄约莫二十二三岁，后面跟着的有十八九岁，梳着时髦发式，身材高挑。因为那天夜晚从市谷八幡的神社偷偷跟踪君江时，清冈进看到过他一辈子也不会忘记的情景，知道个头矮小的那个就是京叶。后来，清冈也来这边玩过两三次，但觉得还是不要让京叶知道自己的好，也就注意着不和她碰面。所以，现在也若无其事地歪过头去，只顾自己抽烟。驹田吃好了饭刚走到廊下，听到女佣叫着："驹田先生，请过来说话。"然后就被拉到了后面的楼梯口，"阿北姐正好上了两壶酒，可以让她回去了吧。"

177

"其他几个应付得过来吗?"驹田看了看手表。

"就是阿菊有点贵。"

"那就让她也回去吧。反正我是不需要的,只要留三个就够了。"

"那就留京叶、辰千代和松叶吧。"女佣又确认了一遍,然后说:"那怎么分配呢?"

看到女佣不好分配,驹田就说自己先从厕所溜到账房躲起来,然后把清冈叫出来,客房里只留那两个记者,让他们自己去选好了。

"这样最好了。"女佣走到客房去叫那个年长的艺伎先回去,看到那个年轻记者坐在窗台上边看着外面,边哼着歌,还让做过女招待的辰千代坐在自己膝盖上,女佣就不再管他,走到年长记者身边,在他耳朵边嘀咕了几句。清冈看到女佣的样子,心里明白怎么回事,就站起身来去了厕所,然后装作找驹田,从后面的楼梯下去转了一圈。当他回到二楼的客房时,已经不见两个记者的身影,女佣拿着脱下来的西服上衣和皮包,告知站在那里的京叶说:"三楼走到头。"

清冈装作什么也没看见的样子,坐在客房的窗口。屋里剩下的个头高高的时髦艺伎看到这个情节,想到今晚清冈应该就是自己的客人了,便走上前去,和他并排坐了下来,说道:"雨已经停了吧。"

雨不知何时已经停了,两边的艺伎酒馆一家连着一家,路上不时传来木底拖鞋来来去去的声响,远处拐角那边一家酒馆门口响起卖艺人拉的小提琴的流行曲声。

"刚才回去的那个阿北家在哪儿啊,是富士见町那边吗?"清冈装作随口问问的样子。但心里一直惦念着刚才那个艺伎说过的旁边那家酒馆的情况。

"不,比三番町还远得多……"

"噢,是在女子学校那个方向啰。"

"是的,就在那边。我家也在阿北姐家旁边。"

"是吗，那就是说阿北家旁边就是一家酒馆了。"

"对啊。那家酒馆叫千代田家，旁边就是阿北姐家，我家就在它前面。"

"是吗？一定是那家了。是有一家酒馆和它背靠背。"

"你说什么呢，好奇怪啊。"

"有点由头，下次我想去看看，不过不知道具体情况。"

"那里的酒馆只有千代田家，就在红灯区的最边上。"

女佣从三楼下来，对清冈说："你们请上去吧。"但清冈对这个艺伎并不感兴趣，"我还有别的事，驹田在哪儿，还不回去吗？"

"刚才还在账房和店主人说着话，我去看看。"

女佣站起身来，正要下去，却见驹田边将大大的钱包塞进西服里兜，边从楼梯爬上来。驹田是个生意精，只要有买卖，他不管是艺伎酒馆还是酒吧都会去，但却不大会和女人发生关系。他原先在报社营业部工作时就开始炒股、投机房产，据说现在已经积累了一大笔财产。但尽管这样，从还没通电车那会儿起，他就一直都住在四谷寺町边上一条连汽车都进不去的狭窄小巷里。在清冈进看来，这个驹田就像过去所说的守财奴那样——点着手指作蜡烛。

"驹田君，你要是回去的话我们一起走吧。时间还早，还赶得上电车。"

"你是不是要去银座那边？"

"不，我不会去找那家伙了。情况你也都知道，像那样恬不知耻的，我要再纠缠不清，真要自毁名声了。我是有事和你商量，一起出去走走吧。"

"哎呀，你们真要回去啊！"艺伎显得很是吃惊。清冈头也不回，看到窗边的柱子上耷拉着一个电铃的拉绳，就拽了过来，拉响了铃声。

驹田和清冈一起从外面的梯子下来，突然又想起了什么，回头对送出门的女佣说:"喂,喂。他俩今晚要是住在这里,你明天早上一定要按时间让那两个艺伎回去。"

"这是一定的。"

"没忘记什么东西吧。我再去拿盒火柴。"驹田穿上了鞋也不忘占便宜,真是个活脱脱的守财奴嘴脸。

在"欢迎再次光临!"的送客声中,两人拉开格子门走了出去。外面是雨过天晴的夜晚,月亮歪歪地挂在天空,道路上穿着浴衣的女子穿梭来往,让人目不暇接。这一切都正是夏天夜晚红灯区的景象。

"驹田君。你陪我到赤坂走走吧。"

"现在还要去那边吗?"

"我已经厌倦酒吧女了。还是艺伎最好啊。我觉得应该找个明白事理的。"

"这样的话你不是还要替人赎身吗?你还是好好想想再做决定吧。"

"我就知道和你商量,你会这么说。"

"你还是不要一下子出那么多钱的好。要是打算替艺伎赎身然后娶进门做老婆的话,对方也会认真考虑。你要是没有这种打算,过一段时间彼此也就觉得无趣,最终还是会分手。"

"将来的事谁知道呢,最后也许还是我一个人过吧……"

"这么说你是想好了,已经铁了心了。"

"不,这倒也没有。总是觉得吧,回到家一个人挺沉闷的。"

清冈本打算把自家的情况详细地讲给驹田听,但又不知该从哪里说起好,就边想着边向前走着,不知不觉来到了富士见町的电车车站。清冈本来也没有打算娶鹤子为妻,只是想能时常偷偷地和鹤子约约会就可以了。但没想到鹤子非常认真,结果把事情给弄大了,搞得鹤子离了婚,清冈也收不了场。幸好听说鹤子从她哥哥那里拿了一笔钱,两人就到镰仓租房子住在一起了。清冈心里也明白作为妻子,鹤子才貌双全,没有什么可挑剔的。只是到了后来,清冈觉得自己品行不端,配不上鹤子,有时想说个笑话也要顾及鹤子的感受,感到越来越憋屈了。以至于到后来养成了习惯,每天不去酒吧或酒馆找个艺伎或女招待喝酒打诨就会浑身不舒服。

本来,清冈觉得那个女招待君江只要对自己稍微上点心,他都可以立刻出钱为她开个酒吧或酒馆,绝不会有丝毫含糊。但君江却一直懒洋洋的,什么都不放在心上。所以清冈想干脆另外再找个对得上路的艺伎,给她开一家艺伎酒馆。和驹田一起出来,也就是打算和他商量商量这方面的事情,但驹田一见电车快到了,赶紧夹起他的公文包,电车一到就跳了上去,身手敏捷得不像个上了年纪的人。看到他这样,清冈立即没了谈兴:"那就再见吧,我要去那边转转。"驹田在电车上说:"明天,下午我会在丸圆出版社,有事请打电话。"

清冈抬腕看了一下手表,刚到十点。现在就回家的话也并不算晚,可以说时间正好,但他已经习惯了夜生活,就这么回去总觉得好像少点什么,不再去一家酒吧转转的话总也不想回家。但现在正好是那些醉汉多的时候,并且去银座"唐璜"那边又会和君江扯上关系,自己一个人也不能就这么忽忽悠悠地过去,可能会被在银座附近饮食店转悠的无赖汉或者道德败坏的文人胁迫,要是再看到君江和醉汉们有说有笑就更无法忍受了。现在清冈能去的地方,也就是最近常去的赤坂的艺伎酒馆了。但是,那个清冈看上眼的艺伎已经叫了五六次了,现在还是没有和他交往的意思,今晚就算去了,估计也不会有什么进展。想到这些,清冈还没有去就感到很气愤。但仔细想来,他的气愤并不是因为那个艺伎没有让他顺心如意,而是针对君江平日的行为。如果君江能顺着自己心意,自己也就不会去找那种艺伎而被愚弄了。想到这里,一种想要报复的恶念又从清冈平静的心中升了起来。君江最让清冈生气的一方面是她平时毫不忧愁、没心没肺的心态,另一方面是君江身为他这样在社会上有名有望的作家的恋人,竟然没有表现得特别高兴。即使和自己断绝关系,估计那个女人也不会有任何悔恨。恐怕还希望早点和自己断绝关系，这样她就可以赶紧去找其他男人，一定还会继续过稀里糊涂的生活。缺乏虚荣和利欲之心，只想过懒惰淫恣生活的女人，结局反而不会太坏。报复这样的女人只有让她的肉体感到苦痛才是有效的。即使不能剪掉她的头发、割破她的脸庞，至少也要让她得个重病，躺在床上两三个月起不来才行。清冈一边想着这些事一边漫无目的地迈着步。当他回过神来，才发现自己快走到灯火摇曳的市谷停车场入口了。向斜下方望去，可以看到护城河外的街镇，已经入梅的漆黑天空中又布满乌云，远处的人丹广告灯一闪一闪地映入眼帘。

想到君江家就在那一闪一闪的广告所在的小巷中，一方面因为从前天到现在已经三天没有见到君江了，另一方面也想起刚才在富士见町听到那艺伎讲的话，于是就决定最好还是悄悄地先去看看情况再说。清冈便沿着护城河，走到君江家所在的小巷边。

小巷拐角是酒店和药店，门口的电灯照得门口通亮，每个从这里经过的人都看得一清二楚。清冈从去年第一次来到这里后，几乎每隔四五天就过来一趟，到现如今已经有一年光景了，店里的人一定都已认识他了。想到这里，清冈赶紧拉下帽檐，遮住脸庞，快步从这两家店门口走过。再往前走是一家粗点心店和一家烟店，这两家还没有关门，但门口电灯昏暗，也没有人坐在那里。小巷入口处的鱼店已经关了门，清冈前后打量了一下，正想要钻进黑乎乎的小巷中，正好迎面碰到了君江家的房东大婶。本打算借着天黑装作不认识错过去，没想到大婶倒是眼尖，开口叫道："哎呀，是先生啊。差一步就和您错过了。怕进去小偷，我把门锁上了，打算去洗个澡。今晚阿君也早回来吗？"

"不，我到市谷有点事，就是顺便来看看。我等不及她回来了，你也不要告诉她我来过，怕她担心。"

"那您进来喝杯茶吧。"

"不过，大婶，你不是要去洗澡吗？"

"没事的，也不用这么着急吧。"

清冈不好就这么回去，只好跟着房东大婶走过她起居的一楼卧房，在一个长火炉前坐了下来。房间和二楼一样都是六个榻榻米大小，墙壁和屋顶都已熏得漆黑，连地板也少了好几块，但整个房间收拾得很干净，连拉门和隔板的破损处也都修补得整整齐齐，如果有人需要，这里完全可以作为出租屋租出去。壁龛处挂着摩利支天①的画像，好像一次也没有替换过，下面摆放的咖啡色小橱子上放着一个小佛龛。长方形火盆上的铁架子擦得油光锃亮，上面挂着一把铁水壶。从这些用具上也可以看出房东大婶的年纪已经很大了。她像是很长时间没有和人聊过天了，对清冈能来她房间里坐坐感到很高兴，还诉说了自己的身世。据她说，她丈夫原先是个陆军中尉，在日俄战争中战死了。自己又是给公家做女佣，又是给老板做女仆，又是在家做做手工活贴补家用，总算是把独生女儿养育成人。后来女儿嫁给了一个颇有些资产的外国商人，现在一家住在美国，定期会给老婆婆寄来一些生活费。但是，清冈进听别人说，这个老婆婆的女儿定期给她寄来生活费是实情，但她女儿最初是做外国人的侍妾，结果有了孩子才被丈夫带到美国去的。但到底哪些事情是真实的，他也无法分辨。不仅如此，连君江最初是怎么借住到这家二楼，为什么她不搬到一个更方便更干净的地方，清冈也无从知晓。房东大婶虽然说她丈夫是个中尉，但从她现在的模样和说话方式，怎么看都只像一个在本所浅草附近小胡同里居住的老太太，不会是在良好的环境中出生、成长的，最多也就看得懂酒馆的账单罢了。这些情况从她一见到穿着西服留着胡须之人就不自觉地显出尊敬的神态也可以想象出。清冈他本想问问她，自己不来的时候，君江都做什么了，但看到她这种样子，就觉得即使打听，恐怕也问不出什么来。于是就隐藏住平日的愤懑和不满，努力做出和蔼的表情："去酒吧的话会遇到

---

① 摩利支天：印度神，为三头六臂或八臂的天女形象，在日本被视为武士的守护神。

各种各样的人，万一被熟人撞见就麻烦了。所以晚上我从那边经过也尽量不进去。"

"是啊。像您这样有身份的人被人认出来的话可就不好了，会被人这个那个地说闲话的。哎呀，已经十一点了。"房东大婶听到外边传来报时声，抬头看了看放在橱子上的八角座钟，"先生，您再等一个小时阿君就回来了。您上楼等她去吧，我去把火炉里的火升起来。"

"大婶，也不是今晚一定要等君江，我明天再过来吧。"清冈把手袋塞进袖口里，打算起身告辞。但看到清冈在这个时间到君江家附近转来转去，加上这一段时间君江愈发自由散漫，房东大婶虽然不知详情也大致猜出是怎么回事，但还是装作毫不知情地说："不过，先生，我要是挽留不住您，过后会被君江骂的。"

"你不说她怎么会知道？"

"可我还是过意不去的呀。我这就去旁边的酒店给她打个电话。"说着就从长火盆边上的抽屉里摸出一张写着电话号码的纸片。

"好吧，那我就到二楼去等等她吧。她十二点钟肯定会回来的，你也就不用再打电话了。"清冈站起身来，"大婶，我替你看门，你赶紧去洗澡吧。"清冈让房东大婶去了澡堂，自己爬上二楼。他是打算利用这个机会上去搜查搜查，看看君江屋里有没有谁偷偷写给她的信。

因为很早之前君江就反复叮嘱过房东，如果有什么意外事情出现，一定要打电话告诉她，所以，房东想到在去澡堂的路上，可以到酒店或药店给君江打个电话，还是把那张写有电话号码的纸片塞进腰带里走了出去。

七

房东大婶给君江打电话的时候，她正坐在靠近电话间的桌子边和客人喝得正欢。听到叫她，立刻过去接了电话。还有三四十分钟酒吧就要关门了,君江一方面喝得酩酊大醉,另一方面也因为周围太过吵闹,她只听明白清冈到她家去了,房东大婶嘀嘀咕咕说的其他一大堆话一概没有听清楚。今晚,本不是清冈到家里来的时候,另外之前也没听清冈说要过来,所以,君江已经和一个从西洋游历归国的舞蹈家木村义男约好找个地方住一晚。后来,那个和她接触过两三次的汽车进口商矢田也来了,说是邀请她和春代、百合子三个人下班后去一家杂煮店吃饭。这家杂煮店最近刚刚开张,就在松屋和服店后面的巷子里,叫"丽丽亭"。矢田还说要是君江有其他约会,没有太多时间的话也没关系,只要抽出一个小时、半个小时的来一下,赏个脸就行。说完这些,矢田就离开了酒吧,过了一会儿又返了回来,还带来各种食品送给四五个女招待品尝。也就在这当儿,以前从来都没来过店里的那个老绅士松崎也出乎意料地跑来了,说是到东京车站送完人,顺便过来看看。

银座大街的酒吧经常一过十点,特别是快要关店门时就会有一大伙客人涌进来,君江所在的"唐璜"也不例外。今晚又是这样,周围纷纷攘攘,有留声机不绝于耳的播放声,有吵吵闹闹、宛如赶集的喧哗声,有觥筹交错时的碗筷敲击声,再加上呛人的香烟和满屋的灰尘,让人耳鸣头胀,难以忍受。现在,君江自己也觉得有些喝高了,正在发愁之际,没想到三个男人一起跑到自己面前要约会,而且家里还有一个在等着,这真让她哭笑不得。这帮家伙真是没事找事,这不是纯粹让自己为难吗,你们难道不会错开了来吗?哼!干脆再多喝点,就醉在这里爬不起来,看他们怎么办!简直是帮混蛋。君江心里边一个劲地在骂着,边摇摇晃晃地挪到松崎老人桌前:"今晚我真想喝得酩酊大醉。请我喝杯伏特加吧。"

"出了什么麻烦了吗?是不是和客人吵架了?"松崎不愧是上了年纪,立刻猜到君江可能遇到了棘手的事。

"不,不是那样的。不过……"

"不过,不过什么,还不是这么回事嘛!"

听了老人的话，君江不知该如何回答，只好默不作声。突地，她想到这个老人是老相识了，在自己做女招待之前就认识，而且对自己的情况一清二楚，是个可以信赖的人，对他和盘托出，说不定还能给自己出出主意呢。想到这里，君江趁左右没人，就凑到老人身边："今晚，真要大难临头了，我还从来没有遇到这么麻烦的事！"

从她说话的语调和样子，松崎老人立刻明白了怎么回事："你不用担心，我这就回去了。今晚就是来看看酒吧到底热不热闹。过两天有空的话我们白天再见面吧。"

"对不起啦，谢谢您。请一定别生气啊！"

"我哪儿会生气呢。我明白的，是你的客人都撞上了吧。"

"真不愧是暖心大叔，一猜就中。您是怎么知道的？"君江凑到松崎老人耳边，把今晚的情况一五一十地都说了出来，"您有什么好办法没有？"

"有的是。这还不好办嘛！"松崎立刻教给了君江一个办法。首先从酒吧下班以后立刻带一个男的去艺伎酒店，然后告诉他，今晚实在是不能住下。和他稍微待一会儿，趁男的还没打算回去的时候，赶紧装作和他道别，然后再藏到别的房间。当然在这之前要找一个非常要好的女招待朋友，让她去市谷的家中，告诉房东大婶有一个客人说是开车送你，你呢，也没多想就上了车，结果被硬拉到一家艺伎酒店。没办法，只好趁客人叫艺伎来点菜倒酒的当儿，自己抽空逃了出来，所以请快点去接君江吧。听到这些，清冈一定会到艺伎酒店来接你。在清冈找到你之前，能有一个多小时，有这个时间，按你君江的手段还对付不了一个客人吗？当然，另外还有一个客人，你就对他说为了避人耳目，让他先到其他酒店去，你随后就到。但是，你不用去管他，就让他自己在那家酒店睡一晚上。那时他肯定会很生气，不过你不用担心，他越是生你的气就越对你不死心，第二天他也一定会回来找你算账，那个时候你再哄哄他，让他高兴高兴，他就会更加喜欢你，这效果恐怕比一般情况还要好啊。松崎摸着修剪得很整齐的半白胡须，说道："不过，做这样的事情，需要找一家明白事理，并且善解人意的酒店。怎么样，有没有你很熟悉的酒店啊？"

"这么说来，牛込那地方怎么样？就是我在诹访町的时候和你去过两三次的那家。最近我也常去三番町那里。"

这个时候，换班的女招待走了过来，君江赶紧说些无关紧要的笑话站了起来。松崎本来也想看看君江的客人到底都是些什么人，另外君江今晚会怎么应付这些客人呢，但考虑到自己一直在这里的话，君江不好行动，于是就在酒吧关门前半个小时结了账，从酒吧走了出来。外面道路两边的商店大多已经关灯闭户。因为天上下着雨，时间也已很晚，夜市里也只有几家小吃摊还停在那边。银座大街两边比较宽敞的巷子一眼望过去也都静悄悄的，只剩下夜晚带着水气的天空和湿滑地面上反射出的酒吧和酒馆门口装饰的彩色灯光。剧场和演出也都在一个小时之前就结束了，大街上还在行走的男女都是从酒吧出来的。偶尔路过的电车上也不大有乘客，路口的汽车仿佛在看不到尽头的街角徘徊。

松崎如今已经很少来银座了，他站在尾张町的十字路口，仿佛很新奇似的四下张望。看着附近的光景，更感到街市的变迁和世事的变化，他不由得想起了自己这大半生走过的道路。

松崎持有法学博士学位，本来在木挽町边上的中央某部做高级官吏，但因受一桩震惊朝野的渎职案件牵连而遭到了牢狱之灾。但也因此，他出狱以后积极敛财，积攒了一辈子都花不完的财富。现在子孙也都已经长大成人了。他在因渎职案件被关押起来之前，有好几年一直都是从位于麴町的家中开车上班，每天都要经过银座大街，而关东大地震以后，这条大街每天都在发生巨大的变化。看到这一切，松崎如同做梦一样。说是如同做梦一样，也绝不是像现在的罗马人回想罗马古都那样心情沉重，而是如同戏院里的看客在看到魔术师高超的演技时那种带有些许称赞的心情。这个城市的景致能够模仿西洋文明到这么极致的程度，也足以给人带来一种悲哀之情了。与带给这个城市外在景观的变化相比，它带给生活在这里的女招待们的影响则让人感到更深一层的悲哀。像君江这样一生下来就缺少应有的羞耻和贞操的女子，在这些女招待中绝非罕见。虽然同样都是卖身，和过去那种艺伎出身的卖身女相比，君江更像西方城市中随处可见的私人娼妓。像她这样的女子能够出现在东京的街市，也可以体会到时代观念的变化，不由得让人更加感叹时势的变迁。

与此同时，松崎老人回想到自己当年被法庭宣告渎职之罪时，内心居然没有感到深深的愧疚，这恐怕也是时代的观念发生了变化吧。时间已经过去了二十多年，那个曾经受到世间强烈谴责的老人，现在居然泰然自若地坐在银座街市的一家酒吧里。而这些即使被人知道也不会受到任何谴责和非议，荣耀和罪责也都埋葬在忘却的岁月中了，恐怕这才是真正的人生如梦啊！松崎对世间和自己的人生都有了一半感慨一半嘲弄的沉痛心境。人世间没有过去也没有将来，有的只是每天的喜怒哀乐。尊敬与鄙视、赞扬与贬斥都没有什么深刻的含义。如果真是这样，和别人相比，自己的一生应该是最幸福的了。年逾六旬，无病无灾，结识了二十多岁的女招待，也不必在乎别人的眼光，还能像年轻人一样相互游戏，且毫无廉耻之心。仅凭这一点，自己的幸福就远超古代的王侯将相。想到这里，松崎博士不由得笑出声来。

按照和舞蹈家木村义男的约定，君江离开酒吧后就到了有乐桥旁昏暗的河岸大街，两人碰面后便乘坐汽车来到了三番的那个熟识的艺伎酒馆千代田家。本打算按照松崎老人教的那样装作先要回去，然后藏到别的小房间，再伪装不知地等着清冈来接她。但是，坐着汽车前往酒馆的路上，通过攀谈，君江意外得知木村是个很开明的男子，他觉得女招待有那么两三个恋人是很正常的事，没有什么了不起的。于是，在上到千代田家二楼的时候，君江就把自己今晚的窘境明明白白地告诉了木村。木村果然非常真诚，"要是一开始就说清楚，就不会让你这么为难了。对不起，是我不好，原谅我吧。下次你有空的话好好陪我就可以了。"

木村像是故意驱赶君江似的催促她快走，甚至帮忙把腰带给她系好。

君江在邦乐座看电影时第一次看到了木村利用幕间休息在舞台上演出的舞技，顿时被强烈的好奇心驱使，才结识了他。现在就这么和木村分别总觉得有些遗憾。而木村的所谓舞技，根据他自己在杂志以及报纸上所自述的，是他根据俄罗斯尼任斯基的舞蹈结合中国京剧的舞技，也就是混合了东西方两种艺术而创造出来的。通过男女两性肉体曲线美的晃动，可以体现出比绘画、雕塑等静止的造型美术强烈得多的效果，另外也比音乐给人带来的直观暗示力量更加有内涵。当然，对君江这种女招待来说，美学上的理论根本不重要。看到年轻男女光着身子在众人面前搂搂抱抱所体现出的姿态，君江很想了解凭借这种本事就可以赚钱的男人到底是怎么一回事。说得直白一些，这就和艺伎偏爱相扑力士，或者说和女学生爱恋棒球选手没有什么区别。

"先生。这么晚了您会直接回家吗？不会再拐到哪里去吧。真可惜啊！"

"你的后台老板来了，没有办法啊。我这就回家，你要是不信的话，可以给我打电话。"木村说着递过来一张名片，"阿君，下一次你可一定要好好陪我啊。"

"当然，你也一定要再约我呀。我一定会好好待你的。对不起了，我真是过意不去。真不想回去啊！"君江又犯了以前的毛病，对新认识的男子意犹未尽，不愿放开，她凑到已经准备收拾回家的木村膝盖边，握住了他的手。

过了一会儿，君江下楼为木村去叫出租车，问了女佣才知道已经过两点了。并且说没见到叫清冈的客人，也没打来电话。出租车来了，舞蹈家木村先生坐车回去了。小说家清冈先生过了两点半也没有来。君江在酒吧关门前曾经拜托过那个叫琉璃子的女招待到市谷家里去传个话。琉璃子在做美容店的梳头工的时候也经常到艺伎酒馆来做事，对这种事情应该会想得很周到。难道是清冈先生一听琉璃子的话就生气地早早离开了吗？一想到这里，君江后悔不已，觉得真不该让木村回去。她拿出塞在腰带里的名片，看到上面写了木村的住所，昭和公寓的电话，想也没想就要去打电话。当君江从后面楼梯下来正要去打电话，却听见门口有客人上二楼来的声响。君江想到，该不是清冈来了吧，赶紧竖起耳朵仔细一听，来人不是清冈而竟然是矢田。本来，矢田今晚在酒吧邀请了君江好几次，但君江都借口说因为和别人约好了，今晚去不了后街的杂煮店，不过要是晚些也可以的话，她随便去哪里找矢田都可以。然后就对矢田撒谎说让他告诉自己地方，她一定会去找他，而实际上是打算让矢田自己在那儿过上一夜。

矢田对君江的话深信不疑，就告诉君江自己会在第一次带她去过的神乐坂后面的酒馆等着，结果等到两点多了还没有来，也没有电话打过来。矢田仔细想了一下，大概明白了怎么回事。想到十多天前，君江去酒吧时顺道带自己去了三番的千代田家，虽然也不能肯定能找到君江，但万一可以瞎猫碰上死耗子，恰巧找到君江的话，就当泄愤也要去看看，于是就开车直接来到了千代田家。为了套出实情，矢田等女佣一开门，就直接问君江在哪儿，女佣以为这一位就是君江要等的后台老板，便回答说："夫人从刚才就等在那里，你看看都几点了，真是罪过啊！"矢田叼着烟卷，一声不吭地上了二楼房间里，帽子也不摘，盘腿坐在壁龛前，瞪着眼睛把房间扫来扫去。

君江把女佣叫到后面楼梯口，询问了情况，心里知道今晚这事情可不好蒙混过关，于是就快步走上二楼，一把拉开了房门，大声叫道："阿矢，你太过分了！"

矢田刚听到女佣的话，正觉得丈二和尚摸不着头脑，突然听到君江这么吼了一声，也不知该说什么，只是眼睛一眨一眨闪个不停。

"我正打算回去呢！"君江跪坐下，垂下了头。

"怎么了？"矢田好像刚回过神来，摘下帽子，"发生什么了？我怎么不明白。"

君江还是垂着头一声不响地摆弄着膝盖上的手帕。女佣端来新沏的茶："真是等了很长时间啊，我给您暖壶酒来吧。"

"不用了，太晚了。"君江显得异常沉静，"让你也等到这么晚，真抱歉！"

"没关系，干我们这行的已经习惯这么晚了。那么，这边请吧。"女佣说着拿起矢田的帽子和夏装，站了起来。矢田也不知该说些什么，只能跟着女佣，默不作声地走进了刚才舞蹈家曾来过的二楼后面那一间四个半榻榻米大小的房间。

天快亮的时候下起了一场急雨。君江在半梦半醒之间听着窗外的雨声，又迷糊了一会儿，突然听见楼下巷子里传来了奔跑的木屐声，接着是一个女人高喊"热起来啦"的声音。屋檐下麻雀的啼叫、远处传来的微弱的三弦琴声、扫除时扫帚碰击拉门的声音，还有旁边那户人家晾晒好衣物后上楼的脚步声，这一切声响混合在一起，传到了二楼房间里睡着懒觉的君江耳中。她迷迷糊糊地睁开眼前，一束光亮射入眼帘，本以为是雨过天晴后太阳照进来的亮光，但仔细看来，却是昨夜的电灯还亮着。房门紧锁，屋内更显热气蒸腾，一股人肉臭气伴着热浪传入鼻孔，让人闻起来就感到头疼。君江从被窝中爬出来，正要打开窗户，矢田也已醒来，经过一夜，他好像也已不再气恼："你别动，我来开吧。真是热起来啦！"

"你看，都这样了，你摸摸看。"君江脱下带着窄边红色衣领的漂白贴身衬衣，挂在窗棂上吹风，自己则仰面躺在榻榻米上，伸展开四肢。矢田看着君江："你这可比木村舞蹈团来得更加浓艳呀。"

"什么浓艳啊？"

"我是说你的身体呀！"

君江假装没有听见，内心却一个劲地发笑："阿矢，那里有你的老相好吧。他们那边的人身材可都很赞啊。连我这样的女人都很羡慕，你们男人当然就会更着迷啦！"

"哪有这事。那些人在舞台上看看就可以了。面对面反而无趣。像些舞蹈家啦、模特啦，光着身子就是他们赚钱的手段而已，其实都很不解风情。我现在除了阿君谁也不要。"

"阿矢，你可不能这么骂人啊！"

矢田突地变得认真起来，正想说什么，门外传来了女佣的声音："两位醒了吗？洗澡水烧好了。"

"已经十点了。"矢田抓起放在枕边的手表，"我现在要去一下店里，阿君，你今天是上晚班吗？"

"今天我三点上班。太热了，没法回去，我就在这里躺着了。你也不要走啦。"

"嗯，我也想啊，不过……"矢田想了一下，"我先去洗个澡吧。"

矢田给自己店里打了电话后说店里还有些事，必须回去，连早饭都没吃就撇下君江一个人匆匆离开了。看着已经快十二点了，还没有清冈的消息，君江于是就给自己家旁边的小饭馆打了电话，叫来房东大婶，询问情况后才得知，昨晚看到那个女招待后，清冈就和那个女的一同出去了。

听了这个消息，君江立刻想到，清冈应该是和琉璃子好上了，怪不得到现在都还没来呢。当然，她虽然这样想，但也不会劳心费力地去证实。从十七岁的那年秋天离家来到东京，这四年来她不知和多少男人肌肤相亲过，还从来没有想到过自己需要来一场像小说里写的那种男女恋情。所以，她也从来没有体验过嫉妒之情。比起对一个男人寄托深情，因此而愤怒、痛恨再产生各种麻烦，或者因接受金钱的馈赠而受到约束，还不如不管对方的老弱美丑，只要当时能够随心所欲地玩乐，不用考虑以后的麻烦。君江觉得还是这样来得痛快、轻松。从十七岁的年末到二十多岁这几年来，她一直忙于这种游乐，根本没有时间静下心来考虑什么是男女之间的真情。虽然偶尔也会一个人躺在出租屋二楼无所事事，但这种时候君江首先考虑的是怎样填补平日过少的睡眠。而当疲劳解除、恢复精力后，她又会自然而然地想象即将到来的下一段恋情。因此，不管面对多么严峻的现实，只要进入梦乡，任何事情都会像梦中看到的景象那样模糊起来。而当她从睡梦中忽地醒来，还要判断一下什么是现实，什么是梦境，这种情绪与感觉的混沌对君江来说是最为惬意的了。

这天，君江也沉浸在这种快感之中，当她终于从睡梦中清醒过来，已经快到下午三点了，但她还不想起身。昨晚舞蹈家木村回去之后，进口商矢田来到这间酒馆二楼客房。如现今，昨晚脱下的和服和解开的衣带还胡乱地丢在榻榻米上，矢田今早回去时拉开的窗户还开着，屋顶那盏忘记关掉的电灯还亮着，将壁龛里插花的影子像昨晚那样映在墙上。伴着窗外慵懒的练习小调歌声以及叫卖声，一丝丝凉风从窗口流淌进来，轻轻地吹拂着君江的面颊。她深深地吸了一口气，心中涌起一股欲情，希望矢田或者其他什么人能来到身边，这样就可以把这激情充分宣泄出来。君江这样想着，轻轻闭上眼帘，双手在胸前抱紧，屏住呼吸，身体轻轻地颤抖起来。这时君江听到拉门轻轻打开的声音，睁开眼时，只见屏风前站着一个男子，定睛一看，正是昨夜没有和君江玩乐就回去的木村义男。

"哎呀。"君江微微抬起头，并没有起身，依然仰卧在榻榻米上，张开双臂，等到木村蹲下身来，一把将木村紧紧抱住，"我是在做梦吗？"

过了一会儿，木村说因为昨夜自己的一支银笔不知丢到哪里了，想到是不是会丢在这里，所以才回来找找看。

两人起身，到外面的客厅叫来饭菜正要吃，那个女招待琉璃子打来了电话。原来，昨晚琉璃子按照君江的要求，装作很狠狈的样子跑到本村，向清冈告知了君江的话，并请他去三番的千代田家接君江。谁知清冈立刻露出不悦的神情，也不再听任何解释，半路上甩掉琉璃子一个人不知跑哪儿去了。琉璃子本想等君江来上班再告诉她，谁知到了三点她也没来，只好先打电话到君江家附近的小饭店，叫来房东大婶问了情况，估计君江还在酒店里，这才打电话过来。

吃完饭后，天已经黑了。木村说他的舞蹈团明天开始要到丸圆剧场演出，因此现在必须要去排练了。然后匆匆收拾了一下，并交给君江五六张特等座位的演出票，请她卖给酒吧的女招待，然后连饭钱和出租车费都来不及付就赶紧回去了。

君江觉得自己如同和落语家或者艺人等游玩了一天，顿感兴味索然，整整一天都如同做梦一样的心情也逐渐平息。随着天逐渐暗黑下来，她突然觉得今晚已无所事事，不免有些凄寂起来。自己一个女人再这么待下去也不合适，便付了木村的酒饭钱后离开了酒店。路上正是艺伎们你来我往繁忙之时，现在去酒吧上班也太晚了，回家的话也没什么意思，君江就想到还是去看看京叶吧，于是便闲逛着向桐花家走去。君江正转过一个十字路口，就见到从对面过来一个艺伎，定睛一看，此人提着和服长裙的下摆，上身红色和服衬衣的领口在晚风中翻动，原来正是京叶。

"阿君，你现在去银座吗？"

"已经晚了，我今晚就不去了。"

"你昨晚是不是在千代田家？"

"哎呀，你是怎么知道了？"

"你别管我是怎么知道的。阿君，以后那里你不要再去了。昨晚我在那里见到清冈先生了。"

"啊，是吗？"君江一听，不由得也吃了一惊。

"昨晚，我是在野田家见到清冈先生的。他带着三四个人去了那里。我是后来才被叫过去的，只见过他一面，当时也没有在意他是谁，但是我后来跟其中一个出去后,才从那人嘴里听说他就是清冈先生,而且也听说他们在之前说过你的事情。你经常去的千代田家有很多艺伎对你都很熟悉,其中一个还说就住在你家隔壁,你在家里做的事她透过窗子都能看见。算了,这里也不是说话的地方,我明天或者后天正好找房东大婶有事,到时候再好好跟你说吧。总之,那里你最好不要再去了。"

"是吗,还有这种事。那我等你。"

巷子里一会儿是附近的狗,一会儿是艺伎和跟在后面提包的男子,一会儿又是送饭的伙计不断从两人身边走过,君江和京叶也只能站着说了几句就分开各自离开了。

八

清冈每天起床时都已临近中午,鹤子清晨总是一个人先起床,喝点牛奶吃点烤面包作早餐,然后给养了几年的鹦鹉打扫打扫笼子,再给花盆浇点水,然后就梳好头、换好衣服等着丈夫起床。这天,女佣拿来早上的牛奶,顺便把一封信交到了鹤子手中。鹤子取过来,只见信上的地址和收信人姓名都用外文书写着,定睛一看,原来信是写给自己的,而寄信人正是曾经在女子学校教过自己两年的法国人舒尔女士。

舒尔女士是世界著名的东方文学研究泰斗阿尔冯茨·舒尔博士的夫人。她之前跟随丈夫到中国游历十余年,又来日本住了几年后回国,不久博士撒手人寰,夫人便成了遗孀。为了缓解丧夫之痛,舒尔女士只身前往美国旅游,之后又再次来到日本在东京居住了两年。鹤子和其他两三个朋友在女子学校学习语言和礼仪也正是在舒尔女士再次来到日本之时。目前,舒尔女士正在巴黎筹措出版亡夫的遗著,因为出了些急事,在四五天前来到日本,下榻在帝国饭店。这次来信主要是想请鹤子去饭店一聚。

等清冈起床,中午的汽笛也吹响了,鹤子便打电话问清了情况,出门去了帝国饭店。

舒尔女士体型有些肥胖，长着西方老年女士常见的圆脸，眼睛眯缝着，富态的两腮有些下垂。她日语非常娴熟，还略通汉文。查阅起《说文解字》来比现代日本的学生还要熟练。

正巧是午饭时间，舒尔女士便带鹤子来到饭厅，两人边吃边聊。舒尔女士告知鹤子，自己这次来日本主要有两件事，一是为了编辑出版亡夫的遗著需要收集日本的寺院、神社以及出土物品的照片，第二件事就是想找一个合适人选，一同去法国帮助她整理存放在家中的东方书画典籍。

鹤子便询问舒尔女士，整理书画等需要怎样学识的人。女士回答道，并不需要特别专业的人士，只要具备日本传统文化和见识方面的知识，比方说能够区分日本和歌和三弦小调就可以了，当然，如果能够再通晓些法语那就最好不过了。接着，舒尔女士又说："这个工作半年就可以完成。如果你单身的话，我其实很想请你过来。不过，现在你已结婚，就没办法了。所以还麻烦你再帮我找个合适的人选吧。"

听到女士这番话，鹤子激动得差点站起来，她赶忙向前探出身来，"我，可以做的……您要是觉得我能胜任的话，半年也好，一年也行，我都愿意跟您回去。"

"你能来吗？"舒尔女士惊喜地睁大了眼睛。

"我是想过有机会的话到欧洲那边去看看。"害怕被对方看出自己就要欢呼起来的心情，鹤子努力使自己平静下来。

鹤子在今早接到舒尔女士的信件，来到这家饭店，坐在这张餐桌旁的这把椅子之前，做梦也没有想到自己的人生还会出现如此大的变动。命运真是不可预知啊！鹤子边听着舒尔女士的话，边觉得好像被什么东西诱惑着一般，身体摇摇晃晃，只想着向遥远的地方走去。鹤子虽然平日里一直觉得，只有离开现在居住的地方才能重新开始自己的人生，但是绝没想到今天会出现如此好的时机。不管事情会怎样发展，这都将会成为自己人生的转折。鹤子之前对自己的人生已经开始绝望，认为这都是对自己过错的惩罚，甚至想到还不如早些老去，然后带着悔恨和悲伤离开人世，告别每天靠喝茶打发的时光。但没想到今天这个机会意外地从天而降，于是她想也没想就答应了下来。此时的她心里只有一个信念，那就是无论如何也要跟着舒尔女士去法国，即使有人阻挠也绝不放弃。想到这里，她整个人都精神起来了。

吃过饭后，两人又坐在走廊下的长椅上，边喝着咖啡边闲谈了一个多小时。鹤子与舒尔女士道别后，离开了饭店。梅雨刚过，大街上一片蒸腾，太阳也火热地照着街镇。鹤子已顾不了这些，在日比谷的十字路口打上车直奔世田谷而去，来到丈夫的父亲家里，向他说明自己打算前往欧洲的事。老人在做大学教授时曾和舒尔博士有过两三次面谈，因此便对鹤子说："你去那边工作，如果遇到什么有关书籍方面的问题，不用客气，尽管写信来问。"之后，鹤子便迎着夏日光灿灿的夕阳，带着即将离家出门的兴奋和满心欢喜，急切切地奔向家中以寻求丈夫的认可。回到家中，清冈已经出门了，并且和往常一样，快到十二点才打来电话，说是今晚回家又要晚了，让鹤子先睡吧。没有办法，鹤子只能先睡下，因为约好了第二天一早和舒尔女士见面。第二天早上，鹤子没法等清冈醒来，就给他留了张纸条，说是舒尔女士找她有事，便出了门。鹤子来到饭店，见了舒尔女士，女士告诉她，明天自己要去京都、奈良一带游玩，然后再到长崎去住两三天，之后打算回神户等待回法国的邮轮，希望鹤子在这之前做好去法国的准备，然后到下榻的饭店去找她一同前往法国，并把详细的日程写下来交给了鹤子。于是，鹤子赶紧行动起来，为了能赶在舒尔女士出发之前拿到旅游签证，她直接通过法国大使馆和相关部门交涉，以尽快获得出行许可。

鹤子见到清冈，亲口告诉他自己将要前往欧洲，已是第二天晚上夜深人静之时了。清冈一听，吃了一惊，不知在哪儿喝醉的酒一下子醒了，但却装作毫不在意地说:"是嘛。好事啊。那你就去玩玩吧。"

"虽然定好是半年时间,但如果没有什么特别情况,我也想早点回来。"

"不用那么着急吧。一次不行还要再出去一次的话不就更麻烦了嘛,你就优哉游哉地好好学习学习、参观参观再回来吧。"

两人沉默了许久。清冈已经觉察到鹤子此次出行的决心,也知道现在想挽留她根本来不及了。但如果装出很不舍的样子,恐怕鹤子会说:"看看你这样子,要是真的舍不得,平时就应该多关心关心我啊。"但要是做出很冷静、无所谓的样子,又怕鹤子会看透自己的内心:"你其实早就盼着我走吧。"所以现在还是做出含含糊糊让她猜不透的表情最好。其实,鹤子这时何尝不是相同的心思呢。要是让清冈看到自己不舍的样子,他极力挽留自己的话会很尴尬,可是,如果显得太冷淡,让他觉得自己是个轻薄无情的女子也不好。因此,夫妻两人都相互窥探着对方的表情,尽量不再触碰这件事情,以便平和地维持着自己眼前的体面。

一周之后,鹤子乘上了前往神户的特快夜行列车。本来清冈的朋友们打算搞一个欢送会,但是因为要在报纸上对外发布消息,就会登载鹤子的姓名[①],这必然会令娘家脸面不堪,因此鹤子无论如何也不让办欢送会。最后,那天傍晚,前往东京车站送行的人就只有清冈进和门生村冈、书仆野口这三个男士,以及鹤子以前的两三个女同学,这几个女同学也都已嫁入门当户对的人家了。鹤子的哥哥对这个妹妹也很不舍,甚至提出可以送给她旅行费用,但还是考虑到他人的眼光,没有来送别。至于世田谷的老人家,借口年纪大了,也没有前来送行。

火车在轰隆隆的鸣叫声中出发了。清冈和野口与鹤子的女同学们点

---

① 按照日本的习惯,女子嫁人后,应该随丈夫家的姓,但是鹤子并没有正式入籍,因此只能用娘家的姓氏。

头告辞,各自沿着站台向出口走去。只有村冈还面向着火车前进的方向,一手拿着帽子,一个人呆呆地目送着火车前行。清冈回过头来,"喂,村冈,走啦!还发什么呆啊!"

"就这么一个人走了,真孤单啊!"村冈叹息了一声,又环视了一遍已空无一人的站台,才迈步向清冈走来。

"这也算是那女人翻过了生活的一章吧。"清冈猛吸了两口刚点燃的烟,然后向铁路线那边甩了过去。

"不是过半年就回来了吗?"

"总会回来的吧。不过,恐怕不会再回到我这边了吧。"

"先生,我也有这种感觉。这也算是一种暗示吧。"

"喂,村冈,你怎么没和她相好呢。我其实很明白她的需求,她想要的就是你这样既感伤又比较纯情的青年呀。"

村冈是个还不到三十岁的年轻人,听到这话,立刻满脸通红:"先生,您可不能说这种笑话啊。再者说了,我怎么可能……"

"哈哈哈哈,等她回来了你再追求也不晚啊!"清冈像是很开心地笑了起来。

临近车站出口,人突然多了起来。三人都住了嘴,走出了停车场。出梅放晴的夜风呼呼地刮着,给人多少带来些寒意。"喂,野口。天还早,你去看个电影再回家吧。我这里有赠票。"清冈从口袋里掏出票来,递给了野口,然后和村冈两人一同漫无目的地在丸大楼前的大马路上闲逛着。村冈像是突然想起什么似的问:"先生,'唐璜'那边您就这么算啦?"

"嗯。我正想该怎么办呢。"

"您想怎么做?"

"哎,我也没什么具体的想法。不过你不用担心,我不会让你为难。你心太好,太善良了。"

"还好吧。"

"你啊,有时候说的话就像那个乡下老头子说的一样。"

"不过,我确实觉得君江并不是个那么令人憎恶的女人。"

"你只是个旁观者。当然我也没有那么深的怨恨。只是她碰到了我的痛处。我也没想着要怎么报复她,只是想给她点教训,让她长点记性。我正在考虑的事也不会给你说,说了的话,你一定会说我残酷啦,不人道啦。"

"什么事情?"

"我不是不相信你,只不过现在还不是说的时候。"

"您不会向警察告密吧。"

"我才不会做这种傻事呢。那家伙就算是被警察抓起来,关个两三天就放出来了,根本不会当回事的。就算做不了女招待,她也还有其他很多事情去做。我是想让她什么事都做不成。当然,我不会亲自动手,我只是想寻找一个机会,借别人的手自然而然地去搞她一下。哈哈哈哈,不过现在还只是空想罢了。其实,我早就想写一篇小说,就是描写这么一个男人费尽心思实施报复的心理状态。我记得巴尔扎克好像就有一篇这样的小说。写的就是一个被欺骗的男子把藏着奸夫的橱柜锁住,再把柜子的缝隙都刷上油漆封死,然后和淫妇一起坐在这个橱柜前边喝酒边听着橱柜里奸夫窒息而死的声音。而我所想象的……我想写的是让女的脱光了坐在车上,然后开到银座大街,再把女的扔下去。或者把她绑到日比谷公园的树上也很有趣。听说过去为了惩罚男女私通,会把他们绑在日本桥边上示众。我想的也就是这样。您看好不好,现在的读者会喜欢看吧。"

村冈丈二和尚摸不着头脑地听着,搞不清清冈到底是在说即将执笔的小说腹稿,还是在戏弄自己,或者是借着小说来讲述报复君江的手段,只是觉得有些瘆人,浑身上下汗毛都要竖起来了。过了好一会儿,村冈的心情才平复下来,"很不错啊。现在的读者也都厌倦了你情我爱的故事了。"

"还可以在那个女人和情人一起睡觉的时候放把火,当他们蓬头垢面、狼狈不堪地向外逃窜之时,趁着火灾现场的混乱抓住女的,把她带到一个从没去过的地方,然后痛痛快快地羞辱她一番……是不是也很有意思?"

"还好吧……"

"我还想到了其他办法……"

"先生,您快别说了。怪瘆人的。还是算了吧。"

"今晚暴风雨就要来了。哈哈哈哈。"

天已经完全黑了下来,厚重的乌云压在头顶,眼看着即将大雨倾盆。狂风呼啸着把乌云撕裂开,微弱的星光从偶尔露出的天空中显现出来,很快又被遮蔽在乌云中。路边的小树在风中扭曲着,刚长出的嫩叶被撕扯着凌乱地飘落在路面上。到了夜里,东京内城道路上本来就行人稀少,再加上这呼啸的狂风和沉重的黑夜,周围更加凄凉。高高的大厦矗立在路旁,大厦间的小巷里照不到街灯,愈发显得黑暗,仿佛随时会跑出几个拦路抢劫的来。

"前一阵子,一个帝国剧院的女演员在回家的路上,让一辆汽车给劫持了,然后在车上被人砍了脚又扔了出来。犯人到现在还没被抓住吧?"

"是吗,有这种事吗?"

"还有一个艺伎在睡觉的时候眼睛里被人涂上霉菌,成了瞎子。像君江那种女人最后都会是这种下场……"

忽然,清冈"啊"地叫了一声,村冈吓了一跳,赶紧扭头一看,原来是从旁边刮过的一阵强风把他贵重的巴拿马帽给吹掉了。

不知不觉中,已经走到日日新闻社附近,两人都有些疲惫,便钻进了旁边的一家小酒吧,清冈要了杯威士忌,村冈来了杯啤酒。喝完酒,休息了一会儿,两人出了酒吧向银座大街方向走去。村冈本想告辞回家,但清冈硬是挽留住他,说是带他看看平时不常去的后街小巷里的酒吧,然后又一起过去喝了五六家。无论进哪家酒吧,清冈都要五六杯威士忌,最后喝得本是海量的清冈也已摇摇晃晃。尽管已经烂醉,清冈还要再走进路边的一家酒吧，没有办法，村冈只好拉住清冈和服外褂的袖子，"先生，别喝了。咱们别进酒吧了，您带我到别的什么地方转转吧。我已经不想进酒吧了。"

"现在几点啦？"

"已经十二点了。"

"这么晚了吗？"

"是啊，酒吧都已经关门了。"村冈觉得让已经烂醉如泥的清冈在这附近转来转去非常危险，还不如带他到什么地方的酒店去比较安全。于是就说："先生，咱们还是找个清静点儿的地方喝吧。"

"嗯，你现在懂事多了，很会说话。好吧，去哪儿都行，你喜欢什么地方就带我去吧。"

"那，先生，咱们去坐车吧。"村冈赶紧拉着清冈的袖子，要把他带到西银座那条通往土桥的新道路上。

"等等。"清冈解开裤子，朝黑乎乎的大楼墙壁上撒起尿来。村冈只好稍微离开一点，站在路口拐角处等他。就在这时，有三个女招待相互拉扯着，结伴从旁边经过。村冈定睛一看，其中一人正是"唐璜"的君江。君江也看到了村冈，像是发出了"啊"或者"呀"的呼喊声，但在狂风的呼啸声中不知被吹到何处了。突然，村冈想起了刚才清冈说的话，不由得一阵恐惧：要是让烂醉的清冈在这没有路人的后街小巷里看到君江，不定会做出什么出格的事。要是再登上报纸，那可就更不可收拾了。于是赶紧又是摇头又是摆手，让君江快点离开。

不知君江是否明白了村冈的意思，总之三个人一同走了过去，进了对面的一家荞麦面馆。正在这时，清冈撒完尿，一跌一撞地从小巷里走了出来，抬头一看，望见了君江三人的背影："那是什么地方的女招待啊。我去请她们吃饭吧。"

村冈吓了一跳，赶紧拉住清冈的袖子，"快别去了，有个看起来很厉害的男人跟着呢!"

"我才不怕呢!我请她们吃饭!"

"算了吧。先生。"村冈一面死命抱住清冈,一面叫住了一辆出租车,赶紧拖着他钻了进去。坐进车中,村冈才注意到,也许是刚才抱得太过专注,不知何时,绵密的细雨伴着狂风已经飘落下来,出租车玻璃窗也已被雨水打湿了。

出了荞麦面店,君江、春代和琉璃子三人打了辆出租车。先是琉璃子从赤坂一木下了车,接下来春代在四谷左门町也下了车。因为上车时已告诉了司机地点,他便从盐町的电车道拐下了津守坡。下着小雨的深夜路上没有一个行人。君江有些醉意,加之只有一个人,不知不觉中睡意顿起,不由自主地合上了眼帘。正在这时,一个男子的声音唤道:"阿君、阿君。"君江吃了一惊,赶紧睁开眼睛,却是出租车司机在呼唤自己的名字。"真是个讨厌的家伙。"她想,大概是刚才她们几个人讲话时名字被听到了,司机在跟自己开玩笑,于是也就没放在心上,随口问道:"已经到本村町了吗?"

司机慢慢地开着车,"我一看到你就认出是阿君了,你忘了吗?我是诹访的加藤,见过你两三次。"说着转过头来,摘下鸭舌帽,露出脸庞来。

说到诹访的加藤,君江想,那应该是富士见京叶那边的人吧。要是说在那儿认识的,应该做过两三次自己的客人吧,但怎么一点都想不起来呢。平时君江总是想着,要是在酒吧遇到以前的客人,自己该采取什么态度呢。为了不至于尴尬,她也经常预先考虑好自己该有的表现。不过东京真是太大了,这半年来,自己在那么多地方都做过,但自从到了银座的酒吧,还没碰到过一个之前的客人。因而,自己那颗悬着的心也逐渐放松下来,没想到,今天却被出租车司机认出来了。君江内心一阵惊慌,但最后觉得还是装作不认识的好:"你认错人了吧。我可从来没有见过你。"

"阿君啊，你不记得我，我也不怪你。谁叫我现在落魄到只能做个出租车司机了呢。不过，阿君你虽说现在做了女招待，但也不会贵到哪里去吧。女招待也好，高级艺伎也罢，里面不都是一样的吗！"

"让我下车！我要在这儿下车！"

"下着雨呢，让我送你回家去吧。"

"不用。真烦人。"

"阿君，那时候你一次是十块钱吧。"

"我说了要下车，你怎么不让我下车！你觉得我怕男人，不敢走夜路吗！混蛋！"

看到君江凶神恶煞的样子，司机觉得，即便使用暴力也难让她屈服，只好乖乖地停下车。正好一阵骤雨袭来，看到君江没有带伞，司机幸灾乐祸地伸出手，从里面打开车门："要下就在这儿下去吧。"

"一块钱放这里了。"君江掏出两枚五十钱银币，丢在座位上，然后一只脚从打开的车门伸了出去。就在她的脚刚要着地的一瞬间，司机看准机会，突然发动车子冲了出去。君江"啊"的一声，整个人都被翻了起来，甩到了雨中。

"让你嘴硬，这个贱货。"司机恶狠狠的骂声被骤雨声打散了，出租车瞬间就消失在了茫茫雨夜中。

君江回过神，从泥水中站立起来，环顾了一下四周。记得自己被甩出去的地方是在从津守坡下往阪町巡警派出所去的路上，周围应该是一段漆黑的小路。但四周的景象却像是在屋敷町的护城河外，完全弄不清方向。周围既没有汽车也没有行人。君江抬头看到前面有一户人家门口立着石门柱，柱子上挂在灯，便忍着疼痛，拖着两条腿，走了过去。借着伸出篱笆的橡树枝挡雨，君江打算把被泥水浸湿的头发梳理一下，但手摸到额头，她才看到满手的鲜血。想到这是自己脸被撞破流下的血，君江顿时觉得心脏猛烈地跳动起来，也顾不得去管头发和衣服了，想要大声呼救，又忍住了，只是拼命地边寻找医院或药房边在雨中奔跑起来。

九

黎明之前，出租车载着君江，回到了本村町的出租屋。昨夜，当君江冒雨爬上市谷合雨阪，跑到药王寺前町的大街上，才看到了一家私人诊所，好心的医生帮她做了紧急处理，还为她叫来了出租车。

君江脸上和手脚上虽都有划伤，但并无大碍。不过，因为长时间在大雨中奔跑，身上的衣服都被淋透了，也没有及时换掉，到黎明时分便开始发烧，甚至烧到了四十多度。到了下午，依然没有好转，便叫来了医生。经过诊疗，医生给她开了药，另外还担心可能会引起伤寒或肺炎，就拜托房东大婶多多留意。幸好，之后并没有引起这些并发症，过了三天，君江的病情开始趋于好转，也不用去住院了。过了一周，君江便可以起床行走了。

在生病的这一段时间里，君江只是向酒吧告假说得了重感冒，并没有谈及那天晚上的遭遇。因为一方面君江觉得很多人前来探望会让人烦心，另一方面说不定会传出她被强奸了的谣言。到了第八天下午，春代前来探视，那时君江额头的绷带已经拆掉，额头上只留下些许疤痕。君江解释说是那天晚上在路上不小心磕的，春代也没有再追问下去。又过了一天，琉璃子也来了，君江同样解释说自己是得了重感冒，琉璃子也没有任何怀疑。现在，君江的体温已经恢复正常，也有了食欲，只是腰部和手脚的摔伤还没有完全好，上下楼梯时还隐隐作痛。于是，房东大婶便告诉她，在市谷岗亭那边有个叫什么什么的药物温泉，对治疗跌打伤很有效果。因此，君江在第二天傍晚便去了那家浴池泡了个澡。第三天，君江忍着疼痛开始梳理起头发，梳完头发，就又去浴池泡了澡。

从澡堂回来，君江收到了一封信。信封上没有寄信人的姓名，但拆开信一读,就知道原来是清冈进的门人村冈写的信。

我直接给您写这封信是否合适是经过认真思考后才决定的。之所以这么说,是因为这封信一旦被先生知道,恐怕我和他的关系就要断绝了。因此,我充分相信您是个善良的人,并且一定会为我保守这个秘密。在此基础上,我才给您写了这封信。您也许还不知道,先生的夫人上个月底突然和一位外国妇人一起离开了日本。对于和夫人的离别,先生当时装作毫不在意的样子,但从那之后的表现来看,这件事对他的打击还是很大的。因为,这十多天来,先生每天的生活就是饮酒和放荡,已几近崩溃。因此,我相信,能够安慰先生现在以及将来人生的,就只有您对他的爱了。虽说现在,在我们面前,先生绝口不再提到您的名字,但是,正因为如此,我才断定,在他心目中您并没有消失。我有时甚至觉得,先生把失去夫人的责任全都推到您一个人头上。因此,在这里,我必须向您完全坦白一个从去年就开始发生的秘密。其实,从去年开始,先生的心底就不断地在酝酿一个报复您的阴谋。当然,我之所以敢这样向您表白,并不是想让您与先生分开,而是想让您明白,先生内心之所以残忍,正是因为对您抱有持续而深远的爱意。先生这两三天要从仙台到青森去旅行,并在丸圆发行所主办的文艺演讲会上进行讲演,并且今年夏天还要去东北地区的温泉地避暑。所以,我在送走先生之后,也会利用这个时机,离开东京,回到我已经分别很久的故乡。其实,我昨天一个人去了唐璜,就是希望能再见您一面。然后他们告诉我说您得了重病,卧床不起。听到这个消息,我反而要祝福您这些天生病没有外出了。请让我就这么说吧,因为我很犹豫是否要向您解释这件事。当然,我也明白,即使我只这样告诉您,您也一定能够立刻猜到所有的情况。那么，我就写到这里吧。在今年的秋风摇曳起那高高的大波斯菊之前，我都会一直住在家乡。当银座的喧闹又一次复活在清凉夜晚之时，我期待着再次和您相见。

七月四日

当君江看到信纸上的日期才注意到现在已进入七月了。与此同时，她也感到，从那晚遭遇不幸到现在过了还不到十天，但却如同过了一两个月，并且也觉得在床上好像已经躺了很长时间。这一年多来，自己每天都去酒吧上班，这几天突然没去，还有些不太适应了。只是现在已到出梅时节，白天晴空万里，阳光普照下还有些许凉风吹来；而到了晚上，一丝风也没了，周围闷热难耐。即便一动不动地坐在那儿，身上的汗水也夹杂着油脂一个劲地从毛孔中冒出来。满是小户人家的后街小巷昨晚还沉浸在梅雨的静寂中，今晚却开始充满了各种杂乱的声响，有说话喧哗声，有缝纫机踩踏声，小道那边还传来收音机的播报声。君江下楼来和房东大婶一同吃了饭，也没有梳理刚洗过的头发，只是稍微化了一点妆便匆匆来到了街上。前些天待在屋里时，每晚只能和房东两个人说话，君江早已不耐烦了，另外，现在一下子有了盛夏的感觉，她也想赶紧出来，到处散一散步。临出门前从梳妆台的抽屉里拿出蛙口状小钱包时，看到村冈的信也放在抽屉里，就随手和钱包一起塞进了腰带里。因为这封信后半篇她只是在下来吃晚饭的时候借着天黑之前的昏暗光线，在窗口匆匆看过，并没有细细读过，因此，君江打算去护城河边散步，找一处安静的河堤，借着路灯的光亮，再认真仔细地读上一遍。但在电车和汽车穿梭不止的护城河边，走了一大段路，一直走到新岗亭的河堤前，居然没有找到一处可以阅读信件的地方。再向前走，远远地看到了牛込岗亭边租借小艇处的灯光，有两三个女学生装扮的女孩子正坐在岗亭的栅栏上乘凉。君江觉得自己穿着地锦叶花纹的连体浴衣，也不会引人关注，便走到离她们不远处，一边任凭暖风吹拂着扎起的头发,一边借着路灯的光亮,从腰带里取出村冈的信读了起来。看着看着,君江觉得这封信的文体就像学生写的情书一般让人作呕,再读下去又感到像是翻译小说一样晦涩难懂,有时甚至搞不懂哪些是事实,哪些是村冈的臆想。看完这封信,君江对它大致的理解就是:因为清冈先生把她当情妇包养从而导致夫人离家出走,这样的话就必须做点什么。如果装作不知,不去理会,清冈先生就会满腹怨气进行报复。所以,村冈要求自己要当心,不要被清冈先生给害了。就是这么一封莫名其妙的信,君江看完后简直是气不打一处来,这个村冈是个什么东西,都说了些什么不着边际、胡言乱语的话!

过了一会儿,君江的心绪稍稍平息下来,突然想到,这封信恐怕不是村冈自己想要写的,而是由清冈授意写的。现在回忆起那晚的情景,君江感到很不可思议,为什么自己正要进到西银座的荞麦面馆时,会在那个奇怪的地方看到村冈。难道是……想到这里,君江忽地感到脖子后面寒意顿生,一阵恐惧涌上心头,说不定自己被车子甩下来就是清冈教唆的也未为可知……好吧,既然你要这么对付我,那我可也不是吃素的,要报复就放马过来吧,最后大不了大家鱼死网破!

想到这里,君江再也无法在原地站着不动了。她边走边思考,穿过岗哨,走到了四番町河堤边的公园里,在一盏路灯下找到了一把长椅坐了下来。君江记得这附近有个夜校,平日总会有学生出来溜达,遇到年轻女孩就会上前搭话、戏弄,但今天因为是周日的缘故吧,周围一个学生也没有。公园四周静悄悄的,竖着铁丝网的护城河堤岸就矗立在旁边。堤岸另一面正下方就是护城河缓缓的流水,对岸的道路上电车来往的声响不绝于耳。偶然听不到电车声时,水面上出租小艇的划桨声夹杂着年轻女孩的嬉闹声就会从护城河上传来。每到夏天,看到出租小艇天天夜晚生意兴隆,君江就一定会想起在小石川京子家中,两人共同生活的场景。那时,两人经常会把小艇划到岸上灯光照不到的河中央,看到只有男子划的船时,就故意碰上去，借机引诱男子。从那时至今已有三四年了，君江就一直生活在这种难以启齿的淫乱生活中。放眼望去，从饭田桥到市谷冈亭这一段护城河就横亘在眼前，而君江这几年的生活如同以此为背景而展开的一幕幕话剧。现在，君江的内心渐渐觉得这样的话剧，也即将到了自然而然落幕的时候了……

一只灯蛾如同被扔出的石子从君江眼前划过，她吃了一惊，思绪从幻想中回转过来。极目远眺，可以看到从牛込到小石川一带的景致，对这平日司空见惯的景象，君江今天突然觉得有些依依不舍。不知不觉中，君江心中涌起一股情绪，想要再仔细看一看这眼前的景致，好把它永远留在记忆中，即使今后再也见不到也不会后悔。于是，她不由得从长椅上站起，走向了竖着铁丝网的河堤。就在此时，一个男子的身影从树荫处摇摇晃晃地走了出来，差点和君江撞在一起。两人都赶紧相互避让，当无意中看到对方脸庞时，两个人都惊讶地站住了。

"啊！阿君！"

"大叔！你这是怎么了！"

这个大叔，正是过去包养京子，住在牛天神下的那个男人。那时，君江刚刚离家出走，就住在京子家中，那些经常来京子家玩的艺伎们都口口声声地叫他大叔，君江也就有样学样地这么叫了起来。这人本名叫川岛金之助，在一家公司的股票科做事，后来私自挪用公司资金被逮捕，为此去蹲了监狱。眼前的川岛没有戴帽子，穿着洗得发白的棉布浴衣，腰上系着白色腰带，脚上穿着破旧的木屐。这和他之前浑身上下丝绸衣服，穿得像个演艺界人士的装扮截然不同。现在这个样子，一看就知道是刚从监狱里放出来没几天。

川岛两手抓起棉布浴衣的下摆，像是很冷似的拉拉紧："这个样子让你见笑了。真是一言难尽啊！现在和过去不好比啦。"他一边极不自然地笑了笑，眼睛一边不时地四下张望，一副在监狱里待久了的人所特有的样子。

看着眼前的男人，君江不由得想起刚认识川岛时，他虽也已有四十五六岁了，但还没有多少白头发，身材不高不矮、不胖不瘦。有时带着年轻的小妾出来散步，看起来还是一位相貌堂堂、精力旺盛的中年男人。而眼前这个男人，脸色蜡黄，深深的皱纹如同用刀刻在了脸上，蓬松凌乱的头发已完全花白，已完全变成了一个如同从灰尘或沙地里钻出来的老头子，就连那双过去曾经炯炯有神的眼睛也已深陷进眼窝，只有闪烁的眼神，像是时刻在寻找什么东西似的四处打量。

君江不知该说些什么，只能像是回想起往事似的先向川岛表示了谢意："那时承蒙您多多关注了。"

"你就住在这附近吗？"

"我住在市谷本村町。"

"好的，我知道了。过两天咱们约个地方再聊吧。"说着，川岛一个人走开了。君江赶紧走了两三步跟了过去，想到至少要问问他住在什么地方，就故意套话说："大叔，您是去找阿京吧，我也好久没有见到她了。"

"我是不会去找她的。听说她现在去了富士见町。我听人说，像我这个样子去找她，她根本就不会见我。所以还是不见的好啊。"

"哎呀，谁这么说的，没这回事。您尽管去找她就是了。"

"阿君，你后来怎么样了，过得还好吗？现在是不是和喜欢的人生活在一起呀？"

"不，大叔。我还是那样。就是现在做了女招待。这一个多星期我因为生病就一直待在家里。"

"是吗，原来是做了女招待了。"

两人边说着话边走着，川岛看到树荫下的长椅上坐着的都是依偎在一起的年轻男女，偶尔有一两个人路过也都是些年轻学生，便放下心来，找了个长椅，自己先坐了下来，"我也想好好和你聊聊。见到你，我还是想起了许多过去的事。唉！原本打算把一切都忘掉的……"

"大叔，我也想到过去的事了。还是觉得那时候在诹访和您在一起最有意思。我刚才一个人的时候也是想着这些事情在发呆。今晚太不可思议了。我想起那时候的一些事，正呆呆地望着小石川那边的时候，就遇到了大叔您啦，真是不可思议啊！"

"是啊，这儿能看到小石川那边啊。"川岛也像是被护城河对岸的风景所吸引，把头转了过去，"那边，那处亮灯的地方是神乐坂吧。这么说来，安藤坡上树木茂盛的地方就是牛天神吧。现在想来，我那时候也真是过得太随心所欲了。不过，人一生总要有那么一段时间要过得有趣些，否则不是白活了吗？一有些变故，想欢乐地生活都不可能了。"

"真是这样啊。其实，我正打算回乡下老家去。虽说做女招待也没什么大不了的，但我挺讨厌因为一点小事就被人埋怨、被人憎恨的，并且说不定什么时候就会被人暗算，想到这些，我可真有些害怕了……大叔，十多天前，我就是从汽车上被甩下来受的伤。你看，现在还有伤疤呢，手腕上也有。"说着，君江卷起浴衣袖子，伸到了川岛面前。

"真可怜。还有这种事。是因情生恨吗？"

"大叔，经过这件事，我才觉得，男人的报复心比女人还要强。"

"一钻牛角尖，男人、女人都一样。"

"这么说，大叔您以前也遇到过类似的事情了。之前我们在一起的时候……"

突然，河堤下传来了汽车的轰鸣声，接着，一股煤炭的烟尘飞舞上来，眼前一下子满是煤烟，君江也顾不上和川岛谈话，赶紧站起来，用衣袖遮住了脸，川岛也跟着站了起来："我们走吧。你介意告诉我你现在的住址吗？只说说大概地方就可以了。"

"我在市谷本村町某某号地，就是龟崎那边。我一般中午一点之前都在家里。大叔，您现在住在哪里？"

"我嘛，我现在……等安定下来再告诉你吧。"

公园里只有一条小路，两人很快从新岗亭穿过，不知不觉中来到了护城河边的电车路。从这儿到君江住的市谷也就一站路，君江打算看着川岛坐上电车，自己一个人走回家，所以就在车站停了下来。川岛也不说他要去哪个方向，电车来了两三辆他都不上去。没有办法，君江只好陪着他默默地走了起来。当两人一步一步快走到市谷岗亭附近时，君江想到，如果回乡下，可能再也见不到川岛了，心中多少有些不舍。并且以前他对自己也有过恩情，和他多聊聊过去的事可以安慰安慰他，就当是还礼了。于是便开口道："大叔，我快到家了。您要不到我那儿稍微坐一会儿吧。"

"不会有人不高兴吧？"

"大叔，您真讨厌！没关系啦。"

"你是租房子住的吧。"

"是的。我一个人租了二楼。一楼也只有房东一个人，不会打搅到别人的。"

"那我就去你那儿坐坐吧。"

"没事，您尽管来好了。只要有男人到我这儿来，就算是不做那事的人，房东也会很有眼色地立刻出去，让人觉得她心急得有些过头了。"

君江在从护城河边转进小巷时，刚巧路口那个酒店的年轻伙计正坐在路边乘凉，就叫了三瓶啤酒和一听螃蟹罐头让他送过来，自己带着川岛回到了出租屋里。"大婶，我回来了！"君江拉开门叫了一声，带着川岛上了二楼。二楼的卧室打扫得很整齐，梳妆台上还挂着友禅纹样的布片，卧室中央已经铺好了被褥，这显然是在君江出门的时候房东上来收拾的。看到这样干净整洁的卧室，川岛显然有些意外，两只脚也不由自主站在门口，只是瞪着眼睛向里张望。君江装作若无其事地说："您别介意，大婶当我病还没好，才帮我铺好的，我这就收拾起来。"接着便打开壁橱门，抓过枕头塞了进去。听了这话，川岛像才回过神来似的，赶紧狠狈地说：

"阿君,没关系,你别把我当作客人,不用收拾。"

"好吧,那我就这么放着了。以前在您那儿的时候,阿京不也经常说我连衣服都不会叠嘛。我一直就是这样大大咧咧,大叔您也是知道的。"说完,君江拿起放在梳妆台前的薄毛呢坐垫,随手翻过来递给了川岛。

这时,房东爬到二楼,将刚才君江买的啤酒和螃蟹罐头又添了些腌菜一同端来,放在二楼楼梯口的木板上,默默地走了下去。听到声响,君江站起身来,把酒菜拿进卧室。"大叔,您想吃什么菜尽管说,外边那家就是饭馆,我从这边窗口一喊,他们就会送上来。"

川岛接过君江递过来的啤酒,一口气干了,然后一言不发地透过敞开的窗户,盯着窗外来回张望。看到川岛的样子,君江心中一阵难过,去蹲过监狱的人都会变得这么在意周围的一切啊!"我前一阵子一直躺着,今天才一起来,还有些不适应。这么热的天,我还感到有些冷。"说着,君江也不顾屋里闷热难耐,爬过去将窗子半掩了起来。

川岛端起第二杯啤酒,眼眶一下子红了起来:"人世间最美好的还是酒和女人啊!唉!我也想再振作一次,找个工作干干,可身体有病,什么也做不了啊!阿君啊,你的人生才刚刚开始,今后可要好好品味人世间的滋味啊。你刚才还说什么要回乡下!就算真回去了,你恐怕半个月也待不住。你别不信,像我落魄成这样,只要看到红色坐垫,喝上一杯酒,头脑还是会发热,那种情绪又会涌上来啊!"

"大叔,您这是很长时间没喝了啊。来,再干了这杯,心情就会更好了。"

君江一直想打听打听川岛出狱后都做了些什么,是怎么生活的,但又不好直接问,于是才这么说,就是希望能套出川岛的话来。果然,川岛又喝了一杯,情绪逐渐高涨起来,声音也比刚才响亮了不少:"俗话说得好,巧妇难为无米之炊。我从监狱里出来,就像个叫花子,别说喝酒了,经常连饭都吃不上。我儿子要是还活着或许还能帮帮我。唉,在我被关在监狱的时候，他得肺炎死掉了。儿媳妇和孙女都不得不住到乡下去。她娘俩生活也不易，据说现在孙女还小，再过四五年也要把她卖去做艺伎。我也想去找找以前帮过的那些家伙，他们或许会看在情面上收留我。但一想到现在要低头去央求别人，让别人指指点点，我还不如死了算了。阿君，谢谢你今晚收留我，就算我到那个世界……我也不会忘记你，我会为你祈祷的。"

"哎呀！大叔，您都说些什么啊。您以前那么照顾我。我现在能够一个人活下去，不都是多亏了您嘛。我最初到公司去上班，不还是大叔您给介绍的嘛……后来又教给我一些待人接物的道理……还带我到各处酒馆去，我才知道了那里面的各种事情，这些都要感谢大叔您啊！"

"哈哈哈哈。今晚的啤酒就当是以前教你那些坏事的学费啦！那我就不客气了。记得带你们去的那些地方，就连干这一行的阿京也大开眼界了。现在她混得很不错吧？"

"还好吧，她也没混成什么样。不过，那时候我还是和公司的人都混熟了。也不知道他们现在都怎么样了。我在酒吧也从来没有见过他们。"

"是吗，他们也都上了年纪了吧。后来那家公司也倒闭了。看来落魄的也不光是我一个人呀。"

"您可别这么说。您还没那么老吧。现在好多人不是过了六十都还很精神嘛。"君江本想举出松崎博士的例子，但又觉得不妥，也就不再说下去了。

"玩乐也会上瘾，戒不掉啊！"

"大叔您这样的人，以前玩乐成瘾，马上还会和以前一样的。"

君江已有十多天没有喝酒，今晚和川岛聊着聊着，一会儿就把买来的三瓶啤酒喝干了。

"你不愧是干这一行的，酒量可真不小。那边放的不是威士忌吗？"

"哎呀，您看我，一病把什么都忘了。"君江站起身来，把放在柜子上的洋酒拿来，倒进茶杯，"我这儿也没玻璃杯，您就将就点吧。"

"我已经不能再喝了。"

"那我去买点啤酒或者清酒吧。"

"不用了。我好久没喝，都喝不动了。回不去可就麻烦了。"

"没关系，您要是喝醉回不去，就在这里睡下吧。"君江一扬脖子，将半杯威士忌一口吞了下去。

"女招待酒量就是不得了啊！"

"这比清酒好，不上头，喝多少都不会头疼。"正说着，君江感到喉咙一阵灼烧，赶紧抓过刚才喝剩下的啤酒一口干掉，这才觉得嗓子有些滋润。接着，她大口地喘着气，将散乱在脸上的头发拢到脑后，用手将黏在一起的秀发散开来。看着比两年前更显妖娆的君江，川岛的眼睛再也挪不动了。那时候，虽然君江也很妖艳放荡，但肩膀和腰腹部多少还有些像个小姑娘。而现在，从面颊到下巴，细长的瓜子脸已出落得非常精致，肩头和脖颈比那时更加柔弱、温润，浴衣胸口半开着，盘坐在榻榻米上的大腿肉感十足。整个身体从上到下，无处不显露着正经女人所没有的妖娆风姿。这种风姿就如同茶道师傅在平时生活中的一抬手、一投足，总是显现出和常人不同的动作，又像剑客的身体，无论他怎样放松，也不会暴露出身上的任何漏洞。君江的风姿就在于她并没有刻意引诱男人，但男人的内心却早已骚动不安。

"大叔，我现在真有些醉了。"君江斜过身子，将两腿伸向一边，胳膊肘倚着窗棱，一只手支着脸颊，另一只手将脑后的头发拨到窗外吹风。这时，已经醉醺醺的川岛瞟了一眼君江，看到她的身体躺倒下去，头发从枕头散落到了榻榻米上。

君江半闭着眼，鼻子哼着《日本乃武士之国》的小调。听着君江的哼唱，川岛像是下定了决心似的，自己斟了一杯威士忌，一口干了下去。

就像做了一场梦一般。君江感到有些闷热，睁开眼睛，看到自己只穿了一件贴身内衣躺在床上。周围散落着啤酒瓶和威士忌酒瓶，川岛已不见了踪影。邻居家的钟表传来阵阵报时声，也不知道是十一点还是十二点了。忽的，枕头上放着的一张对折的信纸吸引了君江，她拿过来一看，原来是川岛用自己梳妆台抽屉里的信纸写的。君江躺在榻榻米上，打开信纸看了起来：

我也没有什么事情要向你啰唆的了。今晚我是在到处寻找自杀的地方才偶然遇到了你。在我对人生已经绝望的时候，你又一次让我体会到了过去的欢乐时光。这样一来，对这个世界我已经没有什么可以眷恋的了。当你遇到阿京，和她提到我时，我已经不在人世了。真是很感谢你的款待。说真的，我今晚曾想把你也带到那个世界去。还好我突然意识到男人执着起来也是很恐怖的，才没有做傻事。好了，就写到这里吧，我到了那个世界也会守护着你，就当是对你的答谢吧。祈祷你将来幸福。

KK书

君江一骨碌爬了起来，拼命地大叫着："大婶！大婶！"

昭和六年①辛未三月九日病中动笔至五月二日深夜初稿完成
荷风散人

---

① 昭和六年：即1931年。

濹东绮谭

一

我没看过电影。

当然也不能说完全没看过。凭着我模糊的记忆，那应该是在明治三十年[1]左右，在位于神田锦町的锦辉馆中，放映过介绍旧金山市区风景的片子，那时，我也曾去看过一回。而"活动写真[2]"这个词也许就出现在这个时候。时光已经流过四十载，"活动写真"这个词也已过时，被其他词语代替了，而作为我来说，还是觉得第一次听到、说过的词比较顺口，因此，现在我依然习惯使用这个已经过时的老词。

关东大地震[3]以后，有个来我家做客的青年作家，听说我没怎么看过电影，连连说我赶不上形势，好说歹说也要拖着我到赤坂溜池的一个小放映室去看。据说那天放映的电影广受好评，看了以后，我才知道，那是以

---

[1] 明治三十年：即公元 1897 年。
[2] 活动写真：当电影刚传到日本时，曾被称为"活动写真"，即"会动的照片"。而现在日语中称电影为"映画"。小说原文中均使用"活动写真"这个词。
[3] 关东大地震：指 1923 年 9 月 1 日发生在日本关东地区的大地震。震级 7.9 级，死亡人数超过 14 万，受灾 340 万人。

莫泊桑的一部短篇小说改编而成的电影。然而我的感受是，与其看这种会动的照片，还不如去看不会动的照片。若是真想欣赏莫泊桑的作品，还是去看原作的好。

当然，如今看电影已成为男女老少各色人群的共同爱好，连平时互相交谈也会时不时地谈论起电影来。为了能听懂别人都在谈些什么，我虽然不喜欢看电影，但还是会在经过电影院时，留意去浏览一下贴在宣传栏的电影海报以及片名。现在，我已经可以做到即使不去看画面，只瞟一眼海报，也能想象到改编的梗概，甚至能体会到哪个场景最受大家欢迎。

一次性能够看到最多电影海报的地方在浅草公园。只要来到这里，就可以一下子看到所有类型的电影海报，当然也会自然地比较出其优劣来。我每次去下谷浅草那边办事时，一定走进公园，拖着拐杖前去欣赏。

那是一天黄昏时分，傍晚的风吹得人顿生寒意。我一幅幅地看完所有的海报，从公园边上走到了千束町。在我右边是言问桥，左边是入谷町，我正边走着边犹豫该走哪个方向时，从旁边小巷中窜出一个四十岁左右，穿一件旧西服的男子："帅哥，我带你去个地方吧。怎么样？"

"谢了，不用。"我稍稍加快了步调。

"这可是绝好的机会，很猎奇的。帅哥不想尝试尝试？"那人不厌其烦地跟了过来。

"不用，我去吉原[①]。"

那人不知道算是揽客的，还是拉皮条的，总之为了不再被他纠缠，我随口就说要去吉原。本还没有确定的散步路线，这一下子反而有了方向。走着走着，我突然想起河堤下后街里有一家旧书店，于是便决定先到那儿去看看。

沿着山谷河的清流走到与地下暗沟相连处，然后拐到吉原大门前再向

---

① 吉原：东京都台东区浅草北部的原红灯区。在江户时期曾充斥着妓院、酒楼，盛极一时。

日本堤桥方向走过去，在桥边有一条狭窄阴暗的里弄小巷，这里便是那家旧书店的所在了。里弄小巷沿着水谷河岸自成一个街镇，而对岸石堤上则是成片房屋的背面。一些经营瓦管、地砖、河沙、木材的批发商夹杂在住户中间，占据着略宽敞的门面。而随着河面逐渐变得狭窄，石堤上的人家也逐渐变成了低矮、破旧的土木屋。河流上架设的正法寺桥、山谷桥、地方桥、洗发桥等，一到夜晚便会亮起微弱的桥灯。再往前行，随着河水流入地下暗沟，桥梁也没再架设，行人也随之不见了踪影。在这附近，到了晚上，也就是那家旧书店和一家卖烟的杂货店还会亮起灯来。

我并不知道那家旧书店的店名，但我知道店里都有些什么物品。有时甚至还能找到《文艺俱乐部》[①]的创刊号和旧《大和新闻》[②]的讲谈[③]附录，因此，还是有进店一瞥的价值。当然，我绕了这么一大段路来到这家店中，可绝不是为了那些旧书。这家店铺真正吸引我的，是出售旧书的店主人的人品和城郊小巷所特有的人情味。

旧书店店主是一个头剃得很干净的矮小老人，年龄应该有六十多岁了。不管是他的面容表情、举止态度还是言谈话语、服饰装扮都显示出土生土长的东京平民的风俗习惯。在我眼中，这比起那些珍稀的古书来更值得尊崇和怀念。像这样有着江户时代风情的老人——在关东大地震之前，去看戏或在曲艺场的后台总能遇到这么一两位，其中最为人熟知的就是音羽屋的男仆留爷和为高岛屋跑腿的市藏，现如今这两位也都辞世而去了。

在我拉开旧书店玻璃门的时候，此间店主正和往常一样，坐在里面隔间的拉门旁，上半身略微向外弓着腰，通过滑落到鼻尖的老花眼镜，专心

[①]《文艺俱乐部》：1896年1月由日本出版社博文馆创刊的文艺杂志。在创刊当时很有影响力，由石桥思案主编，泉镜花、樋口一叶、广津柳浪、小栗风叶、江见水阴等一批日本有名的作家都为其供稿。后来逐渐成为大众化读物，于1933年停刊。
[②]《大和新闻》：于1887年创刊。因为登载了三游亭圆朝的讲谈笔记而名噪一时。
[③]讲谈：日本传统曲艺的一种。

地读着什么。我每次来到这家店时,大致都在傍晚七八点钟,每次也都看到老人坐在相同的地方,摆着相同的姿势。他听到拉门的声响,依然弓着腰,只把脖子稍稍扭转过来,说上一声"啊,请进",接着摘下眼镜,依然弯着腰,从座位上坐起,拿过旁边的坐垫,"嘭嘭"地拍打几下灰尘,像是趴在榻榻米上一般,边将坐垫一一摆好,边客气地打着招呼。那语言和姿态无不显现着老江户的韵味。

"好久不见了,您一切都还安好吧。小店中能入您法眼的物件,嗯……前一阵子收了几册《芳谭杂志》①,不过,还没有收全。"

"是为永春江办的杂志吧。"

"是的。第一期就在店中,可以请您过目。唉,放到哪里去了呢?"老人从墙边堆积的旧书中取出五六本合集,两手"啪啪"地弹了弹书上的灰尘,递了过来。我伸手接过:

"还有明治十二年②的杂志啊。现在读起那时候的东西,感觉自己如同穿越过去一样。还有《鲁文珍报》③没有,要是收全了,我倒是想买的。"

"有时候也会收到,但并不完全。贵客,您有《花月新志》吗?"

"有啊。"

此时,玻璃门又被拉开了。我和店主一同转头看去,进来的是个六十多岁,瘦腮秃顶,一脸穷酸气的老头。他一进店门,便把肩上脏兮兮的带有条纹模样的包袱卸下来,丢在门口摆放整齐的旧书上:"我就是讨厌汽

---

① 《芳谭杂志》:由在《宝丹》中有名的守田治兵卫(号宝丹)为后援者于 1879 年 7 月创刊。初期以登载忠信孝贞的青年男女恋爱小说和药物用法介绍为主。后从第 21 期开始由为永春江(第一代为永春水门下的戏曲作家)任主编,开始登载大量的戏曲作品,一直持续到 1885 年 10 月。

② 明治十二年:即 1880 年。

③ 《鲁文珍报》:1878 年 1 月创刊,1885 年停刊。是由成岛柳北编辑的文学杂志。

车，今天真是差点要了我的老命。"

"又方便又便宜还不会出事的东西，这个世上还是不多的。那个，你，没受伤吧？"

"还好。我的护身符被撞碎了，我才幸运地躲过一劫。开在我前面的公交车和出租车撞在了一起，我坐的车也差点撞了上去。现在想起来还吓得我一身汗。说实话，我今天去了一趟鸠谷市，买了些稀罕玩意儿。老物件就是好啊。虽说不一定能找到下家倒卖出去，但我一见就喜欢上这些个物件了。"

秃顶解开包袱皮，取出几件女人穿的碎花单衣以及和服长衬衣放在我们眼前。碎花单衣用的是鼠灰色小滨绉绸，长衬衣的袖子采用了友禅印花的手法。这些物件虽说都不大常见，但也都是明治维新前后的物品，并非可称为古董的物件。

不过，用衣服的布料来做浮世绘画册的封面，或者用作最近买的袖珍本小说的内衬，再或者用作插图读物的书皮，都是不错的创意。于是，我大脑一热，就买下了一件长衬衣。光头店主将我买好的旧杂志和长衬衣一同用纸包好，递了过来，我便接过纸包，走出了旧书店。

我本打算乘坐来往于日本堤的公共汽车，于是就来到了吉原大门前的车站。然而，来往穿梭的出租车的揽客声着实让人感到有些烦躁，我便拐进了刚才的小巷中，专挑那些电车和出租车不会经过的昏暗小道，不一会儿就从树丛中钻了出来，抬头一看，已到言问桥附近了。因为听说河边的公园人多事杂，我就没有走向河岸边，而是在安装了路灯的小道边，找了块用铁链围起的草地坐了下来。

在来浅草的路上，我还买了些面包和罐头。为了拿着方便，我决定把它们和旧杂志、旧衣服包在一起。但是，不知是因为包袱太小还是软硬不同的东西很难包在一起，试了几次都没有成功。最后，我终于想起可以将罐头塞进外套的衣袋里，其他东西包在一起。于是，我就在草地上把包袱铺开，正专心想着如何把这些东西包好时，身后的树丛中却突然传出警笛声，接着一个巡警跑了出来，伸出他长长的手臂，一把按住我的肩膀，大声斥责道："喂，你在做什么？"

我没有回答，只是静静地系好包袱，站起身来。那个巡警好像连这一点时间也不愿给我似的，从后面抓起我的手臂，喝道："到这边来。"

沿着公园的小路，很快就到了言问桥边，那个巡警将我带到大路对面的派出所，交给了站岗的巡警，又匆忙地不知跑到哪里去了。

派出所的巡警站在入口处，开始了讯问。

"你刚才是从哪里过来的？"

"从对面过来。"

"对面是哪里？"

"就是河那边。"

"是哪条河？"

"就是真土山下叫山谷河的那条。"

"姓名。"

"大江匡[①]。"我回答说。看到巡警拿出记事本，我便接着说："匡就是'匚'字框，里面加个'王'字。就是《论语》中'一匡天下[②]'的那个'匡'字。"

巡警瞪了我一眼，那眼神里分明写着"闭嘴"，然后伸过手来，一把解开我外套的扣子，翻看起大衣内里来，"怎么没有标记啊。"接着又要来翻看上衣。

[①] 大江匡：永井荷风的远祖是从大江广元的次子长井左卫门尉时广门下而来，因此，长井也就是永井的本姓就是大江。他这里是把鸿儒大江匡房的房字省略掉，称自己为大江匡。

[②] 一匡天下：出自《论语·宪问》。

"您说的标记是指什么?"我放下包袱,将上衣和西服背心都解开来给他检查。

"你住哪儿?"

"麻布区御箪笥町第一街区六号。"

"职业?"

"我没工作。"

"无业啊。年龄呢?"

"己卯年生人。"

"我是问你多大了!"

"我是明治十二年①出生,己卯年的。"说到这里,我本不想再说下去,但又怕再生事端,就进一步说道,"今年五十八了。"

"你看起来挺年轻的嘛!"

"嘿嘿嘿嘿。"

"你叫什么名字来着?"

"我刚说过呀,叫大江匡。"

"家里几口人啊?"

"三口。"我答道。但其实我单身,但从今天的情形来看,要说单身的话,又会被审查半天,所以就回答说是三口人。

"三口人,那除了你老婆还有谁啊?"巡警想当然地问道。

"是老婆和老母。"

"你老婆多大了?"

这个问题让我有点踌躇,但立刻想起四五年前曾和一个女人同住过一段时间,于是就说:"三十一了。她是明治三十九年②七月十四日生人,丙

---

① 明治十二年:即公元1880年。

② 明治三十九年:即公元1907年。

午年的……"

说到这里,我想,要是他再问起姓名的话,我就干脆说个自己写的小说中的女主人公名字。不过,还好,巡警没再问下去,而是伸手摸了摸我外套和西服的口袋:

"这是什么?"

"烟斗和眼镜。"

"嗯,这个呢?"

"罐头。"

"这是钱包吧。拿出来看看。"

"里面有钱的。"

"多少钱?"

"大概有二三十块吧。"

巡警掏出我的钱包,毫不客气地直接丢在了放着电话的桌上,"那个包袱里面是什么?拿过来解开让我看看。"

当我解开包袱,拿出用纸包好的面包和旧杂志,那件和服长衬衣的漂亮印花袖子一下子就耷拉了下来,巡警立即瞪大了眼睛,警惕地直起腰板:"哎呀,你怎么会有这种东西!"

"哦,这个,哈哈哈哈……"

"这可是女人的东西呀!"巡警伸出两个手指捏起衬衣,凑到灯前,然后扭过头,盯着我,问道,"这是哪里来的?"

"从旧书店拿来的。"

"怎么拿来的?"

"花钱买来的。"

"那个旧书店在什么地方?"

"就在吉原大门前面。"

"花了多少钱买的？"

"三块七。"

巡警将长衬衫丢在桌子上，一言不发地盯着我。看着他严厉的表情，我心里一阵发毛，心想这下可糟了，估计是要被带到警察局关进拘留所了。我最初打算戏弄一下巡警的勇气也荡然无存了，只是两只眼睛怯生生地看着那个巡警。过了一会儿，那个巡警像是想起什么似的，开始翻看我的钱包。钱包里除了一些钱以外，还有一张忘记拿出来的在折痕处已经破损了的火灾保险副本；为以防万一塞在里面的户籍誊本；然后就是印章证书和印章了。巡警将这些东西一件件取出来，摊在桌上，又拿起印章凑到灯下仔细地检查着。看到他如此大费周章地查来查去，我只能站在门口，眼睛四下张望开去。

大街在派出所门前被分成两条斜路，一条通向南千住，一条通向白须桥。与这两条道路相交的大路位于浅草公园的后门，通向言问桥，因此，即使到了夜间也是人来人往。但奇怪的是，我站在派出所前被审问了半天，居然没有一个人驻足观看。只有对面拐角处的衬衫店前站着两个人，一个像是老板模样的女人，另一个应该是她的小孩了。这两个人向我这边看了看，也像是没有特别地关心，然后就关上了店门。

"喂，你过来。这些东西都放好吧。"

"我没拿什么违法的东西……"我一边小声嘀咕着，一边揣起钱包，系好包袱，"没什么事了吧？"

"没了。"

"您可真是辛苦啦！"我拿出香烟插在烟嘴上，划了一根火柴点燃烟卷，用力吸了一口，然后又一口气全部吐了出来。当烟气在派出所中弥漫时，我已走在了朝向言问桥的大路上。事后想起来，觉得还是户籍誊本和印章证明起了作用，否则我早就被关进拘留所了。看来，古董真是不祥之物。古董的长衬衫更是作祟的东西。

二

我打算以《失踪》为题写一篇小说,腹稿都做好了。如果写出来的话,我自信地认为这应该不是拙劣之作。

小说的主人公是一个五十多岁的私立初中英语教师,叫种田顺平。

种田的结发妻子去世三四年后,他又迎娶了第二任妻子光子。

光子原本是某位知名政治家夫人的使唤丫头,后来被主人所欺辱,怀了孕。主人家让管家远藤来处理这件事情。给出的条件就是光子安全生下孩子后,连续二十年,每个月给小孩5元养育费,但孩子的户口不准上到主人家。另外,如果光子嫁人的话,还会送给她一笔可观的钱款做嫁妆。

光子被管家远藤接到家中生下了一个男孩后,也就过了不到两个月,远藤就将她介绍给初中英语老师种田顺平做妻子。这时,光子十九岁,种田三十岁。

种田在失去结发妻子后,仅凭着微薄的工资勉强度日,生活已没有多少希望,随着逐渐步入中年,整个人也变得像是没有精神的影子一样无精打采。幸亏通过老朋友远藤的介绍,种田了解了光子母子的情况,也知道了光子主人家丰厚的条件,便迎娶了光子。因为此时小孩刚刚出生,还没来得及上户口,于是,远藤便将光子母子的户籍一并转入种田家。所以,结婚后,从户口本上反映的情况来看,就好像是种田夫妻很早就生活在一起,等有了小孩,才去办理的结婚手续。

过了两年,女儿出生了,很快,种田夫妇又生了一个男孩。

表面上是他们的长子,实际上是光子私生子的为年长到二十岁时,生父常年悄悄寄来的抚养费便断绝了。这并不只是因为已经到了约定的年限,而是其生父在去年就病死了,夫人过了不久也去世了。

随着长女芳子和小儿子为秋逐渐长大,生活费也年年增加,种田只好每天奔波于两三个夜校来挣些外快养家糊口。

后来,长子为年在读私立大学时,成了运动员去了欧洲。妹妹芳子从女校毕业后很快就成了电影明星。

随着年龄的增加,光子也从结婚当初长着可爱圆脸的少妇变成了一个胖老太婆,并且开始热衷于日莲宗①,还被推举为信徒团体的委员。

有着这样行为各异的家庭成员,种田家有时成了宗教团体的会合处,有时成了女演员的游乐场,有时又成了体育训练场。热闹得连厨房里的老鼠都吓得整天东躲西藏。

种田本来就是个胆小怕事、不愿和人交往的男人,随着年龄的增加越来越无法忍受家中的喧闹。再加上夫妻之间情趣不和,妻子所喜爱的事情没有一样是种田喜欢的,他只好努力地让自己对家人视而不见,对光子冷眼相向,每天把这些当作他这个胆小父亲对家人的报复。

在种田五十一岁那年春天,他从教师一职上退休了。但在领到退休工资的当天,种田没有回家。他失踪了。

在此之前,一个偶然的机会,种田在电车上邂逅了曾到他家来做过女佣的澄子,并知晓了她现在在浅草驹形町的一家酒吧做陪酒女郎。之后,种田到澄子工作的酒吧去过一两趟,每次都喝得酩酊大醉。

在将退休工资揣进怀里的当天晚上,种田第一次来到这个陪酒女郎澄子租住的公寓,向她吐露了心声并在那儿住了一晚……

这篇小说该怎么发展下去,又该怎么结束呢?我一直没有答案。

首先,家属会去报警。种田被警察抓住后被好好训斥了一顿。像种田

---

① 日莲宗:日本高僧日莲创立的佛教宗派,强调对社会和国家整体的救赎。

这样到了中年以后再去寻欢作乐的，过去就叫作"下午四点以后的雨——停也停不下来①"。因此，种田之后的命运自然可以写得很悲惨。

我一直从各个方面来考虑，种田是怎么堕落的？其间他的情感又都发生了一些什么变化？包括被警察抓住带到拘留所时的心情，还有被妻子领回去时的困惑和羞愧，等等。我要是种田的话会是什么样的一种心情呢？而当我在山谷后街买了女人旧衣服，走在回家的路上，被巡警抓住，又被带到路边的派出所盘问了很长时间，这些经历都是我描写种田心理最好的资料了。

在创作小说时，我最感兴趣的就是思考作品中人物的生活以及事件应该在什么样的场景下展开，以及对这种场景的描写。正因为有这样的喜好，我往往会把写作重点放在对场景的描写上，而不是对人物性格的刻画上。这样的错误在我过去写的一些小说里经常出现。

东京市中心有些过去的名胜古迹，在大地震后被改建成新街市，已完全失去原有的景观。为了描写这些情形，我决定将种田先生潜伏的地点，安排在本所、深川或者浅草的郊区，要不然就是与这些地方接壤的旧郡部的陋巷里。

在这之前每次散步，我都会前往砂町、龟井户、小松川以及寺岛町附近好好观察一番，自以为对这些地方都已了然于胸，但一旦拿起笔来写作时，才发觉自己的观察仍然不够细致。我曾经（明治三十五年②左右）以深川洲崎游廊的娼妓为题写过一篇小说，读了这篇作品的一个朋友就给我提了这样的意见："描写洲崎游廊的生活，居然没有提到八九月份的暴风雨和海啸，可见作者的杜撰是多么糟糕。在那个季节，作者先生去过的甲

---

① 过去日本曾有四十岁男人寻欢作乐和下午四点以后下的雨一样停不下来的说法。就是说到了中年以后再去寻欢作乐的，很难戒掉。雨下在早晨的话就会有停歇，而下午四点以后下的雨，很难停下来。

② 明治三十五年：即1903年。

子楼上的钟台都会被吹到一两次。"可见,就像拉夫卡迪奥·赫恩[①]的名著《赤塔》和《佑唛——一个西印度奴隶的故事》一样,想要精细地描写场景就必须注意描写季节和天气。

六月底的一天,虽尚未出梅,但从一早便是晴朗的天空。因为白天很长,傍晚吃过晚饭,空中还亮堂堂的。我搁下筷子就走出门去,打算去千住或龟井户等远点儿的地方。我坐上电车先到了雷门,正好赶上了前往寺岛玉之井的公交车。

走过吾妻桥,沿着大路向左拐,再经过源森桥,笔直地从秋叶神社前穿过,向前行驶一会儿,公交车停在了火车道前。一列货车正不紧不慢地经过这里,在公路上行驶的出租车、公交车以及自行车都被挡在了岔路口的栅栏前。从车窗探头向外看去,路上的行人并不多,只有一些穷人家的孩子一组一组地聚在一起玩耍。从公交车上下来,我看到从白须桥朝向龟井户方向宽广的道路不时与一旁的小道交叉成十字,路边处处是长满荒草的空地,一栋栋低矮的房屋错落在道旁,周围是一片荒凉的景象。每条小道都一直延伸到远处,也分不清它们之间有什么不同。

我觉得,种田先生抛却家人,隐身遁世的话,把他放在这附近的一个后街里弄是最好不过的了。这里距玉之井的闹市很近,比较方便描写他人生的最后阶段。于是我就向前走了一百多米,拐进了一条狭窄的里弄。这是一条很窄的小巷,如果骑着自行车腋下夹着行李的话,都没法给从对面过来的人让道,而且每走个五六步就要拐个弯。然而,小巷的两侧却排列着比较干净漂亮的出租屋,像是从单位刚下班归来的穿着西服的男男女女一个两个地走在巷中。就连游荡在其中的狗儿脖子上都戴着脖套,上面贴着铭牌,并不像郊外的野犬。我一面在小巷中踱步,一面左右观察着,很

[①] 拉夫卡迪奥·赫恩(Lafcadio Hearn,1850—1904):日本随笔作家、小说家、英国文学研究家。原为英国人。于1890年到日本,与小泉节子结婚,加入日本籍,称小泉八云。

快就从巷子里穿出，来到了东武火车玉之井车站旁边。

铁道的两边是宽广深邃的别墅，茂密的树木巍然屹立，掩映着别墅里的房间。从吾妻桥来到这里，我还是第一次看到如此繁茂的树林。这里的树木显然很长时间没人打理了，上面缠满各种藤蔓，压弯了其间的竹丛。水沟边的土墙上开满了葫芦花，显得别有情趣。眼前的一切都让我这个附庸风雅之人不由得停下了脚步。

过去说到白须祠附近便是寺岛村，我们立即就想到五世菊五郎的别墅。今天偶尔看到散落在此的如此庭院，让我不由想起那逝去不久的风雅年代。

沿着铁路线，竖着出售、租赁招牌的宽广草地一直延伸到铁桥边的堤坝处。这附近的铁路是去年还在运行的京成电车铁轨。如今已经完全荒废了，崩塌的铁轨石阶上，杂草遮蔽着废弃的玉之井车站，从这边看去，颇有些古城遗址的风情。

我拨开茂密的夏草，爬上堤坝。回身看去，眼前无遮无拦，一直可以看到很远，拾阶而来的道路、空旷的草地和新建的城镇都在脚下。堤坝对面那些镀锌薄铁皮屋顶的简易住宅毫无规则地连成一片，一眼望不到头。夹杂其间的公共浴室树立着各式各样的烟囱，初七初八的月亮悬挂在烟囱之上。淡淡的晚霞还整片地停留在远处的天空，月光却开始发散出夜晚的辉光。随着铁皮屋顶之间的霓虹灯逐次开始闪耀，收音机的广播声也一同传过来了。

我找了块石头坐下来，直到脚下已有些昏暗，堤坝下的人家开始点起灯来，那些人家脏乱的二楼已能看得清清楚楚，我才沿着草丛中前人踩出的便道从堤坝上下来。走到堤坝底端，我发现已经到了斜通往玉之井闹市道路的中央。在杂乱建成的商店间的小巷口处，挂着许多掌灯的指示灯笼，有的写着"可通行"，有的写着"安全通道"，还有的写着"京成公交便道",以及"少女街"和"闹市大街",等等。

我漫无目的地在这附近瞎逛了逛,然后找到一家门口安放着邮箱的香烟店。买了一包烟,正等着店家找给我五元零钱时,突然,听到有人喊了一声"要下雨了!",然后就看到一个穿白褂的男子撩开对面关东煮店门口的门帘,钻了进去。接下来穿着厨师服的女人以及路上的行人纷纷慌慌张张地跑了起来,周围一阵骚乱,随后就听到苇帘之类的东西被疾风吹落的声响,纸屑夹杂着尘土在街道上飞扬。过了一会儿,一道闪电先行划过空中,沉闷的雷声滚滚而来,豆大的雨点噼里啪啦地开始落下。原先晴朗的傍晚,一下子大雨倾盆。

因为多年的习惯,我出门时必带雨伞。尽管天空晴朗,但毕竟还没有出梅,这天出门我自然没有忘记带上雨伞和包袱布。因此,对这突如其来的暴雨,我也没有多少意外,只是不慌不忙地撑开雨伞,边打量着雨中的天空和街道,边一个人踱起步来。突然,后面传来一声响亮的叫喊,"大叔,让我避一下雨!"接着,一个脖颈雪白的女子钻了进来。只见她梳着大大的凹字形岛田发髻,细长的银线系在发间。随着一股头油味传来,我想起了刚才路过的一家敞着玻璃门的女子发髻店。

看着她刚梳好的发髻以及头上的银线被风雨吹得散乱开来,不知为何,我感到有些心痛,便将伞递了过去:"我穿着西服,不怕雨淋。"

两边的店铺灯火通明,照得街上一清二楚。其实,我是没有勇气和一个陌生女子共打一把伞。

"那,送我一下吧,就在那边,我家。"女子一只手抓过伞来,一只手将浴衣下摆一把抓了起来。

三

　　随着又一道闪电划过，雷声轰隆隆地响起。女子夸张地叫了一声，接着转身抓住我的手，像是老熟人似的说："快点，别磨叽了。"

　　"你在前面，我这就跟上。"看到她如此热情，我有些不好意思起来，故意落在后面。

　　钻进胡同，女子每次转弯，都不厌其烦地转过头来，好像生怕我迷路一般。终于，我们跨过架设在河沟上的一座小桥，在一排平房中挂着遮阳草帘的一户人家门前停在了。

　　"哎呀，你，怎么被淋成这样！"女子收起伞，扭过头来，看着我被雨水淋湿的西服，也顾不得自己同样湿漉漉的衣服，用手拍打着我身上的水滴。

　　"这儿是你家吗？"

　　"我给你擦擦，快进来坐会儿。"

　　"这是西服，没关系的。"

　　"我不是说给你擦擦，让你进来了嘛。我还要再谢谢你咧。"

　　"你怎么谢我？"

　　"所以我让你进来呀。"

　　雷声渐渐远去，雨点却像横飞的石子一样更加剧烈地打落下来。屋檐下虽挂着遮阳的草帘，不断溅起的水沫还是一个劲地向我扑来。我也没法再推辞她的好意，只好一步跨进了房内。

　　粗壮的大阪式隔门把房子分成里外两间，外面这间门口的竹帘上挂着带铃铛的长穗。我坐在竹帘下的门檐上脱下鞋，女子用毛巾擦了擦脚，也不放下卷起的下摆就走进屋里，拧开了电灯："这里没有其他人，你进来吧。"

　　"就你一个人吗？"

"嗯。昨晚还有一个人住在这儿，今天搬到别处去了。"

"你是这家的房主吗？"

"不。房主住在别处。不是有家叫玉之井馆的小剧场嘛，他就住在那后面。每晚十二点他才来查账。"

"那你可轻松了。"我走进屋，跟她来到一个长方形火盆旁，一起跪坐了下来。女子直起一条腿，端过茶壶来，给我倒了一杯茶。趁此机会，我仔细地观察了眼前这个女子。

她约莫有二十四五岁，容貌姣好。圆圆的脸庞上涂着白粉，鼻梁笔直而挺拔。刚梳好的岛田发髻下露出的发际线还保持着原貌。大大的黑眼珠闪烁着晶莹的目光，嘴唇和牙龈的血色红润而鲜艳，这些都显示出她身体健康且充满活力。

"这附近用的是井水还是管道水呀？"我端起茶杯，随口问了她一句。如果她说是井水的话，我打算假装喝一口就放下。

我害怕得花柳病更怕得伤寒。之所以这么说，是因为我在肉体上还算健康，但在精神上已然是个废人了。花柳病这样的慢性病，对我这个年龄来说，已没有什么值得在意的了。

"你要洗脸吗？水管就在那边。"女子的腔调显得极为平静。

"好。我等会儿再洗。"

"你把上衣脱掉吧。都淋湿了。"

"刚才下得真大啊！"

"我最怕闪电这种闪光的东西了。现在也没法去洗澡了。你，时间上还好吧？我这就去洗洗脸，收拾收拾。"

女子斜着嘴，一边用白纸擦拭着发际处的油脂，一边走到隔门外侧的盥洗盆前，隔着带穗的竹帘，脱掉上衣，弯下腰洗起脸来。身上的皮肤温润白皙，比脸还要白净，从裸露的乳房可以看出，她还没有过孩子。

"我好像觉得自己成这家的男主人了。你这边有衣柜,还有茶具架子……"

"你打开看看吧,里面应该还有煮好的芋头。"

"你收拾得真整洁啊。很不错嘛。特别是火盆也很干净。"

"我每天早晨都会打扫整理。虽然待在这种地方,但我很会持家的。"

"你来这里有多长时间了?"

"刚一年,稍微多一点。"

"你是头一次来这里吗,是在做艺伎吗?"

倒水的声音掩盖了我的问话,或者她仅仅是装作没有听见。女子什么也没说,依然光着上身,坐在梳妆台前,用梳子仔细地梳理着鬓角的发丝,然后开始从肩部往上涂抹白粉。

"你是从哪儿过来的?这个不用隐瞒吧。"

"嗯……不是东京。"

"那是在东京附近啰。"

"不。还要远得多……"

"那,是满洲……"

"我之前在宇都宫。我的衣服都是在那儿买的。好了,我说得够多的了吧。"女子站起身来,从竹制衣架上取下一件下摆印花的单裣穿上,系上红色格子纹的伊达窄腰带,在胸前打了个大结。她这身打扮和头上大大的岛田发髻以及扎头的银线相映成趣,看起来像极了明治年代的娼妓。女子边整理着衣服,边坐到我身边,从矮桌上拿起一只盘子伸到我面前,"来,初次见面,讨个彩头,您就看着给点吧。"说着递过来一支点燃的香烟。

我也了解此地的风俗习惯,就说:"那就给你五十钱吧。在这儿坐着也要给钱吗?"

"当然。我可是按规矩办事的。"女子边笑着边把手掌伸了过来。

"那我就在这儿待一个小时吧。"

"谢谢,太感谢了。"

"不过……"我拉住她伸过来的手,在她耳边轻声说了两句。

"开什么玩笑!"女子瞪大眼睛狠狠地盯着我,仿佛在说"混蛋,想什么呢!",接着便一拳打在我肩上。

读过为永春水小说的人都有印象吧。他在叙事的时候,经常会夹杂一些自我辩解的文字:当看到一个初恋的女子忘记羞愧委身于心仪男子的情节时,读者一定不要仅从女子在这里的表现以及话语而断定她是一个淫荡的女子。即使养在深阁的女子遇到心上人时,也会表现出胜过艺伎的娇美体态。另外,写到一个出入于妓院的女子在偶遇幼时相好的男子,即使在卖身时也会表现出纯情女子的扭捏无措。这些都是精于此道的人们皆明的事理,并不是作者观察不仔细而导致的,希望读者在阅读时不要产生这种误会。

在此,我也想模仿春水,多说两句废话。读者诸君是否奇怪那个女子在路边第一次和我相遇,竟然表现得如此亲昵?然而,这就是我当时和她认识时的经过,并没有什么夸张、润色,这里也只是真实记录,并没有任何故作玄虚的意图。也许有人看到电闪雷鸣、大雨倾盆的场景,就会笑话我说这都是作者的惯用伎俩,但我并不会因为顾忌这些,就故意编造其他的情节。因那天傍晚雷阵雨而引发的那一事件,虽说就像很多定制的传统故事那样老套,但我却觉得这样依然很有趣味。也正是为了想写出这个场景,我才开始创作本篇小说。

随着和这名女子的攀谈,我了解到,此处的红灯区像她这样的女子有七八百人。其中,梳着岛田发髻或椭圆形发髻的,十个人里也就有那么一两个，其他的大多打扮得像日式女招待或西洋舞女一样。这家女子的营生是属于极少数传统派的做法，因而我在叙述时也采用了相当陈旧的描述笔法，这也是因为我不忍心破坏事情的本来面目。

雨还在下着。

刚到这家时，雨还下得很大，加上狂风和轰鸣的雷声，不提高嗓门都听不清对方在说什么。但这会儿，风声和雷声都已停歇，只剩下打在铁皮屋顶和从屋檐滴落的雨水声。外面巷子里也已没了说话声和走路声。突然，一阵木屐的声音传来，接着是一个女子的尖叫声："啊呀呀，不好了。阿雪，泥鳅都游过来了。"

女子一下子站起身来，从里间向外张望："我家没事。水沟的水溢出来的话，会流到这边的。"

"好像已经下得小多了。"

"不行啊，天刚黑下的雨不会马上停的。你不要着急，我先吃完饭再说。"

女子从茶具架子里拿出一满碟腌萝卜，还有茶泡饭碗，接着又拿出一个小钢精锅，打开盖子闻了闻，放在长方形火盆上。我探头一看，原来里面煮的是芋头。

"差点忘了，我带着好东西。"我想起在京桥等待换乘电车时，买的浅草海苔，于是就拿了出来。

"给你夫人买的？"

"我是一个人。吃的东西都得自己买。"

"那你是去公寓和情人一起享用吧。呵呵呵呵。"

"要是那样的话，我就不会在这里待这么长时间了。不管是下雨还是打雷，早就回去了。"

"也是啊！"女子像是接受了我的解释，边点头边打开已经热好的锅子,"一起吃点吧。"

"我已经吃过了。"

"那,你就这么看着我吃吗?"

"你是自己煮饭吗?"

"每天中午和晚上十二点,房主会派人送饭来的。"

"我再给你倒点茶吧。杯子里的水已经凉了。"

"哎呀,太谢谢你了。你看,还是边说话边吃饭比较有趣吧。"

"是呀,我也讨厌一个人吃闷饭。"

"我也是。那,这么说,你真是一个人了。"

"你相信了吧。"

"没关系,我给你找一个吧。"

女子连吃了两碗茶泡饭,接着麻利地在碗里洗了洗筷子,边匆匆忙忙地把碗筷以及杯碟收拾进茶具架子里,边活动着下巴,将带着腌萝卜气味的饱嗝咽了回去。

屋外响起了行人的脚步声,接着又传来"喂,喂"的招呼声。

"雨已经停了。过两天我还会来的。"

"您可一定要来啊。我白天也在的。"

女子看到我穿上上衣,便走到我身后,边帮我折好领子,边把头从我肩膀探过来,贴近我的脸,轻轻地说:"你可一定再来啊。"

"这儿叫什么呀?"

"我给你名片。"

在我穿鞋的时候,女子从小窗下堆放的东西中翻出一张像三弦琴拨子形状的名片,递过来给了我。只见上面写着:寺岛町第七片区61号地(二部)安藤柾处雪子。

"再见。"

"别再瞎逛了,快点回家吧。"

四

以下是小说《失踪》的一章。

　　种田顺平倚在吾妻桥中央的栏杆上,一面眺望着松屋百货大楼的大钟,一面不住地在意着来往的人流。他在等陪酒女郎澄子,他俩约好澄子下班后绕道这边来和他会合。

　　桥上已经没有出租车、电车和公交车通行了。两三天前,天气突然转热,来往穿梭的人群中,有的只穿了一件衬衫出来乘凉,也有夹着包袱匆匆而过的陪酒女郎模样的女子。种田打算今晚到澄子居住的公寓去,然后再慢慢考虑今后该怎么办。但去了澄子家,她会怎么想,种田没有思考过这事,现在也没有考虑的空闲了。只是越来越感到,这二十多年来,自己为了家庭所付出的一切,都是那么愚蠢,那么不值得。

　　澄子比约定的时间来得要早些。她边跑过来边招呼道:"让您久等了。我一直都是从驹形桥那边过河的,但阿兼也走那边,她太多嘴了。"

　　"末班电车已经开走了。"

　　"我们走过去三站路,然后从那边再打出租车吧。"

　　"要有空房间就好了。"

　　"没关系,没有的话您今晚就住我那里好了。"

　　"真没关系吗?不会出什么事吧?"

　　"出事?你指的是什么?"

"报纸上不是登过的嘛。说是在公寓里被捉住……"

"那也是要看地方。我那儿就没这种事,很自由的。我旁边和对门住的都是陪酒女郎啦,别人包的情妇啦。隔壁那家,经常有各种人去住。"

两人边聊着边走下桥,中途正好遇到一辆出租车,讲好价钱后便坐了上去。

"这周围变得都认不出来了。这边的电车开往哪个方向?"

"向岛那边是终点站,就在快到秋叶神社的地方。坐公交车可以直达玉之井那边。"

"玉之井——是这个方向吗?"

"您知道啊?"

"我去逛过一次,有五六年了吧。"

"很热闹的。每晚都有夜市,空地上还有些曲艺表演。"

"是吗!"

种田一边说着话一边通过车窗眺望着路边的风景。很快,出租车便停在了秋叶神社前。"就在这边下了。给。"澄子一只手拉开车门,一只手递出车费,"就从前面拐进去吧。再前边就是派出所了。"

沿着神社的石墙转进去,就走进了一条挂满花柳街灯笼的小巷。就在灯火通明的巷子里,有一处昏暗的空地,建着一栋水泥公寓房,门口挂着一盏灯笼,上写"吾妻公寓"。澄子拉开门走了进去,把鞋子脱下来,放进了写着房间号的鞋柜中,种田也跟着脱下鞋子。"您的还是拿到二楼去吧。否则会被人看到的。"澄子拿出自己的拖鞋让种田换上,自己则手拎木屐先走上了正面楼梯。

这间公寓从外墙和窗户来看像是一栋西式建筑，但里面却是日式楼房结构。走上吱吱作响的楼梯，二楼走廊的一角是一间厨房，一个只穿了一件贴身衬衣、头发蓬乱的女人正在那里烧着一壶水。"晚上好。"澄子轻声打了声招呼，便拐到右手边，掏出钥匙，打开了倒数第二个房间的门。

这是一间六个榻榻米大小的房间，地上的席子都已陈旧不堪。一面的墙壁做成壁橱，另一面靠墙放着橱柜。其他墙上挂着浴衣和薄而透明的睡衣。澄子打开窗户，"这边比较凉快。"说完就在挂着内裙和短布袜的窗户下摆好了坐垫。

"你一个人这样生活真惬意呀。现在想来，结婚真是件愚蠢透顶的事。"

"我娘家也老让我回去。但，真的已经习惯一个人了，回去反而不舒服。"

"我要是早点看透就好了。唉！现在已经晚了。"种田透过晾晒着内裙的窗口凝视着天空，忽地像是想起什么似的，"你帮我问问吧，看还有空房间没有。"

澄子装作去倒茶，拿着水壶走了出去，在走廊下和刚才那个女人攀谈了几句，很快回转过来："说是对面最里面那间还空着。不过，事务所的大妈今晚不在这儿。"

"那，看来今晚是住不成了。"

"没关系，就在我这里住上一两晚吧。只要您不嫌弃。"

"我是没关系，你睡哪儿？"种田瞪大了眼睛，四处打量着。

"我呀，就睡这边。或者去邻居阿君家睡也可以。只要她男人不回来就行。"

"你这儿没有其他人来吗?"

"嗯。目前还没有。不用在意,我这可不是在引诱您呀!"

种田脸上尴尬地露出一丝苦笑,眼中掠过一抹寂寥之情,一时不知说什么才好。

"您有那么好的夫人和女儿……"

"谁要!那种东西。虽然为时已晚,但是我现在要开始新的人生。"

"你们分居了吗?"

"是的。分居了。我还要离婚!"

"但是……那可不是简单的事啊,说分就分。"

"所以,我在考虑怎么办。就是用粗暴的办法也没关系。我先躲上一段时间,这样就找到了决裂的借口。阿澄,要是借不到空房间,给你添麻烦就太对不住了。我今晚到别处去待上一夜。要不就去玉之井那边逛逛也行。"

"先生,我最近也碰到了麻烦事,想要找人商量商量。您要是不在意,我们今晚就不睡了,聊一晚上吧。"

"好呀。最近天亮得也早。"

"对呀。前几天我开车去横滨那边兜风,回来时天都亮了。"

"你的过往经历,我记得以前也听过,好像是来我家做女佣之前就吃了很多苦吧。后来,听说你离开我家后去做了陪酒女郎,那一定有不少故事吧。"

"唉,要说起这些,一个晚上恐怕都不够啊!"

"真是啊……哈哈哈哈哈。"

一时静寂的二楼传来男女说话的声音,接着厨房也传来了水流的声响。澄子安静地解下和服腰带，认真仔细地叠好，又把短布袜叠在上面，一同放进壁橱里。接着，澄子坐下身来，拿起抹布，将茶几慢慢擦干净，又往茶壶中重新倒上茶水。看样子，她是真准备聊个通宵了。

"先生，您觉得我是怎么落到今天这步田地的？"

"嗯，我想你最初应该是向往大都市的生活吧。或者，还有其他原因吗？"

"当然也有您说的那方面原因。但，对我来说，最重要的是我讨厌我爸爸做的勾当。"

"哦，他是做什么营生的？"

澄子压低声音："您听说过'头儿''侠士'之类的说法吧。就是那些黑帮……"

五

出了梅雨季就到了盛夏。邻居们家中的拉门不约而同地敞开，一些其他季节传不到耳朵里的声响都一股脑传了过来。在这些响动中，给我带来最大痛苦的，就是从与我家仅隔一扇门板的邻家传来的广播声。

每当傍晚天气稍微凉爽一点，我坐在灯下的书桌前准备提笔写作时，一定会传来带着类似龟裂的尖锐响声，而且不到九点不会停歇。在这些声响中，让我感到格外痛苦的就是那些带有九州腔的政治评论、三弦伴奏的浪花小调，还有类似学生出演的朗读以及蹩脚的西洋乐演奏。也有些人家，好像嫌广播不够热闹，午夜时分也会打开留声机，播放一些流行歌曲。因此，每年夏天，为了躲避广播的噪音，一到傍晚六点，我便丢下饭碗走出家门，有时干脆就在外面解决晚饭。当然也不是说出了家门就听不到广播声，从路边的人家或商店传出的声音更加响亮，但因为和电车或汽车的声响混在一起，也就成了街上的普通噪音，因此，比起一个人孤坐在书房里，还是这样走在路上不会太在意这些声响，精神上反而显得轻松。出梅以后，因为受到广播的打搅，《失踪》这篇小说的写作，已被中断了十多天，而且继续创造下去的兴致也像是消磨殆尽了。

今年夏天，我也像去年以及前年夏天一样，每天趁太阳还没下山就离开家，当然也并没有什么明确的去处，只是走到哪里算哪里罢了。当年神代帚叶翁[①]还在世时，我每晚都会去银座那边乘凉，听他说些逸闻趣事，现如今，他已离世，而我对这街头的夜色，也早就失去了兴致。此外，我还有一个不能随便去银座那边的理由，那就是在关东大地震前，有一个经常出入艺伎家拉人的车夫，如今已然堕落成了像个杀人犯一样穷凶极恶的破落户。他经常在尾张那边逛来逛去，看到以前坐过他的车，面相有些熟识的客人，就会上前死乞白赖地讹诈钱财。

最初，我在黑泽商店的墙角那边给了他五十钱，谁知这竟然成了他继续勒索我的理由，不给的时候他就口吐恶言，没有办法，只好又给了他五十钱。后来，我又一次被他讹诈上，便觉得不能再这么下去了，况且除了我以外，他一定也勒索过别人。于是，我就把他骗到了十字大街的派出所，但没想到当差的警察和他还很熟，连问都没怎么问就放他走了。甚至有一次，我还在出云……不，也可能是在第七街区的派出所，见到一个巡警居然和他开心地聊着天。也许，在巡警看来，他们对这个男人要比对我等熟识得多。

后来，我散步的方向就换到了隅田川的东面。在那河沟边住着一个叫阿雪的女子，我经常去她那儿拜访休憩。

---

① 神代帚叶翁：本名神代种亮。曾为各种杂志做过编辑，被称为"校正之神"。于1930年去世。

相同的路途，接连走了四五天后，即使从麻布过去有些远，也渐渐不以为苦。虽然在京桥和雷门都要换乘，但只要养成习惯，身体就会先于意识行动起来，自然就不觉得麻烦了。就连电车上乘客喧闹的时间和班次也会因日而异，坐长了自然会明白其规律。只要避开这些时日，坐很长时间的电车，反而可以在车上好好地读读书。

在电车上读书的习惯，在大正九年，我戴上老花镜之后，就不再继续了。但自从开始走远路往返于雷门之后，便又开始在车上读书了。然而，因为还没养成或拿报纸或携杂志或带新刊书籍的习惯，我第一次出门时，随手抓了一本依田学海①的《墨水②二十四景》便上路了。

长堤蜿蜒。经三围祠，略微弯斜，至长命寺。复弯之处，樱树为多。宽永年间，德川大猷公，放鹰于此。偶遇腹痛，乃饮寺中之水，旋即痊愈。感曰，此长命之水也。因名其井，并及寺号。后有芭蕉居士赏雪在此，得一佳句，脍炙人口。呜呼，公绝代之豪杰，其名震世。宜矣。居士不过一布衣耳，同传于后。盖人在所树立，何如尔。

以上的文字便是出自先儒之手。读到这样的文章，再结合眼前的景致，想必多多少少会增添一些雅趣吧。

每隔两天，我就必须在散步途中去买回些食品来。当然，顺便也会给阿雪买些礼物。这样拿着礼物去了四五次，便有了意外的收获。

看到我每次只买些罐头，并且穿着掉了纽扣的衬衫和上衣，阿雪终于断定我是个租住公寓的单身男人。既然是单身，即使每天到她这里来也就

---

① 依田学海（1833—1909）：原名依田百川，日本汉学家，戏剧评论家。曾参与日本传统戏剧改革。著有剧本《吉野拾遗名歌誉》等。
② 墨水：即隅田川。

不觉得可疑了。其实，我是因为讨厌广播才没法待在家里。另外，我既不喜欢看演出也不喜欢看电影，所以才没有消磨时间的办法，也没有可去的地方。但如果这样如实跟她说，她自然不会相信。所以我不去挑明，她也就不用怀疑了。不过，如果她担心我钱财的来历，那倒不好解释。所以，我便装作若无其事的样子，问了问她住在这里的价钱。结果她满不在乎，一副只要交了今晚的钱，其他一概不问的腔调。

"别看我这种地方，想花多少钱都花得掉。前一阵子，有个客人一直在我这儿住了一个多月呢。"

"唉！"我吃惊地问道，"你不用报告给警察吗？吉原那边不是说要立即报告吗？"

"这边也许有人会那么做的吧。"

"你说的那个住一个多月的客人，是做什么的？是小偷吗？"

"和服店的。后来那家店老板来把他带走了。"

"是私吞货款吗？"

"对呀！"

"我很清白的，在金钱方面。"我赶紧说。但那女子听也不听，一副事不关己的样子。

后来我才明白，对于我的职业，这个女子已经想当然地做出了结论。

那么，她是怎么下的结论呢？首先，她二楼的隔门上贴满了四开左右大小的油印浮世绘美人图。而这些画我都曾在杂志《此花》的插页画上看到过。其中就有歌麻吕的《美人捕鲍鱼》、丰信的《入浴美人》，等等，还有的就是从《北斋三册本》《福德和合人》等图中，去掉男子，只留下女子的画片。对于这些图画的详细由来，我曾详细地向她解说过。另外，据说有一次，她和另外一个客人上楼时，曾不经意间看到我坐在下面的房间里正偷偷地在本子上记着什么。因此，她自然就认定我是做那种秘密出版物的。后来，她还央求我下次来时，带一本那样的书来。

我家中还留存着二三十年前收集的一些刊物，我有一次便给她带去了三四册。至此，有关我的职业，不用解释不用说明也就可以确定了。另外，我那些"不义之财"的出处也就明了了。之后，女子对我更加亲近，以至于完全不再把我当客人看了。

那些隐匿于社会底层的女子，一旦从事了最低贱的工作，就不再惧怕和厌弃那些被正常社会所驱逐的男人，甚至会对他们产生亲密与爱怜之心。从古至今，这样的事例不胜枚举：鸭川的艺伎救助被幕府通缉的志士；驿站的女服务员资助冲破关卡逃亡的赌徒；托斯卡[①]为流浪的平民筹集食物；妓女三千岁[②]与无赖汉真诚相爱，凡此种种，不一而足。

自从时常来到阿雪的住处，我所担心的既不是被什么人所看到，也不是怕被人盯梢。此时此刻，我所忧虑的，是在这个街镇或者在东武电车上，被所谓的文学家抑或报社记者撞见。我从小就被那些正人君子们所厌恶，连亲戚家的小孩也不到我家来玩，所以也就没有什么可以忌惮的。但独独那些操觚之士[③]，让我心存芥蒂。十多年前，在银座大街酒吧开始一个接一个地开张之时，我曾在那里喝醉过一次。但也仅仅那一次，就被各大报社揪住，每天在报纸上对我口诛笔伐。在昭和四年[④]四月出版的《文艺春秋》杂志上，甚至叫嚣着"绝不能再让他继续活下去"。而且竟然在刊登的文章里给我定了个"诱拐处女"的罪名，好像不把我送进监狱他们就不会善罢甘休似的。如果现在让他们知道我晚上偷偷去隅田川东边游玩的话，说不定还会想出什么手段来迫害我呢。这可太可怖了。

所以，每天晚上，我不仅在换乘电车时，甚至从进入这个街区，在热

[①] 托斯卡：意大利三幕歌剧《托斯卡》的女主人公。
[②] 三千岁：日本歌舞伎《天衣纷上野初花》中的人物。
[③] 操觚之士：原指写文章的人。这里是指评论家和报社杂志的记者。
[④] 昭和四年：即1929年。

闹的大街上穿行，以至于走在后街小路上，看到人多时，总会边走边注意前后左右的动静。我这种惶恐的心情，恐怕和《失踪》主人公种田顺平艰难度日时的心情颇为相似，对我创作小说也能带来帮助吧。

六

　　前面也曾提到，我隐忍行踪前往的护城河沟边的那家在寺岛町第七街区六十几号。这个六十几号在这附近闹市西北角的地方，并不显眼。如果按照北里那边的位置，就像京町第一街区，位于西岸的边缘地带。有关这附近闹市的由来，我也是听人说的，在此简单介绍一下：大正七八年①，因为需要拓宽道路，浅草观音堂后院被占了一大块地方，于是当地政府就命令原先鳞次栉比的游乐场、妓院等搬到现在京成公交车运行的大正道路两旁。后来，随着传法院旁边和江川后面的一些妓院也不断被驱赶到这里，就形成了大正道路两边一家挨一家的妓院。之后，由于竞争愈演愈烈，为了拉客，甚至出现大白天也对行人生拉硬拽的情况。最终，在警察局的不断严打下，这些妓院也就从临街转到了后街里巷。而原来就位于浅草附近，从凌云阁②后墙到公园北侧千束町空地上的那些妓院，虽一直都想尽办法留在原处，不愿搬迁，但随着大正十二年③的大地震，也就都赶紧逃到这边来了。以后，随着震后闹市重建，虽然也有一些转行的，但更多妓院成立了一个名叫"西见番"的艺伎协会，使得这片街区更加繁盛，以至于形成了今天这种半永久性的局面。这里最初与市中心的交通只有白须桥这一条道，所以直到去年京成电车停止运营，电车车站都是这附近最热

---

① 大正七八年：即1918、1919年。
② 凌云阁：位于东京台东区浅草公园的十二层砖瓦阶后的建筑。于明治二十三年（1890年）建成，后在1923年大地震时被拆除。
③ 大正十二年：即1923年。

闹的去处。

接下来，随着昭和五年春天城市复兴计划的推进，从吾妻桥到寺岛町开拓出一条笔直的道路，市内电车延伸到了秋叶神社，市营公交车更是延长到寺岛町第七街区，并在那里的角落设置了车库。与此同时，东武铁路公司在闹市西南开设了玉之井站，即使在深夜，从雷门只要花六钱就可以乘车过来。于是，这里闹市的情形发生了一百八十度的改变。原来最里面的地方，现在成了最方便的去处，以前最显眼的地方，反而成了人们不常去的角落。但之前在大正道路两边的银行、邮局、公共澡堂、小剧院、电影院以及玉之井神社等，还都停留在原处。而那些原先被称为"宽小道"，或者又叫作"改正道路"的也重新得到铺设。只不过，现如今，这里除了拥挤的出租车和热闹异常的夜店之外，既没有巡警的派出所也没有公共厕所。因此，即便从如此偏僻的新开拓街区的发展来看，也同样体现着时代盛衰的演变，更何况人的一生呢！

让我倍感温馨，位于河沟边的家……那个叫阿雪的女人住的家，位于这个地区一个小小的角落。这里就如同和我这样跟不上当下形势的人有着某种内在因缘一般，每次前来，都不禁让我怀念起大正开拓鼎盛期的情形。从连接大正道路的一条小巷拐进去，经过门口挂着脏兮兮旗帜的伏见神社，然后继续沿着河沟再往里走，就到了阿雪的家。因此，这里既听不见大街上收音机和留声机的声响，更听不到行人的脚步声。在夏夜，这里正是我逃避噪音的理想安息之所。

按照这里闹市艺伎协会的规矩，到了下午四点女子们坐在窗边开始揽客以后，既不准播放留声机也不许打开收音机，更不用说拨弄三弦琴了。因此，特别是到了傍晚，雨滴滴答答落下，随着夜深，连"来呀、来呀"的招呼声也听不到时，周围便没了一切声响，只有屋里屋外成群的蚊子飞来飞去。这更让人感到在偏离闹市中心角落的孤寂。但在这里，我所感受到的并不是昭和年代某个偏僻小巷的寂寞，而是在听鹤屋南北[①]狂言时感受到的怀念逝去年代的闲寂、惆怅之情。

总是梳着圆形岛田发髻的阿雪、肮脏的河沟以及飞蚊的嗡嗡声都极大地刺激着我的感官，让三四十年前已逝去的幻影再次出现在了我眼前。对给我带来这种莫名怪异幻影的领路人，我从内心想向她表达最诚挚的谢意。阿雪就是这样一位卓越的、无言的艺术家，她比表演南北狂言的演员，比讲述蓝蝶故事的鹤贺某氏还要具有呼唤过去的神秘力量。

当我在昏暗的灯光下，在不绝于耳的蚊群轰鸣声中，眺望着阿雪抱着饭桶往嘴里扒拉米饭，遥望着她端着茶泡饭稀里哗啦地狼吞虎咽时，年轻时曾和我一同生活过的女子们以及她们居所的景象就浮现于我的眼前。当然，浮现在我眼前的不光是和我生活过的女人，连朋友的女人的事情也都有。那时候，女的称呼男的叫"那个他"，男的叫女的是"那个她"，和现在不同的是还没想出把两人的小屋叫作"爱之巢"什么的。对熟识的女子，也不像现在叫"君"或"亲"，而只是称作"你"。还有就是，丈夫管妻子叫"孩他妈"，妻子管丈夫叫"他爸"。

到了隅田川东岸，河沟里蚊子的叫声和三十年前也没有什么太大的改变，但在这十年间，用东京话来抒发闹市冷僻一角寂寥之情的诗歌却改变了许多。

　　　　清扫屋中尘，蚊帐挂当中；
　　　　虽可避蚊虫，闷热亦难耐；
　　　　盼秋早日至，夕阳照院墙；

[①] 鹤屋南北（1755—1829）：江户后期歌舞伎狂言作者。最擅长创作世态剧、鬼怪剧，代表作有《隅田川花御所染》《东海道四谷怪谈》等。

> 一人摇蒲扇，孤寂唯自知。
>
> 不觉已九月，蚊帐处处破；
>
> 无事缝缝补，愿蚊早灭绝；
>
> 秋雨连绵日，蚊虫仍肆虐；
>
> 深秋早日至，饮酒收蚊帐。

这是我在明治四十三年左右写的一首老诗。当时亡友哑哑君[1]和他那不被父母认同的恋人一同隐居在深川长庆寺后的平房里，我时常去看望他，上面的诗歌就是那时所作。这天，我坐在阿雪家的客厅里，看着她在卧室里挂着蚊帐，不由得想起了这首诗。

这天晚上，阿雪突然牙疼起来，刚刚从窗户边回到屋里睡下又立刻爬出了蚊帐。因为没有坐的地方，她只好和我并排坐在了门口台阶上。

"今晚你来得有些晚啊，可别让我等太久啊！"

从女人的话语和态度中，我知道她准是认为我所做的营生是见不得人的，所以才会说出这么并不亲昵而有些放肆的话语来。于是，我赶紧应道："真对不住了。你这是长了虫牙吧？"

"突然痛起来了。疼得我有点眼发花了。你看是不是肿了？"她侧过脸来让我看看，"你留下来帮我看门吧。我要去看牙医去。"

"就在这附近吗？"

"就在检查站前面。"

"是去公营市场那个方向吧。"

"你这家伙，怎么什么地方都知道，看来这附近没少来啊。还有多少相好的？"

---

[1] 哑哑君：井上哑哑子，本名井上精一。与永井荷风是中学同学，升入第一高级中学，后因肺病退学。曾写过随笔和小说，成为报社职员，后为东京每夕报社编辑部长。于1923年离世。

"哎哟哟，疼的啦，别打了。你怎么这么狠毒啊。我可是要升官发财的。"

"好了，那就拜托了。那边要是等很长时间的话我就回来。"

"啊，真没办法。这就是常说的'等你，等你，等在蚊帐之外'吗？"

为了适应女人说话语气和态度的变化，我也随时调整着自己应对的方式。当然，这并非隐瞒自己身份的手段，而是一种习惯。我与现代的人接触时，不管在什么地方遇到什么人都会使用和对方相同的语言，就像到了国外要说外语一样。比如：面对"俺国"人时，我就不说"我"而说"俺"。说到这些，我想多说两句。那就是，在和现代人交往时，学习口语还算容易的，写起信来就更麻烦了。特别是在给女士回信时，要时刻想着不能用"我"和"但是"，而要用"咱"和"可"。另外，不管在说什么事情时，都要用"必然性"或"重大性"等带"性"的字眼。对于这些说法，要是平时说话时半开玩笑地说说倒也罢了，一旦提笔写在纸上，一种深深的厌恶之情总会油然而生。记得某天，我一边晾晒着家里的书籍，一边感慨着过去的好时光一去不复返时，发现了一个在柳桥做妓女，家住向岛小梅故里的女人很早之前写的一封信。那还是写信一定要用之乎者也的时代，女子们虽然不懂多少文字，但磨好墨，提起笔开始写信时，脑海中自然而然地就会出现之乎者也的句子。这里，我也不怕各位读者耻笑，抄录一段请大家看看：

见信如晤。自前次分别，疏于问候，万望见谅。因前之居所，过于狭小，近日巧迁，在旧居之右，特此奉告。妾身有一事相商，如偶有余暇，期盼光临，虽粗茶淡饭，还望屈尊前来。做此无望之邀，诚惶诚恐。

竹屋渡口下有一浴室，名为"都汤"。请至蔬菜店一问。如天气晴好,可否邀哑哑君一同前来,妾身定当至沟渠处迎候。请屋前前来,特此相告。此信不必回复。

文中把"乔迁"错写成了"巧迁",把"午前"错写作了"屋前",但这些都是由于东京平民方言而造成的错误。那时的竹屋渡口和枕桥渡口早已废除,现在连一丝踪迹都探察不到了。啊!如今要追忆我的青春年代,恐怕就要前往那里寻觅了!

七

阿雪出门以后,我一个人坐在卷起一半的旧蚊帐角落里,一边驱赶着蚊蝇,一边在意着长方形火盆里的炭火和吊在上方的茶壶。按照此地的习惯,客人上楼的信号就是要提壶水上去,所以,不管多热的天,哪一家都会一直生着火烧着水。

"喂、喂。"随着轻声呼叫,外面传来敲击窗户的声音。

看到这情形,我估计是一个常客来了。正在犹豫是否要应答一声,准备再等会儿的时候,只见外面那个男的从窗口伸手进来,拉开插销,打开窗子钻了进来。进来的男子大约五十来岁,穿着发白的浴衣,系着长腰带,一张乡下人常有的圆脸上留着杂乱的胡须,手中拿着一个用包袱皮包裹的东西。从来人的样子和面容,我立即想到了这人一定是阿雪的东家,便主动说道:"阿雪说去找医生看病了,我刚在门口遇到她。"

那个像东家的男人好像已经了解了这里的情况,也不觉得我独自在屋里有什么奇怪,"她很快就会回来的,你就再等一会儿吧。"他说完便解开了包裹,从里面取出一个小钢精锅放到茶具柜里。看到他给阿雪拿来夜宵的小菜,我更加确信他是东家了。

"阿雪小姐,每天都很忙很辛苦啊。"

我觉得跟他不打招呼也要说些什么客套话,于是便这样说道。

"什么?哦,谢谢。"东家可能也觉得不知说什么好,只是含混地说了句没头没尾的话,然后就去看了看火盆里的火和水壶里的热水。他见到我却连正眼都不看一眼,更是不愿和我说些什么,把脸转向一边。我也只好一句话也不说了。

其实,像这样东家和游客碰面,双方都会觉得很尴尬。那些包房的、艺伎酒馆的和艺伎家之类的东家和游客间碰面也是一样的情形。一般这两方见面,都是因为女人的事出现了纠纷要进行谈判,否则根本没有必要见面,也没有必要相互交谈。

平时阿雪总要在门口点燃蚊香以驱赶蚊虫,今晚可能因为她一直被牙疼所困扰,忘记了点蚊香。于是,成群的蚊子冲进屋里,刺得人满头满脸都是包,有的蚊子甚至勇敢地冲进我的嘴里。而那个东家虽然是这当地的人,但也不比我好到哪里,被蚊虫叮得抓耳挠腮,再也忍受不下去了。于是便走进里间,想拧开风扇吹一吹,但弄了半天也没能让它转起来。就只好翻箱倒柜,从火盆旁的抽屉里翻出了几块蚊香的残片,点了起来。当蚊香散发的烟气飘散开来,我俩总算长长出了口气,对视了一眼。趁此机会,我开口说道:"今年到哪儿蚊子都很厉害啊。而且,天也太热了。"

"是吗?这里本来就是填埋地,只是堆土还不够厚。"东家终于慢吞吞地开口说话了。

"但这里的道路修得还挺不错的。总之比以前方便多了。"

"不过规矩也变多了,让人真受不了。"

"也是。不过两三年前,在这附近散步都会被人抢掉帽子的。"

"是呀。我们也一样,碰到这样的事也没办法。就算有事也不敢从这边过了。虽然也警告过那些女人们,但总不至于一个一个地盯着她们吧。

所以没办法,现在就采用罚款的办法。要是发现有人跑到屋外去拉客就罚四十二块钱。就算去公园那边拉客也算是违反规矩。"

"那也要罚款吗?"

"嗯。"

"要罚多少?"

我正打算再转着弯向他打听一些当地的风俗习惯,忽然从外面传来了一个男子的声音:"安藤。"接着一张纸条从窗户塞了进来。这时,阿雪也回来了,她取下那张纸条放在火盆边的一块木板上,我偷偷瞟了一眼,原来是一张油印的强盗犯通缉令。

阿雪看也不看那张通缉令,"阿爸,医生说明天必须拔掉,就是这颗牙。"说着,张开嘴巴伸到东家面前。

"哦,看来今晚不用吃东西了。"东家边说着边起身要走。我赶忙也站起来,当着他的面掏出钱递给阿雪,然后一个人先上了二楼。

二楼一间带窗户的三个榻榻米大小的房间里放着一张矮脚茶几,然后就是六个榻榻米和四个半榻榻米的两间屋子。这栋房子原本是一户人家,后来才隔成了前后两户。所以楼下既没有厨房也没有后门,只有一间饭厅。而二楼楼梯口边上那间四个半榻榻米的房间的墙壁是一块糊着厚纸的薄木板。因此,后面那家屋里的响动和说话声能听得一清二楚。有时,我只好捂住耳朵,一个人偷偷发笑。

"哎呀,你又躲在这里,不嫌热吗?"

阿雪走上楼来,立即来到带窗户的三个榻榻米的房间,拉开已经磨损得看不清花纹的窗帘,"快到这边来。风真凉快啊。啊,那边还亮着。"

"我说怎么比刚才凉快了许多,原来是这么凉爽的风啊!"

虽说窗户下面被遮阳的竹帘遮挡住了视线,但河沟对面人家的二楼和坐在窗口的女子,还有往来穿梭的人影以及巷子远处的风景都看得很清楚。屋顶上方银铅色的天空沉沉地垂下，看不见一颗星星。街边闪烁的霓虹灯火将半空映染成了淡红色，也让这闷热的夏夜显得愈发闷热起来。阿雪拿来坐垫放在窗台上，坐下来呆呆地望了一会儿远方的天空。"喂，你。"她突然握住我的手，"我，要是还完欠账，你，能娶我做老婆吗？"

"啊！像我这样的家伙。你觉得能办到吗？"

"你是说你没有做丈夫的资格吗？"

"没法供养老婆的人是没有资格的啊。"

阿雪沉默了一会儿，然后跟着从巷口传来的维伦的歌声哼唱起来。我也一时语塞，不知再说些什么好了，只是用眼角瞟了瞟她。阿雪好像很厌恶似的，避开了我的眼光，忽地站起身来，伸出一只手抓住柱子，将上半身探出窗户。

"我要是再年轻十岁的话……"我坐回茶几前，取出烟卷点上火。

"那你现在究竟多大了？"

抬头看着阿雪转过来的脸，和她常挂在脸上的一个酒窝，我放下心来，满不在乎地说，"马上就六十了。"

"客官，你快六十了吗？看起来还挺健壮的嘛。"

阿雪盯着我的脸，仔细地打量着："你还没到四十吧，也就三十七八岁吧。"

"我是小老婆生的孩子，自己也不知道多大了。"

"我看你肯定不到四十，特别是看你的头发，根本不像四十岁的人。"

"我是明治三十一年[①]生的，正好四十了。"

"你看我像多大的？"

"你看起来像二十一二岁的，但有二十四了吧。"

"你呀，就是嘴上说得好听。我二十六了。"

[①] 明治三十一年：即1898年。

"阿雪，你不是说在宇都宫做过艺伎吗？"

"对呀。"

"那是怎么来这边的？看起来你对这里很了解嘛。"

"我原先在东京住过一段时间。"

"你缺钱吗，怎么会欠人钱呢？"

"也不是缺钱……就是我原来的东家死了，还有……"

"你刚来的时候，还不习惯这里的规矩吧。和艺伎的工作还是不一样的吧？"

"也没什么太大区别。我是了解情况后才来的。靠艺伎那点钱是还不起欠债的。再说……反正都是卖身，还是赚钱多的划算。"

"你能这么想真不简单啊。是你自己要来这里做的吗？"

"我在做艺伎时，在妓院认识一个阿姐，她在这边做过这种营生，是她告诉我的。"

"但你能决定到这边来还是很有勇气的。等年限一到，你就可以自己干[①]，挣的钱都是自己的。"

"我现在的年龄还适合干这种活。但谁也不知道将来会怎样啊。是吧。"

阿雪说完，又盯着我看起来。我立即感到一阵局促，就好像后牙槽塞进了什么东西。心想，她不会旧话重提吧。于是，赶紧把脸转向窗外，眺望起夜空来。

大街上的霓虹灯映射的天空中，从刚才就不时划过几道闪电。忽然，一道锐利的光线射入眼中，但却没有听见雷声传来，风已然停歇，蒸笼般的热气又从窗外涌了进来。

"像是要下暴雨了。"

[①] 这里指艺伎不依附于师父或东家，自己独立经营。

"喂。那天我从理发店出来……到今天已经有三个月了吧。"

阿雪故意把"有三个月了吧"的"吧"字音拖得长了些。这让我不由得回想起那天第一次遇到她的情景，心头不禁涌起一阵温情。她如果只说"有三个月了"或者"三个月了"那我就不用接着她的话再说下去。但现在，她故意将"吧"字音拖长，这明显就不是在发什么感慨，而是让我接着说下去。我咽了口唾沫，边说着"那个……"边转过脸来，看着阿雪的眼睛。

阿雪每夜都要接待进入这巷子里，数也数不清的男子。但不知何故，她居然没有忘记第一次遇到我的情景，这对我来说多少有些意外。也许回忆起当时偶遇的场景，能够让她感到欢喜。但对我来说，此地的女子，特别是刚才还说我只有四十岁的这个女子，如果说会因为喜欢而想委身于我，或者说产生一种类似的温情，这是我连做梦也不会去想的。

我之所以每夜来到此地，就如同之前所说，是有各种理由的。比如：需要对创作《失踪》这篇小说进行实地考察；为了逃避收音机的噪音；厌恶银座丸之内那样的首都闹市区。当然还有其他一些理由，但都不是可以向阿雪说的。到她家来，只不过是为给每晚的散步找个歇脚处罢了，所以，为了方便，我并不耻于随口说些瞎话。当然也并非要故意欺骗她，只是那女人自己一开始就想当然地认定了，我也不去特意纠正她。不过有时为了掩藏身份，我也会随着她的误会说些话、做些事，这个责任也许就得由我来承担了。

不光是在东京，即使到了欧美，除了这样的花街里巷，对社会的其他地方，我都不甚了解。至于为何如此，我既不想在此赘述，也觉得没有必要解释。当然，如果有人喝醉酒闲着没事，想要了解我是一个什么样的人，就请读读我中年时期写的一些作品，如对谈《正午过后》、随笔《妾宅》或者小说《一个没做完的梦》之类俗不可耐的文字，或许就能有所认识吧。当然，如果您觉得那些文章过于拙劣且啰唆，不值得整篇阅读的话，我在此就抄录一段《一个没做完的梦》中的文字，请您品评：

  他数十年如一日热衷于出入花柳街，是因为他深知此处乃是社会最为阴暗、邪恶之所在。所以，如果世间将游荡于此的放荡不羁之徒称颂为忠臣孝子，那他宁可将宅邸拱手送人，也不会接受别人的颂扬。对那些所谓正常家庭的妻女们所怀揣的虚荣心，以及看似公平正义的社会中无时无刻不存在的尔虞我诈而产生的愤懑之情，正是驱使他奔赴阴暗、邪恶之处的原动力。也就是说，比起在人人都称颂的白墙上发现各式各样的污点，他更喜欢在被丢弃的破布片上发现残存的一缕美丽针脚。就如同在正义的宫殿中常会掉落小鸟和老鼠的粪便一样，在肮脏、邪恶的谷底，有时也可以采集到许多温情培育的美丽之花和泪水浇灌的醉人果实。

  读了以上文字，您也许能多多少少理解我一些了吧。对那些生活在河沟臭气和蚊虫嗡鸣声中的女人们，我既不感到恐惧，也不认为她们丑陋，反而在遇到这些人之前，就产生了一种莫名的亲近感。

  为了能够走近这些女人们——至少不让她们敬而远之，我觉得还是隐瞒现在的身份比较好。如果让她们觉察出我的身份，感到我不应该来此地的话，对我来说就太难过了。另外，我想要了解她们不幸的生活，并不是像看戏一样，以一种居高临下的眼光来审视她们。所以，为了避免产生这样的误会，我也只有隐瞒自己的身份。

  当然，之所以说我不应该来此地，是因为以前也有过实际的事例。有一天，在改正道路的一端，也就是市营公交车车库那边，我被一个巡警叫住盘问了一番。因为一方面我不喜欢自称是文学家或者作家,另一方面也不愿让别人这样看待我,于是面对巡警的盘问,我还是像以往那样说自己是个无业游民。那个巡警就把我的上衣脱下来,仔细地翻看了我所带的物品。为了防备平时夜晚出来散步时被警察盘问,我特意在衣袋里放上了印章、印章证明和户籍誊本。另外,因为第二天要给木匠、花草匠以及旧书店支付各种费用,那天,我衣袋里还放了三四百日元现金的纸包。看到如此大额的一笔资金,那个巡警着实吃了一惊,立刻把我当作了资本家:"像您这样的有钱人怎么能来这里呢。请早点回去。万一被人偷去可就麻烦了。下次来的时候,千万不要带这么多钱。"说完,看到我还在磨磨唧唧地不愿离开,他还招手拦下一辆出租车,并亲自为我打开了车门。

没有办法,我只好坐上出租车从改正道路转到环状线,然后在迷宫①外转了一圈,又回到伏见稻荷神社旁边的路口下了车。从那以后,我特意买了一张地图,找好要走的道路。如果深夜来此地,就特意避开派出所,不从它门前经过。

现如今,听到阿雪感叹初次与我见面的场景,我竟一时找不出回答的话语。只好掏出香烟,点上一根,抽了起来,希望香烟的烟气多少能掩盖一下我尴尬的神情。阿雪瞪着她那黑黑的大眼睛,紧盯着我,"真像啊!那天晚上,我看到你的背影,一下子就想起了他……"

"是吗?我经常会被人认错。"听到她没有再继续刚才的话题,我内心顿时一阵轻松,但还是装作毫不在意的样子,"你说我像谁?是你死去的东家吗?"

"不,是我刚做艺伎时遇到的一个人……那时我觉得,要是这辈子不能和他在一起,我宁可去死。"

"你这就叫被爱情冲昏了头吧,不过,每个人都会有那么个时候……"

---

① 迷宫:这里指玉之井地区。

"你呢，像你难道也有这样的时候吗？"

"当然。人不能光看外表啊。别看我现在很冷漠，当年……"

阿雪用嘴角扯了下她一侧脸颊上的酒窝，勉强做了个微笑，没有接过话去。她略微突出的下嘴唇右侧，长着一个深陷的酒窝，这让阿雪脸上总是显现出小姑娘般天真烂漫的神情，但只有那天晚上，她硬扯着的酒窝，让我看到了无限的空虚和寂寥。为打破这尴尬的气氛，我说，"你的牙还疼吗？"

"不疼了。刚打过针，已经没感觉了。"

说到这里，交谈又停止了。幸好在此时，外面传来叩门声，像是阿雪的老主顾来了。她立刻站起身来，走到窗边，透过木板屋檐向下看去，"是阿竹先生吗？请上来吧。"说完，阿雪就奔下楼去。我也跟在她后面下了楼，然后躲在厕所里，等到来客走上二楼，我便蹑手蹑脚地离开了阿雪的家。

八

随时会下的骤雨终于没有落下，一直生着火的饭厅里闷热异常，还有蚊群不断飞进飞出，我只好暂时走出了阿雪的家。因为回家还有些早，便沿着河沟，穿出小巷，走到了外面同样铺着木板桥的街上。今晚，这条街两边满是赶庙会临时设立的地摊，让本来连汽车都无法通过的路面显得愈发狭窄，行人需要相互推搡着才能通过。过了木板桥就是一个十字路口，拐角处是家马肉店，对面立着曹洞宗东清寺的石碑，石碑旁边则是玉之井稻荷神社的牌坊和公用电话亭。听阿雪说，这个稻荷神社的庙会是每月二号和二十号，在有庙会的晚上，外面的街上非常热闹，而后街小巷里几乎没了客人。因此，有庙会的日子又被那些妓女们称作"贫穷稻荷日"。虽说最近我常来玉之井,却还从来没有进稻荷神社参拜过,于是,趁今天时候尚早,我便跟着人流,走向了神社。

前面忘了给大家交代,自从每晚来到此闹市,我心情和身体都已养成习惯,不由自主地模仿出入这附近夜店的人们,每次出门都会换上符合此地风俗习惯的打扮。当然这也不是一件特别麻烦的事:穿上条纹衬衫,并且最上面的纽扣解开不要扣,也不用戴任何装饰;把西服上衣拎在手上不要穿,也不用戴帽子;头发不要用梳子梳整齐,而要挠得乱蓬蓬的;换上一条膝盖和屁股处都已磨损的旧裤子;不要穿鞋,穿双木屐就行,而且是鞋底已经快磨到脚底的那种;兜里一定要塞着廉价香烟,等等等等。其实很简单,也就是把我平时在书房或者会客时穿的衣服脱掉,换上打扫庭院或者烟囱时的衣服,再找双女佣穿的旧木屐即可。

只要穿上旧裤子旧木屐,再找一条旧手巾胡乱系在头上,那么从南边的砂町到北边的千住一直往葛西金町方向,就都不会有人在意你的装束。有了这副当地人出来买东西时的打扮,你就可以放心随意地走进这里的深街里巷。如此随意的装扮就如同这里的童谣所唱:"邋里邋遢就是好,如同乘凉在二楼。"最适合东京炎热的夏季了。有了这身和"朦胧一元出租车[①]"司机一样的打扮,不管是在路上还是在电车里,你就可以随意吐痰,也可以把吸剩的烟蒂、点完的火柴棍、纸屑和香蕉皮随处丢弃。看到公园里的长椅或是草坪,你也可以大大咧咧地躺在上面,抑或鼾声雷动,抑或哼唱小调,也都不会有人过问了。如此这般的举止打扮,不仅和气候相和,也和东京城中新建的高楼大厦相得益彰,充分体现出复兴重建城市中居民的心境。至于说甚至有女子只穿了一件内衣就外出散步这样的奇妙场景,在我朋友佐藤庸斋的文集中已有记载,我就不在此赘言了。

[①] 朦胧一元出租车:指引诱客人到妓院等处的非法出租车。因为无论距离远近,均为一元,故名。

因为还不习惯光脚趿拉着旧木屐，我一边小心着不要磕绊到什么东西，不要踩到别人的脚，一边随着人流走到路对面的稻荷神社去参拜。进入神社，这里也满是地摊，在祠堂旁边稍稍宽敞的空地上，摆满了花木店的一盆盆蔷薇、百合和夏菊等，形成一个大大的花坛。再往里走，一块空地的一角立着一块写着东清寺本堂建造费捐款人姓名的木板。原来这个寺院是在大地震时被烧毁后又在原址上重新修建的，而不是像玉之井稻荷神社那样从别处迁移过来的。

我买了一盆石竹花后就从别的巷子钻出，来到了大正道路上。抬头一看，却见路右侧不远处有一个派出所。虽然今晚我的穿着和这附近的人别无二致，而且手上还拿着一盆花，应该不会再被警察盘问，但为了以防万一，我还是转过身来，从拐角有一家酒馆和水果店的道路转了进去。

这条道路两边也都是鳞次栉比的商店，其中一侧商店后面是被称为迷宫一区的地域。穿过阿雪家所在二区的那条河沟突然出现在了一区外围的路边，并从一家挂着"中岛汤"门帘的公共澡堂门前流过，然后流向许可地之外一片漆黑的平房，并在那里消失了。在我看来，这条河沟比过去流经北郭的"铁浆沟"还要肮脏。但在原先，寺岛还是一片田园时，这还是一条清澈的涓涓细流，嫩绿的水草生长在河沟里，甚至可以看到蜻蜓停留在上面。一想到这些，我的心中便不由得感伤起来。因为庙会的地摊没有摆到这条道路上，我很快走到了一家名为"九州亭"的高高地悬挂着霓虹灯招牌的中餐馆前。从这里已经可以看到改正道路上汽车的灯光，听到留声机的声响了。

因为花盆有些沉重，我没有走向改正道路方向，而是走进了九州亭拐角右侧的一条道路。以这条道路为基准，右侧是迷宫一区和二区，左侧是三区，因此，这条道路是最繁华也是最狭窄的。路两边有和服店、女士西装店和西餐馆，还有一个邮筒立在路边。这应该是那天傍晚，阿雪做好头发回家，遇到骤雨，钻到我伞下时路边的那个邮筒吧。

对刚才听到阿雪边半开玩笑边暗示的心愿，我心底所感受到的不安还没有完全消失……我对阿雪的过往一概不知。虽听她说过去曾在某处做过艺伎，但看样子她既不会长歌也不懂清元调，所以我也很难相信她说过的话。当然，作为最初的印象，虽没有什么根据，但如果没有猜错，她应该是吉原或者洲崎那边家境还不错的人家里的私娼。

因为她的脸儿和全身的皮肤都很光洁，所以她的家乡并不在东京或东京附近。但同时她说话时又完全没有其他地方的语调，所以我判断她一定是其他离东京很远地方的人来到东京以后生的女儿。她的性格非常开朗，对现在的境遇非但不感到悲伤，反而以此作为资本，思考自己的将来，这说明她精神上很健康而且头脑聪明。再从她对待男人的感情上来看，她对我的胡言乱语并不怀疑，可见她还没有完全丧失生活的信念。所以，能够给我这种印象，可以说阿雪至少比在银座或上野那边的大酒吧里常年工作的陪酒女要直率和淳朴得多，至少对自己的人生还是很认真的。

如果将银座附近的陪酒女和这边的娼妓比较一下，我觉得还是后者更可爱一些，在她们身上还能体会到一些人情世故。即使从道路两边的光景相比较来看，我也觉得前者很浮夸地强调着外观上的美，给人一种徒有其表、华而不实的印象，而后者则很少让人产生如此不快之感。虽说两处路边都开满了小酒馆，但这里看不到三三两两的醉汉，更别说在银座那边常见的你死我活的打斗场面了。而且在银座那边，有时会看到一些长相凶恶的中年人，他们虽然穿着合身的西服但却看不出其职业是什么。这些人经常目中无人、大摇大摆地走在银座大街上，手中挥舞着拐杖，一边大声地唱着歌一边对过往的女子骂骂咧咧。这样的景象也是在其他地方难以见到的。而在这里，只要穿上旧木屐旧裤子，不管是多么乱哄哄的夜晚，你既不会遇到在银座那边的危险，也不用东跑西跑地让路。

那个立着邮筒的繁华小道在和服店附近的路灯最为明亮，接着向前走就越来越昏暗，再走下去就到了米店、蔬菜店和鱼饼店，然后就能看到木材店门口立着的各式木头。因为我经常来到这边，因此还没等意识跟上，我的脚步就从自行车停放处和五金店之间的巷口走了进去。

一进这条巷子，立刻就能看到伏见稻荷神社挂着的肮脏旗帜。看来，那些只是闲逛而不光顾妓院的游客们还很少发现这条小巷，因此，这里来往的人比其他地方要少得多。而我总是喜欢钻进这条巷子，边欣赏临街那家后院里茂密的无花果树和长满沟边栅栏的葡萄藤，边悄悄窥探阿雪家窗口的景象。

二楼的客人好像还没走。窗帘上映照着灯光，楼下的窗户还开着，饭厅里的收音机似乎已经关掉。我把在庙会上买的花盆偷偷地从窗口放了进去，然后就出了巷子，直接走向白须桥方向。身后驶来一辆前往浅草方向的京成公交车，但我不知道这附近的公交车站，于是只好边搜寻着边向前走去，不久，桥上闪烁的灯火便出现在了前方。

我本打算在今年夏天创作的小说《失踪》直到今天还没有完成。想起今晚阿雪说和我认识"已经有三个月了"，而我开始写作时应该比认识阿雪还要早。小说的最后我写到种田顺平在某天晚上因出租房里异常闷热，便带着同居的陪酒女澄子，来到白须桥上乘凉，然后相互谈论着今后的打算就结束。所以，为了更好地体会种田的心境，我没有拐到堤岸上，而是直接走上桥，靠着栏杆思考起来。

在最初构思《失踪》的结构时，我本打算让二十四岁的陪酒女澄子和时年五十一岁的种田两人自然而然地结合在一起，但随着写作的进行，又觉得这样反而有些不自然。正巧这时天气炎热难当，我也就搁笔于此，没再写下去。

然而现在，当我靠着栏杆，听着从河流下游的公园里传来跳集体舞的音乐和歌声，回想起刚才阿雪靠在二楼窗口说"已经有三个月了"时的语调和表情，又觉得澄子和种田结合在一起也没有什么不自然，不需要放弃本已创作好的人物设定。并且，如果在写作过程中放弃最初的构思，反而会带来不理想的效果。

我从雷门打了辆出租车径直回到家中，和往常一样洗好脸，梳好头，立即在砚台旁的香炉里焚上香，又拿出搁笔的草稿的最后一章读了起来。

"那边是什么？工厂吗？"种田问道。

"可能是煤气公司什么的吧。过去那里可是有好景致的。我在小说里读过。"

"咱们过去看看吧，现在还不算晚。"

"过了桥，就有个派出所啊。"

"是吗，那我们回去吧。现在咱们简直像做了什么坏事似的东躲西藏。"

"你别那么大声嘛……小心让人家听见。"

"……"

"说不定什么人会听到的……"

"是呀！像这样东躲西藏的生活我可是第一次体验啊。真是有种说不出又忘不掉的心境啊。"

"不是有首歌叫'远离尘世'嘛……要住到深山里去了。"

"阿澄，我从昨晚感觉自己忽然又变得年轻了。即使只有昨晚，我也觉得活着还是有意义的。"

"人活着就是一个心情，可不能再悲观啦！"

"说的是啊！只是，我已经不再年轻了。这把老骨头，很快就会被抛弃的吧。"

"你怎么又这么说啊。我不是说了吗,你没必要考虑这种事的。你看我,不也马上要到三十了吗?而且,想做的事我也都做过了。今后需要认真考虑怎么赚点钱了。"

"那,你真打算开一家关东煮店?"

"明天早上,阿照来的时候,我就打算把手头有的钱先给她。所以,你的钱先放着不要花。就像咱们昨晚说的那样,好吧?"

"但是,那不是……"

"没关系的,就这么说定了。你的存款就先放着不要动,为以后的生活做准备。我先把自己的钱都拿出来,一次性付清,把那家店买断,这样最划算。"

"阿照那个人靠得住吗?涉及钱可要当心些啊。"

"没关系。阿照可是个有钱人。她的后台就是玉之井最大的老板。"

"是做什么的?"

"就是在玉之井有好多家店铺和出租房。已经七十多岁了,还很精神。哦,他也经常来酒吧。"

"嗯——是吗?"

"其实,阿照原先跟我说,要是想开店,不用自己花钱开关东煮那样的小店,可以用那个老板的店铺。她可以和老板说说,给我介绍好的店铺和买卖。但那时我就一个人,没有可商量的人,而且也只能自己一个人来做,所以就选择了可以一个人经营的关东煮那样的小店。"

"哦,怪不得你选了那个地方。"

"那是阿照想让她妈妈给我放高利贷。"

"没想到她还是个实业家啊。"

"是呀。她可是个能干、不会吃亏的主,但也不至于骗人。"

九

九月已过了一半,但酷暑不仅一点也没有消退,反而比八月份还要炎热。吹动竹帘的风声提醒着人们已到秋天了,但每天一到傍晚却没了一点踪迹。一到夜晚,就像回到了关西那边,一连几天都是夜越深天气越闷热。

这三天,我一面写着稿子一面晾晒藏书,很是繁忙,竟然没有出去的空闲了。

在秋老虎盛行的正午晾晒图书,以及没风的初冬下午在庭院里焚烧落叶是我独居生活中最开心的事情。之所以这么说是因为晾晒藏书可以看到本已束之高阁的图书,回想起当时阅读这些图书时的情景,感悟时势以及自己兴趣的变迁;而焚烧落叶的乐趣则是可以忘记自己身在市井之中。

那天,终于晾晒好了旧书。一吃过晚饭,我便穿上那条破裤子,套上那双旧木屐出了门。外面的路灯早已亮起,虽然吹过的晚风依然炙热,但天色已完全暗了下来。

虽说只有三天没有出门,但我的心情却像很久都没有前往该去之处一般。为了缩短路上的时间,我在京桥电车车站直接换上了地铁。如此急切地前去寻访女人的心情,在我年轻时还常有,而在今天所体味到的迫切心情,可以毫不夸张地说,已时隔三十年多年了。出了雷门,我又打了个出租车,来到了原先的巷子口。再向里走,还是那个伏见稻荷神社,但原先挂着的肮脏的红色旗帜已被四五面白色的新旗所取代。还是那条河沟,还是那棵无花果树，只是栅栏上攀爬的茂密的葡萄叶稀疏了一些。看来，不管天气有多么炎热，也不管如何被世间所遗忘，此处的后街里巷同样无声地在述说着秋天的一天天到来。

窗口映出了阿雪的侧影，今晚没有梳平时的岛田发髻，而是像银杏叶发髻似的，将头发两边盘起，是一种叫牡丹发式的盘发。我觉得有些奇怪，心里边想着难道是认错人了，边慢慢走上前去。阿雪扭头也看到了我，赶紧急匆匆地打开门，叫了一声："哎呀，你啊！"然后又压低嗓音："看把人给担心的。这几天到哪儿去了呀。哦，没事就好！"

最初，我不理解她的意思，没有脱鞋就一屁股坐在了门口。

"我看了报纸，还在担心着呢。虽说不太一样，但心里还是想会不会是你呀。"

"哦，你是说那事啊。"我总算想起前两天看到的报道。赶紧低下声音，"你放心，我才不会干那种蠢事呢。我一直都很注意的。"

"哎，怎么回事呢？看到你也没觉得怎么样，但几天见不到，总觉得有些挂念。"

"不过，阿雪。你不是一直都很忙吗？"

"不管多忙，也就天热这一阵子罢了。"

"今年怎么一直都这么热啊。"我说。阿雪突然"嘘"了一声，说："安静一下。"然后用手掌按死了一只停在我额头上的蚊子。

屋里的蚊子比前两天多了，让人觉得连刺人的针也比以前粗了一些。阿雪掏出纸巾，擦干净了我额头上和她手上的血，"你看，这么多。"说着将纸巾递给我看过后又团起丢掉。

"要是没了这些蚊子就该到年底了吧。"

"嗯。不过我记得去年阴历十月份还有蚊子。"

"你说的是有农田的时候吧。"我一开口便意识到时代已经不一样了，便问道，"从这边也能走到吉原后门那边吗？"

"能呀！"阿雪回答道。这时，窗外传来丁零丁零的敲铃声，阿雪赶紧站起身走到后窗边，叫道："阿兼，这儿这儿。你往哪里看呀，我在这里。去帮我买两份冰糯米圆子……然后再买盘蚊香来。好孩子啦！"说完，阿雪就坐在了窗棱上。窗外的巷子里来来往往的行人看到她，有的就拿她打起趣来，阿雪一边应承着，一边也和过往的行人开着玩笑。

阿雪不时回过头来，隔着大阪式隔门和我搭着话。过了一会儿，冷品店的一个男子边说着"让您久等了"边端来了阿雪点的冰糯米圆子。阿雪端着圆子，走了回来："喂，你不是说能吃糯米圆子的吗？今天我请客。"

"你记得还真清楚啊，我说过的话……"

"当然记得啦。你看我对你有多好。所以啊，你也别再寻花问柳了。"

"我不来你这里，你就认为我去了别人家吗？真没办法啊。"

"男人不都是这种货色吗。"

"圆子塞着嗓子了。我吃东西的时候，你就不能对我好点？"

"我不知道。"阿雪故意用勺子砰砰地敲打着碎冰，把堆成小山状的冰粉拨了下来。

窗外的行人探进头来，"喂，大姐，请客呢。"

"我赏你一口吧，快点张嘴。"

"不会是氰化钾吧，你还是饶我一条小命吧。"

"你这个一文不名的家伙，想吃都没门。"

"胡说八道，我看你就是这河沟里蚊子变的。"那人骂了一句就走了过去。阿雪却不甘示弱，奔到窗口，骂道："呸，你这个吃垃圾的穷鬼！"

"哈哈哈哈。"后面的行人听到两人的对骂，笑着走了过去。

阿雪舀了一勺冰放进嘴里，一面探头向外张望着，口中一面无意识地带着节奏吆喝道:"老板,老板,您等等。快点,快点,过来呀!"看到有人停下来向窗口张望,便带着娇滴滴的腔调:"老板,快来呀。今天我还没开张呢。来呀。"过了一会儿,她又显得毫不在意似的对另一个驻足的人嚷嚷道:"喂,进来看看吧。没关系的。要是不满意,回去就好了。"最终,这个人也走远了。看到没人光顾,阿雪也并不显得失落,她从融化的冰水中捞出剩下的糯米圆子,放进嘴里大口嚼着,吃完后又点上一根烟吸了起来。

之前,我在描述阿雪的性格时,说她是个开朗的女子,并不为现在的境遇而悲伤。当然,这些都是我坐在饭厅的角落里,悄悄地摇着破蒲扇边驱赶蚊虫,边透过挂在门口的苇帘,看着阿雪坐在店门口吆喝客人时所推测到的。我的推测或许极其肤浅,或许只看到了她的一面而已。

然而,现在,可以断言,我的观察绝对没有错误。这是因为,不管阿雪的性格如何,窗外来往的行人和窗内的阿雪之间,有一缕可以使彼此融合的丝线将他们联系起来。我认为阿雪是开朗的女子,看起来也并不为现在的境遇而悲伤。如果说我的这种认识有误,那我想辩解说,我的错误应该来自于这缕使他们融合的丝线。窗外是百姓大众,也就是人世间,而窗内只有一个人,这两者之间没有什么显著的对立。那么,这是为什么呢?阿雪尚且年轻,还没有丧失人世间一般的感情。虽说阿雪坐在窗前时身体是卑微的,但在她心底还隐藏着她本来的人格。当窗外的行人迈着步子走进这巷子时,也就立即脱去了假面,甩掉了矜持。

我从年轻的时候就经常出入于烟花巷中,直到今天也不以为非。有时,由于某种因缘,我让她们实现了愿望,手持扫把簸箕进入我的家庭,但最终都以失败而告终。她们一旦脱离了现在的境遇,就不再认为自己的身体是卑微的,于是要么变成了不可救药的懒妇,要么变成了不可一世的悍妇。

阿雪心中不知从何时起，也想借助我的力量改变现在的境地，成为懒妇或悍妇吧。那个让阿雪既不成为懒妇，也不成为悍妇，能够让她的后半生成为幸福家庭中一员的人，并不是像我这样有着丰富失败经验的人，而应该是还有着漫长人生，前途光明的人。然而，即使我这样对阿雪说她也一定不会明白，因为，阿雪只看到我两重人格中的一面。虽说在阿雪面前暴露我不为人知的另一面，让她了解我罪恶的一面也并非难事，但我始终犹豫着不忍心让她看到。当然，这并不是说我想要掩饰自己，而是我害怕当阿雪意识到自己的误解时，会体会到多么失望甚至悲伤的心情。

　　在我早已疲惫不堪的心中，阿雪是缪斯，是在那逝去的年代中曾出现过的令人怀念的幻影。如果没有阿雪对我的思念——或者至少说她没有这种念头的话，我一定早就把桌上那篇搁置许久的草稿撕得粉碎。对我来说，阿雪就是这样一位不可思议的激励者。她让我这个已被当今社会丢弃的老作家，完成了今生最后一篇小说。每次见到她，我都想向她表示感谢。但从结果来说，却是我欺骗了她这样一个涉世不深的女子，不仅玩弄了她的身体而且也玩弄了她的真情。我虽然内心一直想向她忏悔我的罪行，请求她的原谅，但因为种种原因，却一直都没能说出口来。

　　那晚，阿雪在窗口所说的话，让我心情更加苦闷。为了不再这样下去，我觉得不应该再和她见面了。如果从现在就不再见她，阿雪心中的悲伤和失望应该还不会过于严重吧。直到今天，我都没有机会询问阿雪的本名和过往的经历。今晚，我一定要若无其事地和她告别，如果今后再来这里，内心的悲哀就更无法收拾了。随着夜越来越深，我的这种心情也毫无缘由地剧烈动摇起来，如同被什么东西追赶着。

　　不知何时，门外突然刮起了一阵风。它从大街吹进小巷里，东撞西碰地转了一遭，然后从小窗翻了进来，扯动了挂着风铃的苇帘上的绳穗。随着风铃声响起，夜更深了。这屋里的风铃声和屋外卖风铃的小贩路过时所发出的声响完全不同，只有在这里才能听到。从夏末一直持续到如今的炎热在这阵阵的风铃声中也显得不再烦闷，这让我心中不知不觉地感到秋天渐渐来临了。寂静的街巷中路人的脚步声也仿佛变得清晰起来，我的耳中还听到了一两声不知从何处传来的女人咳嗽声。

阿雪从窗口回到饭厅，点上一支烟，像是想起什么似的说道："你，明天早点来吧。"

"你说早点，傍晚可以吗？"

"再早点。明天周二，是诊察日，十一点就结束。然后我们一起去浅草吧。只要下午四点前回来就可以了。"

我想去了也没关系，就当最后分别，陪她去一趟也可以。但一想到如果被报社记者或传记作家看到，又会遭到口诛笔伐，我便说道："我不能去公园那边。你是想买什么东西吗？"

"我想买个时钟，而且马上就要穿夹袄了。"

"这两天还说热呢，马上就要到秋分了。夹袄要多少钱？是在店里穿的吗？"

"嗯，估计怎么也得要三十块吧。"

"这些钱，我现在就有。你一个人去定做吧。"说着，我掏出钱包。

"真的，你肯出钱？"

"你不用介意，我没别的意思。"

阿雪有些意外，眼睛兴奋地睁得大大的。我盯了一会儿她那喜悦的脸庞，想把它永远印在我的脑海中。然后，从钱包里拿出几张纸币，放在茶台上。

随着敲门声，东家的说话声传来了。阿雪想要说什么，但又停住了，拿起放在茶台上的纸币塞进了和服宽腰带里。我站起身来，和站在门外的东家打了个照面，出门而去。

走出里巷，来到伏见稻荷神社前，一阵疾风从街口直刮过来，吹散了我的头发。平时我出门时一直都戴着帽子，唯独来此地从不戴帽。但当风吹来时，我还是下意识地抬起一只手打算扶住帽子，这时才意识到头上没戴着帽子，不由得苦笑起来。风还是一个劲地吹着。插在神社前祭祀用的旗子翻滚着，连旗杆都像要被刮断似的，巷口一家关东煮的外卖摊上挂着的门帘也被刮得发出噼噼啪啪的响声。河沟边种植的无花果和葡萄树的树叶，在疾风的吹拂下，仿佛干枯了一般，从屋后的阴影处传出沙沙的声音。来到大街上，抬头仰望深邃的夜空，横亘在广漠天空中的银河和颗颗星星发出清冽冷峻的光芒，让我心中涌出无限寂寥之情。从屋后驶过的电车声和着警笛的声响与狂风呼啸声混在一起，更加深了我内心的无限寂寥。从这里走向白须桥方向回家时，我总是从隅田町邮电局，或者从一个叫向岛剧场的小电影院附近钻进胡同，在各个里弄之间的小道兜来兜去，最终从白发明神祠堂后面钻出来。在八月底到九月初的这段时间，有时夜里会突然下起雨来，雨过天晴之后，月亮如银盘一样挂在空中，也照亮了里弄小巷。我经常会边回忆着这附近过去的景色，边在不知不觉中走到言问岗附近。但在今晚，月亮不见了踪影，只有从河面上吹过的狂风吹得我心中冰凉。我加快了脚步，匆匆来到地藏坡车站，赶紧躲到候车室板墙与地藏菩萨之间的缝隙中，蜷缩着身体避起风来。

十

自从那晚给了阿雪定做秋天和服的费用，我就不打算再去她那儿了。但过了四五天，我又想要再去看她一次。阿雪怎么样了？虽说我明白她一定还坐在窗边，可心中却十分想再去见见她。还是再去一趟吧，不要让阿雪发现，只悄悄地去看看她的容貌、她的样子吧。就到那边去转一圈，等我回来，邻居家的广播也该停止了吧。我这样想着，把罪过推给广播，便再次渡过墨田川，走到东面去了。

进入里巷之前，为了挡住脸庞，我特意买了顶鸭舌帽，等看到有五六个闲逛的游客进去了，我才跟在他们后面，躲在他们的身影里，从河沟这边偷偷地窥探着阿雪的住处。只见她依然坐在窗边，只是把新梳的发式又变回了原来的样子。但和前些天不同的是，她家右侧的窗户之前一直都紧闭着，现在里面却亮着灯，一个梳着圆形发髻的面容出现在了灯影中。这是来了在当地被称为"包妓"的新妓女。虽说从远处看得不是很清楚，但那人比起阿雪来年龄也大，容貌也不甚姣好。看到这里，我便跟着游人转到别的巷子里去了。

那天夜晚和平时一样，当太阳落山后，风戛然而止，四周闷热异常。巷子中的人群如同盛夏夜晚一般熙熙攘攘，每次拐弯，都要斜着身子才能通过。我挤得浑身上下满是汗水，呼吸都觉得困难起来，便搜寻着出口，走到了汽车能够行驶的稍微宽敞的街上。随后，我朝着没有店铺的辅路走去，来到第七街区的公交车站，边擦着额头的汗水，边打算就这么回去。车站离我也就一两百米了，已经空无一人的市营公交车如同专门来接我一样停了下来。当我打算从辅路迈出一步跨上公交车时，突然，不知为何，从心底泛起一阵惜别之情。我只得又蹒跚着向前走去，很快就来到了酒馆门前拐角处立着邮筒的第六街区车站。这里有五六个人在等着公交车。在这个车站，我又等了三四辆公交车驶过，还是不愿就此离去。只是一个人站在那里，茫然地眺望着栽种着白杨树的大街和沿着里巷的宽敞空地。

这片空地从夏天到秋天，直至前几日，每晚都热闹非凡，留声机的大喇叭一刻也不停歇，先是演马戏，接着是猴戏，最后还来了幽灵恐怖小屋。但现如今，这里又恢复到了往日的平静，只有水洼里的水默默地映照出街灯昏暗的倒影。看到这些，我忽然鼓起勇气，决定还是去一趟阿雪的家，告诉她我要去旅游再和她分别。这样总比突然音信全无要好得多吧。既然不再去了，就别让阿雪今后想起再难过了吧。或者最好把实情告诉她。我之所以到她这里来，是因为没有其他可以去散步的地方，想要拜访的人也都去世了。那些高雅之处如今也都成了音乐家或舞蹈家争名逐利的地方，再也没有老年人边喝茶边追忆往昔的地方了。我也是偶尔得知了这个迷宫的一角可以成为我在这尘世偷得半日闲的地方，于是才多次打搅前去游玩，幸而每次都能得到阿雪充满真情的接纳，虽然有些晚了，我还是打算这么简单地向她解释一下……于是，我便又钻进小巷，站在了阿雪家的窗前。

一见到我，阿雪一副期盼已久的表情，带着微微颤抖的语调说："快，请上来吧。"然后没有像往常一样带我到饭厅，而是先上了楼梯，我也觉察出了不同，

"是东家来了吗？"

"是的。东家太太也一起来了……"

"还来新人了吧。"

"做饭的大婶也来了。"

"是吗，你这儿一下子热闹起来啦。"

"我一个人待惯了，人一多，反而觉得挺吵的。"说完，她忽然想起什么，"多谢您前两天给的钱。"

"找到好的了吗？"

"是的。明天就能做好。我还买了一条宽腰带。您看这条已经变成这个样子了。等会儿我就到下面拿过来给您看看。"

阿雪下了楼梯，端上茶来。我坐在窗台上和她不着边际地聊了几句，东家夫妇一直也没有回去的迹象。过了一会儿，梯子口传来了电铃声，看来是熟客登门了。

家中的一切都和阿雪一个人时不同了，阿雪也需要在意东家的脸色，我就不便长时间待在阿雪房间里了。于是，我想向阿雪讲的那些话始终没有机会说出口来，不到半个小时，我只好告辞了。

又过了四五天，就到了秋分。天空的景象陡然一变，黑云被南风追赶着从低空掠过时，大滴的雨点像石子横飞一样落下，很快又停歇了。有时也会下得彻夜不息。我家园中的鸡头草被连根拔起，胡枝子的紫红色小花和黄叶一同落下，已结果的秋海棠枝干上硕大的叶片被剥离，鲜亮的色泽也已褪去。园中满是被雨打湿的落叶与枯枝，一派狼藉、萧索的景象，只有知了和蟋蟀在风雨间歇时低声哀悼。每年秋天，当我看到被秋风秋雨袭过的庭院，都不禁会想起《红楼梦》中一篇名为《秋窗风雨夕》的诗句：

　　秋花惨淡秋草黄，
　　耿耿秋灯秋夜长。
　　已觉秋窗秋不尽，
　　那堪风雨助凄凉！
　　助秋风雨来何速？
　　惊破秋窗秋梦绿。
　　…………

并且，和往年一样，虽然我才疏学浅，但还是费尽心机想把这首诗翻译得漂亮一些。

就在这连天风雨之中，不知不觉过了秋分。之后，天气一下子晴朗起来。九月也没剩几天，很快便到了今年的中秋。

中秋前一天还是天黑了以后月亮才明亮起来的，而在中秋当天，天还没有完全暗下来，皎洁的明月便如银盘一般照耀着大地了。

也就是在这一天，我得知了阿雪患病住院的消息。因为是在窗口听佣人转告我的，所以也并不清楚她到底得了什么病。

　　进入十月，寒气比往年来得早了一些。早在中秋夜晚，玉之井稻荷神社前道路上的商店门口已经贴上了揽客的广告："各位顾客，更换拉门贴纸的时节已经到了，本店特为您免费提供上好的糨糊。"已经不是夜晚光着脚、穿着旧木屐、不戴帽子就能出门散步的季节了。邻居家的广播声已被关起的窗户隔绝，对我造成的痛苦也少了很多。现在，一到夜晚，我更喜欢一个人在温馨的灯光下，坐在桌前，翻动那些旧书刊了。

　　这篇文字写到这里应该搁笔了吧。但如果我想给这个小说再加上一个古风式的结尾，也可以添上一节。比方说，半年或一年之后，在一个意想不到的地方，我和已赎身的阿雪偶然邂逅。当然，如果让这偶然邂逅显得更加伤感一些，也可以设计成两人从汽车或火车中互相看到了对方，但因为隔着车窗，想要说些什么却无法说出。或者把时间设定为枫叶荻花纷纷飘落之秋，在寒风瑟瑟的刀弥河上，两人彼此坐在渡船上擦肩而过，也许就更为妙哉了。

　　我和阿雪最终并不知道对方的真名和住所。在我的记忆中，留下的只有在濹东后街，一条蚊虫飞舞的河沟边的家中，度过的温馨时光。我与阿雪只是那种一旦分别，就没有必要再次相逢的关系。对于这样一场轻松的恋爱游戏，我们从最初就明白是不会有下文，也不会有结果的。如果太拘泥于这样的离别之情，反而让人觉得过于做作，但如果不做个了结，又会有难以割舍的遗憾。皮埃尔·洛蒂的名著《菊子夫人》结尾，就出色地描写了这般情绪，让人读来不禁潸然泪下。但我要是再在这篇《濹东绮谭》中也添加些小说的色彩，恐怕就会招来读者的嗤笑——这个作者又淘气了，还想学洛蒂的写法。

　　对于阿雪今后的命运，虽没有什么确信的征兆，但我从很早之前就预想到，她不会一直住在河沟边的家中，靠出卖极其廉价的皮肉维持生计。年轻时，我曾听那些通晓烟花巷内情的老人们说过，要是遇到了特别中意的女子，就赶紧把她赎出来。否则她很快会被别的客人赎走，最终一定会落得因病死亡，或和厌恶的男人远走他乡的结局。据说这种事情就像诅咒一般，虽没什么确实根据，但却往往会很不可思议地应验。

阿雪具有那个地方一般娼妓所没有的容貌和才智，就像鹤立鸡群一般。并且，现在与过去时代也不同了，我想她既不会生病死去，也不会把自己的一生托付给那些青帮红会之人吧……

我的眼前再次浮现出这样的场景：我和阿雪倚在黑漆漆的二楼窗口，握着对方汗津津的手，一同眺望着眼前一排排肮脏、污秽的房屋屋顶，还有远处那风雨到来之前照映着沉闷天空的路灯。当我们相互漫无目的地说着谜一般的话题时，一道闪电忽然划过夜空，照亮了阿雪的侧脸。直到现在，这一幕都时常活生生地出现在我眼前，难以忘却。我从二十岁左右便不断沉溺于恋爱游戏之中，但没想到如今已是垂暮之年，竟还有着如此痴人说梦般的心境。真是命运弄人啊！稿纸背面还有几段空白，我就信手写下了这几行不知是诗还是散文的句子，借以慰藉今晚惆怅的心绪吧。

擦拭掉我额头上，被蚊虫叮咬的血滴，
带着鲜血的纸片啊，被你丢弃在庭院角落。
角落立着一株雁来红，独自忍受每夜霜寒，
寒风无情吹拂着，不知何时便会倒下。
似锦的叶片枯萎了，更让人感到怜惜。
一只生病的蝴蝶，摇晃着受伤的翅膀，
蹒跚地飞舞到，雁来红枯萎的叶片下，
难道这枯萎的叶片下，就是它生命的归宿？

和你分别后，我孤独地蜷缩在这里，
雁来红尚有蝴蝶陪伴，而我只有一人。

        丙子十月三十日脱稿

作后赘言

在向岛寺岛町的烟花柳巷中游历时的见闻，我将其记录下来，谓之曰"濹东绮谭"。

"濹"原本是林述斋[①]在描述墨田川[②]时随意杜撰的文字，在他文化[③]年间的诗集中就有一篇叫《濹上渔谣》的诗歌。

德川幕府瓦解时，成岛柳北[④]搬离下谷和泉桥大街的御赐宅邸，搬到向岛须崎村的别墅以后，所作诗文中也多使用"濹"字。之后，许多文人墨客大多又开始使用"濹"字，但柳北死后，便很少再有人使用了。

我记得物徂徕[⑤]把墨田川也称作"澄江"。天明[⑥]年间也有诗人将墨田堤叫作"葛坡"。明治初年，诗文最为流行时，小野湖山认为"向岛"这个名字缺乏美感，便根据日语发音写成"梦香洲"，但也很快被人遗忘了。不过，现在向岛的妓院里还有一家叫"梦香庄"的，不知道是否因为继承了小野湖山的风流雅趣之心才起的这个名字。

从白须桥向东五百米左右，是寺岛町第五街区到第六街区之间的狭长地带，也就是在墨田堤东北面，被称为濹上。但我觉得，这里离墨田川稍远，便称其为"濹东"。在我刚写完这篇《濹东绮谭》时，也曾根据地名改叫作《玉之井杂记》，但之后总觉得不太合适，就用了这个离现今有些久远的"濹"字，希望更能体现出一些风雅之气。

自从十多年前井上哑哑子离开人世，去年春天又传来神代帚叶翁的讣

---

① 林述斋（1768—1841）：日本江户后期的儒学家。

② 墨田川：即隅田川。

③ 文化：日本江户末期光格天皇的年号，公元1804年至1818年。

④ 成岛柳北（1837—1884）：日本江户后期幕臣、文人。

⑤ 物徂徕（1666—1728）：日本江户中期儒学家。

⑥ 天明：日本江户末期光格天皇的年号，公元1781年至1789年。

闻，我就失去了商谈有关小说命名，以及随时讨教的对象。如果寻叶翁在世，我一写完《濹东绮谭》，定会立即跑到千驮木町他的寓所，烦请他阅读并指教一二。之所以这么说，是因为老先生比我更熟悉这个"迷宫"，并且乐于分享此处的趣闻。记得当初他在世之时，一旦和人谈到此地，便立刻向旁边的人借来钢笔，把烟盒里的香烟拿出来，在烟盒背面画起从市里到"迷宫"的道路地图，并详细地标出这些小巷的出入口。还把每条小路从哪里分开，又在哪里合为一处等等详情一一说明，简直是如数家珍。

那时，我几乎每晚都要去银座尾张町的街角与寻叶翁会面。老先生和人会面不会约在酒吧或咖啡馆。只有等和约好的人见面以后，才会一同坐到小饭店中交谈。在此之前，他总是先预测好时间，然后站在闹市的一角，等待相约的人前来。当然也有预测不准，空费时间的时候，但老先生却一点也不生气也不悲伤。这是因为他站在街头并不只是等待相约的人，而是利用这个时间观察街上的风景，这也是他的乐趣所在。老先生生前经常会向我展示他的笔记本，上面写满了某年某月某日在某处从几点到几点，从那儿路过的女人中有几个人穿了欧式服装，有几个陪酒女模样的和老板结伴经过，有几个上门卖艺的，等等。这些都是老先生在城镇的角落或者酒吧前的树下等人时用铅笔记录下来的。

在今年秋老虎最为猖獗的一天夜晚，我从玉之井稻荷神社前的小巷中走过时，从一家关东煮店的门帘后，跑出来一个十七八岁模样俊俏的卖艺女孩，她抱着三弦亲热地叫了我一声："大叔！"然后说道："大叔，您也到这边来玩吗？"

我最初完全忘记了在什么地方见过她，但看到她露着犬齿微笑的嘴角，我忽然记起四五年前，我曾和寻叶翁一同在银座的后街与这个姑娘聊过天。老先生从银座回驹达家中时，总是在尾张的十字路口或者银座第三街区的松屋前等待末班电车。在等车的时候，老先生总喜欢和卖花姑娘、算命姑娘、卖艺姑娘们聊聊天。在乘车的时候，只要对方不回避，就会继续交谈下去。所以，我和这个卖艺姑娘应该早就相识了。

我记得在银座的后街经常会看到这个卖艺姑娘。那时，她尚且年幼，还没拿三弦，左右手各拿两块竹片。头发左右分开扎起，再在头顶后面盘成环状，看起来像个桃瓣，黑色的和服外套里穿着红色的夹袄，系着红色的腰带。漆黑的木屐上穿着红色的带子。这身打扮，一看就让人想到她不是专唱女义太夫的小歌女就是城郊烟花巷中的雏妓。除此之外，从她早熟的俏丽面容，以及细长脖颈、顺滑溜肩的苗条身材上，也都能让人联想到两类人。至于她的出生经历和脾气秉性等等方面也符合上述两种人的特点，在此也就不必多费口舌了。

"真看不出，长成个大姑娘啦！这身打扮，完全就是个角儿了嘛！"

"嘿嘿嘿嘿，让您见笑了。"姑娘说着，把扁头簪重新插进岛田发髻底部。

"没什么见笑的。你不是在银座那边卖艺吗？"

"是的。不过，我现在已经不去那儿了。"

"还是这边好吗？"

"也不是。现在没什么好的地方了。只是银座那边卖艺的太多了，没有生意。有时候连回家的钱都挣不到。没办法才来这边的。"

"你那时住在柳岛吧。"

"是的。不过，现在搬到农庄里了。"

"你饿了吗？"

"不，这才刚天黑呀。"

在银座时，我也曾送给她电车钱，因此，这天夜里，我又送她五十钱后与她告别了。之后过了快一个月，我又在路边遇到她。后来，随着夜间露水越来越冷，我也逐渐不到这里来散步了。但听说这个城镇最热闹的时候,正是寒夜风霜袭人之际。我想,这个姑娘最近每天都会在大街上四处卖艺,徘徊到很晚吧。

从那年我和帚叶翁在深夜的银座第一次遇到那个女孩到今年我在寺岛路边和她偶然邂逅,掐指一算已过去五年时光。这个女孩也从昔年的雏妓到现如今可以独当一面,发式也从过去的桃瓣型变成了岛田式发髻。而这期间社会的情势也同这个姑娘一样发生着变化。对于这两者,我也许都不该用老眼光去看了。敲着四块竹板,操着说经调来演唱的女孩,成长为会弹着三弦唱着流行歌的"大姐",就如同孑孓变成蚊子,鳝鱼苗长成幼鳝鱼再变为老鳝鱼一般,都是自然的演变。但那些信仰马克思的人又去信奉朱子学说却并非演变而是异变。前者是变化的结果,就如同佛教里所说的"空"一样,而后者则是突然出现的东西。就像寄居蟹的蟹壳里住的不是螃蟹,而是别的生物一般。

我们这些东京的老百姓得知在中国东北的原野上风雨突变是这前一两年,也就是昭和五六年间。我记得还是那一年的秋天,据说在招魂神社院里的一棵银杏树上,一群麻雀连续打斗了三日,在最后一天的早晨,我和麴町的妓女们相约前去观看。再前一年的夏天,有人传说在赤坂岗亭旁的护城河里,一到夜深人静之时,便有个巨大的蟾蜍爬上岸来放声悲哭。甚至还有一家报社打出广告,说是如有人捕住这只蟾蜍就奖励三百元钱。为此,据说每逢深夜降雨之时,反而有很多人前来试图捕住蟾蜍,但却终于没有听到谁拿到那笔奖金。之后,这件事也在不知不觉中如烟一般消散得无影无踪了。

去看过麻雀打斗的那一年也很快到了年底。一天下午,我在葛西村海边散步时迷了路。天黑以后,借着灯火我好不容易找到了船堀桥的所在,然后换乘了两三部电车,在洲崎的市营电车终点站下了车,走到了日本桥附近的十字路口。当我坐着电车从深川幽暗的镇中通过后,在白木屋百货店旁边的车站下了车。这里灯火通明,军歌嘹亮,再加上快要过年的热闹氛围,与刚才昏暗的街镇形成鲜明对比,也忽然给了这天从下午到夜晚一直都徘徊在人迹罕至、芦苇枯黄的河堤上的我带来了异样的感受。此外,当我站在白木屋百货店门口等待换乘电车的时候,又看到百货店的橱窗里竖着几个穿着毛皮制服的士兵塑像,背景画是到处燃烧着大火的广漠黄色荒原。这不禁又让我吃了一惊,赶紧把目光移到街上相互拥挤的人群。这是每年年底都会出现的景象,今年也是如此,但人群中却没有谁会注视橱窗里这些野营的士兵塑像。

次年四月,银座大街上种植了柳树苗,大街两侧的人行道上一排排红色骨架的纸罩灯笼点缀在人造纸花中间。整个银座街镇装扮得宛如乡间戏曲里的闹市一般。看着这些竖立在银座的红色骨架的纸罩灯笼,再看看赤坂溜池牛肉店的栏杆也被涂成了红色,我也就了解了此时东京人趣味已变得如此低下。紧接着,这柳树节的第二个月,在霞关便发生了轰动世间的所谓"义举①"。那天傍晚,我正好在银座大街上散步,看到对这一事件进行报道的号外中以《读卖新闻》最为迅捷,然后就是《朝日新闻》了。因为那天正巧是周日,傍晚银座大街上挤满了外出的人群,大家都拥在一起,观看着贴在电线杆上的号外,但没有人露出特别的表情,甚至连谈论这一事件的人也没有。只有地摊的摊主无休止地转动着兵器玩具的法条,不厌其烦地拿着喷水玩具手枪到处射击。

也就是从那时起,寻叶翁每晚都会戴着旧帽子,穿着日光木屐来到尾张的三越百货公司前站上一阵。而现在回想起来,也就是从昭和七年的夏天到第二年,酒吧开始在银座大街里里外外,前前后后蔓延开来,成为

---

① 义举:即五·一五事件。1932 年 5 月 15 日,日本海军青年将校为建立军事政权而发动兵变。当时的日本首相犬养毅在此次兵变中被杀。之后,日本军部势力得到增强,日本政党内阁时代宣告结束。

最繁盛也最淫俗的流行事物。每家酒吧都有三三两两的陪酒女郎站在门前招呼路过的行人。而在后街酒吧干活的陪酒女们则两人一组来到大街上，拉扯着行人的衣袖，或是抛着媚眼引诱路人。还有一些奇怪的女人站着假装欣赏商店橱窗的装饰，一看到独自一人的男士就走上前叫他一同去喝茶什么的。也就是在这一年，百货公司雇用了大批女子，除了做售货员的以外，还让她们穿上泳衣，在众人面前展露肌肤。除此之外，如果你走到银座的后街拐角，一定会看到叫卖玩具的小女孩。这些年轻的女子，按照雇主的命令，或在店头，或在大街上展示她们的容貌和身姿而不觉得羞耻，且其中不乏为此得意者。在我看来，这些都像是公娼再次兴盛起来。这也让我想到，在这个人世间，无论到了任何年代，使役女人的方法都没有多少改变。

地铁已经通到了京桥最北面，银座大街上不分昼夜地响彻将铁棒打入地下的机械声。无论走到哪里，都会看见工人们横七竖八地躺在商店屋檐下睡着午觉。

昭和七年冬天，有一个月岛小学女教师，一到晚上就到银座第一街区后街的"情人"酒吧去做陪酒女。后来又一边卖淫一边乘机偷窃嫖客的财物而被抓获。这则新闻也着实让人们津津乐道了一番。

我初次与尃叶翁结识，大约是在大正十年。一开始我们只是在旧书市上偶然相遇，随意交谈几句罢了。后来，我们也会在旧书店里遇见，话题依然都是老旧的书籍。昭和七年夏天，偶然在银座大街与尃叶翁邂逅，我顿时感到在意外之地遇到了意外之人，不过，那晚两人也只是站着交谈了几句就分别了。

从昭和二三年到与尃叶翁在银座相遇的这段时间，我曾一时远离了银座。后来，因为失眠症随着年龄增长愈发严重，以及自己做饭需要购买些方便的食材，另外就是夏天不愿听到邻居家传来的广播声等原因，从昭和七年夏天，我又开始前往银座了。但因为害怕受到报纸和杂志的口诛笔伐，我即使在银座后街散步，也时刻注意避人耳目。如果看到对面走来一位男士，是头发蓬乱，手提折叠式皮包，胳膊里还抱着报纸杂志的话，我就立即拐进小巷中，躲到电线杆的影子里。

帚叶翁总是在一双白色厚袜的脚上穿着日光木屐，一见就知道不是现代人的打扮。因此，当我诉说自己惧怕、忌惮现代文人时，他总能很好地理解我。另外，他也知道我极力避免前往大街上的酒吧。正是因为了解我的这些习惯，所以，老先生才会在一天夜晚，带我来到了西银座后街一个基本上没什么客人，叫作"万茶亭"的咖啡馆，并把这里约为我们今后见面的会合地。

在炎热的夏季，不管有多么渴，我除了喝些加冰的凉开水之外，不喝其他任何冷饮。我也尽量不喝生水，无论冬夏都只喝些热茶或咖啡。从回国一直到今天，我就没吃过冰激凌，如果说在这附近有谁还没吃过银座的冰激凌，那恐怕只有我一个人了吧。也正因为如此，老先生才带我来到万茶亭。

银座大街上的酒吧一到夏天就不再提供热茶和咖啡，有些西餐馆甚至连热咖啡也不提供。红茶和咖啡中有一半的滋味都在香气之中，如果加冰冷却，香气就完全消失了。尽管这样，现代的东京人却只喝冷却了的、没有香气的饮料。在我这样守旧之人的眼中，这都是些奇怪的风俗。而这奇怪的风俗在大正初年还没有如此普遍。

红茶和咖啡都是西洋人带来的，时至今日，西洋人也不会喝冷却的茶和咖啡。所以，显而易见，红茶和咖啡本来的特性就是适合热着喝。现如今，按照日本的习惯进行冷却就是破坏了其本身的特性。这就如同把外国的小说戏剧翻译成日语时，将作品中地名和人名全都换成日本式的说法一样，令人难以接受。在我看来，不管任何事情都不能破坏它的本性，否则就是可悲的事。所以，就像欣赏外国文学时一定要把它作为外国的东西来欣赏一样，那些外国的饮料、食品也不应该按照日本的习惯加以改变。

我和帚叶翁前往万茶亭时，因为害怕其狭小店中的闷热和苍蝇，就会坐在店门口树荫下的椅子上。我俩会一直坐到晚上十二点，茶馆关门以后才离去。因为知道回家后躺在床上也睡不着，所以，过了十二点以后如果还有可去的地方，我俩都会相约而去。老先生和我坐在树荫下时，会将与万茶亭相邻的"黄金线"，以及对面的"赛利亚""苏卡尔""奥德萨"等酒馆出入客人的人数记在笔记本上。他有时也会同一元出租车司机或卖艺人聊聊天。如果觉得这样也无聊的话，老先生还会去前面大街上买买东西，去胡同散散步，回来以后就向我报告这一路的所见所闻。比方说：在某个巷子里，结识了一个无赖汉啦，或者在对岸被一个怪怪的女人扯住衣袖啦，以及过去曾在某个酒吧从业的陪酒女如今成了哪个商店的女主人啦，等等等等。那个在寺岛的巷子里叫住我的卖艺姑娘，一定也是在这树荫下第一次见到的。

通过和老先生交谈，我也了解了这三四年来银座街镇的变迁。在大地震之前，前街上的商店，基本上没有做同一种买卖的，但现在，这里的生意几乎全部都被关西或九州来的人包揽了。后街到处都悬挂着河豚汤或关西料理的招牌，小巷里也满是各种小吃的地摊。随着外地人多起来，外出吃饭的人也增多了，这也使得各处的饭店、酒楼生意火爆。而外地人大多不了解东京的习惯，他们把最初在停车场内饭店，或者在百货公司的食堂里看到的场景都当成了东京的习惯。因此，很多人会到挂着小豆汤招牌的店里问有没有荞麦面条，还有些人到荞麦面店里居然会点天妇罗，而店员表示不卖天妇罗时，他们还觉得很奇怪。所以，现在很多饭店的玻璃橱窗里都会摆上食物模型，旁边还会放上价格标签，这都是因为以上的原因不得已而为之的。当然，这也是学习了大阪那边的做法。

当大街上亮起路灯，留声机里传出音乐，就会有带着酒气的男人，四五个一组，相互搭肩勾腕、搂腰抱胸徘徊在银座的大街小巷。这也是来到昭和年代才出现的新鲜事物，在震后刚开始出现酒吧时还不太常见。对于这等不成体统、不知羞耻的行为，究其原因，虽不能准确知晓，但有个恶劣事件的发生却不能忽视。那就是在昭和二年初，三田的学生和从三田毕业的所谓绅士们在看完棒球比赛后，成群结队地袭击了银座大街。他们借助酒劲闯进夜间营业的店铺，踩踏、毁坏商品，又结队闯入酒吧，砸烂了店里的器物和墙壁，并和前来维持治安的警察发生了冲突。此后，这样的暴行每年都会发生两次。但直至今日，我还没有听说哪家的父兄为此而感到气愤而让其子弟退学。世间反而一同为这些学生的暴行寻找借口。过去，在明治、大正之交，我也曾在三田执教，但万幸的是很快就从那边辞职了。记得那时，曾经有个三田的经营者对我说，希望我能培养三田学生的文学创作，把它提升至不次于早稻田文学的水平。听到他的蠢话，我不禁皱了皱眉头。看来，他们是把文学艺术等同于棒球，以为训练训练很快就会出成果了。

我本不是那种靠自己嗜好去拉帮结派、结党营私之徒，而且还会极力躲避此类事情。当然，我并不是为了所谓的治国理政这样去做。虽说我也会参加艺坛的一些活动，但如果看到有些人利用这些活动结党立社，并欲立威扬万，我总是赶紧退出，唯恐避之不及。如果举例而言的话，过去，他们曾因为筑地小剧场的舞台上没有安排文艺春秋社之徒的演出，就肆意攻击小山内熏有关戏曲文学的解释。

鸿雁在天空中飞行时，会组成队列，用以保护自己，而黄莺飞出幽谷穿梭在林间时，既不结群也不列队。然而，鸿雁仍然无法避免在猎人的枪炮下丧生。所以，结社也并非保护自己的有效办法。

那些卖笑的女子也同样如此。有抱团取暖、互相照应者，也有孤影只身、自生自灭者。银座前街的那些灯火辉煌的酒吧自成一隅，分成红帮和白帮。靠客人小费赚钱的就是陪酒女团体。而那些怀抱包裹，手持雨伞，混迹于夜间闹市人群中，偷偷拉扯行人衣袖的就是自谋生计的私娼。这两者虽说在外观上颇有差异，但一旦警察前来，都会东躲西藏，在这一点上两者又没有任何差别。

现在，已到了昭和十一年的秋天。这天，在去寺岛的路上，我在浅草桥边遇到了争先恐后围观花式电车而水泄不通的人群。这时，我才发现手上的车票比平时要大一号，上面写着"市电二十五周年纪念"。如今，每当发生值得纪念的事件，花式电车都会在东京街头巡游。五年前，我和帚叶翁在西银座万茶亭彻夜闲谈之际，也许也已过了秋分。这时，我听见服务生嚷着"花式电车就要来了"，接着，听到路人议论纷纷，原来这次电车巡游是为了祝贺东京府郊区的一些城镇被划入东京市行政管辖范围。并且我还听参加过的人说，前几天，秋老虎还未散尽之时，在日比谷公园还举办过被称为"东京音头"的集体庆祝舞会。

所谓"东京音头"集体庆祝舞会，说起来是为了祝贺市郊合并到市里，东京市得以扩大，而实质上不过是位于日比谷路口的一个百货公司做的广告而已。因为只有买了那家百货公司的和服单衣，才有资格买到舞会的入场券。当然，即使不去追究这样的事情，在东京市内公园里举办青年男女舞会，是从来没有过先例。况且在明治末年，连外地农村在盂兰盆节举办的传统舞会都曾被地方长官禁止。在东京还被称为江户时，曾允许外地来的佣人们在仅限于山手的住宅区内举办盂兰盆节舞会，而江户的一般居民在祭祀神祇时只会在各处狂奔，并没有举办盂兰盆节舞会的习惯。

记得在大地震前，每晚帝国饭店举办交际舞会时，就会有一些"爱国志士"拿着日本刀闯进会场，致使舞会不得不中止。因此，在日比谷公园举办"东京音头"集体舞会时,我内心也期待着发生一些骚乱,但最终舞会持续一周,平安结束了。

"真让人感到意外啊。"我回过头看着帚叶翁说。老先生咧了咧他那长着浅浅胡须的嘴角,笑着说:"恐怕是集体舞和交际舞不一样吧。"

"但不都是一大群男男女女聚在一起跳吗,是一回事吧?"

"这方面是一样的,但恐怕是因为跳集体舞的男女青年没穿西式服装而穿着日式和服单衣吧。这样不会露出皮肉来。"

"我可不这么看。要说露出皮肉,穿和服单衣不是更危险吗?穿西式服装的话,女子只露到胸口,腰以下部位不会露出来,但穿和服单衣正好相反啊。"

"唉,先生,你怎么总是喜欢这样强词夺理呢。据说在大地震的时候,一个联防队的队员见到一个穿西式服装的女子经过,便上前盘查。那时那个女子说了句不该说的话,结果最后闹得要把女的的衣服脱下来检查什么的。虽说联防队的队员们也穿着西服,但他们就说女的不能穿西服,你又能说些什么呢?"

"这样说来,大地震时女子穿西式服装确实很少见。但如今,你看看走在街上的女人,有一半都穿着西式衣服。从两三年前开始,到了夏天,那些酒吧、咖啡馆的女招待们也开始穿西式服装了。"

"要是独裁政权上台,还不知道会怎么对付女子的西式服装呢。"

"从现如今跳舞也要穿和服单衣来看,西式服装也许会被禁止吧。但我觉得,即使现在不允许穿女士西服,也很难回到穿日式服装的年代。一旦走向衰落的事物,很难再兴盛起来。不管是戏曲还是游戏都是如此,写文章也是这样。随手破坏了的很难再修复回原来的样子。"

"言文一致的作品,也就只有鸥外先生[①]的文章了,可以朗读朗读。"

---

① 鸥外先生:即森鸥外。日本明治时期著名的文学家、翻译家、评论家。

寻叶翁摘下眼镜，闭上双眼，低声吟诵起《伊泽兰轩》[1]传记篇的最后一段，"我为没有学问修养而忧虑，不为没有知识而难过。天下知识渊博之人多如牛毛，让我怎生忍耐。"

说到这些话题，时间便过得飞快，转眼夜已深了。服部钟楼上传来十二声敲击声，在那时听起来是那么透彻、清亮。

有着强烈考证嗜好的老先生听到钟声，便开始说起大地震前八官上的小林钟表店里的钟声，在明治初年新桥八景中也是数一数二的。这让我想起在明治四十四年左右，我每晚都会去的一个娼妓家二楼，在等待女人回来时，洗耳静听的那个大钟的敲击声。此时，我们两个还会经常谈起三木爱花[2]小说中艺伎省吃俭用的故事。

一到这个时间，万茶亭前的道路上挤满了打出租车回家的陪酒女和醉汉。在我的记忆中，这附近的酒吧有万茶亭对面的"奥德萨""苏卡尔""赛利亚"，旁边有"红风车""银拖鞋""黄金线"等。另外，在万茶亭和一户歇业商家之间的弄堂里还有"罗宾""三闺蜜""雪勒姆镭"等。这些酒吧现在都还在吧。

随着服部敲响的钟声，周围的酒吧和咖啡馆一起关掉了店门口的各色灯火。巷子里一下子变得漆黑，聚集来载客的出租车鸣响着刺耳的喇叭声。在拥挤的道路上，出租车司机们开始大打出手。但只要他们一看到巡警，马上就一辆也不剩地逃之夭夭。过了一会儿，等巡警一走，他们又会聚集过来，巷子中便重新充斥起刺鼻的汽油味。

寻叶翁总是穿过弄堂，从后街来到尾张的十字路口，一群等待红色电车的陪酒女已经聚集在路边。老先生走过去，看到有熟识的面孔，也不管

---

[1]《伊泽兰轩》：森鸥外作品。描写了江户后期医师和教育家伊泽兰轩的故事。
[2] 三木爱花（1861—1933）：日本明治、大正时期的著名记者、作家。

别人愿不愿意，就上前大声攀谈。因此，他非常熟悉乘坐哪路电车的陪酒女最多，也知道去哪里的陪酒女最多。老先生经常向我炫耀他的见闻，有时讲得太起劲，甚至错过了红色电车。但每当这个时候，老先生一点儿也不着急，反而很高兴地对我说："先生，咱们稍微散散步吧。我送您去那里。"

这让我想起了寻叶翁不幸的一生。在我看来，他这一生正如同错过了等待的红色电车，却并不觉得有什么可惜。老先生从地方的师范学校毕业，中年以后才来到东京，曾先后在海军部秘书科、庆应义塾图书馆、书肆一诚堂编辑部等处任职，但都不长久，晚年主要从事诗文创作，也大多以失败而告终。但老先生却并不悲伤，反而利用闲散的生活，以观察大地震后的市井风俗为乐。看到他如此优哉游哉地度日，很多与他交往过的人都觉得他一定是在老家有很多资产，在昭和十年春天，当他突然去世时，大家才知道他家里除了一些旧书、一副甲胄和几盆花以外，并没有一文储蓄。

这一年，银座大街正在进行地铁工程。每当夜晚营业的店铺关门以后，就会听到巨大的声响，看到土木工人令人惊惧的身影。因此，寻叶翁和我散步到尾张边上后，就立刻踱到后街上，然后向芝口方向漫步过去。越过土桥或难波桥后钻进电车下的隧桥，隧桥黑漆漆的墙壁上贴着"释放血盟团"等恶劣的标语，下面总是睡着乞丐。出了隧桥，在人行道的一侧，一排地摊一直延伸到樱田本乡町的十字路口。有的地摊前摆着上写"营养之王"的招牌，还有的旁边放着四方形水槽，里面养着鳗鱼，还有卖钓鱼针的摊位。一些从酒吧下班回家的陪酒女，以及附近游玩的男人们熙熙攘攘地聚在地摊前。

转到后街，在停车场出入口对面是一条笔直的小巷，小巷两侧满是寿司店和小吃店。其中有一家我熟识的店铺，那是一家门帘上写着"烤鸡串·金兵卫"的小吃店。二十多年前，当我经常逗留在宗十郎那一带的艺伎家中时，这家的女主人曾是对面艺伎家的名妓。金兵卫开张也是在那一年春天。以后，随着年年生意兴隆，现在的金兵卫经过改建，已经和当初很不一样了。

这条巷子在大地震后也有成排的艺伎酒馆和艺伎家，但在银座大街上开始流行酒吧后，饭馆就逐渐增多了。这些饭店以过了十二点乘电车的人和从酒吧回家的男男女女为目标客户，每晚都要营业到深夜两点以后。并且以寿司店居多，因此有人也把这里叫作"寿司巷"。

当我观察到东京人过了半夜十二点还在外面吃吃喝喝后，也不得不思考这种新风俗是从何时出现的。

除了吉原花柳巷以外，大地震前东京的城镇里过了半夜还在营业的，就只有荞麦面店了。

帚叶翁回答了我的这个疑问。据他说，现代东京人喜欢上在深夜吃吃喝喝，首先取决于两件事。一是电车的营运时间延长到深夜一点，二是市内一元出租车把车费从五十钱下调到三十钱。接着，老先生像往常一样，取下眼镜，眨着他那细细的眼睛说："看到这种样子，估计有些道德家又会大发感慨了吧。反正我不喝酒，也讨厌荤腥的东西，怎么样都没关系。其实，想要纠正现代的风俗，只要把交通弄得像明治时代那样不方便就可以了。或者让凌晨的出租车提高些价格也可以。但现在，越晚，出租车反而越便宜，有的只有白天一半的价格。"

"可是，现如今的社会是不能用以前的道德或规矩来要求的。无论出现什么现象，暗杀也好，奸淫也罢，只要把这些当作全力发展过程中的事物，也就不需要皱眉发愁了。所谓全力发展也就意味着精力充沛地追求欲望。不管是体育的流行、舞蹈的流行、旅游登山的流行还是赛马以及其他博彩业的盛行，都是欲望充沛的现象。这种现象有着现代固有的特征——那就是每个人都想让别人相信，自己比别人优秀，并且他自己也这么相信——就是这种心情,想要感受到优越的欲望。但我们这些成长在明治时期的人就没有这种心情。即使有也很少见。这也就是成长在大正时期的人和我们的区别。"

我和帚叶翁站在出租车喇叭声喧闹的街头,也没法再继续长篇大论下去,正巧看到三四个陪酒女和从酒吧里出来的男客一同走进了对面的寿司店。于是,我俩也跟在后面,钻进了门帘。说起现代人无论在什么地方、在什么场合下都会强烈地显示自我的优越,这一幕在如此深巷的寿司店里也毫不例外地上演了。

他们那些人一进到店中,立刻用极其敏锐的眼光搜寻着空位。发现空位后,他们立刻拨开他人,一拥而上。这些人坐到座位后马上就一刻不停歇地大声喧哗、拍着桌子、用手杖敲击地面,呼喊着服务生。其中还有迫不及待的,亲自跑进厨房,直接向厨师点单。记得报纸上曾经报道,也就是类似这些人,在周日外出游玩的火车上,为了争抢座位,甚至把一个女孩子从站台挤了下去。他们要是到了战场上也会争抢军功吧。在乘客稀少的电车上,这类人会像五月女儿节的木偶一样,伸开八字腿,一个人占上几个人的座位。

无论做什么事都需要训练。和我们这些走着去上学的人不同,他们上小学时就已经习惯了跳上拥挤的电车,在挤满人的百货公司或电影放映厅的楼梯上争抢着爬上爬下。还有的人为了出名,一点儿也不忌惮于主动代表全年级同学给在任的高官显贵写信。而他们觉得自己还是个孩子,非常天真烂漫,所以做什么都没关系,做任何事都没有被谴责的理由。这样的孩子长大后,会想着怎么才能比别人先取得学位,怎样比别人先就业,怎样比别人先积累财富。对他们来说,人的一生只有努力,没有其他任何东西。

那些出租车司机也是现代人中的一员。所以,当我错过了末班红色电车,为了回家不得不乘坐出租车时,都会 有一种漠然的恐惧。我会尽量寻找那些看起来没有抱有现代优越感的司机，会尽量去寻找那些不强行超越别人车辆的出租车司机。如果我没有努力去寻找这样的司机，恐怕我的名字立刻就会出现在第二天报纸上的车祸死伤者一栏中。

早晨，听着窗外的说话声和扫帚清扫地面的声音，我比平时都要早地睁开了眼睛。躺在被窝里，我伸手拉开枕边的窗帘，早上的阳光从遮蔽着屋檐的柯树叶间照射进来，篱笆边的一棵柿子树上还有几个没有摘下的柿子，在阳光的照射下显得分外鲜艳。刚才的扫帚清扫声和说话声是邻居家的女佣和我家的女佣正隔着篱笆边说着话清扫着院中的落叶。我们两家的庭院中铺满了落叶，女佣将它们归拢到一起时，干燥的树叶相互摩擦发出清脆的响声，好像比平时都要离耳边更近些。

每年冬天，当我清晨醒来，听到清扫落叶的声音，心中都会不由得浮现出馆柳湾①的诗句："老愁如叶扫不尽，瑟瑟声中又送秋。"今晨，我也同样吟咏着这两句诗文，穿着睡衣靠在窗边。只见不远处山崖上朴树枯黄的树叶大多都已落下，光秃秃的枝头上传来伯劳鸟尖锐的鸣叫声。一只红蜻蜓停在庭院角落的大吴风草盛开着的黄色花朵上，而无数的红蜻蜓在阳光下闪耀着透明的翅膀，高高地飞向清澈、透明的蔚蓝天空。

多云多雨的十一月就要过去，两三天前还风雨交加的天气忽然转晴。东坡先生所说的"一年好景君须记"的阳春好时节很快就要来临了吧。前几天还能断断续续听到的一声两声微弱的秋虫鸣叫声现如今已完全听不到了。掠过耳边的声响与昨日大不相同，今年的秋天已毫不迟疑地离我远去。一想到这些，夏日闷热酷暑的梦幻、初秋清亮月夜眺望的景色也都在我的记忆中模糊起来……虽说每年看到的景物并无多大差别。面对着毫无变化的景致，心中的感怀也并没多大分别。只是如同花谢叶落一般，曾和

---

① 馆柳湾（1762—1844）：江户时代后期日本汉诗家、书法家。

我亲密交往的人们一个接一个地逝去,也许不久,我也要步他们的后尘,离开这个世界远去。趁着今天天气晴朗,去为他们清扫墓地吧。想必那里的落叶也如我的庭院一样,早已覆盖了他们的长眠之地吧。

昭和十一年十一月完稿